周月亮文集

王阳明传

周月亮 著

常快乐是功夫

周月亮

中国科学技术出版社

·北 京·

图书在版编目（CIP）数据

王阳明传 / 周月亮著. -- 北京：中国科学技术出
版社，2024.1

（周月亮文集）

ISBN 978-7-5236-0414-4

Ⅰ.①王… Ⅱ.①周… Ⅲ.①王守仁（1472-1528）
—传记 Ⅳ.①B248.2

中国国家版本馆CIP数据核字（2024）第003917号

总 策 划	秦德继
策划编辑	周少敏　胡　怡
责任编辑	胡　怡　赵　耀
封面设计	余　微
正文设计	王　丹
责任校对	吕传新　焦　宁　邓雪梅　张晓莉
责任印制	马宇晨

出　　版	中国科学技术出版社
发　　行	中国科学技术出版社有限公司发行部
地　　址	北京市海淀区中关村南大街16号
邮　　编	100081
发行电话	010-62173865
传　　真	010-62173081
网　　址	http://www.cspbooks.com.cn

开　　本	880mm×1230mm　1/32
字　　数	1936千字
印　　张	86.25
版　　次	2024年1月第1版
印　　次	2024年1月第1次印刷
印　　刷	北京世纪恒宇印刷有限公司
书　　号	ISBN 978-7-5236-0414-4/I·83
定　　价	498.00元（全11册）

（凡购买本社图书，如有缺页、倒页、脱页者，本社发行部负责调换）

周月亮

河北涞源人，中国传媒大学学术委员会委员，阳明书院院长、教授、博士生导师。

另有心学、智术系列著作分别汇刊。

自序：误解与希望

世代如落叶。代代人大多乱七八糟地活、稀里糊涂地死，少数坚持明白地活、尊严地死。反思其中的滋味，留下悲欣交集的辞章，后人的解读不过拾几片落叶。后之视今如今之视昔，这条精神链扭结着误解与希望。误解如秋风中的落叶，希望如落叶中的秋风；误解如烦恼，希望如菩提；误解如无明，希望如净土。谁能转烦恼成菩提？谁的误解即希望？恐怕差不多的人的希望却是误解吧。尽管如此，留下的落叶，好生看取也有雪泥鸿爪。

《孔学儒术》中，儒术的精要可用"中而因通"来简括："中"是"执两用中"的"中"，儒家的中庸与释家的中观目的不同，道理相通。"而"是"奇而正、虚而实"的"而"，其哲学要义在"一与不一"，是对付悖论的最好的智慧，不"而"则不能"中"。"因导果"是世间出世间的总账，"因"字诀最普适的妙用是引进落空。不通不是道，通道必简。化而通之概括了"因"的意义，通则久。

《〈水浒〉智局》透析了《水浒传》中智慧、权力、暴力的关系：函三为一、一分为三，合则为局、析则为戾。水浒人此处放火、彼处杀人之朴刀杆棒生意串成江湖版的《孙子兵法》。宋江能够统豺虎是"阴制阳"，梁山好汉被朝廷赚了也是"阴制阳"。阴为何物？直教一百零八好汉生死相许！

《性命之学》以性命作为重估文人价值的标准和依据。穿透了虚文世界曲折的遮蔽，才能探讨人自身的性命下落。性命之学由心性谱写。近世让人心酸眼亮的"心性"有王阳明、李卓吾、唐伯虎、曹雪芹、龚自珍、鲁迅等，他们是塔尖。他们提得住心，所以他们的心性剧有声有色。

《〈儒林外史〉士文化研究》提取了《儒林外史》展示出的贤人困境、奇人歧路、名士风流、八股士的愚痴等士子型范；在封建时代，士文化的根被教育败坏了。用教育来反教育，是古代中国士文化传统的一部分。

《儒林外史》中每一张脸都是一座碉堡，文学人物是现实人格的象征，《〈儒林外史〉人物品鉴》透视封建时期士人"没出息"的活法、自己骗自己的文化姿态，以及他们无路可走的"不在乎"的无奈。最窝囊的是，当时的文人说不出一句明心见性的话。

《王阳明传》呼吁善良出能力来：对人仁从而鉴空衡平、爱"爱心"而天良发现。良知顿现，难事易办。心学是意术，是感觉化的思想、哲学化的艺术，是修炼心之行动力的功夫学、成功学。致良知教世人柔心成真人。

现象即本体，影视通巫术，方法须直觉，效果靠博弈：《电影现象学》旨在使影视艺术能有自己的本体论、方法论。

文化即传播，只要一"化"就有传播在焉。我几千年文明古国，锦绣江山，传播玉成。《文化传播》写的是文化的传播即传播的文化。

《揉心学词条》想总结误解发生的思维机制（意向三歧性）、误解发生的心理机制（欲望三重化）、误解发生的语言机制（言语的三不性）、误解发生的行为机制（互动反馈误差扩大），想建立"误解诊疗术"，但只是沙上涂鸦，更似煮沙成饭。

家，是移情的作品。院子是境，也是景。情景交融，在美学上值得夸耀，在生活中是不得不做的事情。"我"寄寓于别人家院子，像小件寄存一样。《在别人家的院子里》是我印象深刻的生活经历。

刺刺不休十一卷，诚不足称之为著作，只是我造句几十年的一个坟丘（另有百万虚构类文字已被风吹）。其中包着误解，也含着希望。误解，是人自我活埋的本能。希望，是人自我生成的器官。"我"因对希望心不诚而自我活埋着。

最后，我满怀深情却文不对题地抄几则卡夫卡的箴言：

> 生的快乐不是生命本身的，而是我们向更高生活境界上升前的恐惧；生的痛苦不是生命本身的，而是那种恐惧引起的我们的自我折磨。

它（谦卑）是真正的祈祷语言……人际关系是祈祷关系，与自己的关系是进取关系。从祈祷中汲取进取的力量。

生命开端的两个任务：不断缩小你的圈子和再三检查你自己是否躲在你的圈子之外的什么地方。

2023 年秋

目　录

导读：修心炼胆吐光芒

渴望不朽的人认为日常生活不值得过，渴望生活的人认为追逐不朽是虚妄的。心学大师王阳明告诉你，人可以通过任何生活来创造自己，渴望生活与渴望不朽正可统一于"致良知"。他还告诉你一套随分用力、用自我的力量来生成自我的方法，找着良知这个"发窍处"，便能每天都活出新水平。若找不着，便架空度日，给别人活了。梵高渴望生活是用自己的感性来创意，王阳明渴望不朽也是用感性来创意，他们的感觉把他们的生命和生活一体化了，从而都"活"出了不朽。

心学就是用良知建功立业、诗意栖居、活出灵性的意义学，是个靠意念贯通心物建立起来的自己成全自己的成功学。匹夫而为百世师，许多人从阳明心学中取了一瓢饮。王阳明的启示在于，凡墙都是门，圣雄事业是从心头做。他高度强调道德的自我完成，并因为这种追求相当纯粹反而建立了救时济世的事功，而不是相反——讲道德就什么也不干了，像以往成了艺术品的君子那样。他的秘密在于超道德而道德化，超实用而相当实用，又不是两张皮，从而真诚至极又机变至极，高度恪守道德又相当心智自由，将一生变成了自觉改造自己、自觉改造社会的觉世行道之旅。每一天都不白活，无事时成圣，有事时成雄。

良知是人之所以为人的自性，是人所固有的"根本慧"，是能接通自然能量的本源性直觉。当代日本人矢崎胜彦用阳明心学发展起来的"将来世代国际财团"意在证明良知之道的大意义：克服我执，超越经济至上主义、科学至上主义、眼前至上主义等。唤醒每一个人内在良知的地球市民意识，呼吁以此为行动准则，建立开拓未来的新文明。现在的"互联网+"，则更日新日日新地需要阳明心学做意义支撑。

王阳明说良知如佛说的"本来面目"。它是人生的"根"。根，是能生的意思。也就是说，它是"元意义"，是人生各种意义的根据、本体。这个本体却是个"虚灵"，不能着一物，如眼里容不得一粒，不管是沙子还是金子。然而，它又是根本慧：做事情，它是成所作智；看人情事变，它是妙观察智；在任何环境中，它是贯通心物、建立意义的平等性智；它是宇宙便是我心、我心便是宇宙，让人生生不息进取超越的大圆镜智。地，无水是焦土；人，无智是僵尸。良知能给我们的就是这个根本慧，让我们随我的"分"去建立意义通道。致良知即明心见性，性即是见，见即是性。不可以智更断智，智智相害，即智亦不可得。

为达目的不择手段的阴谋家会说它没用，成事不足败事有余——这是一句完全的外行话，谋略能成，恰靠"不动心"。良知正是"不动心"本身，王阳明正是靠着这个"不动心"旬日平宁王、剿巨寇。个中原委详见本书第九回、第十回。

心学是开良知这个"根本慧"的功夫学。致良知的主要目的是唤醒一种澄明的意识状态。各种知识是有终点的，而这种澄明的状态则只是起点，不仅超越有限又无情的知识理性，更超越蛮横的唯我主义。它启发你生生不息地尊重物性、尊重各行各业的规律，富有创造性地做好本分事。

最简单的办法是在纷繁复杂的世事、欲念中亲证"虚灵不昧"的良知。有了良知，觉悟性就无施不可、无往不恰到好处了。良知是定盘星、通道，既不在任何貌似真理的说教中，也不在无穷无尽的对象界，只在你心中。有人自信不及，自己埋倒了；有人贪欲太重，把良知遮蔽了；有人理障太深，不见自性……所以稀里糊涂地活、乱七八糟地死。追逐什么死于什么，没有找到生的根，就只能到处流浪，与物同荣枯。王阳明的一生是用德去得道的心学标本，他在艰苦卓绝的历程中找到了"自性"，从而绝处逢生；有良知指引，任风高浪险，操船得舵；既现场发挥得好，又不是权宜之计；每一创意、举措都既操作简便又意义深远。

心学是能将所有玄远的意义感觉化的身体力行的艺术。譬如，人活着无非是说与做，有的人多言，有的人沉默。王阳明告诉你：多言的病根在气浮、志轻。气浮的人志向不确定，热衷于外在炫耀，必然日见浅陋；志轻的人容易自满松心，干什么都不会有高深的造诣。而沉默包含着四种危险：如果疑而不问，蔽而不知辨，只是自己哄自己地傻闷着，这是愚蠢的沉默；如果用不说话讨好别人，就是狡猾的沉默；如果怕人家看清底细，故作高深以掩盖自己的无能，那是捉弄人的沉默；如果深知内情却装糊涂、布置陷阱，默售其奸，那是"默之贼"。王阳明说，功夫愈久，愈觉不同，此难口说。

发明了苹果电脑的乔布斯可能没有受过王阳明的任何影响，他生前说过的这番话却颇得心学旨趣："人活着不要被教条所限，不要活在别人的观念里，不要让别人的意见左右自己内心的声音，要勇敢地追随自己的心灵和直觉。"——乔布斯这段话的主语是"人"，不是想干什么就干什么的动物。

王阳明的心性论是联通论、意义论，阳明心学是打通学，是上通《易》道下启民智、点对点开发可能性的大智慧，用今天的话说，良知之道是"良知+"，一点也不是单边道德主义、抗拒任何性质和形式的单面人。良知之道应该也正在成为互联网时代之信息文明的"根"，当然也是草根们的"根"。

本文标题前四个字出自西乡隆盛的"修心炼胆，全从阳明学而来"，后三个字借自梁启超说阳明先生的"吐大光芒"。全部问题结穴于：咱每一个人怎么修心炼胆、怎么自己成就自己的心体之光明。至于能否吐光芒、吐大光芒还是小光芒，就不要多想了，想多了就成了市侩凡夫。

小引：缀着驼铃的鞋

一生极重践履的王阳明，像只鞋。这只鞋上插着生命的权杖，形成心学的倒"T"字形结构——不是十字架，也不是钻不出地平线的大众的正"T"字形。他的"致良知"功夫就是要把人"十字打开"，拉成与大地垂直、顶天立地的大写的人。

拔着头发离地球的是阿Q，当缩头乌龟还挺体面的是假洋鬼子，只是鞋而无权杖的是孔乙己，只要权杖而不愿当鞋的是不准别人姓赵的赵太爷。"未庄"不一定是绍兴，王阳明和鲁迅却同是绍兴人。未庄是俗世，他俩是圣雄。

圣雄的生活方式是：既生活在这里，又生活在别处！换句话说，圣雄是只注定要走向远方的鞋。

《明史·王守仁传》中只附了一个学生——冀元亨。他因去过宁王府而被当成王阳明通宁王的证人给抓了起来，在锦衣卫的监狱里受尽折磨，但他对人依然像春风一样，感动得狱友们垂泪，把坐大狱当成了上学堂。狱吏惊奇地问他夫人："你丈夫秉持什么学术？"她说："我丈夫的学问不出闺门衽席间。"闻者皆惊愕不已。

一个人养成像对待亲人一样的对待世界的态度，就能活出真诚恻隐来。这真诚恻隐就是人人能说却难实践的良知。人们如果能像天天穿鞋一样"践履"真诚恻隐，就爱仁而见性了。先做只鞋，再插上权杖，也不是阳明心学的精神。那是把鞋的"大地性"当成了手段，断断成不了圣雄；如果成功，也只是枭雄。

　　再高贵的鞋，也是踩在脚下；但路也正在脚下。许多人最大的痛苦就是找不到合脚的鞋。致良知，就是要你找到可以上路的合脚的鞋。致者，实现也。能否实现呢？就看你肯不肯去实现——因为，它就在你自身——"心即理"。王阳明这样解释孔子说的"唯上智与下愚不移"——不是不能移，只是不肯移。只有成全自己之生命意志的人才能"践履"在希望的道路上。

　　说无路可走的人，是没有握住自家的权杖，把生命的舵送给了别人。

　　心学（阳明心学）并不给世人提供任何现成或统一的鞋，如果有那种鞋就是枷锁和桎梏了。心学只是告诉人们：每个人都能找到自己的那双合脚的天天向上的鞋——找这双鞋的功夫与天天向上的功夫是同一个功夫。

　　路在脚下，"鞋"在心中。你的任务是找与走，走着找，找着走，边找边走，摸着心中的鞋，蹚过脚下的河……这只鞋，王阳明叫"良知"，大乘佛法叫"如来藏"。

　　这样边找边走，就凸显出权杖的"权道"来——这个权道的"权"是秤砣，以及因此衍生的权衡、权宜的那个"权"。权，就是"感应之几"，"几"是那个权衡而得中、微妙的恰好。道是规定"权"在运用中显现出来的意义。权道因此恰恰与流氓的无标准相反。权，若无道，便成了水漂、风标。日本阳明心学派创始人中江藤树端的是知音："权外无道，道外无权；权外无学，学外无权。"权道就是道权合一、学权合一。

没有道的权杖，就成了摆设或凶器；有了道，权杖才能变成金箍棒，草鞋才能变成船，驶向理想的港湾。通权达变，是孔子认可的最高境界。不能通权达变就是刻舟求剑、守株待兔……

这个权道是践履精神与权变智慧的一体化，也是圣贤功夫与俗世智慧的一体化——一讲权变就滑向流氓，为杜绝流氓就割断权道，这都是没有找到自家本有的良知。权，人心这杆秤的秤砣，王阳明说就是良知，它自体不动，无善无恶，却能称出善恶是非。

所以，王阳明这只鞋还缀着秤砣，这砣是风铃，更像驼铃。

第一回　姚江夜航船

他一生之戏剧性的沉浮变化,有一半是文官集团导演的。当然,关键在于他反抗窝囊,不肯和光同尘,不想与世低昂。他既生活在这里,又生活在别处。他因此而历尽颠蹶,也因此而光芒九千丈。他想给黑夜带来光明,黑夜想把他吞噬了。他终于冲破了黑暗,创建了给几代人带来光明的心学。然而,到了鲁迅还在说:"夜正长,路也正长。"

夜之光

有明三百年之活剧，像明人创作的戏文一样，有它堂皇的开端、略为沉闷的发展、好戏连台的高潮和引人深长思之的结尾。整个大故事有似"夜""光""影"之交叠的万花筒。朝纲整肃时，社会萧条；政治糜烂时，社会又出新芽。土崩之中有砥柱，瓦解之际有坚心，鱼烂之内有珍珠。从正德朝开始，明王朝逐渐衰败，也"好看"起来。漫漫长夜，人们渴望光。于是，王阳明"心学"之光应运而生了。

夜与光乃并体联生的统一体，不可作两事看。光有波粒二相性，夜则有光影二相性。一物之立则有三相焉。同理，宦官有忠奸，更有不忠不奸、可忠可奸的一大群。文官有邪正，更有不邪不正、可邪可正的一大帮。天下没有不包含互反性的东西。洪武爷想打掉宦官和文官，却反弹得这两样都空前地活跃。

这个牧童、乞儿、和尚出身的皇帝，与传统的文官精英政治及他们那套文化传统没有多少共同语言。从小吃苦太多使他养成反社会、反政府的人格，长期的军事杀伐助长了他残酷的品性。他的一个基本指导思想是联合农民斗地主，打散那个压迫穷苦百姓的官僚层。如果说废除宰相是怕篡权的话，大杀贪官则是为国为民除害。他杀贪官的广度和力度、持久性都足够空前。但以小过杀大臣成了家常便饭时，他就是江湖的"老大"了。他从农村的社戏中就知道了宦官祸政的教训，他认为宦官中好的"百无其一"。他当了皇帝后，规定宫中宦官的数量不得超过百人，不准他们读书受教育；他想阻断他们干政典兵的路，结果却造成文盲收拾文化人的怪异国情。

刘瑾，这位"站着的皇帝"却没有真皇帝的家产观念、责任感，还是个及身而绝的绝户。他手中那把扇子中藏着锋利的匕首，说明他活得极不安泰——所有的人都可能是敌人，这是以人为敌者的必然逻辑。这种心理阴暗如"昏夜"的秉国者必然把国家搞得昏天黑地，因为谁握了皇权的权把子，谁就能按着他的意志把这个国家抡起来。封建王朝的第一原理是"朕即国家"。这个"朕"又往往是不知从哪儿掉下来的。像吕不韦那种伎俩，汉代陈平用过，唐、宋、明均有过得手者。宁王就质疑正德帝的正统性。群臣百姓只跪拜皇权，不敢问其由来和根本。皇权又是个"空箧结构"，谁填充进去谁就是"主公"。"空箧"与宦官同样不阴不阳。

大明王朝，明君良相极难找，昏君毒竖却成对地出现，此起彼伏。英宗与王振不及正德和刘瑾邪乎，正德和刘瑾又不如天启与魏忠贤要命。虽然刘瑾比不过魏忠贤，但正德却是古今无双的大痞子、大玩主。正是他们打了王阳明四十大板，并将其发配到贵州龙场驿站。他们的性格决定了王阳明的政治命运。

如果说昏君毒竖是"夜"的话，那文官活跃就是"光"。没有文官活跃这个大背景，就没有王阳明用武的大舞台。文官活跃，文化上的原因是由于宋代理学的教化；现实原因是朱洪武广开仕路和言路，开科取士的规模空前地大，允许任何官员直接上书言事。

翻《明史》列传，时见有人因一奏疏而骤贵或倒霉到底。文官队伍品种驳杂，良莠不齐，总体上是政府运转下来的基本力量。正德以后，皇帝不上班的多，全国的政事照常运转，靠的就是文官。

王阳明与这个文官系统的关系也是"夜与光"关系：他从他们中来，却不想与他们一样架空度日、混吃等死或生事事生地被是非窝活埋；他想带动他们一起觉悟大道，他们却觉得他猖狂生猛。他在他们当中如"荒原狼"，他们则如家兔子。他一生之戏剧性的沉浮变化，有一半是文官集团导演的。当然，关键在于他反抗窝囊，不肯和光同尘，不想与世低昂。他既生活在这里，又生活在别处。他因此而历尽颠踬，也因此而光芒九千丈。他想给黑夜带来光明，黑夜想把他吞噬了。他终于冲破了黑暗，创建了给几代人带来光明的心学。然而，到了鲁迅还在说："夜正长，路也正长。"

夜中正是用功时

对这布满夜色的生存环境，王阳明自有与众不同的"心法"：用夜深人静后心魂相守的超然心态来超越黑暗的现实，用孟子扩充法在侮辱面前高大起来，获"反手而治"的大利益。

他说："人一日间，古今世界都经过一番，只是人不见耳。夜气清明时，无视无听，无思无作，淡然平怀，就是羲皇世界；平旦时神清气朗，雍雍穆穆，就是尧舜世界；日中以前，礼仪交会，气象秩然，就是三代世界；日中以后，神气渐昏，往来杂扰，就是春秋战国世界；渐渐昏夜，万物寝息，景象寂寥，就是人消物尽世界。学者信得良知过，不为气所乱，便常做个羲皇已上人。"（《传习录》

下）这里用"夜"来比喻社会状况，这个比喻隐括了公羊学的"三世说"，夜气清明与人消物尽的昏夜是治世与乱世的象征（清末龚自珍的《尊隐》再次借用了这个表达法）。王阳明强调的是：人的精神力量（信得良知过）是可以独立地超越社会此状况，臻达彼状况的。

正德十年（1515年），王阳明为天泽作《夜气说》，强调夜气（静）与白天（动）的相互依存的辩证关系，他先从感性知觉说文人喜欢的"夜晚现象"：师友相聚，谈玄论道，静谧的夜晚赋予了文人超越的情思，适宜灵魂进行创造性活动；他又转而告诫天泽，不能太迷恋夜晚这种孤寂的状态，太离群索居必意怠志丧，这就失去了阳气的滋养。

"良知在夜气发的，方是本体，以其无物欲之杂也。学者要使事物纷扰之时，常如夜气一般，就是通乎昼夜之道而知。"这里又把夜气比作中庸至境的那个"未发之中"。明心见性的真功夫就是找到、养育这个"未发之中"（《传习录》）。后来，他更简练的说法是"良知就是独知"时，静夜慎独做够内圣功夫，才能超拔出众人那平均态的心智。静功是动功的本钱，在纷扰混乱中，"不动心"；每临大事有静气，不随境转，不为气乱，是王阳明最终能建成事功的心诀。

王阳明一生反复说："若上好静，遇事便乱，终无长进。""好静只是放溺"，沉空守寂只会学成一个痴呆汉。他坚决主张必须在事上磨炼才是真做功夫。王阳明的哲学是万物皆备于我，化任何不利因素为有利因素，"苟得其养，无物不长；苟失其养，无物不消"。要想长，就得想办法得全面的"养"。任何故意跑偏树敌的做法都是自作孽的傻瓜行为。王阳明在强调转化时借重道家的孤阳不生，孤阴不长的思想，也借重禅宗"达则遍境是，不悟永乖疏"的智量。

心学就像心一样灵动不可强持。王阳明的过人之处在于他能将距离很远的学说，打并为一，将儒、墨、释、道的精华一体化为心学，这是以后的事情，现在的问题是：若一腔子羲皇世界的心志，偏偏遭遇了"日中以后""渐渐昏夜"的年头，怎么办？用现代话头说，身处黑暗的人生阶段，怎么面对？是坚持还是合流？如果退回到自己的内心，怎么对世界负起责任？

超拔的家风

遗传这"看不见的手"，拨弄人于"冥冥之中"。一个家族的特点、徽征如树之年轮，能穿越岁月风雨和人事代谢而显出内在的脉络。王阳明家族徽章的标记一句说尽，就是超拔、超越、超脱。王阳明的心性显现着遗传的基因。

仅说淡泊俗名微利这一条，就是他们的"传家宝"。王阳明的六祖王纲，字性常，文武全才，元末世乱，往来于山水之间，时人莫知，从终南山隐士赵缘督学筮法，还会相面（旧称"识鉴"）。他对好友刘伯温说："老夫性在丘壑，异时（你）得志，幸勿以世缘见累，则善矣。"后来他七十岁时，还是被刘伯温推荐到朝中当了兵部郎中。因为他懂养生术，年七十"而齿发精神如少壮"，朱元璋接见他时颇感惊奇。最后，他在广东征苗时死于增城。王阳明也好养生，也是出征时客死于路。

十六岁的王彦达，用羊皮裹父尸背回老家。"痛父以忠死"，而朝廷待之太薄，遂终生隐居，躬耕养母，读书自娱。临终时，他给儿子王与准留下先世传下来的书，说："但勿废先业而已，不以仕进望尔也。"王与准"闭门力学，尽读所遗书"，信奉儒家"遁世无闷"的信条，既不去参加科考，也逃避荐举。因他会打卦，知县总找他算卦。有次，他的倔脾气发作，对着知县派来的人把卦书烧了，说："王与准不能为术士，终日奔走豪门谈祸福。"知县因此怀恨在心。于是，王与准逃到了四明山的石室中。

当时，朝廷为装点大一统气象，"督有司访求遗逸甚严"，以消化更多的不合作者。知县特"举报"了他："王与准以其先世尝死忠，朝廷待之薄，遂父子誓不出仕，有怨望之心。"朝廷派来的部使大怒，抓了王与准的三个儿子作为人质，再上山追王与准。王与准"益深遁，坠崖伤足。求者得之以出"。部使见王与准的确伤得很重，而且"言貌坦直无他"，不像个叛逆，又听他讲了烧卦书逃遁的原因，最终放了他一家人。部使见王与准的二儿子王世杰有出息，便对王与准说："足下不仕，终恐及罪，宁能以子代行乎？"不得已，王世杰当了领取"助学金"的秀才。王与准为了感谢伤了他脚的石头，遂自号"遁石翁"。

王世杰即王阳明的曾祖父。他勉强当了秀才赶考时，按规定，考生须散发脱衣接受检查，以免夹带作弊的东西。王世杰觉得这是侮辱，未进考场而返。后来，他又有两次当贡生的机会，却都让给了别人；理由先是双亲老，后来父死又以母老而辞。但是，不当官的日子是艰苦的；王世杰以奉养母亲为名不出仕，单靠种地教书，常常"饔飧不继"。他母亲临死时曾说："尔贫日益甚，吾死，尔必仕。勿忘吾言！"

古人有谀墓的习惯，我们读到的是王氏门人编撰的《世德记》；也许这三代人所谓不出仕，实乃没出了仕的好听的说法。尽管如此，三代人耕读养气，不失"江左望族"的余风，在明代政治的旋涡外，在世风日替的龌龊声浪之外，保持着"隐儒"风范，真有腐败权贵世家或单纯农商家族所不具备的文化力量。"隐"是独立之意志、自由之思想的人格基础。

王世杰因先世在门前种了三棵槐树而号槐里子。平时言行一以古圣贤为法，以曾点为楷模，洒然自得（王阳明在诗文中频频向曾点致敬），对爵禄无动于衷。最后被举贡到南雍（南京），没当成官，还客死异乡，自著的《〈易〉〈春秋〉说》《〈周礼〉考正》的手稿"为其同舍生所取"，最终散佚，仅存《槐里杂稿》数卷。

他的儿子就是一手带大王阳明的王天叙，本名伦，以字行，"性爱竹，所居轩外环植之，日啸咏其间"，遂号竹轩，靠教书过得自在。槐里先生也是只给他留下几箱书，每开书箱，都伤感地说："此吾先世所殖也。我后人不殖，则将落矣。"他有良好的艺术感觉和文人雅趣，"善鼓琴，每风清月朗，则焚香操弄数曲。弄罢，复歌以诗词，而使子弟和之"。他能教育出个状元郎和新建伯来，自有过人之处。可以说，王阳明办书院、会点拨人，是家传也是遗传。弘治二年（1489年），王阳明十八岁时，这位能吃暗亏的可爱老人谢世。

他遗传给了王阳明"细目美髯"的相貌特征，还有仁义和乐、与人交际亲切蔼然而保持尊严不可侵犯的个性，以及敏捷练达的才智。他"为文章好简古而厌浮靡，作诗援笔立就，若不介意，而亦未尝逸于法律之外"《竹轩先生传》。他母亲性格严厉，又偏爱她娘家的孩子和他的弟弟，但他像舜一样照样孝敬母亲、爱护弟弟。王天叙这种以仁义之道处不公正之境的涵养也使王阳明在耳濡目染中形成了处逆心顺的作风。更重要的是，这位被视为陶渊明一流的人物传给了他亲爱的孙子潇洒的隐逸之气。

王阳明的父亲王华，曾在龙泉山读书，人称龙山先生，晚号海日翁。他生而警敏，读书过目不忘，王天叙口授的诗歌，他能经耳成诵。他六岁时，有次在水边玩，发现有人丢了一袋金子。他知道那人必来找，又怕别人拿走，就将袋子放在水中。一会儿，那个人边哭边找了过来。王华告诉了那个人金子的位置后，他取出一锭来谢他，他却扭头走了。他气质醇厚，坦坦自信，不修边幅，议论风生，由衷而发；广庭之论，入对妻子无异语。常面斥人恶，因而得罪人；但人们知道他并无恶意，所以也结不下深怨。他有定力，组织能力强，百务纷陈，应之如流；在危疑震荡之际，能卓然屹立。后来，王阳明起兵平宁王时，家乡人慌乱，怕宁王派兵来，他应付裕如；他家的楼房失火，亲朋齐惊，他款语如常。这些性格特点都遗传给了王阳明。

古越姚江

王阳明为人作序记，落款常是"古越阳明子""阳明山人""余姚王阳明"。成化八年（1472年）九月三十日亥时，王阳明出生于余姚。王阳明的父亲王华状元及第后思恋山阴山水佳丽，又搬回山阴，余姚遂成为王阳明的"老家"。两地在明代都属于绍兴府。绍兴是大禹时代的"大越"，越地越人的特色要从大禹说起。鲁迅视大禹为"中国脊梁"的原型样板，既是平实之论，亦包含着同乡的自豪之情。大禹治水，功铸九鼎；王阳明治心，鲁迅改造国民性，也都功不在禹下。

大禹治水告成于这三苗古地。《越绝书》载，这片泥泞积水的沼泽地，本是荒服之国，人民水行而山居、刀耕火种，还流行着断发文身的习俗，巫风颇甚。有越语（隶属吴方言系统）、越歌、"鸟虫书"（文字），古老的越文化则有河姆渡文化、良渚文化、马桥文化。《越传》载，"禹到大越，上苗山，大会计，爵有德，封有功，因而更名苗山曰会稽"。现会稽山麓的大禹陵，即禹之葬地。夏少康封庶子无余于会稽，奉守禹祠，国号为"于越"。秦始皇时期改名为"山阴"。

越王勾践卧薪尝胆的精神最见越人的脾气和心性。绍兴的越城区是范蠡帮助勾践为"十年生聚，十年教训"而规划的。绍兴城因此也被称作"蠡城"。勾践灭吴的次年将国都从蠡城迁到琅琊。王阳明的远祖即琅琊人，王氏族谱上的"始祖"是晋光禄大夫王览。有人说王阳明是王导一系的，有人说是王羲之一系的。

山阴习称为越，还因为隋朝在此建越州。改称为绍兴，则是因为南宋高宗赵构避金兵跑到这里，两次把越州当成临时都城，越州官绅上表乞赐府额，赵构题"绍祚中兴"，意为继承帝业、中兴社稷。1131 年，改年号为绍兴，并将越州改为绍兴府。于是，于越、会稽、山阴等名称一统为绍兴。

余姚是个山岭丛集、古朴闭塞的城镇，多亏了一条姚江与外界沟通，更多亏了王阳明创立姚江之学，从而使之成为浙东文化重镇。

姚江，又叫舜水，全称余姚江。余姚江源出四明山支脉太平山，蜿蜒向东，流经余姚，于宁波汇奉化江后，成为甬江。关心郡国利病的大儒黄宗羲写有一篇《余姚至省下路程沿革记》。根据他的记述，历任地方官改革舟渡都是治此彼起，改变不了候渡甚难的情况。"是故吾邑风气朴略，较之三吴，截然不同。无他，地使之然也。"王阳明在《送绍兴佟太守序》中说："吾郡繁丽不及苏，而敦朴或过；财赋不若嘉（兴），而淳善则逾。是亦论之通于吴、越之间者。"

余姚县境中最高的山是龙泉山，为四明山的支脉，又名龙山，在余姚西边。南坡山腰有泉，虽微不竭，名龙泉，以泉名山。其北麓半腰处有栋小阁楼，本属于莫家，王华还没中状元时租用为书房，并居住于此，后因王阳明而成了文物。王阳明高足钱德洪撰有《瑞云楼记》，详细记述了"神人送子"的神话：王阳明的奶奶岑氏梦见五彩云上的神人在鼓乐声中抱一婴儿交付于她。岑氏说，我已有子，我媳妇郑氏对我极孝敬，愿得个好孙子。神人答应，然后，怀孕十四个月的郑氏生下王阳明。等王阳明大贵之后，乡人便把这栋小楼叫作"瑞云楼"。有趣的是，二十四年后，钱德洪也生于这个楼中。

《明史》写得清灵精练，相当讲究，但依然相信神秘灵异的话头，好像大人物就是天纵之圣似的。说王阳明是神人乘云送来，因而初名"云"，五岁尚不能说话，经异人抚摸后，更名"守仁"，才会说话。因为"云"在古汉语中是说话的意思，道破了天机。守仁，用的是《论语》语典："知及之，仁不能守之，虽得之，必失之。"

正德十六年（1521 年），王阳明"百战归来白发新"，"访瑞云楼，指胎衣地，收泪久之"。不是这种气质的人，不可能创立重生命顺人道的心学。王阳明有《忆龙泉山》等诗。在《忆诸弟》中他很有感慨地说：

久别龙山云，时梦龙山雨。觉来枕簟凉，诸弟在何许？终年走风尘，何似山中住。百岁如转蓬，拂衣从此去。

王守仁以"阳明"自号，是喜欢"阳明洞天"这个地方和这种仙气的缘故。"阳明洞天"被当地人简称为阳明洞。这个阳明洞在会稽山，据说是大禹藏书或葬身的地方，也叫禹穴。王阳明后来自豪地说："昔年大雪会稽山，我时放迹游其间……我尝亲游此景得其趣……"

王阳明三十一岁时告病回绍兴，筑室阳明洞侧，行导引术，后来亦讲学于此，即王龙溪说的"精庐"。会稽山在绍兴东南十三里，有人径称会稽山为阳明山。另外，在广西、贵州还有两个阳明洞，都是王阳明后来的讲学处。

《嘉庆山阴县志》《绍兴府志》都强调王阳明是绍兴（山阴）人，都说他"本山阴人，迁居余姚后，仍还原籍""世居山阴，后迁姚江"。余姚自来隶属山阴。王与准为避永乐皇帝"举遗逸"曾逃到余姚，王华迁回绍兴后，王家就世居于此了。余姚是王阳明的出生地，绍兴是他的生长地，也是中年以后的居住地。王阳明在正德十三年（1518年）《与诸弟书》中兴奋地说："归与诸弟相乐有日矣。为我扫松阴之石、开竹下之径，俟我于舜江之浒，且告绝顶诸老衲，龙泉山主来矣。"

还有一座"王家山"，因王羲之建宅于山麓而得名。它在绍兴的东北，相传山上长蕺，越王勾践为雪耻兴国曾经在此采食蕺草以自励，所以又名蕺山。蕺山后来因"蕺山书院"而名满天下，明末大儒刘宗周曾在此讲学,培养了一个更大的儒——黄宗羲。黄宗羲的《明儒学案》是心学专门史,以姚江之学命名阳明心学。清末于书院旧址创办山阴学堂,秋瑾的革命同志徐锡麟曾在此执教。

"越女天下白,鉴湖五月凉",这是杜甫的名句。鉴湖在绍兴西南,俗名长湖、大湖;雅名镜湖、贺鉴湖。它因"鉴湖女侠"秋瑾的英名而广为人知。王阳明咏鉴湖的诗无甚名气,但可见他对家乡水的感情:"鉴水终年碧,云山尽日闲。"(《故山》)"春风梅市晚,月色鉴湖秋。空有烟霞好,犹为尘世留。"(《忆鉴湖友》)

吴越素为肝胆相照的邻邦,但越人强项,吴人奢靡,民风扞格难通。浙东学风与湘湖学风相近,而去浙西较远。王阳明只能从姚江走出,而不可能从秦淮河畔崛起。秦淮河出名士,越地出志士。即便是名士,也带有孤傲倔强的志士风。湛若水(号甘泉)在给这位古越阳明子作的墓志铭中深情地说:"夫水土之积也厚,其生物必藩,有以也夫。"——良有以也!

黄宗羲在《余姚县重修儒学记》中语涉夸张地概括姚江之学:

> 元末明初,经生学人习熟先儒之成说,不异童子之述朱、书家之临帖,天下汩没于支离章句之中。吴康斋、陈白沙稍见端倪,而未臻美大圣神之域,学脉几乎绝矣。……贞元之运,融结于姚江之学校。于是阳明先生者出,以心学教天下,视以作圣之路。马医夏畦,皆可反身认取;步趋唯诺,无非大和真觉。圣人去人不远……至谓千五百年之间,天地亦是架漏过时,人心亦是牵补度日,是人皆不可为尧舜矣。非阳明亦孰雪此冤哉!……

今之学脉不绝，衣被天下者，皆吾姚江学校之功也。是以三百年以来，凡国家大节目，必吾姚江学校之人，出而措定……故姚江学校之盛衰，关系天下之盛衰也。……阳明非姚江所得而私也，天下皆学阳明之学，志阳明之志……

——《南雷文定三集》卷一

启蒙大师

黄宗羲在上述引文中用姚江学校代指了姚江之学，姚江学校培养的人才对南明政权发挥了他所说的作用，而当时像姚江一样的学校太少了，尤其是入清之后，哪里还有以天下为己任的"学校"？姚江之学也没有辉煌到"天下皆学阳明之学，志阳明之志"的程度，果真如此，怎会在王阳明尸骨未寒之际即被朝廷宣布为"伪学"而遭天下禁毁？不算政治账，仅就学术影响而言，阳明心学在广大北方没有形成气候，在阳明心学广为传播的晚明，也没有跨过长江——山东略有几个讲阳明心学的。阳明心学的盛传在吴、越、楚、蜀。

儒学的命脉在书院，阳明心学的传播主要也靠书院。朱元璋、朱棣分别在南京和北京设立国子监，加大科举规模，有用学校教育取代书院的意思，但是书院没有绝迹，尚有洙泗书院、尼山书院、濂溪书院，但既未出人才也没有影响。明代的书院振兴始于王阳明、湛若水。王阳明创建了龙冈书院，复兴了贵阳书院、濂溪书院、白鹿洞书院，讲学于稽山书院，开办了南宁书院、敷文书院，还为东林书院、平山书院、紫阳书院、万松书院撰写过"记"，以推广书院教育。他五十四岁的时候，学生在他家建成了阳明书院。但更重要的是阳明心学的启蒙精神和力度，的确关乎天下之盛衰。王阳明之"吾性自足"在"觉性"。人人皆有觉性，一旦觉性通贯，就可以感寂无间、显微一致、知行合一，从而无施不可。这个心性事功合二为一的新思想，震动科场理学大厦，吹响了从明至清的启蒙号角。

王阳明是个启蒙大师，上对八十老翁下对三尺孩童讲，对苗族、瑶族不通汉语的人讲，对聋哑人讲。他天天讲、月月讲、年年讲，随时随地讲——游山玩水的时候讲、喝酒吟唱的时候讲、行军打仗的时候讲、日常闲居会客的时候讲、坐船骑马的时候讲、给朋友写信作序的时候讲。尤为可感的是，他把官场当学堂，把处理公务当成讲学，把晓谕百姓、招抚洞匪当成讲学，就是发布个告示、给其他衙门行个公文也是用哲理开头、结尾——也是在讲学。因为他讲的是"心"（心即理），讲的是如何"用心"（知行合一），讲的是如何"正确最大化"（致良知）。他不用"备课"，张口即是，因为他本着自己的良知而行。王阳明及其徒弟主讲过的书院都成了王阳明心学的播种机、宣传队。

他倒霉在讲学上。他活着的时候，朝廷厌恶他到处讲学，不重用他，最后削夺他的封爵的理由是他的"伪学"破坏了天下读书人的风气。要求"人人讲良心"坏了读书人的风气，那要求不讲良心就不坏了？王阳明不会像岳飞那样写"天理昭昭！天理昭昭！"了，因为他大行了，让我们替他说声"秋风秋雨愁煞人"吧。

他也永垂不朽在讲学上。明代的官员成千上万，文学有比他好的，功劳有比他大的，然而只有他被当成"源头活水"，就因为他讲出了个心学。

他不仅在平叛时奋不顾身，在讲学时也奋不顾身！他不仅在平叛时沉机曲算，在讲学时也沉机曲算。这条夜航船是讲学船，讲出了姚江之学，从而夜里有了光——光不仅在烛上！

有一天，大街上传来吵架声。甲说："你无天理。"乙说："你无天理。"甲说："你欺心。"乙说："你欺心。"王阳明招呼弟子快来听。学生说："村民吵架有啥可听的？"他说："他们在讲学，他们一个劲地在说'天理''心'。"学生问："既是讲学，又何必骂？"王阳明说："他们只知道责备别人，不肯反省自己啊！"

第二回　内圣外王起脚处

释家、道家是宗教，是形而上的求根本的学说，其精神能量与辞章、骑射、任侠不可同日而语。颖悟过人的王阳明，少年接受大众化的佛教、道教，青年契入二氏之学，形成了有自己个性的身心儒学，佛禅、仙老是他精神探险之旅的起脚处。

亲佛近道学养生

王阳明是片织锦，由无数个线头织成，但不管有多少条线，有一条最要紧的隐线：他是个病人。五岁后才开始说话，使他形成内倾型性格，凡有触念，先在心里回环，长大了读书时亦好"每对书辄静坐凝思"（《王阳明年谱》，后简称《年谱》）。后来，他用练习书法的经验阐明格物致知的原理："吾始学书，对模古帖，止得字形。后举笔不轻落纸，凝思静虑，拟形于心，久之始通其法。"（《年谱》）他在因格竹子而病倒以前有过男孩子尚武、好骑射之"任侠"期，也是他一生唯一的健康期。如果他没有因为格竹子而得肺病，他成为一个戚继光式的武将也未可知。关于格竹子时的年龄还是以他自己说的为准，据《阳明先生遗言录》：

> 先生曰：某十五六岁时，便有志于圣人之道，但于先儒格致之说若无所入，一向姑放下了。一日寓书斋，对数筵竹，要去格他理之所以然。茫然无可得，遂深思数日，卒遇危疾，几至不起，乃疑圣人之道恐非吾分所及，且随时去学科举之业。既后心不自已，略要起思，旧病又发。于是又放情去学二氏，觉得二氏之学比之吾儒反觉径捷，遂欣然去究竟其说。

他自己说透了与释家、道家的因缘：放情去学二氏之学，是因为旧病复发；去究竟其说，是觉得比儒学径捷。径捷在哪里了？径捷在直接有益于身心。现存最权威的王阳明画像是故宫博物院藏的那一张：消瘦清癯，虽不能妄断是痨病脸也庶几近之。忧思伤脾肺，更何况，在16世纪的中国，肺病、肺痨是要命的。他当官以后去修王越墓时坠马吐血，此病遂伴他终身矣！他一生将近二十次上疏"乞"养病、归省、退休，"乞骸骨"，不是策略性的，他确实有病。有病也使他急于成功，乃至形成了他干什么都"奋不顾身"的性格特征。他对于二氏之学不是业余爱好，是"放情去学"，是"欣然去究竟其说"。这是成就他心学大师的肯綮。

现存王阳明最早的文字是《资圣寺杏花楼》（七言八句）："东风日日杏花开，春雪多情故换胎。素质翻疑同苦李，淡妆新解学寒梅。心成铁石还谁赋？冻合青枝亦任猜。迷却晚来沽酒处，午桥真讶灞桥回。"他时年八岁。全诗没有佛韵禅风，只是因为王阳明随当塾师的父亲住在海盐资圣寺，而成了他亲近佛法的第一站（王阳明多次自承"究心于老、释"自八岁始）。他在寺院里住着，自然能够接触到佛法常识。他后来喜欢游览、寄寓寺院，则有大量诗文为证。至于他如何"究心"佛法，又达到了什么程度，只能从他的心学中找"内证"了。他九岁离开资圣寺，留下"他日重来是故乡"（《寓资圣僧房》）这样富于温情的话。现存其十二岁作的《蔽月山房》是颇有禅风禅韵的：

> 山近月远觉月小，便道此山大于月。
> 若有人眼大如天，还见山小月更阔。

临摹和尚怀素的书法，也是他"究心"佛法的一个重要途径。十七岁那一年，他迎娶夫人。住在岳丈家一年半，他在书房练成了一名书法家。对他助力最大的是怀素狂逸的笔法。他一生数次临摹怀素的《自叙帖》。书法的形式感与禅的不可言说性，内化于他的潜意识中。

他的岳父诸养和是余姚人，时任江西布政司参议，与王华是"金石相契"的至交。在王阳明还是个嬉笑无方的小孩时，诸养和到王家串门，非常赏识活泼的小阳明，慨然允诺将女儿许配给他。

新婚合卺之日，他却闲行步入一个叫"铁柱宫"的道观，见一道士跌坐一榻，遂即问讯，"遂相与对坐忘归"（《年谱》）。"对坐"是在师傅指导下一起练习。王阳明曾自道八岁即"妄意神仙"，十年来他琢磨"养生之说"，有了相当的经验。

东林领袖高攀龙说阳明心学是从铁柱宫道士学养生一段来。王阳明的弟子们经反复商量，决定在《年谱》中标出这件事以"提醒"人：本师门之儒学是真诚的、有技术含量的心性之学，是以身体为中心的身心之学。

《王龙溪先生全集·滁州会语》详细记录了王阳明早年静坐修炼的情况：

> 究心于老佛之学，缘洞天精庐。日夕勤修炼，习伏藏，洞悉机要，其于彼（老、佛）家所谓"见性""抱一"之旨，非通其义，盖已得髓矣。（王阳明）自谓："尝于静中，内照形躯如水晶宫，忘己忘物，忘天忘地，与虚空同体，光耀神奇，恍惚变幻，以欲言而忘其所以言，乃真境象也。"

能内照形躯，而且看得透明（水晶宫），已经到了开天眼的程度，能够与虚空同体，则是开悟境界。明代论内丹修炼的名著《性命圭旨·利集》收录王阳明《口诀》：

> 闲观物态皆生意，静悟天机入窅冥。
> 道在险夷随地乐，心忘鱼鸟自流形。

他因曾潜心出入二氏才追求真切亲证，他又极善"化而通之"，力求万物皆备于我。他的学生都说他的圣雄全才来自其"学问全功"，如胡松说："先生之才之全，盖出于其学如此。"他的"学"是"通"学，从而能把儒释道变成统一的精神哲学——心学，从而成就圣雄全功。

一生患病的身体使他从心里喜欢养生学，钱绪山说王阳明"因学养生，而沉酣于二氏"，切身体验出仙释二氏之学"其妙与圣人只有毫厘之间"，而且终身"每谈二氏，犹若津津有味"，并作为引领学生修养的入门路径，他认为"能完善此身谓之仙，能不染世累谓之佛，二氏之用皆我之用也"（《天台集·新建侯文成王先生世家》）。王阳明的病和他终身对仙释二氏之学的喜爱使他从章句之学转向身心之学，使他的心学有了以身体为中心的特征。他的道心是性命之学的道心。

他三十七岁时在龙场时写的《答人问神仙》中明晰表述了这个好而未通的历程："仆诚八岁而即好其说，而今已余三十年矣，齿渐摇动，发已有一二茎变化成白，目光仅盈尺，声闻函丈之外，又常经月不出，药量骤进，此殆其效也。"他是在现身说法，证明神仙之道不足凭。但是，他也承认了从八岁开始形成的精神倾向，一直延续了三十年，尽管时断时续，却也算痴心不改了。他后来把圣贤之学与修炼养身统一起来，明确表示"养德养身，只是一事"（《与陆原静》）。

释家、道家是宗教，是形而上的求根本的学说，其精神能量与辞章、骑射、任侠不可同日而语。颖悟过人的王阳明，少年时接受大众化的佛教、道教，青年时契入二氏之学，形成了有自己个性的身心儒学。佛禅、仙老是他精神探险之旅的起脚处。他一生用二氏之学平静怀才不遇的悲愤，"每谈二氏，犹若津津有味"。

侠客梦

王阳明生来"英毅凌迈，超侠不羁"，王阳明曾跟皇上说"平生性野多违俗""臣在少年，粗心浮言，狂诞自居"。他性情活泼好动，蹿奔跳跃，矫健异常。张岱在《陶庵梦忆·炉峰月》中说王阳明能一跃跨过"两石不相接者丈许"的千丈岩，"人服其胆"。胆大心细是王阳明的基本性格。

他十二岁在京师读私塾，不肯专心诵读，每潜出与群儿戏，制大小旗居中调度，左旋右旋，略如战阵之势。龙山公（王华）出见之，怒曰："吾家世以读书显，安用是为？"先生曰："读书有何用处？"龙山公曰："读书则为大官，如汝父中状元，皆读书之力也。"先生曰："父中状元，子孙世代还是状元吗？"龙山公曰："止吾一世耳。汝若中状元，还是去勤读。"先生笑曰："一代，虽状元不为稀罕。"父益怒扑责之。王华常常担心儿子会不成器，王天叙觉得自己的孙子不是凡品，而且他更愿意相信相面先生的美妙预言："此子他日官至极品，当立异等功名。"成功后的王阳明总结道："儒者患不知兵。仲尼有文章，必有武备。区区章句之儒，平日叨窃富贵，以辞章粉饰太平，临事遇变，束手无策，此通儒之所羞也。"（冯梦龙《皇明大儒王阳明先生出身靖乱录》卷上）

于谦领导的北京保卫战是小阳明心中一个谜。十三岁的他在京城四处逡巡，想了解实战情景。他在于谦的祠堂前题下这样一联：

> 赤手挽银河，公自大名垂宇宙。
> 青山埋忠骨，我来何处吊英贤。

他在居庸关附近游览长城，拜访乡村老人，询问北方少数民族的生活习俗，了解古代征战的细节，凭吊古战场，思考御边方策。十五岁时，他居然梦见自己去参拜伏波将军庙，还有一首诗："卷甲归来马伏波，早年兵法鬓毛旛。云埋铜柱雷轰折，六字题文尚不磨。"这位将军叫马援，是征讨交趾苗乱的名将。王阳明临死前，居然亲身到了伏波庙，跟他之前梦见的一样。

他屡屡想向朝廷献上自己的"平安策"。建功立业的功名心也是其早期经验的重要内容，心学家区别于理学家的一个特点是"好事"。那位状元老子斥责他太狂妄了："你懂什么！治安缉盗要有具体办法，不是说几句现成话就能见效的。还是先敦实你的学问，再来建功立业吧。"

在众多评论里，只有章太炎慧眼识英雄，他在《王文成公全书题辞》中说，王阳明以豪杰抗志为学，要求人勇于改过而促为善，完全是子路以行带知"儒侠"一系的。这一系的儒，自宋代而"金镜坠"，自王阳明出而再高挂起来。章太炎说中国不缺少那些"降臣贱士""倡优"式的儒、清谈的儒，就是缺少"起贱儒为志士，屏唇舌之论以归躬行"的侠儒："径行而易入，使人勇改过而促为善者，则远莫如子路，近莫如〔王〕文成。"

所谓哲学史，是哲学家气质史。王阳明的知行合一由这种侠儒的气质而生，也是这种味道的知行合一，不是唇舌之论。

圣人必可学而至

十二岁那一年，他问塾师："何为第一等事？"塾师说："惟读书登第耳。"王阳明凭着童心的"大和真觉"反驳老师："登第恐未为第一等事，或读书学圣贤耳。"一个孩子怎么会想到这一层呢？只能说是其好奇心高远、好胜心强烈，具有不可抑制的实验冲动。他格竹子就是这种实验性格的行为艺术：把自己当演员，与竹子互动共舞，不是主观看客观，是寻找自己的感觉在怎样工作，避开经验，试试自己的反思能走到什么境界。戴震小时候问他的老师："朱熹怎么知道千年以前的事情？"梁启超夸张地说："这一问问出了三百年启蒙思潮。"王阳明这一问一答，开辟了心学谱系"人人皆可成圣贤"之自己成全自己的人生跑道。读书学圣贤是追求内圣，登第是世俗的外在成功。登第只能管一世之吃喝，学至圣贤则能永垂不朽。立什么志成什么人，以伟人自期的英雄主义，是大丈夫薪尽火传之心灯。

十八岁这年他与当时的名儒娄谅（一斋，1422—1491）的会面成为他迈进儒学门槛的标志，用《年谱》的话说"先生始慕圣学"。

他领着夫人回余姚，坐船过广信（今上饶市），他特意下船专程去拜访了娄谅。娄谅是明初著名理学家吴与弼的学生。吴与弼是以朱学为正宗的，也有点心学倾向，娄谅亦然。娄谅向王阳明讲了"圣人必可学而至"的道理。这其实是儒学的通则，无论理学还是心学都笃信学而致圣的原理。只因正搔着王阳明此时的痒处，"遂深契之"。直接听能感受到简易明细的思路，大儒的气象本身也有感染力。从此，王阳明更坚定了学做圣贤的志向：只要通过"学"能成圣，那我肯定能成功。

娄谅能点透眼前这个年轻人，因为他也有成圣之志。娄谅曾经游走四方，遍求名师，结果非常失望："都是些举子学，不是身心学。"辗转听说江西临川的吴康斋（与弼）是个圣人，遂从老家广信出发"朝圣"。这一次没有失望，吴康斋也"一见喜之"，说："老夫聪明性紧，贤也聪明性紧。"吴康斋针对娄谅豪迈不治细事的特点，告诫他："学者须亲细务。"娄谅以收"放心"为居敬之门，以"勿助""勿忘"为居敬要指。这些也都是王阳明后来天天讲的，尤其是亲细务、事上磨。

黄宗羲在《明儒学案》卷二中明确地说，王阳明的姚江之学，娄发其端也。娄谅反对"举子学"，倡导"身心学"，议论虽主程朱居敬之旨，却深深地潜行着周濂溪、程明道之学，而濂溪、明道正是心学的一个有力的来源。谓娄发姚江之端，其实是娄谅契合了王阳明的心志，更是那个"道"本身召唤了他俩对跑道的选择。包括人们常说晚明浪漫洪流是"左派王学"开启，那"根"也不在阳明心学而在浪漫。

明人上至皇帝、大儒下至愚夫愚妇都信神秘数术。娄谅在英宗天顺七年（癸未，1463 年）进京参加会试，走到杭州突然返回。

人们问为什么，他说："此行非为不第，且有危祸。"果然，会试的贡院起火，举子被烧伤烧死者无算。黄宗羲说这是他"静久而明"有了神术。然而，他没有算出他的女儿嫁给宁王，使得他的子侄多被捉拿，门生散谪，他这一脉宗门狼狈不堪、寥落星散。王阳明平宁王后给已经自杀的"娄妃"以礼葬，既表彰其深明大义规劝宁王勿反的知礼精神，又报答了当年受娄谅点拨的恩情。

即使娄谅不算阳明心学的发端，阳明心学也不是空穴来风。吴康斋的另一学生谢西山就曾提出过"知行合一，学之要也"。吴康斋就讲究身体力验，只在走趋语默之间，出作人息，刻刻不忘，自成片段。他的口号是"敬义夹持，诚明两进"。他与来从游的弟子一起躬耕，自食其力，雨中披蓑笠，负耒耜，并耕于野，和学生一起吃最普通的百姓饭。陈白沙从广东来就学，晨光初现，康斋就亲自簸谷子。陈白沙不起，吴康斋大吼："秀才！若为懒惰，即他日何从到伊川门下？又何从到孟子门下？"有一次割庄稼割伤了手，吴康斋说："何为物所胜？"照割如初。曾感叹笺注太繁，无益有害，因此不轻率著述。省郡交章举荐他，他不去当官，他说："宦官、释氏不除，而欲天下之治，难矣。吾宁出为！"（均见《明儒学案》卷一）他已在"转"理学，尽管他并不想破理学规矩，是理学作为一个学科太成熟了自然会出现危机。这种规矩儒者对理学的转变，更有说服力地证明了理学非转不行了，至少靠辞章传注不能维持其精神力量了。心学转变理学就是要重建儒学的精神路径、界面以满足人们那新的精神需求。转向心学乃是时代走势，王阳明是应运而生。

不过，理学的藩篱是坚固耐用的，它已经是"传统的权力"了。娄谅向王阳明讲得更多的还是"宋儒的格物之学""居敬功夫"。王阳明过去是个活泼诙谐、爱开玩笑的人，别过娄谅后，变得"端坐省言"起来。他的从弟、妹婿觉得奇怪，他说："吾昔日放逸，今知过矣。"王阳明从此有了"道学气"。然而，他也不是老老实实的道学先生，中年以后常爱手持拂尘（他年轻的时候成立过"扫尘社"，到晚年都在用扫尘喻指去蔽），像个道士似的。

弘治三年（1490年），王华服父丧回到老家余姚，监督着子弟们讲析经义，以备应举考试。王阳明白天随众学习举子业，晚上搜取经史子集读之，常常读到深夜，打下了后来能够旁征博引的文史基础。从弟、妹婿们见他文字日进，愧叹弗如，感到"彼已游心举业外矣，吾辈不及也"（《年谱》），这也是老子说的"后其身而身先，外其身而身存"。

王阳明一生都得力于这种入乎其内而出乎其外的实验心性、跨界打通的心法，而且总是就根源性问题提问，永远突出简单要点，寻求最为究竟的答案。

纸上谈兵

王阳明二十一岁时参加浙江乡试，一举成功。这样轻松，往往昭示着坎坷在后头。他专心科考却在弘治六年（1493年）举行的会试中下第了。上天像特意要"苦其心志，劳其筋骨"地锻炼考验他似的，偏不要他没找到自我就混入销人灵魂的官僚队伍当中。等到弘治九年（1496年）会试，他又落榜了。他在"随世就辞章之学"的同时，再度燃起对兵学的热情。早期侠客梦是个底子，现实刺激是契机，科举失败反弹出来的济世热情，以及文武并进才能成圣成雄的儒生信念，使他沉浸于兵典武学，以透视兵学的奥秘。

钱德洪说乃师在弘治十年（1497年），"凡兵家秘书，莫不精究"（《年谱》）。王阳明读了哪些秘籍不得而知，从保存下来的评语来看，他评的只是宋代编辑的《武经七书》:《孙子》《司马法》《尉缭子》《六韬》《吴子》《三略》《唐李问对》。南宋高宗时，曾指定《武经七书》为选拔将领考试的必读书，使它们在社会上广为流传。他的批评可分两类：一是验证圣学之不误，属于理论性的总结；二是实践性的技术性的领会，即徐光启所谓"实用固彰彰不诬"的"术"。

《司马法》对他的影响相当大，不仅体现在领兵打仗时讲究行伍管理、练兵为先，尤其表现为抱有仁政思想。他此时对《司马法》第二篇《天子之义》发挥性的议论就见其根基：

> 先之以教民，至誓师用兵之时，犹必以礼与法相表里，文与武相左右，即"赏罚且设而不用"，直归之"克让克和"，此真天子之义，能取法天地而观于先圣者也。

这是用"儒"释"兵"，倘将兵者都如此行事，则生灵有幸。司马穰苴在本篇中讲了许多切合实用的规定，比《孙子》具体，王阳明此时的"知"变成了将来的"行"。

他只对《唐李问对》下卷做了一句评论："李靖一书，总之祖孙、吴而未尽其妙，然以当孙、吴注脚亦可。"说《尉缭子》"通卷论形势而已"。特别就"将理"重审因有感觉，尤重视"兵教"："巧者不过习者之门。兵之用奇，全从教习中来。若平居教习不素，一旦有急，驱之赴敌，有闻金鼓而目眩者矣，安望出死力而决胜乎？"这一点对胡宗宪、戚继光有非常之启发。他在江西就整日练兵，逗得宁王的谋士直笑话他。

他谈得最多的是《孙子》："校之以计而索其情为兵家秘密藏，即下文所谓权也，诡也。"——"此中校量计画，有多少神明妙用在"。首先需要破除的是一厢情愿的"揣摩法"，八股教育体制培养原理就是揣摩，揣摩总是以己度人，难免唯我唯心。而兵法首重一个"因"字。王阳明说："因敌变化而取胜，谓神。"因利制权要有"先着"，如后来平宁王先制造假消息说大军来围剿、滞留宁王于南昌。而"相敌情有如烛照，得之机先，非关揣摩"。王阳明文人领兵没有文人病，起脚于王阳明现在的"备课"啊。

其次是怎样保证全胜。这又分两个层面：一是平时治兵，二是打起来时的用兵。治兵除了平居教习有素，关键在"治气、治心、治力"，塑造军魂以御众。用兵如神要有个练兵如神在前面。王阳明说这叫"修治而保法"，能达到用众若使一人、若出一心，"则战未有不出死力气者"。临战则要"变动不居，周流六虚"，他说这是《周易》的原理，"奇兵作用悉本于此"，而且要"奇而不杂于正"，因为杂于正就必沓泄，奇不起来了。"善出奇者，无穷如天地""知天知地，胜乃可全"。既要深入掌握其"几"，又要充分临场发挥。归到"'全'之一字，争胜天下"。兵道的总原则就是：误人而不误于人，致人而不致于人。靠什么？就是靠万全的谋略。《军争第七》的评语亦见心学受益于兵学的痕迹：

> 善战不战，故于军争之中，寓不争之妙（有点禅韵了：虚胜实。他在另外一处说"有不战，战必胜矣"）。

"以迂为直，以患为利"，"分合为变"，"悬权（秤砣）而动"；而必申之以避锐击惰，"以治"（治气、治心、治力），"以静"（不可怒而兴师致战），"无要"（智者杂于利害），"无击"（恃吾有以待之），"勿向"（以分合为变），"勿逆"（因利制权）等语，所谓"校之以计而索其情"者，审也。非直能以不争胜争，抑亦能不即危，故无失利。

　　王阳明真是个心细如发、追求万全的智者。是否可以这样说：心学在制敌时是兵道，在克己时是儒术？王阳明后来成雄靠兵道，成圣靠儒术。兵道是最不能一厢情愿的，成圣又是最要一厢情愿的（"我欲仁，斯仁至矣"），他是觉得只有将两者合为一体时才算成功，这也是他努力要解决朱子将理与心分为二这一关键问题的肯綮之所在。这也算阳明心学的秘密吧。

　　儒生是当然的人治主义者，读《九变第八》时，他重申了"有治人无治法"的主张后，愤世嫉俗地说："国家诚得于'九变'之将，则于'五利''五危'之几，何不烛照数计，而又何覆军杀将之足虞乎？"因为他当然知道是一帮浑蛋在误国害民。明代民变无一日无之。用正史的话说即所谓"明贼忒伙"，尤使肉食者头疼的是"边患"，先是西北，后是东北的少数民族不断地攻掠。他是带着问题来学的。在具体战役中，还就是良将赢，窳将输；多算胜，少算不胜。如写过著名的《中山狼传》的马中锡作战不利，下狱论死，连举荐马的大僚也被撤职。人治的体制本质上要求谁给的官对谁负责，只求上峰满意是其"自然法"。所以，形成王阳明特别指控的常规现象：

今之用兵者，只为求名避罪一个念头先横胸臆，所以地形在目而不知趋避，敌情我献而不知觉察，若果"进不求名，退不避罪"，单留一片报国丹心，将苟利国家，生死以之，又何愁不能"计险厄远近"，而"料敌制胜"乎？

——《地形第十》批语

先有一个求名避罪的念头就心里蒙了尘，就看不出地形的利害、敌我情况的变化了。不敢说林则徐的名言"苟利国家生死以"是从王阳明这里来，却可以说这是历代志士仁人共同信奉的格言。王阳明说有了丹心就不愁能力。其实，真要料敌制胜，必须做足知己知彼的功课。王阳明说不用乖觉的向导就不能得"地利"，"不爱爵禄，捐金反间，是一要着"——平宁王最关键的一步是把贼首叶芳拉过来，因为他的人马骁勇善战，他帮谁谁赢。宁王下了很大功夫，王阳明下的功夫更大，早早给了叶芳许多木料让他广造房屋（使其临战不忍弃家从宁王），后又许诺把宁王府的财宝都给他。鄱阳湖决战时，宁王叶芳出现——他出现了，却冲垮了宁王的阵脚。当然，王阳明也因此而沦于"说不清楚"的迥途。

王阳明对孙子的《用间》的议论，有点见利不见害，以为"知此一法，任敌之坚坚完垒，而无不可破，横行直撞，直游刃有余了。总之，不出'校之以计而索其情'一语"。仅仅视间谍为索情之具，而忽略了孙子劝诫慎用间谍的一贯思想——用间乃死道。他平宁王用间得手也愧疚终身。且不说那些死了也得不到抚恤的间谍，他派冀元亨去侦察宁王，却被朝廷作为私通宁王的证据，冀元亨坐大狱六年，出狱后五天便死了。心学家倜傥简易，也难免失于轻率。

王阳明谈兵一"化约"、二"意会"。化约法在纸上谈兵时显得简易直接、轻松漂亮。如他读《三略》《六韬》只抓"揽英雄"三个字，并且非常自信地说："《三略》大义，了然心目矣。"寥寥三五句，即了账。他后来广招门徒就在"务揽英雄"。譬如，为罗致王龙溪，让人去跟他赌博。龙溪问：腐儒会玩这？那人说我老师天天玩这个。王龙溪遂见王阳明，后来王龙溪果然光大了阳明心学。

"意会法"则像审美法。他读《文韬·文师》只批了一句："看'嘿嘿昧昧'一语，而韬之大义，已自了然。""嘿嘿昧昧"的意思是虚虚实实，让人琢磨不透，这样可以人不知己、己独知人，这样才能"其光必远"。虚与委蛇、韬光养晦、暗中准备，这是兵法"诡道"。王阳明把"韬略"归结为韬晦、阴谋，一语破的。他对《龙韬·农器》很重视，详加评说："古者寓兵于农，正是此意。无事则吾兵即吾农，有事则吾农即吾兵，以逸待劳，以饱待饥，而不令敌人得窥我虚实，此所以百战百胜。"发现兵民一体是胜利之本，悟透了农耕社会的养兵用兵之道，这使他后来创建了"乡勇""民团"这条启示"路"。

荀子谈兵，受后儒讥评。王阳明却说孔子已言兵。社会越变越复杂，简单拒绝谈兵纯是迂腐。"兵者，拨乱之神"的说法逐渐被人接受，"以暴止暴"几成共识。唐甄说："兵者，国之大事，君子之急务也。"（《潜书·全学》）但单靠阴谋必成强盗世界。问题又回到了心学的命题：志者，帅也。同样一件事，有伊尹之志则可，无伊尹之志则篡。

王阳明恰恰有伊尹之志。然而，此时他只能"每遇宾宴，尝聚果核列阵为戏"（《年谱》）。知之者，知其有远志；不知者还以为他有问题呢。

第三回　英雄心性奴才命

　　最体现王阳明心思的问题是："志伊尹之所志，学颜子之所学。"这是王阳明自己内心的两极，外在欲求对于书生来说就是当首辅，内圣的楷模是颜回。

八股文中的心学端倪

　　无论如何，青年王阳明的主业是科举。他乡试（中举）、会试（中进士）考中的卷子不但保留下来，还被作为范文广泛流传，有的评点家从《鸢飞戾天》(《中庸》)看见不合八股文法（如短句太多），有的评点家从《子哙不得与人燕》(《孟子》)看见了日后平宁王的手段，包括阅卷官都承认一个基本事实：这不是个拘拘模拟之士。

　　乡试八股文《志士仁人》(《论语》)几乎标举出了心学的总纲："心体之光明"。志士仁人是"心之有主者"，因能"决其心"，从而能"全其德"。心有定主，就是有信仰、有理念，因此有了超越私心杂念的精神力量，因此而拥有了"心体之光明"，心体之光明的内容是"存吾心之公"（志士）、"全吾心之仁"（仁人）。他后来把前者叫作"廓然大公"，把后者叫作"一体之仁"，前后一气贯穿。志士"身负纲常之重"，仁人"身会天德之全"，当然能够事变不能惊、利害不能夺、死生不足累，从而能够捐躯赴难以善天下之道。遇到严峻考验的时候，自然"以吾心为重，而以吾身为轻"，以存心为生、以存身为累。在身心两难选择时，为了高尚的心而捐弃沉重的身。精神不死才是永生。

　　心体光明才会慨然赴义，乃至从容就义、勇敢担当不苟且。有人拿八股文做敲门砖，王阳明却以他的一生践履了这篇《志士仁人》论。但这篇《志士仁人》还不能算心学宣言，因为还只是解悟，尽管充满浩然正气，却只是靠心气充到这个境界，还没有亲证体悟，还要经过龙场那临崖一跳，才能自承"心体之光明"。

王阳明于弘治五年（1492年）中举后，在北京国子监读书，这一读就读到了弘治九年（一度在南京国子监就读，也一度当过塾师）。对于一个跨行发展，同时注重发展心灵和手艺的人，他这期间又读兵法又作诗，频频拜会道士和高僧。得国家名器却须中进士！然而，他两次会试失败，个中原因肯定不是《年谱》说的有人嫉妒（我的朋友伍鸿亮猜测是李东阳故意要历练他，可备一说）。我们可注意的是他的豪杰心性："人以落第为耻，吾以落第动心为耻。"

弘治十二年（1499年），他二十八岁，春天会试，"赐二甲进士出身第七人"。第一场考经义，王阳明选了《礼记》。《礼记》是古代齐家治国的政治学，选攻《礼记》这一经是王阳明的政治热情使然。《礼记》通《易》，《易》是他祖传家学，父亲王华是《礼记》学名家，对他灌输较多，他觉得选这一"经"比较有把握。考试题目是《礼记》中的一段话："乐者敦和，率神而从天；礼者别宜，居鬼而从地。故圣人作乐以应天，制礼以配地。"王阳明的《礼记》八股文依然写得廉锐飞扬。

他从造化的角度破题：礼乐是合造化之妙的，不然不能发挥建立秩序而协和天地的功能。造化之妙就是自然之道，自然之道的核心是阴阳，分而言之，乐敦和应天是阳，礼别宜配地是阴。圣人作乐，让人们感觉的是五声六律，这只是"文"，其理在终始相生、清浊相应的"生物之功"，从而"率神""应天"。圣人制礼，有各种规矩、各种制度让人遵守，这只是"仪"，其理在于体现造化的秩序、安于本分，从而"居鬼""配地"。天地鬼神、阴阳礼乐是一不是二。譬如阳是"动"但不能过亢，阴是"静"但不能过肃，动与静是一体的。王阳明结穴收束于："圣人之道，不外乎礼乐，而和序者，礼乐之道也。其实则一而二，不知者乃歧而二之。"二之就背离了圣学宗旨，无法贯彻落实礼乐平衡天下阴阳的立意了。首辅的第一职责是燮理阴阳。

评阅官或赞赏"其气充然"，或认为是"究本之论"，或看重其畅达无滞。一致认为体认分明、说理精深，说透了《礼记》的本质和根本精神。

作"论"的题目是《君子中立而不倚》，王阳明全以"勇"来上下左右申论："勇所以成乎智仁而保此中者也"，而且"国有道无道而不变"才是最高境界的"德义之勇"。当考验来临时，能否中正，关键在于有无道德勇气；能否挺住在于敢不敢铁肩担道义。王阳明说的句句是心里话，尽显侠儒的本性。

后来，他大讲"无我之勇"就是这个"德义之勇"的升华。

跨界发声

这个绍兴"性僻而野"的青年终于步入"承天之门"（即清朝"天安之门"，即今天安门），"观政工部"，工部在东朝房。他家在长安西街，是他父亲的府邸。观政，相当于见习、实习。明朝每科进士约三百人，分到工部约三十人。工部管都邑建设、治漕总河、铁厂织造、屯田铸钱、植树造林等。王阳明可能分到了屯田司，因为派他去督造威宁伯王越的坟墓。他用民工演练编伍和阵法，还在巡查各守镇时发现了问题，写出《陈言边务疏》。当时他的顶头上司是李士实，李士实已是诗文名人，王阳明写了《坠马行》还请他"走笔以补"——跟着唱和。李士实后来成了宁王第一谋士，王阳明给他写信，离间了他与宁王的关系。王阳明坠马是在督造王越墓时，他可以坐轿，但为了练习骑射偏要骑马，结果摔了下来，还吐了血。看来他在"骑"上并没有多么沉溺，此前所谓"溺于骑射"主要功夫下在"射"上了。

他"观政"观得脚踏实地，明白了许多"规矩""掌故""不成文法"，但心体已经有光的他没有兴趣沉浸在官场学里。

对想发财的人来说，工部是好地方，历朝都属工部最富。但王阳明想的是像李东阳那样一篇文章震撼朝廷，从而干一番大事业。他是个不甘庸碌、争分夺秒创建功业的人。一个可遇不可求的机会来了：出现了灾异，朝廷下诏让群臣直言，提合理化建议（董仲舒吓唬皇帝的天人感应灾异示警的学说，被形式上当了真）。王阳明豪情满怀地上了《陈言边务疏》。开头就先对皇上"遇灾能警，临事而惧之盛心"表示感动，因为皇帝这样做是以天下为重的最有诚意的表现。这当然是把皇帝当顺毛驴来抚摸的门面话。下面的内容就像一篇"假如我是首辅"的征文。就首辅文章而言，王阳明已很到位，但那些与时俱灭的话头，今天只可作了解王阳明的"时代背景"来看。"边务"是最让皇帝头痛的事情，不仅显示出皇权的限度，更暴露出大帝国低能的本质。王阳明就从边务不振乃内务腐败这个关系展开他的宏论：

臣愚以为今之大患，在于为大臣者外托慎重老成之名，而内为固禄希宠之计；为左右者（主要指内官），内挟交蟠蔽壅之资，而外肆招权纳贿之恶。习以成俗，互相为奸。忧世者，谓之狂；进言者，诃之浮躁。沮抑正大刚直之气，而养成怯懦因循之风。故其衰耗颓塌，将至于不可支持而不自觉。

这种议论可谓代代有人拼着老命都在讲，历代变法家、改革家都这样提出问题，譬如晚清龚自珍还在这样呼吁，说明这是体制结构上的病源性病毒，不得不治又实难革治。王阳明想让皇帝把边务危机变成"改辕易辙之机""痛革弊源"，是个聪明的建议，但遇上刘备是个好主意，遇上刘禅便是一篇废话。

这时他已意识到人们不肯"知行合一"，常理正道人所共见，不得通行的根源是每个人都有一大套自己的小道理："势有所轶，则委于无可奈何；事惮烦难，则为因循苟且。是以玩习弛废，一至于此。"他希望皇帝将他的八项建议交兵部审议，"斟酌施行"，他担心自己竭忠尽智的建白成为虚文。已不再勤于政事的皇帝能否看到这篇新进士的大作，皇帝有无足够的耐心和体力看或听完他这六千余字的高论都是问题，反正没有得到官方任何反馈。

自然，他白干的事情永远比他没白干的事情要多得多。令人叹服的是他上手就是个老油子，拿出来的八条措施都是切实可行的招儿，用的是"化"劲：顺势御马，让药物的力道推动原肌体向好的方向运转。他前一年学的《孙子兵法》都用上了。既非杜甫式的"高而不切"，也无李白式的华而不实，更不是唐伯虎那种名士风流。当然，也没有进步到黄宗羲、康有为、谭嗣同那样出手就想改革行政机制。在这点上他是个明白的现实主义者、切合实际的合理主义者，从而只是个旧体制中的能员干将。而且，他一干起事情来就没有名士风，也没有隐逸心了。现存的王阳明的文字十之七八是奏疏公移牌令，王阳明的"活"思想也存在于这些公文中。

观政工部而上边务书，是跨界发声，因为他根本就不想按部就班往上"挨"。在言官权重而活跃的明朝，王阳明适合也希望走这条路。他的朋友以礼科都给事中擢少尹京丞，他很感慨地为之"序"："给事，谏官也。京兆，三辅之首也。以给事试京兆，是以谏官试三辅也。……圣天子询事考言，方欲致股肱之良，以希唐虞之盛，耳目之司，顾独不重哉？"王阳明的羡慕之情溢于言表，他还天真地将言官与实职的关系看成"知"与"行"的关系：既然能言之在道，则应该行道有成。

不做空头文学家

王阳明是由文学青年成长为思想家的。少年时代就展露出卓越的文学才华。《评释巧对》载，八岁的王阳明跟着父亲游山，看到弄撮戏高杆的，父出上句："百尺竿头进步。"王阳明对："千层浪里翻身。"或游园，父出上句："一年春长长春发。"王阳明对："五月夏半半夏生。"还有《金山寺》中的"金山一点大如拳，打破维扬水底天"，都见其出手不凡的才气。他科举不售时，曾回老家组建过龙泉诗社。二十九岁，朝廷正式"授刑部云南清吏司主事"，王阳明是京城少壮派文官了，格局和平台都是"国家级"的了。他遇上的文学总形势是李、何之"前七子"要取代"三杨"之台阁体的复古思潮。"三杨"因所辅皇帝年幼，又能与太监周旋，遂在位久，任阁臣都在四十余年，从成祖始历事四朝，是历史上罕见的长命辅臣。杨士奇、杨荣、杨溥，能久立不败之地，是因为他们"能原本儒术，通达事几，协力相资"（《明史》本传赞）。台阁体的最后遗响是李东阳，他因一篇文章被弘治"称善"，遂"入阁专典诰敕"，不到三年就成了文渊阁大学士，"为文典雅流丽，朝廷大著作多出其手"，"自明兴以来，宰臣以文章领袖缙绅者，杨士奇后，东阳而已"（《明史》本传）。他是王阳明、李梦阳、何景明这一茬人的首辅。王阳明于弘治十二年所作的长诗《坠马行》中对李东阳频频致意："西涯先生（东阳）真缪爱，感此慰问勤拳情。入门下马坐则坐，往往东来须一过。词林意气薄云汉，高义谁云在曹佐。"李东阳半看王华情面，半赏识王阳明，对王阳明是有过帮助的。他本来是王阳明的恩师和榜样，后来因为与刘瑾为伍而被称为"伴食宰相"，王阳明对他便有讥评了。这是王阳明当不了首辅的地方：豪杰有余，圆融不够。

李东阳已有点儿求变之声，论诗多附和严羽，自然还端着讲究形式的台阁大架子。李梦阳讥笑他太"萎弱"。李梦阳以他特有的嚣张气质，位卑言高，勇于拉起杆子来大干，与何景明、徐祯卿、康海、王九思、边贡、朱应登、顾璘、郑善夫、陈沂被后世称为"十才子"，又与王廷相再加上这些人中的前五位，被后世称为"前七子"，皆卑视一世，而李梦阳为领袖。这一彪不可一世的文学好汉，除了李梦阳比王阳明小一岁，别人都比王阳明小五岁以上。中举中进士的年头也相若，李梦阳与王阳明是同年举人，次年就及第了。何景明比王阳明小十一岁，中进士只比王阳明晚一科。他们相互唱和，诗酒酬对，声气相投。钱谦益《列朝诗集小传·王新建守仁》载，"先生在部署，与李空同诸人游，刻意为辞章"，投入了相当的精力和热情。总想与人不同、出奇制胜的青年王阳明，加入李、何一路，并非为了来赶已成时髦的复古思潮。他倾向复古是其心路历程的内在需要。当他不满足文必秦汉、诗必盛唐，要复古就复到"三代之治"的时候，他就不想做空头文学家了。

李梦阳等人的集子里保留着与王阳明赠答的作品，而王阳明的集子里没有他们的只字音耗。因为王阳明后来"幡然悔之"："以有限之精神，蔽于无用之空谈，何异隋珠弹雀，其昧于轻重亦甚矣。纵欲立言为不朽之业，等而上之，更当有自立处。大丈夫出世一番，岂应泯泯若是而已乎！"（《王龙溪先生全集》卷一六）《传习录》有这样一段话，包含着他对泛滥辞章的悔意，也是修炼心意的紧要节目：

> 种树者必先培其根，种德者必先养其心。欲树之长，必于始生时删其繁枝；欲德之盛，必于始学时去夫外好。如外好诗文，则精神日渐漏泄在诗文上去。凡百好皆然。……树初生时，便抽繁枝，亦须刊落，然后枝干能大。初学时亦然。故立志贵专一。

黄绾在王氏行状中说："日事案牍（做本职工作），夜归必燃灯读'五经'及先秦两汉书，为文字益工。龙山公（王华）恐过劳成疾，禁家人不许置灯书室。俟龙山公寝，复燃，必至夜分，因得呕血疾（这是他吐血原因的又一种说法）。"文字益工是练出来的，他作文总是反复修改，到他老而益工、几达化境的时候也是反复修润，以他英敏的才智，如此刻苦的力行，造诣令人瞩目是可想而知的。黄绾说他此时与李、何诸公"以才名争驰骋"，于是有了专门来找他作序记的四方之士。

现在的《王阳明全集》中，序是其散文（不及其公文的五十分之一）的大宗：给别人诗文集作序，还有一些送赠序记，都写得真诚自然、古朴灵动，比那"七子""十子"都写得好，就是在整部中国散文史中也有一种别样的好——不仅词工，而且义高情腴，还活泼清新，最不可及的是尤能体道慕德，追求形而上的体验。他已被朋友视为"粹于道"者。就说怎么当官吧，他主张为了行道：

> 古之仕者，将以行其道；今之仕者，将以利其身。将以行其道，故能不以险夷得丧动其心，而唯道之行为休戚。利其身，故怀土偷安，见利而趋，见难而惧。
>
> ——《送黄敬夫先生佥宪广西序》

"行其道"与"利其身"是个永恒的义利之辨。王阳明是自觉的"体道慕德"的志士。

刑部里的名士

王阳明当然也有足够多的文人雅趣，与朋友同志四时赏景，唱和联句。一次，重阳节过了十五天，官邸中的花"盛开且衰"，他们的雅集几乎变成了"新亭对泣"："相与感时物之变衰，叹人事之超忽，发为歌诗，遂成联句。郁然而忧深，悄然而情隐，虽故托辞于觞咏，而沉痛惋恺，终有异乎昔之举酒花前，剧饮酣歌，陶然而乐者矣。"（《对菊联句序》）对时间的恐惧，让他"郁然而忧深"。

王阳明是个万花筒，横看成岭侧成峰。他刚刚中进士后，以极大的热情关注边患，有点大丈夫立功异域的幻想；但他很快清醒地看到世事难为，如他感慨的："西北方多事，自夏徂秋，荒顿窘戚。"（《对菊联句序》）这个极想做一番大事业的人，也不得不有"吏而隐"之思了："守仁性僻而野，尝思麋豕木石之群。"（《对菊联句序》）各位同道也是虽为国之"利器"，"而飘然每有烟霞林壑之想"。与"让最软弱的也起来反抗说明压迫得过了头"同样的道理，让最有事业心、功名心的人生出隐退心，足见世道太难以用其志了。他"观政"的结果是不如归去，然而又不真回去。

一个有牢骚气的隐者绝不是个真隐士，倒是名士气味很足。这个时期，他学习王维的画，画了一些山水画，书法也大有进步，生活方式颇有江南名士的风格。他多次赞美唐伯虎的画是神品。反映这种名士情绪的作品不少，仅录《奉和宗一高韵》以概其余：

懒爱官闲不计升，解嘲还计昔人曾。
沉迷簿领今应免，料理诗篇老更能。
未许少陵夸吏隐，真同摩诘作禅僧。
龙渊且复三冬蛰，鹏翼终当万里腾。

因为懒而满意现在的状况是矫情话，这个写八股文能写真话的人，写诗反而不坦白，既然不许少陵夸吏隐就是说我比他更隐，还要学王维做禅僧，那还要什么万里腾？

一有工作，王阳明就干劲儿冲天了，三十岁这一年他奉命去直隶、淮安等府审决重囚，"冲冒风寒，恬无顾忌"(《乞养病疏》)。他的人道情怀使他对一些囚犯"多所平反"，也力排众议，伸张正义："决囚南畿。有陈指挥者杀十八人，系狱，屡贿当道，十余岁不决。王公至，首命诛之，巡抚御史又为力请，而王公竟不从。……竟斩于市，市人无不啮指称快。"(都穆《都公谭纂》)他在巡视一个牢狱时，发现狱吏养猪，他要纠察此事，群吏跪伏请宽。王阳明下令杀猪，分食诸囚。(束景南《王阳明佚文辑考编年》)

一闲下来，王阳明上了九华山，又有了如同龄人唐伯虎那样的名士的牢骚："却怀刘项当年事，不及山中一着棋。"(《题四老围棋图》)他发狠地说："吾诚不能同草木而腐朽，又何避乎群喙之呶呶！"(《游九华赋》)他同情李白未展其才："谪仙凄隐地，千载尚高风。"(《李白祠》)

他在九华山专门拜访了一个善谈仙家事的道士蔡蓬头。蔡蓬头见了王阳明只说："尚未。"过了一会儿，王阳明避开左右，与道士到了后亭，再度请教。蔡蓬头还是只说了"尚未"。王阳明再三恳求，蔡蓬头才说："汝后堂后亭礼虽隆，终不忘官相。"说完，一笑而别。道士的意思是，他的"底子"可望成仙，但太想当官了。仙人觉得想当官的人是聪明的傻瓜，其聪明与其傻相资相用，绝难度化，比单纯的傻瓜难度化多了，所以一笑而别。

王阳明听说地藏洞有异人，坐卧松毛，不火食，只吃天然的东西，如瓜果之类。于是，攀绝壁走险峰，好不容易才找到这个人，只见他正装着熟睡，以试验来者的道行。王阳明也不俗，坐在他旁边，摸他的脚。道士觉得他不俗，就"醒"了。问："路险何得至此？"王阳明说想讨教怎样修炼最上乘的功夫。道士说："周敦颐、程明道是儒家两个好秀才。"

周敦颐融化释道，开辟出宋代理学新世界。程明道是大程，与弟弟伊川同受业于周敦颐。周敦颐的《太极图说》被公认是从道家宇宙论模式中深化翻转而来，其《爱莲说》则融合了《华严经探玄记》的基本意思。这两位大儒与道家相通，所以这个道士说他两个是好秀才，也暗示王应该当这样的好秀才。

王阳明又转悠了许多地方，如池州青山，他真切地感叹："岂尘网之误羁，叹仙质之未化。"（《游齐山赋》）八个月后，他果然筑室阳明洞了。

三十一岁这一年五月，王阳明才回到京城复命。他对一度热衷的诗文复古运动失去了兴趣。用王龙溪记录王阳明后来的话说是："使学如韩、柳，不过为文人；辞如李、杜，不过为诗人，果有志于心性之学，以颜、闵为期，非第一德业乎？"（《明儒学案·浙中王门二》）

筑室阳明洞

王阳明决计要告别京师，告别政治，告别文坛，告别那些喧哗与骚动。他刚刚干了三年，就不想干了。弘治十五年（1502年）八月，三十一岁的王阳明因"虚弱咳嗽之疾"上疏回家养病。若干年后，正德十年两次、十一年一次、十三年两次、十四年正月一月之内两次，上疏告病乞养自称"百病交攻""呕吐潮热""手足麻痹，已成废人"（《乞放归田里疏》）。唯有弘治十五年这一次，他一请就被照准了。

身体不好、仕途无趣、文人无益，导致他情绪低落："人生一无成，寂寞知向许？"（《审山诗》）他路过秀水县，拜会了在三塔寺闭修的芳上人。受他的影响，王阳明回到绍兴，在会稽山的阳明洞盖上房子，摒弃诸凡冗务，专意修炼道术。一开始，他专注认真，修炼意念和呼吸，还总结出一首呼吸歌《坐功》。他是按照《黄庭经》进行修炼的，现存他"临书"的《无题道诗》全是导引功行话，如"一卷《黄庭》真诀秘，不教红液走旁寸"。《年谱》载，他在洞中持续修炼，"久之，遂先知。一日坐洞中，友人王思舆等四人来访，方出五云门，先生即行仆迎之，且历语其来迹。仆遇诸途，与语良合。众惊异，以为得道。久之悟曰：'此簸弄精神，非道也。'又摒去"。他摒去的是气功状态。这种能感应万物的气功态是相当折磨人的，别人浑然不觉的信息，他就收发不停了，自然是相当簸弄精神的。

他自然并不总枯守古洞中，而是到处游玩，登高览胜，留诗不少，烟霞之气盎然：什么"池边一坐即三日，忽见岩头碧树红""青山暗逐回廊转，碧海真成捷径通""江鸥意到忽飞去，野老情深只自留"（《归越诗》），似乎是魂归自然了。

他在这种静养中尝到了甜头，凡干事专注的人惯性也大，他持续化地想"离世远去"，大隐息声，彻底下决心了断尘缘。此外，他的这种决心还源于他面对的现实矛盾，譬如总没有孩子、与夫人不和又不能休妻（他在国子监读书时期受惠于岳父处颇多，事见《祭外舅介庵先生文》；但他结婚不入洞房而入铁柱宫，现在离家来修道，都透露着夫妻不和的信息）。他决心彻底隐居，有着既不满意国也不满意家的意思——这片织锦有一条贯穿性的隐逸线，直到嘉靖朝奉旨隐居。

但是，王阳明又犹豫不决，不忍心丢下奶奶（岑氏）和父亲。毕竟，他幼读孔孟之书、长达周公之礼，知道天伦不可违。他虽有桀骜不驯的个性，但善良温情，做不了绝情绝意、撒手天涯的事情。《年谱》说是这血缘的力量把他拉回尘寰，其实更重要的是他毕竟是儒生。诚如道士所云"终不忘官相"，他的山水诗中依然有这样的话头："夜拥苍崖卧丹洞，山中亦自有王公。"尽管是将山中生活与王公生活相比，但"王公"还是他心头中占分量的标准。

他的养生功和神仙术并没有治好他的病。第二年，即他三十二岁时，搬到钱塘西湖养病去了。

到了西湖之后，仅从诗题上就得知他去过本觉寺、圣水寺、曹林庵、觉苑寺、胜果寺、宝界寺。至于他修成了多少禅风道骨，只能从日后的表现判断了。

此时，他的心情清爽起来，什么"十年尘寰劳魂梦，此日重来眼倍清"（《西湖醉中漫书》）。一旦心情清爽了，他又开始热爱生活了，"复思用世"（《年谱》）。在虎跑寺中，他遇见一坐关三年的老僧，不语不视，王阳明喝问："这和尚终日口巴巴说什么！终日眼睁睁看什么！"这一喝，足见王阳明熟稔此道。他在四处寻找"真理"时明确地说："道心无赖入禅机。"（《与胡少参小集》）

黄宗羲对祖师爷说过一句不甚恭敬的话："王文成可谓善变者也。"的确，他英才天纵，跨行兼修儒、释、道、兵法、文学、书法、骑射等，想起一出是一出地换着样儿"舞弄"、体验着不同人生境界，可谓"蛟龙变化，不可训狎"。他若真正深入掌握了养生道术，至少也不会五十多岁就留下"所学才见到几分"的憾恨而骤返道山。当然也可以说，如果不修炼，他也许来不及建功立业而撒手人寰。他的学生胡松说得好："夫道一而已，通则皆通，塞则皆塞。"王阳明在修养生功、喜仙道时正好"塞"着，不然中国只会多一个名道，而少了一个影响历史的大儒。

首辅经

他回到京城，销了这不长不短的病假，仍然是刑部主事。但机会似乎来了，他被巡按山东的监察御史陆偁聘去主持山东的选拔举人的乡试。他没有去提牢厅当班的烦恼牢骚了，以区区刑部主事的身份到夫子之乡来典试儒学生徒，他自然感到这是"平生之大幸"。欣慰之情产生两个后果：一是暂时摆脱了逃禅学仙的心境；二是从官场中找到了可以一试身手的兴奋点。

现在从他出的题及作的"陈文"（标准答案）来看，他当时心中期待的首要读者，并不是那些应试的生员，而是当朝大佬们，他是再上一道《陈言边务疏》，他要一展自己的首辅之才。他把这些年"观政"发现的诸多积弊、倒错扭曲的现象以或明或隐的方式向读书人"提"出来。

他出的各科题目都很大胆，如首场"四书文"（即决定考生命运的八股文）问的居然是："所谓大臣者，以道事君，不可则止。""不可则止"正包含着"用之则行，舍之则藏"的气节，包含着士子对君主"道不同，不相为谋"的独立立场，包含着不给"老板"当家仆私臣的道义原则、价值取向。这是绝对符合儒学原教旨而在大一统家天下体制中相当犯忌讳的。孔子就因坚持这一"以道事君"的基本原则而绕树三匝无枝可依，周游列国不遇可行其道之君，最后退回老家教书育人去了。孟子强调得最厉害，几乎是不遗余力地抨击那些不讲道义、苟取富贵、以妾妇之道事君的无耻之徒。朱元璋大骂孟子，先毁后删改《孟子》，就为打击这种倾向。若朱元璋看见王阳明这样出题，非杀了他不可。或在永乐目灼灼似贼时期，或在清兵入关生怕汉人不合作之际，王阳明出这种哪壶不开提哪壶的题都不合时宜，至少要倒一个连他老子也要跌进去的大霉。

另一题目也见王阳明心思——"禹思天下有溺者，由己溺之也；稷思天下有饥者，由己饥之也"。这是孟子热心肠的一脉儒者信守的教义，但它真普照士林，成为士风，是到了宋代，有名的如范仲淹之"先天下之忧而忧，后天下之乐而乐"的号召、张载之"民，吾同胞。物，吾与也"的信条，都是杰出的体现。王阳明的心学就直承这一脉"仁者与万物一体"论而来。以天下为己任，事事皆关我心，"我"是"主人翁"，天下兴亡，匹夫有责。强调小我统一于大我的历史责任感，是儒学留给中国人的精神逻辑。王阳明的历史地位正是这一生产线上的一个新生代的"变压器"。这又与"以道事君，不可则止"构成一种互补关系。其中的理论张力在于"天下"与"君国"不是一回事，儒家有一个同样让君主头痛的主张：天下乃天下人之天下，君主只是来为民办事的"公务员"。儒家这个"大同"学说到了康有为、孙中山时才大放异彩。王阳明还只是讲"我"与天下一体，不可能搞什么宪政运动。

在"论"这一项中，他出的题目是："人君之心惟在所养。"这是一个标准的心学论式，王阳明能提出心学是一路努力"养"出来。孔子开启的中国文教传统唯重教养，孔子的理想是把全国变成一个培养君子的大学校。理想和现实总存在着差距和矛盾，而人又应该朝着理想化的方向努力。那么，怎样才能完成从现实到理想的转变呢？只有靠"养"——"天下之物，未有不得其养而能生者"。人君之心"养之以善，则进于高明，而心日以智；养之以恶，则流于污下，而心日以愚"。

王阳明的学生说这些保留在王阳明儿子手中的四书文、策论范文，都是出于王阳明的亲笔：

> 人君之心，不公则私，不正则邪，不善则恶，不贤人君子之是与，则小夫俭人之是狎，固未有漠然中立而两无所在者。一失其所养，则流于私，而心之志荡矣。入于私邪，则心之智惑矣。溺于恶，而心之智亡矣。而何能免于庸患之归乎？

人君也许看不到这种大不敬的大实话，但有专人替皇帝照看着，科举制度的程序是有复核参校这一环节的：

> 两京各省乡试录，及中式墨卷，背圣言则参，背王制则参，不背则否。官司评骘，送科复阅，各以虚心平心，从公从实，互相参校。
>
> ——《春明梦余录》卷四十

像王阳明这样把君当"人"来正邪公私地加以漫议而不犯忌讳，是因为明中叶的自由度比明初大多了。

"拟唐张九龄上《千秋金鉴录表》"的"问"和"答"肯定是王阳明写的。"论"和"表"都是官牍中的常用文体，古代中国的行政系统主要靠文牍流通来支撑，科考是选拔官员，故这两项是必考的。"拟"者，仿也，仿前人的形式、语气，内容还是对"现实"发表意见。王阳明这道"表"的指导思想是如何全面"治理整顿"，是一篇如果"我"是首辅的施政大纲。其中的核心问题是改变"名器太滥"、清理"牧羊人"队伍。国家设官是为了治民，但历朝政治的难点和问题的爆发点都出在官身上。这好像刷子本是刷锅的，但刷不了几次，刷子就比锅还要脏了。

　　最体现王阳明心思的问题是："志伊尹之所志，学颜子之所学。"这是王阳明自己内心的两极，外在欲求对于书生来说就是当首辅，内圣的楷模是颜回。王阳明拟的答卷也见心学路数："求古人之志者，必将先自求其志，而后能辨其出处之是非。论古人之学者，必先自论其学，而后能识其造诣之深浅。"

　　最后一个问题的设置显示了他与当时的流行做法的"紧张"关系。他先亮明自己的观点："明于当世之务者，唯豪杰为然。"王阳明最后以平民教育家而永垂不朽，但他是个豪杰本位主义者。他痛恨"今取士于科举，虽未免于记诵文辞之间"，意指这种做法是拔不出豪杰来的，但马上表明自己是要拔豪杰的，所以让你们"备论当世之务"：如何削减冗官？如何处理繁重的赋税？现在藩王满天下，消费极大，国家几乎养不起了，他们还将发展到尾大不掉闹事的地步，怎么处置？军队遍海内而日耗甚大，怎么办？各种自然灾害造成大量流民，怎么拯救？社会治安混乱，"狱讼烦滋，流贼昌炽，其将何以息之？"权贵世家兼并土地，为害乡里，人情怨苦，怎么制裁他们？边境不宁，怎么对付那些戎和胡？

他几乎把当时的主要急务都摆出来了。他认为这都是"官冗而事益不治之所致"。

所有这些问题都是成龙配套的，官多藩重必加重税赋，南军北用北军南用，征调运输粮食就使民不堪命。那些肉食者又只是满脑袋权钱经！怎么办？千言万语是得找出豪杰来，但国家"名器已滥"！

出个把豪杰也得被官场这个销金窟给磨灭了。他现存的《登泰山五首》，既痛"下愚竟难晓""浊世将焉穷"，更恨"我才不救时，匡扶志空大"。现实对于他来说是个"网"——"尘网苦羁縻，富贵真露草！不如骑白鹿，东游入蓬岛。"这个豪杰时时都想着跑。

师友之道

明制乡试开场日期是八月初九，十五日第三场，几天之后放榜。王阳明又去登了泰山，观了东海，忽而与天地交融、心骛八极，突发悲音。及至返回京城，已入九月。

就在这个九月，他被调到兵部武选清吏司，还是个主事，从六品。兵部在承天之门的东边、宗人府的后面，一溜朝西的房子。吏部管文官，兵部管武官。武官的总数又比文官大得多。武选司，是兵部第一司，掌管武官的选升、袭替、功赏之事，相当于兵部中的吏部。按一般的仕途来说，王阳明由刑部调到这里是进了半步。根据明制五品以下官员六年才京察一次（原定十年）的规定，他暂时无升迁的可能。山东归来，他感到了培养学生的重要，三十四岁便开门授徒了。

他教徒弟什么呢？身心之学！他开门授徒不是因为自己多么高明，而是世风及士品已经变成这样了：既有西汉末的懦弱又横添蛮悍之风；既有晋朝的虚薄又混合着庸俗琐碎的心计；既有唐朝的放荡又夹缠着鄙吝的市侩作风。集以往之卑劣再添上现实之邪恶，无人致力"身心之学"。而学术关乎士品，士品关乎世风。再不讲究身心之学，圣学将大面积被遗弃。

寻找师友是为了建立起与之抗衡的"道场"，他本人的切身体会是：师友之道直接作用于知情意，能直接获得有血有肉的生命感动，能找到一种从书本中找不到的"感觉"。他从青年起就一直在遍访师友、寻觅知音，自感"受用"大于闭门读书。

王阳明与湛若水的相遇无论如何是一个"事件"，对于明代的思想界来说是一件了不起的事情，对于王阳明本人的思想发展也是一件了不起的事情。

湛若水从学于广东老乡陈白沙。陈白沙是新会人，曾从吴与弼学习半年，后回老家闭门读书，筑阳春台静坐其中，数年足不出户。王阳明筑室阳明洞也是这个意思，都有点禅风道意。这二氏之学，自中唐以后几乎成为士林的不言之教。湛若水与王阳明的最大区别是：湛若水以志颜回之学为主，王阳明以志伊尹之志为主。湛若水本不想去参加科举，奉母命，入南京国子监。弘治十八年他参加会试，考官杨廷和等人说某份卷子肯定是陈白沙的学生做的，拆开糊名处一看，果然是，置第二，选为庶吉士。当时，王阳明是兵部武选司主事，也在北京，两人一见定交，共以倡明圣学为事。

王阳明对人说："守仁从宦三十年，未见此人。"

湛若水对人说："若水泛观于四方，未见此人。"

王阳明时年三十四岁，所谓从宦三十年，是从跟着他父亲旅居京华算起。从当时的名公巨卿如李西涯（东阳）到文学名家如"前七子"等，王阳明可谓阅人多矣，但都不足以引起王阳明由衷的敬佩，因为他们只是明星而圣人气象不足。而王阳明的意向又在此而不在彼。七年后，王阳明这样总结湛若水的"意义"：湛若水是真正体现圣人之学的典范，是今日之颜回，因为他唯求"自得"。

他俩都求自得，但方法不同。湛若水主"体认天理"，王阳明主"默坐澄心"。他们的共同目标是从已成了口耳之学的八股化了的朱子理学中突围出来，另创一种"究心性命"的身心之学。他们认为已经八股化的理学，看似平正、周到，近乎圣学，实际上却是倚门傍户、俯仰随人的乡愿。"言益详，道益晦，析理益精，学益支离。"矛头当然也只能是暗指朱学（非朱子），王阳明认为朱学已是今日之"大患"（《别湛甘泉序》）。

孔夫子办学的特点是造成一种"场"，让学生们去"如切如磋，如琢如磨"《诗经·卫风·淇奥》，他本人的启发点拨只是引路、确定高度，他确定的师友之道就是"以文会友，以友辅仁"（《论语》）。王阳明和湛若水都以为他们的相会和讲论才符合夫子之道。

然而，换皇帝了，静养身心之学的大气候一去不复返了。王阳明也有机会从边缘走向中心了——不是受重用的中心，而是受迫害的中心。他出了名——上了奸党榜。

他以后的历程，内需要超越自己的英雄心性，外需要超越做奴才的命运，这两条汇集成一个现实的选择：最好退隐山林，躲开官场这个旋涡。还有一条更难却更有意义的路，就是完成精神飞跃，从英雄变成圣雄。

第四回　北风送南雁，有情觉悟难

人就是这样，只要有希望，就可以忍受——心学从某种意义上说就是这种希望哲学，是王阳明在"动忍增益"中锤炼出来的自救救人的精神胜利法。这位心学大师毕竟魄力蛮大，他又毅然出山，重返充满荒诞和希望的人世间。在京城流传着他自沉于江水、至福建始起的神话。他有诗云："海上曾为沧水使，山中又遇武夷君。"

流　氓

　　有的稗史根据正德帝的种种反常规的举止推测他不是真正的龙子龙孙，这是利用道学表达偏见。朱元璋的流氓性体现在政治上，而朱厚照的流氓性体现在反政治上。流氓性这一家族的"年轮"历久不变。正德的反政治不是不讲政治，而是"玩"政治，把政治戏要化。他的确很聪明，彻底看透了皇权帝制的本质。

　　正德刚刚即位时，王阳明得到了一方珍贵的五星砚，喜滋滋地感觉朝廷更化、五气顺布，写了"化育纲纪，无不惟五。石蕴五星，上应天数"的《五星砚铭》，落款用了公羊学笔法——"正德春王正月"。他觉得在前朝庸碌，会在新王更始的国运中一展身手呢。这一年，他大论书法、学画山水画、作题画诗，心情舒展。没有料到，正德只信用东宫陪着他一起玩鹰逗狗的太监，管文体活动的太监刘瑾成了"站着的皇帝"。正德即位不到一年，前朝大臣除了李东阳几乎都被罢免了。

　　富有主人翁责任感的文官集团自然不肯善罢甘休，北京的言官冲锋在前，谋诛刘瑾等"八党"，其中有王阳明的"同年"（进士）刘秋佩，结果是数十人被廷杖下狱。北京万马齐喑了，南京言官合疏上奏：阁臣不可去，阉竖不可留。其中包括王阳明的姑父，结果是全被拿到大狱，押送北京。

　　不用心学，仅凭常识也知道，冲上去是灯蛾扑火。我们的传主在弘治十七年（1504年，王阳明时年三十三岁）九月转任兵部武选清吏司主事。不在言官系统，他可以发声，也可以不发声。以他此前的修为，他不可能唱赞歌（在嘉靖更始、"大礼议"的时候，王阳明的学生席书、方献夫就因唱赞歌而跃迁）。也许有一点营救姑父、同年的私情，更关键的是侠儒的仗义，在这种大是大非面前不发声内心不安，发声必倒霉，前车之鉴已豁然在目。他践履了应聘皇家干部考试所作的《志士仁人》中的"义理"：舍生取义，为了心安不计身累。他上了封《乞宥言官去权奸以彰圣德疏》。

他说："戴铣等人想必是触犯了皇上，但他们以言为责，其言而善，自宜嘉纳施行。即便他们说错了，皇上也该包涵，以开忠说之路。现在特派锦衣卫把他们拿解赴京，群臣皆以为不当，而无人敢言，怕得相同的处罚而增加皇上的过错。但是，这样下去，再有关乎国家威仪而不合祖宗体统的事情，皇上还能从哪里听到谏言？"他这个劝架人，总是用具体的细节来增强感动效果。他提醒皇上万一他们在押赴京城的道儿上填了沟壑，使陛下有杀谏臣之名，兴群臣纷纷之议，到那个时候，您又要责怪左右不劝诫您，但为时已晚。全文没有一句"去权奸"的话，没有再做声讨宦官的努力，这可以看出王阳明的"巧"。结尾时，王阳明哀恳："陛下不可使耳目壅塞、手足萎病，保护了言官，自然就压抑了权奸，这样就彰明了圣德。"

但正德不"正"，他偏用奸邪镇压善类，把自己的"私人"看成与自己一体化的"法人"，认为打他的狗就是向他挑衅。此前，在一次关于盐业问题的御前会议上，他反讥李东阳："国家事岂专是内官坏了？文官中仅有十之三四好人耳，坏事者十常六七，先生辈亦自知之"（王世贞《中官考》）。他对文官的基本估计竟然如此，难怪不惜辣手处置他们——如果他有欲望专心治理国家的话,他会"大清洗"的。正德元年(1506年)十一月,王阳明被"廷杖四十",逮入锦衣卫大狱。正德先和刘瑾将包括王阳明在内的五十三人列为奸党,最后却拿刘瑾做替罪羊"谢"了天下,以缓冲与文官集团的紧张关系,说明正德比刘瑾流氓。

按明代的律法,"奸党"是要处斩的,还要妻子为奴、财产入官。

大墙国子监:习忍达无所伤

集权必极权,极权必恐怖。不管何种方式的集权、极权,都必然强迫人们要么同流合污,要么被踩在脚下。这时,传统智慧讲求"静以待变"。大学士谢迁退居林下后,有天正与人下棋,这时追夺诰命的圣旨下达,家人和朋友都为他忧虑,担心更大的不幸还会降临,而他却照常赋诗饮酒,谈笑自若。后来,刘瑾伏诛,他复职,依然淡定。这叫宰相器量。

王阳明呢?他被逮入锦衣卫大狱时才三十五岁,没有谢迁的雅量,他坐在大狱里,很难"不动心"。"廷杖"就是在朝堂上当众脱了裤子打屁股,羞辱更甚于痛苦。他一度昏厥,有的记载说把大腿打折了,有的记载说屁股被打烂了,他那英雄心性使他绝不诉说这方面的痛苦。《狱中诗十四首》之第一首是《不寐》。北京的十二月,冷酷如当时的世道。越睡不着,越觉得黑夜无尽头。他自认"我心良匪石",怎能不会被深悲大戚搅动?"滔滔眼前事,逝者去相踵。"要用一个词概括他此时此地的心境,就是"后悔"。不是后悔上疏营救戴铣他们,而是根本就不该重返仕途!"匡时在贤达,归哉盍耕垅！"这个世界是他们的，他就不该来参与；现在倒好，想回家当个农夫，也找不到自己的地头了。他奶奶、父亲，还有妻子，都与他人间、地狱般地隔开来。他最伤感的是对家人的怀念，什么"思家有泪仍多病""萧条念宗祀"（他是老大却没有孩子）等，叫人觉得他这个人真实自然，无虚矫之气。他与玩弄心学之人有本质区别。

他在幽室中度过了最黑暗的正德元年。大年夜，他只有对着从墙缝中射入的月光，在"旁皇涕沾裳"之余，勉强滋长出"逝者不可及，来者犹可望"的自勉式的朦胧希望。他在狱中过年，家人牵挂着狱中的亲人，他也因知道家人的牵挂而"忽惊岁暮还思乡"。打断他乡愁的只有忽然蹿上床的狡猾的老鼠。在会稽山下散步、在余姚江中放舟，这最普通的家常生活，现在成了他高不可攀的梦想——成了他做人的全部代价。

弘治时代那宽松的气氛"赚"他出山，结果正德洗牌，他面对的是锦衣卫狱的大墙，还有比这大墙更黑的前途，他说："崖穷犹可涉，水深犹可泳。"唯独坐大狱如掉到无底黑洞中，除了"荒诞"、飘忽、没准，他还能感觉到什么呢？铁窗生涯"窒如穴处，无秋无冬"！像在漫漫长夜盼望银河欲曙的任何人一样，他要光。但是，光只能从自家身心上找了。

明代的文官牢狱之灾颇重。还不说方孝孺式的、文字狱的，就说忠心耿耿的，正德时期算是跟宦官斗，一批一批地进去，接下来直接跟嘉靖皇帝争大礼的，进去的比正德时候的还多；在风口浪尖上弄险的言官，赶上朝中有"大故"时自然难免争先恐后地跳火坑，也常常因"工作失误"下狱。就是平正的《儒林传》中也颇多下狱论死之类的事情。号称明代头号大儒的薛瑄在办案时被弹劾，宦官王振为报复薛瑄不拍他的马屁，决定将其处死。要行刑的那天早晨，王振的仆人在爨下哭将起来，王振问为什么，仆人说："听说今天薛夫子就要被砍头了。"王振大为感动，薛瑄终得不死。薛瑄在狱中等死时，读《易》自如。胡居仁的学生余佑的部下稽查了宦官的走私船，胡居仁也被宦官投入监狱。在狱中，他著成《性书》三卷。明中叶以后，文官集团内部的党争也是着急了就想办法把对手往大牢里送。

说这些是为了点明王阳明的铁窗生涯只是明代文官普遍的牢狱之灾中的一出小戏，并非什么非凡的、足以傲视群侪的大节目，而且求仁得仁又何怨乎？他在《赠刘秋佩》中说："骨鲠英风海外知，况于青史万年垂。"在《又赠刘秋佩》中更自豪了："检点同年三百辈，大都碌碌在风尘。"咱们那一科三百来个进士，被廷杖下狱上了奸党榜的"唯使君与操耳"。

尽管王阳明自称一生百死千难，但这一难算是落到了底，此前此后的苦难毕竟是在大墙外头。等最初尖锐的痛苦稍微地靠"习惯"变得能忍受时，当对命运毫无把握而充满恐惧感时，谁都想"明白明白"。所以，他此时想读而且读了《易经》："暝坐玩羲《易》，洗心见微奥。"他是个乐观的人，不肯自小。他把自己想象成"拘而演《易》"的周文王，自己也占卦。他的祖上曾以算卦为业，他自幼当习此道。他记录下来的卦有"'遁'四获我心，'蛊'上需自保"。"遁"，这个卦象是艮下乾上，象征退避。卦中二阴自下而生，阴渐长而阳渐消，小人渐盛，若山之侵天；而君子退避，若天之远山，故名遁。《经典释文》解此卦曰："隐退也，匿迹避时，奉身退隐之谓也。""获我心"云云，无非不打皇家工了，想"重返阳明洞"了。他来自遗传的、自幼热心的、一直没放弃的求仙养生情绪，此时被大大地释放了出来。《见月》《屋罅月》二首，再明白不过地表露了道教情调的生命意识。然而，这个人永远不会单线条，他在体验道教义理时能触类旁通到儒家的高明。他在"泪下长如霰"时，能体味颜回"箪食瓢饮"在陋巷不改其乐"并非矫情"。他后来提出常快乐是真功夫的"乐本体"说，并举证说大哭也是乐的侧面，恐怕也是总结了这方面的经验。狱中有儒门"战友"，他们在大墙之内依然讲学论道，在高明远大的圣道之中体验了俗人难以理解的精神愉悦（"累累囹圄间，讲诵未能辍。……至道良足悦"《别友狱中》）。王阳明《送别省吾林都宪序》中说他与林富"相与讲《易》于桎梏之间者弥月，盖昼夜不息，忘其身之为囚也"。学自性出，他后来创造出一个能将"万物皆备于我"、能化一切不利因素为有利因素的心学，就得益于他这种君子友我、小人资我、艰难困苦玉成我的机智心性。他晚年依然主张："凡遇患难，须要坚忍。譬如烹饪硬物，火到方熟，虽圣人遇事亦如此。"（《王阳明佚文辑考编年》）

他在弘治六年会试落第后，在北京国子监读了四年书，课外练习绘画书法，那是常态中的正常成长。现在这个大墙国子监给了他"临界状态"，他体验到了"孤独个体"那种无所依傍的深渊感。于深悲大戚之中，在天地之间，除了自己这颗心，除了靠"心之力"，还有什么力量能伸进大墙来支撑自己呢？他深切地感受到："道器不可离，二之即非性。"道器不离也好，道术一体也好，思辨起来并不难，难的是身体力行、知行合一，任何"纸上谈兵"都无济于事。须得把心力炼成本能，才能"随机应变"又无往不合大道。他现在开始拈出后来心学普度众生的修养法门了——"无欲见真体，忘助皆非功"。前者是佛门路数，后者是孟子的方法。忘，是故意去寻找无念头状态；助，是人为地来"揠苗助长"。王阳明区别于其后徒的一个标志性的特点是，他始终坚持"事上练"："君子勤小物，蕴蓄乃成行。"即必须从现状出发，必须"勤小物"，必须有能力处理具体问题。找"忘"是坐枯禅。日本人高濑武次郎说："大凡王阳明心学含有二元素：一曰事业的，一曰枯禅的。得枯禅之元素者可以亡国，得事业之元素者可以兴国。中日两国各得其一。"在事上练，是不二法门，追求的是事理圆融，在做事中体悟其形而上的大道至理，既不能在做事中遗忘了意义，也不能体悟玄虚反对做事、不会做事。

王阳明现在面临的问题是：怎样既反对流行的那一套，又并不与它们"我死你活"地矛盾下去？如何在险象环生的逆境中"重新开局"？儒家那固有的"智慧"经过长时间无智慧的解释，已经退化为专供口说的现成"道理"。他暂时还没有最后悟透，但已种下了"觉悟"的种子，这种子就是他后来常说的"虚灵不昧"。等他到荒无人烟的龙场继续坐宇宙监狱时，"种子"终于开花结果了。

据说不死的囚徒比任何人都富有梦想，只有被斥逐的人才能达到永恒。任何艰难困苦对于志在成圣成雄的人来说都只是培训进修，这次培训使王阳明看清了绞肉机的本质，血的教训使他明白必须"道术一体"才能有效地"行道"。

古时行道有两大方式：一是通过国家，即得君行道；二是通过社会，即觉世行道。王阳明得君行道的路暂时被堵死了。

追杀造神话

刘瑾最大的优点是爱才。当他还是东宫一个只管文体活动的普通太监时，就听说过王华的大名。现在他想学蔡京揽杨时的办法，网罗名人来装点治平。而且，刘瑾在严酷打击文官的同时，也亟须树立"投诚"的标兵以分化文官集团，当时也有这种"巧人"；任何时候都有奔走权门的无骨奴才。当时刘瑾几次暗示王华，只要王华去刘瑾的私宅一趟，不但王阳明可以平安无事，他父子俩都可以得到升迁。但王华就是不去，而且很高兴地说："吾子得为忠臣，垂名青史，吾愿足矣！"

只要王阳明提笔给刘太监写一封悔过书、效忠信，就会立即被车马迎还，但他绝不可能去走那狗窦。他不得不静以待命，做被人决定生死明晦的"主人翁"（戏用心学术语）。好在刘瑾要从重从快地处罚他们。大约因为王阳明的上疏没有一句单指刘瑾的话，刘瑾没有暗杀他（被暗杀的至少有五个），也没有革去他公职（被革职的有二十三个）。王阳明被发配到贵州龙场驿当驿丞——一个从九品的官儿。他还有一个意外的收获：他与早已入狱的杨一清常常晤谈，杨一清发现他是个天才；杨一清是扳倒刘瑾的关键人物，也是后来王阳明快速升迁的援手。

我们的传主很镇静地也很幽默地说"报主无能合远投"（得君行道梦的一个小结），同时又展露出倔强："留得升平双眼在"（《天涯》），看看螃蟹能横行到几时。他没有写"强盗颂"，他和他老子一样还要心甘情愿地当忠臣："天王本明圣，旋已但中热。"（《别友狱中》）

在料峭春风吹人冷的时节，他离开了京城，告别了他的京华梦（后来仅在四十、四十一岁短暂来居）。他入狱后不久，父亲王华即被借故弄到南京去了；貌似平调，其实是贬官。余姚老家，关山阻隔。这个出了狱却无家可归的流放犯，本身就酸甜苦辣难以言说，还在呼吸成祸福的危险处境中。如果一切顺利，等待他的前途也只是远戍贵州。敏感的他觉得有人跟踪他，而到贵州的期限是一百三十五天。

朋友为他送行，他沉机不露地与朋友们诗酒唱和。这些人是宁静的学者或略疏远政治的道德家、思想家，如湛若水、汪抑之、崔子钟。他们不会因白色恐怖而疏远王阳明，照样为他置酒赋诗，"擦洗伤口"，除了安慰就是鼓励，充满了"精神贵族"的气韵。他们之间的唱和流露出来的是道义的尊严，没有丝毫怯懦的悲鸣。他们用正气相濡以沫，用伟人的标准自律并相互要求："君莫忘五诗，忘之我焉求？""鹅湖有前约，鹿洞多遗篇。寄子春鸿书，待我秋江船。"他们要在鸡鸣风雨之中，用带血的双脚践履圣学的道统。可以说，王阳明这只鞋是有血性的鞋。这不仅体现出王阳明他们不为稻粱谋的心力，更体现出真儒学的道义力量。他在他们的呵护中渐渐复苏了精神的活力与信心（"言微感逾深"）。虽"忧来仍不免"，但他已经想好了对付危机的办法。为了摆脱跟踪，他不走驿道走水路。"南游"了不到十几天，他感觉轻松了，就再次赋诗申述前几天答诗的未尽之意，并且在梦境与朋友们重逢，并且再三念叨他们要在衡山结庐，共同研究《易经》的约言。经典，总是他这种如"惊鹊无宁枝"（上引均见《赴谪诗》）者的家园。

他于正德二年（1507年）二月南下，三月初到徐州，游览了云龙山（《云龙山次乔宇韵》）。走到常州毗陵，他感觉有危险逼近，于是"潜投同志范君"：

正德二年丁卯夏四月，守仁赴谪，逆瑾遣人随行侦探，予意叵测，晦行道迹，潜投同志范君思哲之兄思贤于毗陵……君遂匿余于祖祠者三匝月……秋七月回钱塘。

——《范氏宗谱记》

这与他现存《赴谪诗》里显示的在杭州住的时间不一致："卧病空山春复夏"，先住在南屏山的净慈寺，从春天住到夏天。再后来，又移居到胜果寺。胜果寺可能更凉快，"六月深松无暑来"。王阳明说七月回钱塘是记忆模糊，抑或这个《范氏宗谱记》是伪作？

他旧病复发是真的，他的肺病只宜静养。他现在既需要用静心的沉思来"洗心"，也需要用高质量的空气来润肺。他从心眼儿里喜欢这块风水宝地，"湖山依旧我重来"。在这种人间天堂的环境中过心魂相守的宁静的书生日子，是他发自内心的愿望。再用颜子的内倾的精神来比论一番，他就更心安理得了。"把卷有时眠白石，解缨随意濯清漪。"这种冰雪文字是一心求富贵的功利之人写不出来的。"便欲携书从此老"是他真实的心声。他若没有这种淡泊的心境，也建立不了惊天动地的功业。因为淡泊养"义"，因义生的"利"才是好"利"。他还在深化"淡泊明志，宁静致远"的功夫。当然，只有这样养心，才能养病。他身体力行了"养德养身，只是一事"这句话。

然而，政治情怀终难平复。他为筑立于钱塘三台山下的于谦祠题写了《于公祠享堂柱铭》：

千古痛钱塘，并楚国孤臣。白马江边，怒卷千堆雪浪；两朝冤少保，同岳家父子。夕阳亭里，心伤两地风波。

于谦与屈原、岳飞成为忠而被冤的典型。王阳明没有说出来的是：算上我就够四个了。郭彤伯《于庙观王文成墨刻楹帖》说得好："阳明才气少保伦，和墨书成一腔血。"还说王阳明和于谦是浙东、浙西出产的豪杰，"齐将赤手擎苍天"。王阳明还写了《于忠肃像赞》再抒"神人之所共愤的悲情"。

他内心里是怕重蹈岳飞、于谦的覆辙。思前想后，他写了一篇《田横论》，说田横"智浅"，不该离岛的时候离岛、不该自杀的时候自杀，"大抵事不可近虑（看得太近），以近虑而虑之，未有不覆其事者"。他下定了眼前不算看到底的决心，编了一个被锦衣卫追杀不得不逃窜武夷山的"剧本"，还写有《游海诗》（三诗一文）、《告终辞》，意在制造不能按期限到达贵州的事由。

关于锦衣卫追杀王阳明一事的真伪，从来就有两派，毛西河等认为"谱状乃尽情狂诞"，冯梦龙的《皇明大儒王阳明先生出身靖乱录》则详细如小说家言。《年谱》及查继佐的《王守仁传》都是按照王阳明的"说法"来讲述这个故事的。

"故事"说，锦衣卫杀手追到江畔，王阳明虑难得脱，急中生智，用上了当年习学侠客的那一套本事，将衣服鞋帽投至江中（或搁置江畔），成功地布置了自杀的假现场，骗过了那些职业杀手。然后，他偷偷地爬上一条商船，船是去舟山的，忽起大风，一日夜就到了福建。他爬上武夷山，如惊弓之鸟，一气窜入深山之中。

他确实上了武夷山，这有他的诗为证。但下面的内容又是故事了：深山之中只有寺院，到了晚上，那里的和尚不愿收留他。毕竟，一个面色发暗、来路不明的中年男人不容易被相信。他没法，只好在附近的一个野庙里落脚，躺在香案上睡着了。

这个野庙是老虎的家。那个不愿收留他的和尚以为他已喂了老虎，就来捡他的行囊，却见他风餐露宿，睡得正香。这个势利的和尚以为他一定不是个凡人，又把他请回寺中。无巧不成书——"故事"总是需要戏剧性的，传主总是需要神话的：当年他在铁柱宫谈得特投机的那个道士，像正在这里等他似的，拿出早已做好的诗，其中有：

二十年前曾见君，
今来消息我先闻。

王阳明居然还问他该怎么办，并把自己刚下定的"将远遁"的决心告诉他。道士说："你父亲现在朝中，你不屈服不要紧，刘瑾会把你老父亲抓起来。你是隐于深山了，但刘瑾会说你北投胡兵了或南投海盗了，给你定个叛国投敌的罪名，你下三代都抬不起头来。"这些话显然是王阳明的内心独白。"戏文"接着说，王阳明知道他说得对，但一时难以回心转意。道士为他占了一卦，卦得"明夷"，虽是光明受损伤之卦，但可以有希望地等待着，会有圣主来访。这给了王阳明信心和勇气。王阳明的精神转败为胜了：

险夷原不滞胸中，
何异浮云过太空。

人就是这样，只要有希望，就可以忍受——心学从某种意义上说就是这种希望哲学，是王阳明在"动忍增益"中锤炼出来的自救救人的精神胜利法。这位心学大师毕竟魄力蛮大，他又毅然出山，重返充满荒诞和希望的人世间。在京城流传着他自沉于江水、至福建始起的神话。他有诗云："海上曾为沧水使，山中又遇武夷君。"

信以为真的人告诉湛若水，湛若水哑然失笑，说："此佯狂避世也。"同时，他也笑世人喜欢"夸虚执有以为神奇"，哪里能懂得王阳明这一套虚虚实实的艺术。湛若水还作诗总结王阳明的这种"艺术"："佯狂欲浮海，说梦痴人前。"几年后，他们在滁州相会，联袂夜话时，王阳明向老朋友吐露了实情——果不出湛若水所料，他的确是在英雄欺人。而这段故事及《游海诗》《告终辞》随着王阳明日益受关注而到处流传，王阳明师徒从未发声辩驳。

综合各种资料，窃以为，的确有锦衣卫跟踪监视（不一定是追杀，因为要杀早就杀了）王阳明，被他甩掉后，锦衣卫直扑贵州，然后返回杭州堵住了王阳明，王阳明用三寸不烂之舌把那两个锦衣卫说服，说辞应该是：咱们共同造个我自杀的现场，你们回去好交差；我作诗文加以宣传，现在不好提你们的姓名，等将来我东山再起，让你们名垂青史。于是，王阳明作了《游海诗》《告终辞》（都很长，不可能刀逼着真得死还能写得出来），然后就有了到处流传的《阳明先生游海录》《皇明大儒王阳明出身靖乱录》等。

情牵返尘寰

在《赴谪次北新关喜见诸弟》中，王阳明喜不自禁地说：

扁舟风雨泊江关，兄弟相看梦寐间。

已分天涯成死别，宁知意外得生还！

投荒自识君恩远，多病心便吏事闲。

携汝耕樵应有日，好移茅屋傍云山。

对君恩还很在乎，耕樵也是牢骚式的愿景。生还快乐，活着却须"艰难选择"。

这年王阳明三十六岁，干支纪年岁在丁卯。《年谱》说"在越"，徐爱等三人因为王阳明被贬而正式举行了拜师礼。王阳明作《别三子序》，开头大讲师友之道："自程、朱诸大儒没而师友之道遂亡。《六经》分裂于训诂，支离芜蔓于辞章举业之习，圣学几于息矣。"将圣学的存亡与师友之道的兴废因果性地联系起来，是在批判官方将圣学只当成进身仕途的应试教材，儒学的精义遂彻底被遗忘了。他感叹："自予始知学，即求师于天下，而莫予诲也；求友于天下，而与予者寡矣。又求同志于天下，二三子之外，藐乎其寥寥也。"现在收获了这三个弟子，他无比欣慰：师友之道能够用师生链的形式保持住原儒本色。但三人同时被举荐为贡生，就要到北京去了。他告诉他们，到北京后，找湛若水，就像跟他学习一样。"同志"一词在此表示"出身承当，以圣学为己任"（他做足了自肯承当的准备才有了龙场一悟）。他语意深长地教导这三个首批上了"名册"的徒弟要反向用功，"沉潜刚克，高明柔克"！

他现在能做的就是平静地到贵州龙场驿站去报到，他领着家仆王祥、王瑞上路了。

他从姚江坐船，抵达钱塘江，然后经江西广信（今上饶）、分宜、萍乡，进入湖南的醴陵，然后沿湖南的湘江，经过洞庭湖，溯沅江西上，经沅陵、辰溪等地，然后由沅江支流沅水，进入贵州玉屏。"山行风雪瘦能当，会喜江花照野航。"他真的能"喜"得起来么？"野航"其实是文人流浪之宿命，是这条"夜航船"的使命。

他又到了当年过访娄谅的广信。那时他志在成圣，如今是个"犯官"。遥想当年的豪气，他此刻只有哭笑不得的无奈而已。只为成圣一念，不肯诗酒风流自逍遥而走上这发配之路！元夕之夜，他与广信的太守在船中夜话。他当年就模仿过苏东坡的《赤壁赋》，现在依然情愿消闲于江风明月之中。他很感谢蒋太守热情地接待他这个准配军。这种君子之风让他感动得表示要继续寄诗给蒋先生。

他因与"前七子"唱和而在官场中有声誉，又加上他是反权奸的英雄，沿途总有士大夫请他喝酒夜话，这颇能抵挡赴谪路上的孤苦寂寞。夜泊石亭寺时，他写了两首艺术水平也颇高的诗给眼前的朋友，兼寄在别处的老朋友：

> 烟霞故国虚梦想，风雨客途真惯经。
> 白璧屡投终自信，朱弦一绝好谁听？

忧伤之中透露着沉潜的坚持，坚持之中又难掩抑无法克服的悲凉，这应该是他最真实的心境。现实的路只有一个"往前走"。刘瑾不相信眼泪，大明王朝也不相信眼泪。但是，王阳明的精神胜利法可以使他感觉好起来：

> 青山清我目，流水静我耳。

琴瑟在我御，经书满我几。

措足践坦道，悦心有妙理。

……

悠然天地内，不知老将至。

羊肠亦坦道，太虚何阴晴？

在江阔云低，断雁叫西风的"野航"之中，古老的《易经》居然使他欣喜起舞、顿忘形骸，大有何似在人间之慨。这显然是只能与智者道、不能与俗人语的"精神舞蹈"。发完少年狂之后，他又敛衽端庄地静坐，"精骛八极，心游万仞"（陆机《文赋》），去冥想大化玄机、生生之易理。结论是：

寒根固生意，息灰抱阳精。

王阳明的身心之学是包括这种养生术的。调理自己的精气神，去吻合生生易道，于枯寒处悟见"生意"，又能"晦"处安身，负阴抱阳。只要精气内完，外物奈我何？——这种超脱飘逸的心境固然不常有，但一年之内有这么几次就足以保持精神胜利的"元气"，就有了抵御外界风寒的心力。

他在"萍乡道中"正好遇见一座濂溪祠，便虔诚地晋谒。他对周敦颐的评价高过朱子。因为周敦颐不支离（仅留下6248字的著述），有神性，兼容二氏，又能一本于圣道。周敦颐的家乡有许多能显示其精神特征的小地名，如安心寨、圣脉泉、道山，更不用说什么极有仙风道骨的濂溪、濯缨亭、濯足亭、钓游桥、五行墩等。王阳明的隐逸气、道士气，正是周敦颐这种儒生风味的道士气。王阳明的诗像周敦颐的诗，也许并未刻意追摩，只因"心"似，故声气便自然如出一辙。周敦颐的《濂溪书堂诗》："田间有流水，清池出山心。山心无尘土，白石照沈沈。"通篇都是这种调子、写法，比王阳明的还清淡，更准确地说是平淡乏味。要点在于其意境，即其中包含的人生哲学、人生境界，是冰雪文，是平常心，是拒绝滚滚红尘超然物外又不弃世的真道学的人生态度。这也是王阳明一直要从颜回处学习的"道行"，是王阳明一直标举"颜氏之学"的内心原因。

王阳明谒濂溪祠的诗写得很好，确实是神到意到之语：

碧水苍山俱过化，
光风霁月自传神。

他毫不掩饰地承认自己是周敦颐的私淑弟子，也承认自己是心丧到此地。但只要以濂溪为榜样，何愁前路无光风霁月？但心路与世路颇难一致，是世路大呢，还是心路大？就看你有一颗什么样的心了。

他随路宛转，再走似乎坐不成船了，"已闻南去艰舟楫"，他现在开始爬山，至少在诗中还从容："晓行山径树高低，雨后春泥没马蹄。"但心头"胡不归"的旋律不灭不绝。他真想"东归"回阳明洞去，但又怕想，只要一想就沮丧。回去又怎么样？而且，他是想好了才出来的。于是，他只有过过嘴瘾："夜宿仙家见明月，清光还似鉴湖西。"

其《赴谪诗》的下一首是《醴陵道中风雨夜宿泗州寺次韵》。

他有点感叹破船偏遇顶头风了："风雨偏从险道尝，深泥没马陷车厢。虚传马路通巴蜀，岂必羊肠在太行。"他还是靠伟大的《易经》来抵挡漫长的黑夜——是否人在旅途，读《易》最相契？反正，王阳明是迷上了《易》——"还理義编坐夜长"。

"醴陵西来涉湘水"，跨越了今天属于江西的山地，他来到了湖南。他身体不好，走水路为宜。自然，走水路实在绕了远，但从另外的意义上说，又是做了社会考察。所到之处，因刘瑾横征暴敛而民情汹汹。敢跟王阳明接触的地方官都对刘瑾的政策义愤填膺。虽说王阳明的史学不太精深，但他极明史理，他知道一个倒行逆施的政权必然是短命的，尤其是宦官弄权，更不可能长远。

到了长沙之后，他的情绪很好。他的学术名声因传奇性的政治遭遇而流传远播。湖南的学子有向他请教的，这其实搔着了他的痒处。心学家有"好为人师"这种"人之患"。湛若水笑王阳明"病在好讲学"，算知音之言。他此刻虽然"旅倦憩江观，病齿废讲诵"，但他不顾病倦，勉力跟问学的青年讲"贵在立志"的重要性：先"静"下来，培养颜回、曾点的境界，明白大厦之材必出幽谷的道理，不要急功近利，"养心在寡欲"。他举经典性的例子："孔圣故惶惶，与点乐归咏；回也王佐才，闭户避邻哄。"这倒是他终生奉行不渝的。这是对治明人好名、奔竞大于沉潜之病的良药。他勉励长沙的学子：宋学的基地就在你们湖南，周敦颐、朱熹在湖南留下了良好的学风、学统，你们应该立志继承这一宝贵的"圣脉"。明白的理性、深沉的勇气，永远是士人最可宝重的"气"。

极重师友之道的王阳明，他满怀着对宋儒的尊仰之情，决心西探岳麓——"昔贤此修藏""我来实仰止"（《陟湘于迈岳麓是尊仰止先哲因怀友生丽泽兴感伐木寄言二首》）。这个志在成圣的人由青年变成了中年，现在患难之中，尝到圣学的精神疗救的滋味，越发深信不疑了。他再三表示要向曾点和颜回那样潇洒走一回，"渴饮松下泉，饥餐石上芝。"他现在想的更多的是"处则为真儒"的一面，但也合理地包括"出则为王佐"的另一面。随时而起，待机而动。资之深者，左右逢源。他对自己充满信心——"晚冀有所得，此外吾何知！"儒学对于真诚的儒生还具有这种宗教升华的功能。只要真诚就不是在舞弄借来的意义。

长沙的赵太守、王推官，最后又到船上与他拜别。他赞扬他们在保持儒学气象方面做的有益的工作，但也坦白地说出，这块斯文重地已今不如昔。他提议，在这鱼目混珠的年头，首先得洁身自好，哪怕是"迁疏自岩谷"，也要守住儒士的底线。

从长沙出来，开始很快，"瞬息百余里""舟人共扬眉"（《天心湖阻泊既济书事》），他却于欢畅时感到了危机。果然，天黑时在进入沅江之后，飞舟触石，差不多散了架，别提多狼狈了。眼看就要到天心湖时，突然风雷大作，又一次险些送命……善于顺势御马的王阳明果断地决定停泊于岸边，然后沿岸边缓慢滑行。他说"虎怒安可撄？"暂避其锋后，他们像箭一样顺利地到达了武阳江，生火做饭，暗暗庆幸劫后余生。

王阳明的结论是：

> 济险在需时，侥幸岂常理？
> 尔辈勿轻生，偶然非可恃！

第五回　临崖一跳悟心宗

　　王阳明的一生像一部动人的成长小说：一个外省青年四处寻求圣在哪里、道在何方，最后终于"悬崖撒手，自肯承当"。当在差近原始生活的天地中，悟出圣道就在我心后，他去种地去了——那边会了，还得回这边践履。

若转不得虽活犹死

尽管，王阳明在《瘗旅文》中说他之所以未死于贵州龙场这瘴毒之地，原因盖在于他未尝一日心戚戚。其实，这是后来的境界，他并不是"入火不热，入水不湿"的得道真人，他一到龙场，就大作起"去妇叹"来。《去妇叹》一写就是五首，用的是楚地"故事"，无非是些妾命如草、泪下不可挥之类的悲鸣。这种弃妇的悲鸣，从屈原到龚自珍都一律是以妾妇之道事君的另一种表现形式，与那些得了手的谄谀之徒的差别在于，他们被一脚踢了出来。无须赘言，如果他只会作"去妇叹"，必死于这瘴疠之地；即使未死，也只是个什么都不是的"去妇"。

他被抛回"初民社会"，被抛到一个标准的异乡——语言不通，住没住处，吃没吃的，空气不仅稀薄而且潮湿，这对于有肺病的他来说是致命的。就是升官到此，亦足悲矣，更何况是发配！

心性的修炼真是一个反复的过程。他在湖南的圣学气象居然能被瘴疠之气刹那间遮蔽起来。能够成圣和成圣不易都因肉身的感受性。一日不能"克己"，则一日不能"上道"；一日不能成圣，则难免一日反复。王阳明对此深有体会，才在后来的教学中把"克己省察"作为最基本也最根本的功夫。即使"悟"了，也需要一悟再悟的。佛教的破我成佛也是顿悟之后继以渐悟，不然会成顿迷。

龙场是个小地方，处万山丛棘之中，十分偏僻闭塞，毒蛇遍地，野兽窜奔。龙场驿站是洪武年间彝族土司奢香夫人为效忠朝廷，打通贵阳与四川通道而开设的九驿之一。因为太偏僻了，这条驿道几乎没什么人马通过。在这里当驿丞与通都大邑管驿站的官员相去天壤，那是可以为害一方、鱼肉百姓的权要。刘瑾梦游着给他想到了这么个"好"地方。龙场驿站设驿丞 1 人、吏 1 人、马 23 匹、铺陈 23 副。王阳明虽为驿丞，却是谪官，不得居驿站，只得在离驿站不远的小孤山一洞口搭草庵栖身："草庵不及肩，旅倦体方适。开棘自成篱，土阶漫无级。迎风亦萧疏，漏雨易补缉。"(《初至龙场无所止结草庵居之》)这里的物质条件比监狱还差，随时都会被大自然夺去生命。在这里，能跟他说说官话的是亡命到此的人。同僚偶尔前来问讯，语言与表情均粗鲁不堪，使敏感的王阳明觉得他们还不如时来造访的鹿亲切。

不久，他在离驿站三里远的龙冈山找着一个岩洞——东洞。他搬过来以后，将其命名为"阳明小洞天"，写有《始得东洞遂改为阳明小洞天》诗三首。从中得知，岩石那天然的窦穴就成了他做饭的灶台，大而平的石块便成了他的床榻。他依然爱好清洁，黎明即起身洒扫庭除；还是手不释卷，灶前榻上漫无统纪地堆着书。现存他唯一的散曲《套数·恬退》正作于此时："黄金难买此身闲"，"叹人生翻覆，一似波澜"，"假饶位至三公显，怎如我野人闲"，"无心老翁一任蓬松两鬓斑"，"叹目前机关汉，色声香味任他瞒，长笑一声天地宽"。他奉旨过上了有巢氏式的生活，正是锤炼恬淡境界的好时候。

用他自己的话说，就是得失荣辱诸关均已打通，唯有生牢死关这一念"尚觉未化"。现在，考验日日临头，他自备石头棺材一副，自誓曰:"吾唯俟命而已!"事情已经到底就还它一个到底,也就没有情绪反应了。因为情绪就是没把握时的一种代偿性反应。他现在真修实炼了:"日夜端居澄默,以求静一;久之,胸中洒洒。"(《年谱》)这才到了他在《瘗旅文》中说的"历瘴毒而苟能自全,以我未尝一日之戚戚也"的境界。

跟他来的人没有他这种道行、修行方法,很快病倒了。没有哲学心智的人永远难以领略这种境界。在这一点上,他只能自家吃饭自家饱。尽管他愿普度众生,也依然不能代他们修行,给他们输入个"心中洒洒"。他只有为他们做饭,喂他们食水;本来,他们是来服侍他的,现在翻了个儿。他以能助人为美。仁,或者说人道情怀始终是他的人格底色。在航行遇险之际,"丁夫尽嗟噫",他却"淋漓念同胞,吾宁忍暴使?膳粥且倾囊,苦甘吾与尔"(《天心湖阻泊既济书事》)。在实际考验的关头能如此,才真做到了"民胞物与"。单是喂饭还不够,他又怕他们心中苦闷,便给他们"歌诗";还是闷闷不乐,他又给他们唱越地小调,家乡的声音足慰乡愁;他又给他们讲笑话,终于使他们忘记了疾病、乡愁、身处他乡的种种磨难,他和他们共同度过了痛苦的不适应期。这也"训练"了他后来广授门徒、因材施教、随机点拨、不拘一格的特殊教学理念。

于此,也能看出这人实干家的质地,而且坚持不捐细务、事上磨炼的修养方法,在这绝地确实是可以救命的。那些只能做官的"官崽",或只能过纸上苍生的读书虫,至于此地绝难生还。他能够以环境克服环境,能够在任何条件下化险为夷,从而才能在多愁善感者必死无疑的环境中奇迹般地活下来。他很好地体现了"虚己应物,应物而不伤"的法则。他不像屈原、贾谊那样自视甚高而无法与现实妥协，自速其死。他没有苏东坡那么"旷"，有与苏东坡不相上下的"达"。达，才能通，通才不痛。哲学是通学，不但自己通，还要使人通。

悬崖撒手，自肯承当

置之死地而后生，在军事上有时只是一句鼓舞士气的大话，却是获得质变体悟的常规现象；因为不进入临界状态，不可能发现生存的真相，也就无法看清"在"的本质。像勾践卧薪尝胆总让人问他忘了那些耻辱了没有一样，王阳明在叫天不灵叫地不应的绝境总自问："圣人处此，更有何道？"别人这样发问也许是故意或矫情，在他却是自然又必然的，因为他一直就在探寻怎样学为圣人。无论是格竹子、上边务疏，乃至于学禅道养生，都是为了在当世成为圣人。像浴火重生的凤凰，他给自己和这个世界提交的答卷就是龙场悟道。

黄绾《阳明先生行状》说："公于一切得失荣辱皆能超脱，惟生死一念，尚不能遣于心，乃为石椁，自誓曰：'吾今惟俟死而已，他复何计？'日夜端居默坐，澄心精虑，以求诸静一之中。一夕，忽大悟，踊跃若狂者。以所记忆'五经'之言证之，一一相契，独与晦庵（朱熹）注疏若相抵牾，恒往来于心，因著《五经臆说》。时元山席公官贵阳，闻其言论，谓为圣学复睹。"王阳明高徒王龙溪则把这个圣学的特征概括为"恍然神悟，不离伦物感应，而是是非非，天则自见"（王畿《王龙溪先生全集》）。

《年谱》说"先生始悟格物致知"，主要情节与《行状》同，多出了"寤寐中若有人语之者"，好像睡觉时有人告诉了他格物致知之旨，他从石床上一跃而起，把跟从他的人着实吓了一大跳。一阵激动过后，王阳明"始知圣人之道，吾性自足，向之求理于事物者误也"。

这就是被各种思想史著作称为划时代事件的"龙场悟道"的故事梗概。

王阳明被"抛"到了深渊，平素要依赖和受制约的各种关系的力量都没有了，他一无所有，赤条条地站在这深渊中，只有他的"心"上联天、下联地，思接古圣。王阳明要是二十年前或十年前被抛到这种处境，未必能够悟道。此时，若不抛到这里，他也未必能够"觉醒"到这种程度。正是因为他经历了"格竹子"，按照朱熹的方法"格"经典，按照自己的性子"格"辞章和"格"仙、释二氏之学之后，他才能在此"坎陷"中顿悟。不进入临界状态，精神就不可能迸发出超越常规的发现，就不可能"顿悟"本真的意义，就像禅宗所说的：不临崖一跳，不可能开悟。

所谓"圣人之道，吾性自足"就是禅宗那"悬崖撒手，自肯承当"！这有王阳明最后在天泉证道时的话为"旁证"："上根之人世亦难遇，一悟本体即见功夫，物我内外一齐尽透，此颜子、明道不敢承当，岂可轻易望人！"（《年谱》）颜回、程明道不敢承当，是因为这两个好秀才太儒雅了，缺乏王阳明之侠儒肝胆。王阳明在所有的布景都坍塌了之后，只有自己赤身担当了，而他恰恰敢承当"圣人之道"，于是顿悟了"吾性自足"。王阳明肯定是"上根之人"。说他"澄心精虑，以求诸静一之中"也好，说他"恍然神悟，天则自见"也好，都是形容他脱落了俗念、所知障。自肯承当"无善无恶心之体"（《传习录》），一下子彻上彻下地开了悟，"一悟本体即见工夫"，说白了就是个"空生明"。

《王阳明佚文辑考编年》有一则讲开悟的，具体时间不详，但可以证明他完全接受并运用禅宗法门：

> 君子之学，贵于得悟。悟门不开，无以征学。入悟有三：有从言而得者，有从静而得者，有从人情事变练习而得者。得于言者，谓之解悟，触发印正，未离言诠，譬之门外宝，非己家珍；得于静坐者，谓之澄悟，收摄保聚，犹有待于境，譬之浊水初澄，浊根尚在，才遇风波，易于淆动；得于练习者，谓之彻悟，磨砻洗涤，左右逢源，譬之湛体冷然，本来晶莹，愈震荡愈凝寂，不可得而澄清也。根有大小，故蔽有浅深，而学有难易，及其成功一也。夫悟与迷对，不迷所以为悟也。

他写《志士仁人》的时候是从言而得解悟，从廷杖、监狱、龙场绝境，他从人情事变获得练习，再加上他在石头棺材前静坐要解决包括如何面对死亡等一切问题。他的意念往心本体处聚集，逐渐过滤掉了日常思维的一切内容，"心"获得了无挂无碍的自由，由澄悟而彻悟。日后，越震荡越凝寂，左右逢源，终成一代宗师。

他开悟后的第一感觉就是：我完全能够凭着我的自性走上成圣的道路，不需要依靠任何"吾性"以外的东西。"吾性"就是我的自性，"自足"是够了的意思。由觉知所返，亲见本来，亲证实相。自性之中具足一切法，与他当年写《志士仁人》说心体光明，可以贞天下之大节一念相续。那时是"引机"，现在是"启机"了——承当了自性自度的慧命,不再向朱熹讨生活了("向之求理于事物者误也")。"圣人之道,吾性自足"显然是慧能"何期自性本自具足"的儒家说法。他后来是让心腹学生秘密读《坛经》的。王阳明的"吾性自足"指向成圣,慧能自性具足指向成佛。

王阳明的学生聂豹后来也验证过这种状态:他在狱中闲久静极,忽见心体光明莹澈,万物皆备,找到了"未发之中"。这个"未发之中"是理学术语,是心本体的澄明状态,可以形容王阳明此时的"吾性"。

十年后,王阳明超越了这个境界,后悔地说:"往年区区谪官贵州,横逆之加,无月无有。迄今思之,最是动心忍性,砥砺切磋之地。当时亦止搪塞排遣,竟成空地,甚可惜也。"(《全集》)他指的是:当时本来可以一鼓作气地直接提出"致良知",只是自己未达圆明大智,"搪塞排遣"瞎对付,白白地滑过去了。所以,完全可以说,他这场顿悟就是在"闭关"状态找着了自己的良知。所谓"吾性"就是良知。王阳明后来教人:良知人人天然自备——就是现在说的这个"吾性自足"。

但是,人们很难觉解并拥有"吾性";因为一入滚滚红尘,童心变成了凡俗的利害心、是非心,良心便被"放逐"到飞短流长、计较得失的欲海,人也成为行尸走肉。志在成圣者的一生就须是"求其放心"的一生。求者,找也。找啊找,王阳明在不惑之年到来之前总算找到了,他怎么能不绝处逢生一般欢呼雀跃呢!老百姓说的"找着魂了"可以形容此时王阳明的精神状态:圣人之道就是成圣之道!言功夫只是不忘本来,吾性就是自己的本来面目,敢于承当吾性自足,其实是无我之勇。

圣人之道原来是成圣之道（本体功夫一体）。说实话，王阳明此刻感悟到的圣人之道主要是"德性"真理，还不是宇宙的真理。

阳明心学诞生

这场悟道何以成为阳明心学诞生的标志呢？因为，它改变了朱熹主义的格物致知路线。

王阳明说的"格"其实是艺术直觉，而朱熹的"格"是概念推导。朱熹是学者的工作方法，王阳明是诗人的工作方法。王阳明主张的是：真正的思想从感觉中来，用思想持续感觉。王阳明坚持的是：哲学不在外面，一定要在内心里、内在感觉中找到绝对。王阳明是要用艺术的方式来把哲学变成掌握意义的艺术，把概念的"知"变成体验化的"智"，用功夫论涵盖认识论，恢复感性的本体地位。这个感性是生命本身，也是像生命本身一样复杂化地存在着，找到根本感觉的方法不再是"主观"对"客观"做局外观察，而是心与物是一体，如同阴阳一样是一体的、意义贯通（心物一元），不是二分的。胡塞尔现象学的意向性还是主体对客体的意向性。

王阳明努力要找的是心与物的基础，这个基础才是"管总"的（心本体）。这个"管总"的，不是恍兮惚兮的"道"（老子），也不是穷物尽理的那个"理"（朱熹），而是"心"——吾性自足的心本体；到了后来，他才明确表述为"无善无恶心之体"。找到心体，才找到了意识活动的本源；运用反思前的我思，才能正确思维。到了这个境界，就可与千圣一体，从而随机万变，譬如打仗的时候打仗，写诗的时候写诗，就可以知行合一地"日新日日新"了。

朱熹的理学是根据价值来建立意义，这样就会从"意见"出发，难免不以意为之。心物二分就会乖离，从起念处错了就会一误再误。朱熹的"格物"是"逐物"，跟着对象转，是舍本逐末，由外及里，必然心被境夺。要把颠倒了的大路子再颠倒过来，只有以"心"为天渊、为主宰。王阳明此时悟通，后来再三申说的就是：所谓格物致知，并非如朱子所说的用镜子去照竹子，而是倒过来，以心为本体，下功夫擦亮心镜；真正的思想对象是"心"，不是"物"；要"格"的不是物，而是心。所谓的"格"就是"正"，所谓的"物"就是"事"。延展到容易理解也容易误解的伦理领域，可以这样区以别之：朱熹主张的是"他律"，王阳明主张的是"自律"。

举一个不是此时发生的，但是很能说明王阳明所大悟的"格物致知之旨"的原理的例子，即"心中无花，眼中无花"："天下无心外之物"，"你未看此花时，此花与汝心同归于寂；你来看此花时，则此花颜色一时明白起来，便知此花不在你的心外"。

花是独立于人的意识之外的存在物，它不因人的意识活动而生灭，而花存在的意义却因人而异、因人立意。花的存在是所谓物质与意识的关系问题，花存在的意义是"心"赋予物意义的问题。王阳明说的是后者。王阳明从不否认物的独立存在，他说过"意未有悬空的，必着事物"，肯定了事物的先在性。王阳明"心中无花，眼中无花"论的要旨在"心无外物"，在探究心物怎样贯通，以及心物贯通出来的意义如何生成。"与花同寂"是说人与花未产生联系时，人与花各不相干，花对人不存在，人对花也不存在。这里的"寂"是"寂静"之意——意义不在场，并不是佛教说的"寂灭"、道教说的"无"。但是，如果人与花沟通（看）了，有了生命情感联系，那么，花对人存在了，人对花也存在了，这意义的发生（明白）必须由"心"来承担。是"心"赋予了"花"（客体对象）存在的意义。这种意义的发生不是反映论，是意义生成论。"心"与"物"形成了一种双向互动的意向性结构，使自在之物成了审美对象，"物"（世界）向"我"（心）敞开，意义向人生成。这也就是王阳明说的"你来看此花时，则此花颜色一时明白起来，便知此花不在你的心外"的真义。这也就是说，意义不能根据"意见"预定，只能依据直觉生成。

儒、道两家说的"道"其实是通道，是活性的，是需要体悟亲证的。没有亲证体悟，道是道、你是你，同归于寂；一旦悟道证道，道中的理便"明白"起来，便知"道"原不在你心外。这种体悟性的道、理一旦变成口号式的标举，就变成套语，便"伪"者甚至反对者也可利用、滥用了。想成圣人，单"以学解道"远远不够，必须心与道成为一体（心物一元），用身心之学代替耳口之学，才能有"根本"，不会像八股儒生那样"无本而事于外"了。

所谓"支离"，就是把只能内在体验意会的"道"变成了即使没有体会也能言之有理的"学"。这相当于把诗变成了诗歌作法，把伦理变成了伦理学，把宗教体验变成了宗教学研究，把人生智慧变成了学院派的教科书，把微妙地运用着全副知觉感受的爱情变成了结婚指南。说食不饱，光在"说"上做文章，脱离了圣人之道的中心或本源性的意义，一切都变成了"话语"。既成话语，就可以变成语言游戏、嘴里不说心里话的形式主义的语言操作。这种科场理学使经典普及，以至于出现了成熟的举业组织，而事实上圣学的精义已经消亡。孔孟复出反而考不了这种"经义""时文"，就是滑稽而严酷的证据。用王阳明的话说，则是：

世之学者，章绘句琢以夸俗，诡心色取，相饰以伪，谓圣人之道劳苦无功，非复人之所可为，而徒取辩于言辞之间。……而圣人之学遂废。

——《别湛甘泉序》

王阳明心学的要义在于恢复儒学的亲证性、启明性，从"支离"的学术包装中破壁而出，恢复圣学的神圣性——王阳明后来深情地以悲壮的"承当精神"说"我此'良知'二字，实千古圣圣相传一点滴骨血"（《传习录拾遗》）。

但是，"述朱"的人们都认为王阳明的悟道，是外道的禅学，从而不承认他这种心路在儒学中的合法地位。这是嫉妒性的偏见。儒家从来就有心性修炼方法，颜回的守中庸，孟子的集义、养浩然正气都是依靠"吾性自足"，那时还没有禅宗。周敦颐、程明道也是这样静中开悟的。王阳明赞佩的王信伯说："非是于释氏有见处，乃见处似释氏。"这算一语冰释了。悟了后的王阳明做够了攻击他的正儒也做不了的亲民济世的事情。他觉悟的过程的确酷似禅宗之参公案之顿悟。"圣人至此，更有何道？"是他契入的心念，反复参究的结果是豁然开朗：一处透，千处万处一时透；一机明，千机万机一时明。王阳明悟了之后曾默证六经，无不相合。这与禅宗之明心见性的顿悟后由二元世界透入一元世界的脱胎换骨的升华境界若合符节。兹举高峰和尚参究"万法归一，一归何处"事例略见一斑：

山僧昔在双径，归堂未及一月，忽于睡中疑着"万法归一，一归何处"。自此疑情顿发，废寝忘餐，东西不辨，

昼夜不分，开单展钵，屙屎放尿，至于一动一静，一语一
默，总只是个"一归何处"，更无丝毫异念，亦要起丝毫异
念了不可得。正如钉钉胶粘，摇撼不动，虽在稠人广众之
中，如无一人相似。从朝至暮，从暮至朝，澄澄湛湛，卓
卓巍巍。纯清绝点，一念万年，境寂人忘，如痴如兀，不
觉至第六日，随众在三塔讽经次，抬头忽睹五祖演和尚真
赞，蓦然触发日前仰山老和尚问拖死尸句子，直得虚空粉
碎，大地平沉，物我俱忘，如镜照镜。百丈野狐，狗子佛
性，青州布衫，女子出定话，从头密举，验之无不了了。
般若妙用，信不诬矣。

——原妙《高峰原妙禅师语录》

王阳明悟道的形式与此相近，获得了通道的灵明感，有了大觉
大悟，有了这种能力，然后干成了济世救时的事业。钱德洪怕有人
说是禅，就赶紧点明"不离伦物感应，而是是非非，天则自见"，并
且强扭到"大悟格物致知之旨"，其实要害在"圣人之道，吾性自
足"。毫无疑问，他早年沉迷佛教、道教，尤其是在"阳明洞天"的静
坐功夫，此时给了他很大的帮助。儒、释、道三教在最高的神秘的心
体呈现境界同通无碍，都讲究一个"归寂以通感，执体以应用"。

早知灯是火，饭熟已多时

心学是这样一种意术，它将世界聚焦于我心，遂将所有的问
题变成一个问题，任何一个问题也就是所有的问题。没有表里、内

外、上下，任何"一"都是具体而微、至大无外、至小无内的整体。这叫破除二元论，返回道本体，从而找回放逐于外物的我心。作这样的性灵玄言诗是容易的，把它转换成知行合一的心性能力，破除、代替析心物为二、道器为二、言行不一、知行歧出的学风、作风、文风，既要天天讲、求做家常功课，又须付出做人的全部代价。因为知行合一在一个假人言假事的世界是要倒霉的。

王阳明的一生像一部动人的成长小说：一个外省青年四处寻求圣在哪里、道在何方，最后终于"悬崖撒手，自肯承当"。当在差近原始生活的天地中，悟出圣道就在我心后，他去种地去了——那边会了，还得回这边践履。

有的中土人士被抛到此地，没过了高山反应这一关，被瘴疠给送走了。一个也是贬过来的原主事，叫刘仁徵，就是这样死的。王阳明因"足疾"不能亲自去哭奠，便作了一篇祭文，发了一通哲学性的感慨："仁者必寿"，而你却"作善而降殃"；瘴疠盖不正之气，与邪人同类，你死于兹，亦理固宜然矣。人，总是要死的，死生如夜旦；生，不足喜；死，不足悲。——这，就理论而言，实在没什么稀奇。但真正融化成心志就弥足珍贵了，是滑舌利口的野狐禅、言行歧出的假道学办不到的。王阳明的心诀是"生死两忘"，空诸所有，无念无执。

王阳明的"吾性自足，不假外求"是被逼出来的。从大千世界，功名事业，直至生死存亡，退到无可再退，不得不"反身而诚""反手而治"——孟子的反手而治在政治上没有看见成功的范例；在人格修养上，王阳明算是最耀眼的得天下大名的显例。圣学传统拯救了他，他又转过来拯救了圣学传统。社会的压力、理学内部的压力,压得他不得不来当"变压器"。中国思想史证明,他是个天才的"变压器"——从释道那边会了,回到儒家这边来行履。

所谓天才,就是有这样一种反思能力:除了知道自己了不起之外,更知道自己没有什么了不起。更准确地说,是有这样一种应变能力:就是在需要"了不起"的时候就可上九天揽月,在无可奈何时就混迹于鱼鳖,而不更多地去想什么委屈不委屈。大气浑然,元气淋漓,在儒家辞典中,这叫"通权达变",唯圣人能之。王阳明"悟"了之后,差不多能够"几于圣"了。

那么,差多少呢?——不动心(情)时,差不多;一动心(情)时,就差多了。

尤其是冬天来了,"阳明小洞天"只是洞而已,不见天日,王阳明又没有多少御寒的衣服,霜凝在洞口,是真正的寒窑。他的健康饱受摧残,落下了病根,以致他日后东征西讨时常病得东倒西歪。他后来屡屡给皇帝上书请病假或请求致仕退休,也都提到是这段岁月把他搞成了病夫。

他来时带着些盘缠,一路上车马船费用去不少,还得留着预后的花销;再加上到达此地时正是春荒季节,他遂屡有"绝粮"之虞(《谪居粮绝请学于农将田南山永言寄怀》中有"谪居屡在陈,从者有愠见"句)。他决心学农,将南山开垦出来,自己来个小"军屯"。而且,"夷俗多火耕,仿习亦颇便"。这时还没过耕种的季节,能种出几亩来。他马上给这种生产活动找出"意义"来:不仅单为了解决自己的吃饭问题,还可以让周围的鸟雀也有吃的,余粮就周济了穷人。

他遂开始一边种地一边作"修理地球赞":

去草不厌频，耘禾不厌密。

物理既可玩，化机还默识。

即是参赞功，毋为轻稼穑。

——《观稼》

　　只要是自己干的，就能且要找出通天的意义来，这是诗人哲学家惯用的"自我重要法"，从而给身处边缘的角色和一点儿也不重要的活动找出参赞化育、通天彻地的重大意义，这又叫能够于百姓日用中见道。用审美感觉来寻找价值、赋予价值、投射价值，反正"我"想叫它有多大价值它就有多大价值，这便是我们的人文精神的工作原理了。在身处危难之机，这种可爱的"精神胜利法"是哲人度过许多苦难的秘密武器。这种精神胜利法实乃中国特色的实用形而上学。

　　但这毕竟只是精神胜利，当精神不想胜利或胜利不起来时，就还是个当哭则哭，当苦则苦。悟透了格物致知的要义不在逐物而在正心，也依然不能保证"心"就刀枪不入，照样"游子望乡国，泪下心如摧"（《采蕨》）。

　　他最焦急的是生命——这种时间性的存在，在被白白浪费。有一次，他坐在石头上弄溪水，开始时还欣欣然，有兴趣洗洗头；但溪水太清澈了，照出了他的白头发，三十七岁的人长白头发已不算"早生华发"，他却着急了：

年华若流水，一去无回停。

悠悠百年内，吾道终何成！

——《溪水》

是啊，过去感到"生有涯，知无涯"，日日逐物，何时是了？自从悟道以后，又出现了新问题，就是知"道"了，怎么去做到？他差不多是首次用了"吾道"这一庄严又隆重的大字眼。他终于有了不同于汉儒宋儒的"道"，是完全有资格说"吾道"了。更严峻的问题是怎样"行"？不行终不"成"。他在逼近"知行合一"之旨。

他现在能为"成道"做的事情也只有讲学。然而，用正常眼光看，这是不现实的，几乎没有客观条件。在这种时候最见心学的"过人"之处和主人翁精神——绝不会没有现成饭就不吃；恰恰相反，首先是高度真诚，然后是为了"成道"，即使没有条件，创造条件也要上。凡人常常感叹"早知灯是火，饭熟已多时"（释慧开《颂古四十八首其七》），而心学家是心中有灯，于是能到处看到灯，并且早就知道灯是火的人。王阳明已经给当地的百姓讲学了。他在龙场悟道的现实结果是将重心转移到觉世行道上来。

生活艺术化

话一说又远了。心学以诚为本，密切联系群众，而王阳明的性格又"和乐坦易，不事边幅"（《传习录》），所以从他来了之后，几乎是有意主动搞好与当地人的关系（化夷为友是心学之"转化诀"）。这样做既合圣道，又有现实好处。他跟当地人学农活，体现了他那亲融自然的可爱秉性。他从心里觉得当地这些淳厚朴实的"夷人"比中土那些已被文化异化的虚伪士大夫更值得亲近。他多次表示，跟这些人讲论"吾道"比跟中土士大夫更容易相契。

人人心中都有一杆秤，这些没上了名册的"学生"渐渐敬爱他。他们是用行动来说话的实在人。他们见他开辟那块地方，以为他喜欢那里，便在那里给他盖起房子来。山上可以用作栋梁之材的树木有的是。很快大架势成立，他则做了些情调性的布置，四周装饰了竹子和花卉草药，于是"列堂阶，辩室奥；琴编图史，讲诵游适之道略具"，像个学堂样了。

不到一个月，这个被他命名为"何陋轩"的文化基地从无到有。名，取自孔子"君子居之，何陋之有？"；实，则是为了"信孔子之言"。信者，申也。弘扬孔子之道既是化俗工作，也是对自己的精神安慰。通达的儒者就是随时都能找到这种一体化的感觉。而且，事实上，也的确不陋了。人们到了这里，都觉得恍然置身于像样的阁楼了。他也忘了自己是在偏僻的夷地。更重要的是，有了这个自成意趣的"小构"，"诸生闻之，亦皆来集"（《龙冈新构》）——有学生来求学问道了。

从任何具体事情中都能找到意义，是仁学"万物一体"的精神能力。尽管夷人如"未琢之璞"，却不可以"陋"视之；但"夷之俗崇巫而事鬼，渎礼而任情"（《何陋轩记》），不能中和，不懂节制，是必须用教化功来"移风易俗"的。"在朝则美政，在野则美俗"（《荀子·儒效》）也是儒生的使命。他们本质好，教化起来也容易。一篇《何陋轩记》以耍小聪明的话结尾——我固然不行，以待来者吧。用谦虚表达自信，有几分童趣。

这个"何陋轩"就是名载史册的"龙冈书院"的校址。王阳明《龙冈新构》诗云"开窗入远峰，架扉出深树""初心待风雨，落成还美观"，并赋予它杜厦白裘广庇寒士的"意义"："来者得同憩"，还补上了自己一向所缺的"农圃学"。

不拒绝实事、小事是心学人士能够成就事功的一个奥秘。王阳明在新轩前面又营构了一个小亭子,四周都是竹子。又动用"文化传统"来缘情布景、借景抒情,叫它"君子亭"。暗连"君子居之,何陋之有"倒在其次,更突出的是"竹有君子之道四焉"(《君子亭记》),学生又说"我"像这竹子。

王阳明不算谬托知己,他还真足以副之。他具备"中虚而静、通而有间"的"君子之德",更有"外节而直""遇屯而不慑,处困而能亨"的"君子之操"。他过去在朝是"应蛰而出",现在在夷是"遇伏而隐",都能做到"顺应物而能当,虽守方而弗拘";这是了不起的能够通权达变的君子之"时中"(任何时候都恰到好处)。他还觉得自己具有竹子"挺然特立,不挠不屈"、意态闲闲的"君子之容"。他在文尾又照例谦虚——虽不能至,心向往之。

这种寻找意义的命名活动,是把生活艺术化的功课。人的一生是个不断的自我定位的过程。是争上游为君子儒呢,还是趋下流当小人儒?关键看你立什么志。自我命名也是门立志的功课。所谓"观念",首先是自己"观"自己的"意念"。意念是对已有的感性经验、情绪意欲的一种整理提炼。自小,是小;自大,也是小。如何恰到好处地提升自己,则成了为己之学的"意术"。

太极功夫

王阳明的命很大,有时候运气好。例如,他逾期到达贵州,如果刘瑾追究,他要受很重的处罚,可是居然没事。据说是主管此类事务的巡按监察御史吴祺保护了他。但是,他运气不好的时候多。

用他后来追述的话说就是"贵州三年,百难备尝"(《与王纯甫》)、"横逆之加,无月无有(《寄希渊》)。"王阳明并没有招惹当地的官老爷,但思州太守偏偏要在一个贬官头上要威风,就好像牢头非要收拾贼配军一样,居然无缘无故地派人到这个驿站来侮辱王阳明。

王阳明已练就了"动忍增益"的功夫,但周围的夷人看不下去了,奋起保护他们敬爱的王先生,打跑了来要赖的"官奴"。这自然扩大了事态,太守大怒,向上边告王阳明不但不服从管教,还聚众闹事。这对王阳明相当不利。

幸好,此前他的行谊吸引了思州的按察副使毛应奎,这位毛公也是浙江余姚人,是王阳明的老乡。王阳明还曾为毛应奎的"远俗亭"写过一篇"记"。现在毛应奎出面为之斡旋,既在正印官面前为王阳明疏通,又劝王阳明去赔个不是。王阳明的回应特别见心学的艺术,也表现出王阳明政治家的水平:

> 昨承遣人喻以祸福利害,且令勉赴太府请谢,此非道谊深情,决不至此,感激之至,言无所容!但差人至龙场陵侮,此自差人挟势擅威,非太府使之也。龙场诸夷与之争斗,此自诸夷愤悒不平,亦非某使之也。然则太府固未尝辱某,某亦未尝傲太府,何所得罪而遽请谢乎?跪拜之礼,亦小官常分,不足以为辱,然亦不当无故而行之。不当行而行,与当行而不行,其为取辱一也。
>
> ——《答毛宪副》

因为龙场打斗是差人大败输亏,所以王阳明故作高姿态,先给太府一个台阶下，再腾开自己的身子——他与太府之间没有任何冲突，所以不存在必须去谢罪的问题。这真弄得长官无话可说。然后，王阳明又柔中带刚地说："某之居此，盖瘴疠蛊毒之与处，魑魅魍魉之与游，日有三死焉。"而他居之泰然，盖在于他无动于心。太府要加害他，他也只当是瘴疠、虫毒、魑魅魍魉而已，岂能因此而动心？

这是王阳明悟道以后的牛刀小试。他相当冷静又口舌如剑，只有不动心才能用最合适的"心力"来与魑魅魍魉较量，有理、有利、有力，妙在让对方挑不出进一步迫害的口实来。更有魅力的是他那安之若素的语气，既有冷静世故的分寸，又有兼容阴阳、柔里透刚的尊严。真见心学艺术，是柔中寓刚的太极功夫。

这件事的结果是"太守惭服"。这次胜利使王阳明在贵州官场有了容身之地。这个小小官场对他却是大环境。很快，视他为高人的当地秀才、卫所官员纷纷上门求益。

安宣慰先让人送来米、肉，派仆人来担水、劈柴等，但一概被王阳明婉拒。这位安大人又派人送来金帛、鞍马，"礼益隆，情益至"；于是，王阳明只好收下些生活必需品："敬受米二石，柴炭鸡鹅悉受如来数。其诸金帛、鞍马，使君所以交于卿士大夫者，施之逐臣，殊骇观听，敢固以辞。"（《与安宣慰》）我们从这里不难看出这个人的自尊心多么强，内心的戒律多么严。这是一种自视甚高者的好自为之，并不是"逐臣"的变态自尊心。

天下没有白吃的东西，安宣慰是想向王阳明讨教是否可以把水西驿站撤掉。王阳明给安宣慰讲了一通"天子亦不得逾礼法"的大道理，劝他不要做"拂心违义"的事情，也别再忙着要官了。安宣慰听取了他的意见。不久，有土人造反，自称有安宣慰的支持。安宣慰本想坐待事大，以搞掉姓宋的土官，而王阳明驰书叫他快用兵平定叛乱，以尽守土之责。这真是点化顽愚，不但救了这个官老爷，也使当地百姓免遭涂炭。

他一方面乐观地估计自己用不了多久就会离开此地(《答文鸣提学》有"秋深得遂归图，岳麓、五峰之间，倘能一会，甚善"句)，另一方面又对此地起了眷恋，写于此时的《栖霞山》情调温婉：

> 宛宛南明水，回旋抱此山。
> 解鞍夷曲磴，策杖列禅关。
> 薄雾侵衣湿，孤云入座闲。
> 少留心已寂，不信在乌蛮。
>
> ——《王阳明佚文辑考编年》

第六回　以行求知身心好

　　知行合一的标准的哲学表达式，就是"存在就是行动"；只有通过行动，人的感性才能获得更新，感性的更新才是真正的日新日日新。这不同于肤浅的"世界的一切都是自己的观念"的唯我论、观念论，毋宁说王阳明最恨这两样，因为前者傻，后者假。

龙冈又名栖霞山，山势不高，平冈逶迤。山上岩石嶙峋，古树招风。岩壁上现存"阳明先生遗爱处"大字石刻。阳明洞内可容百人。有一小洞通后山。洞顶钟乳石累累下垂，有历代文人的题刻。洞右侧一小洞有一天然石床，传说是王阳明悟道的那个石床。洞前有石桌、石凳，两株粗壮挺拔的古柏，据说是王阳明手栽的有道之树。当地人说，远近居民绝不去龙冈山砍伐一草一木。

洞口左侧，沿石径而上，入一圆形山门，即见君子亭。亭脚山岩上刻有蒋介石第三次游阳明小洞天时所题"知行合一"四大字。君子亭对面即王阳明首创的龙冈书院故址，嘉靖时改为王文成公祠。祠门口有这样两副石刻楹联：

三载栖迟，洞古山深含至乐；
一宵觉悟，文经武纬是全才。
十三郡人文，此为根本；
五百年道统，得所师承。

右侧三楼三底的配殿，是抗战时期少帅张学良幽禁三年的居室。配殿边有一石碑，上刻《龙冈书院讲堂题额后跋》：

黔中之有书院，自龙冈始也；
龙冈之有书院，自王阳明先生始也。

坐起咏歌俱实学

　　王阳明是此地百年难遇的大儒了，他也不失时机地普度众生，龙冈书院成了文化种子站。因有了王阳明，"此地始知学"。不久，如王阳明《寓贵诗》所期许的，"村村兴社学，处处有书声"了。所以，当地人世代感谢他。他们更该感谢刘瑾的政策。这种"倒插式"地流放一人、普教一方是中国特色的文化传播方式，也是大一统王朝在和平时期局部整合文化的一种不自觉的方式。

　　龙场，因有了王阳明这棵梧桐树而百鸟来栖。附近州县的生员有来的，王阳明的老学生也有来的，"风教大行，向道知方，人文益彬彬矣"（《嘉靖贵州通志》卷三）。有了他们，王阳明的心情也大大好转了。文化交流是人世间美好而温馨的一种情感生活。没有它，人人都可能是孤苦的。就像没有"敬"就没有"爱"一样，没有文化的感情是低质量的感情，没有交流的文化感情反而会郁闷成"痞"。人是群居动物，再英才天纵也不能旱地拔葱。有时恰恰相反，越是天才越需要地气。

　　这真是歪打正着，不幸中的万幸。用他自己的话说便是，自己到了这废幽之地，反而避免了在朝中动辄得咎的麻烦。而且，在这夷地能感受到原始的、质朴的风土人情之美。原先还觉得缺少亲情满足与文化交流，现在有了学生，也就都过得去了。

关键是"讲习性所乐"，他热衷此道。他与学生一起喝酒，到林中河边散步，边走边谈，寓教于乐，也在月下弹琴。他高兴地说："讲习有真乐，谈笑无俗流。"他步入了"淡泊生道真"(《诸生来》)的境界。在这种境遇中，他仰慕的是颜回、闵子骞，子路式担当作为便不重要了："只今已在由(子路)求(冉有)下，颜闵高风安可望。"(《龙冈漫书》)当然，披卷讲论也是必不可少的。因为毕竟是书院而不是诗社，尽管王阳明并不主张死背章句，但也不能离开经书而直接让学生"明心见性"。再说，来问学的人程度不等，总得有个接手入门的功夫——王阳明便把《大学》作为入门书。王阳明后来最倚重的经典也是《大学》。

他在《诸生夜坐》诗中再次提到与学生一起骑马、投壶、鸣琴、饮酒；晚上在一起神聊，清晨一起到林间散步，继续神聊。语句之间透露出极大的快乐。他觉得与孔子和学生在一起的味道差不多了。他尤其向往曾点那种暮春三月，在河里洗了澡，迎风唱着歌往家里走的潇洒自由的境界。"岂必鹿门栖，自得乃高践。"这"自得"二字，也是心学的教法、学法、活法，简言之可谓心法。这种散步漫谈式的教学法，与马融、郑玄只能设帐授课不一样，却像苏格拉底在街头漫谈对话。王阳明和苏氏运用及传授的是智慧，而不是学究式的知识。教的是"大学"，不是"小学"。

他现在因觉"学得所悟，证诸'五经'"，莫不吻合，便开写他的第一部"专著"——《五经臆说》。

他在《五经臆说》的序中自述写作缘起：官方的或流行注经解经的做法是求鱼于渔网，求酒于酒糟。"我"是舍网来直接求鱼的。但他也自知这种"意会法"难以尽合于先贤。他谦虚又无不自得地说，他这样做只是自抒胸臆，用来"娱情养性"而已。言外之意是，他根本就不想加入那些所谓的主流规范、支离事业，拒绝那一套经院派做法。

这部《五经臆说》没有完整地被保存下来。据其大弟子钱德洪说，没保存下来的原因是老师根本就不想让世人知道它的内容。钱德洪曾几次想见此书，王阳明都婉言谢绝了。有一次，王阳明还笑着说："付秦火久矣。"直到王阳明死后，钱德洪才从废稿中发现了十三条。据钱德洪说其师是由于感到"先儒训释未尽"才作这部解经著作的。钱德洪说先生用了十九个月的时间才最后完成。也就是说，从他悟道后开始写，直到差不多离开龙场时才完成。王阳明在自序中说用了七个月。该书居然有四十六卷，也不止"五经"，而是读十部经书的心得。他考进士选择的《礼》这一科，此时写下的心得只有六卷，他自言缺说处多多。

"臆说"自然是心得笔记体，成熟一条写一条。心学的言说方法就是这种"原点发散"式的，用钱德洪的话说就是："吾师之学，于一处融彻，终日言之不离矣。即以此例全经（一通百通），可知矣。"我们也就仅举一个例子以概其余。

现存十三条"臆说"的第一条是解《春秋》的第一句话："元年春王正月"。这是公羊、谷梁两家大作文章、建立其家法的发凡处。王阳明自然地倾向公羊学（谷梁学与公羊学基本上相近）式的"微言大义"的联想法，只是侧重从"心本体"的逻辑起点加以发挥。如对这一句话的解释：

天下之元在于王，一国之元在于君，君之元在于心。

元也者，在天为生物之仁，而在人则为心。

元年者，人君为国之始也。当是时也，群臣百姓，悉意明目以观维新之始。故曰年者，人君正心之始也。

改元年者，人君改过迁善之始也；端本澄源，三纲五常之始也；立政安民，休戚安危之始也。

将表示时间的"元"（年）"正"（月），讲成了哲学伦理学的理论原点性的基本概念，与公羊学的理路一致，只是灌注的内容不再是"尊王攘夷"大一统，而变成了"君心正国"一元化。将儒家的伦理本质主义推导到一元化的极致，这是"美学"式的意会法，想到什么就尽情地"赋予"它什么。概念自由转换，这当然可以保证其一通百通。这并不是公羊学、心学的独传之秘，而是人们自由心证的"通用公共走廊"。公羊学和心学就是从中走出来的，又为之体系化。

现存的《大学问》及《教条示龙场诸生》是展现王阳明在这一时期的哲学思想及教育思想的最佳样本。钱德洪说："吾师接初见之士，必借《学》《庸》首章以指示圣学全功，使知从入之路。"钱德洪是王阳明早期的学生、后来的助教。现存的这篇《大学问》是他在王阳明最后的日子里记下的，我们略见其意即可，不能完全算作现在的思想结晶。

王阳明认为"大学之道"的密钥在"亲民"二字，只有在亲民的过程中才能体现出你是否知行合了一。做不到"亲民"，所有的说教都会沦为滑舌利口的恶谈。有了亲民的境界，才会"老吾老以及人之老"，才能有与天地万物为一体的心态，这样才能"尽性"。

"尽性"与"止于至善"不是两张皮，既不能独善也不能空谈，必须在"亲民"的过程中"实修"。这样悟到的"吾性自足"才不会是膨胀的私心杂念。

《大学》设定的学生首先是国君，教国君的当然是至理真言，因而也当之无愧地是教所有人成为君子的教材，也是教士人"学为君师"的第一教材。它言简意赅，能把教学目的与修养方法一体化，的确能见圣学全功，是"大（动词）人之学"。《大学》成为王阳明心学的"教典"理固亦然。

他为来龙场的学员定的"教条"，完整地体现了这一自我修养的基本理路。

第一条是"立志"。因为伦理态度是一种准信仰的态度，关键看怎样起信，起什么样的信。王阳明从"亲民"的路径入："便为善而父母怒之，兄弟怨之，宗族乡党贱恶之，如此而不为善可也；为善则父母爱之，兄弟悦之，宗族乡党敬信之，何苦而不为善君子？"这样便接通了与传统伦理的地气，也接通了人人性善这一古老的信念——"诸生念此，亦可以知所立志矣"。

第二条是"勤学"。王阳明反对记诵辞章、沉溺于训诂注疏的"支离之学"，并不反对学习（王阳明之所以是王阳明，盖因其有超强的学习能力）。人们或许会以为，主张"悟"的王阳明一定偏好伶俐之士，其实他却"不以聪慧警捷为高，而以勤确谦抑为上"。为什么？因为前者不容易"笃实"，而后者才肯真学实修。更关键的是，这个"学"不是记问之学，而是大人之学；是学做君子，而不是学做"讲师"。王阳明又从来不提意义深远却无法操作的口号，总是保持着可感可信的说服力、引诱力。他问同学们，你们当中，是那些资质虽然超迈却大言欺人、讳己之不能、忌人之有善、自以为是的人受好评，还是那些虽然资质鲁钝却谦默自持、无能自处、笃志力行、勤学好问、称人之善而咎己之失、表里一致的人受好评？

王阳明的心学因高扬"吾性自足"而更坚决反对自恃自高，力斥任何奋其私智的轻傲之徒。这也是王阳明与其后学中的末流的本质区别。王阳明一生与好高好名的习气做不歇息的斗争，从而能得道。无论是儒家还是道家，都遵守着一个"敬道而修德以副之"的原则。儒讲扩充善端以进德而合道，道讲去私去欲以进德而合道。前者用"加法"，后者用"减法"。在伟大的道体面前必须卑以自牧则是其共同的"口径"。

第三条是"改过"。改过是自行自度的核心，王阳明叫学生试着做"内省"功课："自思平日亦有缺于廉耻忠信之行者乎？亦有薄于孝友之道，陷于狡诈偷刻之习者乎？"万一有，就"痛自悔咎"。人的一生是一个自我改造的过程，修行就是改习性、习气。《坛经》单列《忏悔品》：念念不被愚迷染，念念不被骄狂染，念念不被嫉妒染。忏悔的关键在于改过，"永不复起，是名为忏""更不复做，是名为悔"。无忏无悔的人是自我的囚徒，是永远难见自心佛的。用王阳明后来的话说即"悔悟是去病之药"。

第四条是"责善"。责善是要求同学之间互相夹持。微妙处还在方法，要"善道忠告"，即不要痛诋极毁、激之为恶，更不能专骂别人以沽取正直的名声。善道忠告的标准是"直而不至于犯，婉而不至于隐"。他提议"诸生责善，当自我始"——这既是感动法，也是心学家"赤身承当"的基本态度。心学的魅力正在于"从我做起，从现在做起"的践行精神。

这一年的纪年文还有一篇《龙场生答问》，足见他此时的"生存状态和态度"。学生问他为什么总想着离开这里？他说，他又病了，所以想走。学生说，是否因为过去贵现在贱，过去在朝内现在放于外？孔子也当过小吏呀。他说，不是这么说。君子出仕为行道，不以道而仕者，是"窃"。我家有田产，没必要为了疗贫而当官。我到这里来，是被遣送来的，不是来当官的。但我要是不当官，也不可能来到这里。所以，我现在还算是"仕"，而不是"役"。"役者以力，仕者以道；力可屈也，道不可屈也。"我之所以想走，是因为"不得其职"，再委屈下去只是"妾妇之顺"，是悖道了。学生说，圣贤都离职而去，国君靠谁治理国家呢？而且贤人是但求有益于人，无论干大事小事都是一样的。王阳明的回答很悲凉、无奈，也有点真诚的赖气：我并不是什么圣贤，所以你的要求不对头。

因为标准的"圣贤意识"作怪，一部"完整"得令古人妒忌、今人庆幸的王氏全集及其年谱，几乎没有他与其夫人的任何细节性资料。他的学生以为这样做，阳明先生就可以永远"高大上"了，凿凿可见的永远是他的"学"，而不展现他的"性情"，他的学难以"意义充满"。

知是行的主意，行是知的功夫

就像"物理"与"吾心"演化到今天已是科学与道德的关系一样，"知"与"行"演化到今天是理智与意志的关系问题，并形成了唯理智主义传奇和唯意志主义传奇。王阳明找到了心与物的基础，他把"意"作为知行合一的合穴，他顿悟出来的格物致知，简言之就是知行合一的"意术"：知，是建立意义；行，是实现意义。

在王阳明前的朱熹主张知先行后，在王阳明后的王夫之主张行先知后，王阳明的知行合一之旨主要记录在《传习录》，是徐爱记录的，所以从徐爱说起。

徐爱素被视为王阳明第一大弟子，因其入门最早，是传阳明心学之道的第一代掌门人。王阳明一直说徐爱是他的颜回，则既因徐爱最得其学之真谛，也因徐爱不到三十二岁就死了。徐爱所创立的"浙中王学"一派，是阳明心学嫡传，虽影响不大，但原汁原味。

徐爱本是王阳明的妹（与王阳明同父异母）夫，是余姚马堰人。当初，他和他叔叔同时竞争做状元公的女婿，王华感到徐爱的叔叔有些放逸，后来果然以"荡"败，但是他没有看出徐爱生命不长。儒家只看道德，根据道德推测人的吉凶得失，这使得他女儿过早地成了"未亡人"。

王阳明对徐爱的感情是相当深挚的。徐爱对这位内兄素有敬意，尽管是一家人，"纳贽"还是必不可少的礼仪。"师"高于这种亲戚关系——王阳明有一个很知心的学生，在王阳明死后不敢以弟子礼祭祀先生，就因为没有走过"纳贽"这种形式。王阳明有个叔祖叫王克彰，"听讲就弟子列，推坐私室，行家人礼"。天地君亲师，既有一体化的一面，也有一码归一码的时候。

徐爱等三人行过拜师礼后，就进京赶考去了。王阳明还专写一篇《示徐曰仁应试》（徐爱字曰仁，号横山），教他如何以平常心从容应考。在婆婆妈妈的嘱咐背后，流淌着对儿子才有的深细的关爱之情。这自然是他们之间的私事，但王阳明说这只是以应试为例来讲人生哲学：首先，君子穷达，一听于天，这针对的是疯狂追求科名的流行病，太有得失之念肯定作不好文章；其次，无论是下场作文还是平时做学问，都须摄养精神，总保持气清心定、精明神澄的状态。扰气昏神，长傲召疾，心劳气耗，都是既伤身亦败事的坏毛病。他提出一个总的原则，就是"渊默"，不能杂乱心目。忽然有所得时，不要气轻意满，而要更加"含蓄酝酿"之。众人嚣嚣，我独默默。中心融融，自有真乐。用"渊"养"默"，用"默"养"渊"。这样，才能出乎尘垢之外而与造物者游。

但是，这次徐爱没有考上。他失利后，王阳明写信安慰说："吾子年方英妙，此亦未足深憾，惟宜修德积学，以求大成。寻常一第，固非仆之所望也。"他勉励徐爱："养心莫善于义理，为学莫要于精专；毋为习俗所移，毋为物诱所引；求古圣贤而师法之，切莫以斯言为迂阔也。"他劝徐爱千万不要"去高明而就污下"，还希望徐爱能来龙场读书，但又怕徐爱离不开老人。

徐爱收到王阳明的信后，稍事料理，便不畏艰难，长途跋涉，来到龙场。徐爱弄不明白老师刚"发现"的知行合一之旨，而他意识到这是个真正的问题，想在与老师的直接交谈中找到具体可感的思路。尽管徐爱记下这段话的时间是正德七年（1512年）冬南下舟中论学时，但所录并不全是舟中所论，肯定包含了来龙场问学的收获。为突显知行合一的纲领性，特意挪用于此。

王阳明说："试举看。"

徐爱说："如今人已知对父当孝，对兄当悌矣，仍不能孝悌，知与行分明是两件事。"

王阳明说："此已被私欲隔断，不是知行的本体了。未有知而不行的。知而不行，只是未知。圣贤教人知行，正是要人复那本体，不是着你只恁的便罢。故《大学》指个真知行给人看，说：'如好好色，如恶恶臭。'夫见好色属知，好好色属行；只见那好色时已自好了，不是见了后又立个心去好。闻恶恶臭属知，恶恶臭属行。只闻那恶臭时已自恶了，不是闻了后别立个心去恶。如鼻塞人，虽见恶臭在前，鼻中不曾闻得，便亦不甚恶，亦只是不曾知臭。就如称赞某人知孝、某人知悌，必是其人已曾行孝行悌，方可称他知孝知悌，不能只是晓得说些孝悌的话，便可称为知孝悌。"

"又比如：知痛，必已自痛了方知痛；知寒，必已自寒了；知饥，必已自饥了。知行如何分得开？此便是知行的本体，不曾有私意隔断的。圣人教人，必要是如此，方可谓之知。不然，只是不曾知。此却是何等紧切着实的功夫！如今苦苦定要说知行做两个，是甚意？某要说做一个是甚意？若不知立言宗旨，只管说一个两个，亦有甚用？"

徐爱说："古人说知行做两个，亦是要人见个分晓，一行做知的功夫，一行做行的功夫，即功夫始有下落。"

王阳明说："此失却了古人宗旨也。某一再说知是行的主意，行是知的功夫。知是行之始，行是知之成。若领会得明白，只说一个知已有行在，只说一个行已有知在。古人所以既说一个知又说一个行，只为世间有一种人，懵懵懂懂地任意去做，全不解思维省察，也只是个冥行妄作，所以必说个知，方才行得是；又有一种人，茫茫荡荡地悬空去思索，全不肯着实躬行，也只是个揣摩影响，所以必说一个行，方才知得真。此是古人不得已补偏救弊的说话，若见得这个意时，即一言而足。今人却就是要将知行分作两件去做，以为必先知了然后能行，我如今且去讲习讨论做知的功夫，待知得真了方去做行的功夫，故遂终身不行，亦遂终身不知。

"此不是小病痛，其来已非一日矣。某今说个知行合一正是对病的药。又不是某凿空杜撰，知行本体原是如此。今若知得宗旨时，即说两个亦不妨，亦只是一个。若不会宗旨，使说一个又济得甚事？只是闲说话。"

徐爱把人们知行分裂当作知行是两回事的证据，王阳明一语破的：那是私欲隔断了知行本体，就像恶人行恶是失掉了善良本性一样。"我"教你们知行就是为了恢复知行合一的本来面目，不是人们常常那样就是对的，你更不能拿弊病来当证据。知行歧出、言行不一是必须纠正的，不是存在的就是合理的（不从诚意出发去格物，最严重的是破坏了知行合一）。《大学》已经指出了"真知行"——知行的真相："如好好色""如恶恶臭"，你的感知和反应是瞬间完成、高度一致的。感知就是知，反应就是行。"合一"合在"意"之发动，一念发动即知即行。这就是知行合一的根、本体。

《传习录》第二百二十六条说明白了知行合一的宗旨是在一念发动处克倒私意："今人学问，只因知行分作两件，故有一念发动，虽有不善，然却未曾行，便不去禁止。我今说个知行合一，正是要人晓得一念发动处，便是行了。发动处有不善，就将这个不善的念克倒了，需要彻根彻底，不使那不善的念潜伏在胸中，此是我立言的宗旨。"下卷是王阳明晚年语录，王阳明知行合一的宗旨一以贯之。特别提示一句：王阳明这个宗旨显出了他与佛教、道教的根本区别。佛道要建立的是虚灵心，他要建立的是道德心。他在哲学层面借重虚灵，在伦理层面标举道德。这是他的一个根本特点，读者诸君颇可注意。

已经从思维原点上说清楚了知行合一是"自然如此"的，接下来便要对症下药，正面确立应该怎么办的问题。徐爱想把问题引向深入，故意说古人分开说是为了"见个分晓"，以便于"做功夫"（心学是把理论做成功夫的修养学）。王阳明"行是知的功夫"这味药，要治疗的是"茫茫荡荡、悬空去思索"的那些空头思想家"只是揣摩影响"地、画饼充饥地瞎糊弄。"知是行的主意"这味药要治疗的是"懵懵懂懂""冥行妄作"，这种人全不知道"思维省察"，没心没肺。前一种人"终身不行，亦遂终身不知"，后一种人乱七八糟地活，稀里糊涂地死。这两种都不是小病痛。

这篇"说话"讲透了知行合一的全部思路，完全是日常生活经验的例证法，没有深奥的思辨逻辑，都是在人情上"理论"——这也是中国哲学的根本特征，尤其是心学的拿手好戏：人情上正了，事变上才能通，因为事变都在人情中，天下事不出人情事变之范围。他同意的一种更简洁的说法，为了完整显示他以"意"为核心的知行合一论，也引述于此：

> 身之主宰便是心，心之所发便是意，意之本体便是知，意之所在便是物。
>
> ——《传习录》

这个"意"可以用黑格尔在《精神现象学》开头说的"意识"来参看："我们普通的认识只想到认识的对象，但没有同时想到自己就是认识本身，于是在认识中存在的整个东西，不仅是对象，还有

认识的自我和自我与对象之间的相互关系，就是意识。"（陈铨译）
王阳明的"意"除了认识上的意识，更主要是行为上的。"知是行的
主意，行是知的功夫。知是行之始，行是知之成。"这四句可以称为
阳明心学知行四句教。换成哲学大话是个理论和实践交养互根的
问题。知行合一还是知难行易，又或是知易行难，更是真假哲学王
们热议的话题。贺麟有感于徐爱死后王阳明各派门徒绝少提到知
行合一，而作《知行合一新论》。最不证自明的知行合一的显例是
各种体育项目，尤其是武术，武术中的内家拳更是一呼一吸、一招
一式都是知行合一的。

　　知行如阴阳是一体之两面，一分开就不是了。闻见之知、意见
之知，不是真知，不是本知。说它不是真知，因为它没有落实到你
的心意里，你没有体验内化了它，它就不属于你，体验内化本身就
是个知行合一。这就是"意"的意义，意是着于物的，意到了就能
把所有的问题拉回到"当下此即"，把所有的天文地理、郡国利病、
天理人欲、治乱兴衰都变成了与你"当下"息息相关的问题。所谓
知行合一就是知行"只是一个"，用他后来的话说就是"知之真切笃
实便是行，行之明觉精察便是知"。知行只是同一功夫过程的不同
方面，或者说是从不同的方面描述同一过程。这不但恢复真理的知
觉性，而且也在呼唤"直觉出真知"。

　　王阳明在贵州龙场悟道后，就开始讲知行合一，到徐爱记录这
段话时，已经讲了五年了。这篇现存王阳明文献中第一次正面谈说
知行合一问题的长话，可注意如下要点：

　　1. 知觉的当下性。私欲是劣质的知觉性，这种意念的发动隔断
了未发之中——知行的本体。圣贤教人知行，正是要人复那本体，

是恢复真理的知觉性。"如鼻塞人虽见恶臭在前,鼻中不曾闻得,便亦不甚恶,亦只是不曾知臭。"感应是知觉性的原点,王阳明从一念起处证明知行是一,不是二。存在就是被感知,李约瑟赞叹王阳明比贝克莱、马赫等哲学家早两百多年发现了这个原理。牟宗三指出过王阳明的立论不是认识论,而是整个的存有论。

2. 语言虽然联系着思维与存在,但语言不能鉴定真伪。说现成话容易用"伪币支付"。"就如称赞某人知孝,某人知悌,必是其人已曾行孝行悌,方可称他知孝知悌,不能只是晓得说些孝悌的话,便可称为知孝悌。"真知都是从心里体验、体贴出来的。障碍真知的是"私意"(成见、边见)。知行圆融的实践论拒绝广告巫术。

3. 因了知觉的当下性,心学强调诚意优先,诚意是知行合一的起点。王阳明改朱子《大学》宗旨把诚意放在首位,强调事有本末、知有先后,讲的就是这个知行合一的道理:诚意了才能格物致知,倒过来,先格物致知再正心诚意就会知行脱节,终身不行、不知。知行脱节、知行歧出是二重道德的病灶之所在(王阳明、鲁迅一生和二重道德作战)。二重道德比没有道德还坏,就好像没有正义的爱比没有爱还坏。

知行合一的真正意义在于可以解决戴震说的"以理杀人"问题。知行合一之所以比蜀道还难,是因为利益驱动永远比良知驱动强劲有力。人性复杂,天下的道理与欲望五彩缤纷,知行歧出、二重乃至多重道德导致了没有标准,知行合一成本太高,可以读读北岛的《结局或开始——献给遇罗克》。知行合一是需要用"做人的全部代价"来支付的良知的选择。而且,每一代人都有自己的"结局与开始"。

易知则有亲，易从则有功

　　贵州的提学副使席书（字元山）过去佩服王阳明的文章，现在敬重王阳明的道行，专到龙场来向他讨教朱陆异同。具有"以无厚入有间"之智慧的王阳明，不正面回答他的问题，也不谈论朱陆各自的学理，直接开讲："说"不能落实到"行"上已造成了全体士林的表里不一；像焦芳那样的奸狡小人居然也能当阁臣，就因为知行之间的缝隙大得可以让任何坏人钻入国家的任何岗位，窃取神圣名器。必须坚持知行合一的修养法门，每个人都能从我做起，恢复真诚的信仰，用"行"来说话，用"行"（实践）来做检验真伪是非的标准，才有指望能刷新士林道德，恢复儒学的修己治人的教化真功。

　　席书听了半天，不明就里——他已有的知识和思想不足以消化这些内容，"书怀疑而去"（《年谱》）。王阳明自然是无可无不可，意态闲闲地送提学大人上马回贵阳去了。

　　哪知，席书第二天就返回龙场。显然，王阳明的那一套搔着了他的痒处，又没有抓过瘾。他怀疑王阳明是故意用异想天开的东西来标新立异。王阳明说，我自己起初也怕有悖圣学，遂与经书相验看，结果不但与经典相合，还正得圣人本意。比如说，《大学》讲明德、亲民、止于至善，其实，只要能尽其心之本体，就自然能做到这些；常说君子小人，其实君子小人之分，只在于有没有诚意，一部

《大学》反复讲的修身功夫只是诚意，修齐治平的起点是修身，格物致知的关键在于能否意无所欺、心无所放、正其不正以归于正。

王阳明深情地说："人之心体唯不能廓然大公，便不得不随其情之所发而破碎了本心。能廓然大公而随物顺应的人，几乎没有吧。"席书这次多少有点"入"，约略知道王先生这套新说的分量了。王阳明的《五经臆说》算是给这位提学大人备课用了。

席书也不是头脑简单之辈，不可能轻于去就，还要再想想。他是弘治三年的进士，比王阳明早九年登第，在王阳明出道之前已有名声。如弘治十六年（1503 年），云南地震，迷信的明王朝尽管玩忽，还是怕老天爷，就派遣官员去云南考察，结果是要罢免三百多名监司以下的人员，以谢天威。席书上书建议朝廷正本清源。他说，朝廷、大内供应数倍于往年，冗官数千，冒牌的校尉数万，天天到寺院道观去作佛事法事，浪费无算，织造频繁，赏赐过度，皇亲夺民田，大量增加宦官并增派到各地，大臣贤能的不起用，小臣因言贬官不平反，文武官员中活跃的是那些"传奉官"，名器大滥。豺狼当道，安问狐狸？不治根本、去大害，怎能保证老天不再发怒？这些见解，与王阳明在弘治十七年主试山东时说的话如出一辙。

王阳明潜心修道，比席书进步快。现在席书官阶高，能够屈身向王阳明讨教，算有真水平。他往返四次，领悟一次比一次深入。终于，席书豁然大悟，说："圣人之学复睹于今日！朱陆异同，各有得失，没必要辨析再纠缠下去，求之吾性本自可以明了。"

他是个敢作敢为说干就干的人，他回到贵阳，与按察副使毛应奎一起修复贵阳文明书院，正式礼聘王阳明主持书院。席书率领全体生员，向王阳明行拜师大礼，从此终身以师礼待王阳明。后来，席书在嘉靖朝以"议大礼"得贵，力荐王阳明入阁。他说："今诸大臣皆中材，无足与计大事。定乱济时，非守仁不可。"(《明史》)尽管他迎合嘉靖被人丑诋，举荐王阳明也没有成功，但他这几句话确实很中肯。

因为我们和他们没有生活在相同的思想背景中，根本无法领会王阳明新教旨的真实力量，也无法领会席书何以感动到亲自下拜为徒的地步。就纸面的情况而言，王阳明指责的是科场理学，科场理学异化了理学！

理学本是专讲自身修养的内圣之学。宋初，元气淋漓的诸位大儒以先天下之忧的承当精神开创了道学政事合一的新局面。这可算是"内圣外王"一体化的好时期。"为政不法三代，终苟道也""纲纪世界，全要是非明白"是他们的共识。宋学的精神实质大端有二：革新政令，创通经义。其根据地则在书院。朱陆共鸣时期，外王的风头已减，但内圣之劲头正健。理学又称作性理之学或性命之学，追求天人合一的理想人格，并强调用扎扎实实的修养功夫在日用中不断克尽人欲、体察天理、变化气质，化血气为义理。而且，朱子也说过"理具于心"之类的话。

被科场教育异化以后，那些至理名言成了"现成思路""现成词语"之套话、空话、现成话，成了人口说而并不真做的"说教"；哄老实人还可以，但绝对不能满足充满躁动的"戾气"的明代士夫们的心理要求。王阳明就是觉得他们那一套玩不转了，需要再"翻"一个身了。

人类思想史的演进都需要一定的时间，儒学又尤其慢。儒学的生存与发展靠政权的维持与推动，尽管几次大的转变是由新的学派发起，但也就那么几次，漫长的岁月都撑着"官学"这个大架子。它远不像只有几百年历史的禅宗那样宗派林立，各自占山为王，自说自话，总能不断地有新奇的说法讲给一拨又一拨的人。儒学没有这个"自由"，圣学本身不允许，每个圣徒也不允许，来"翻"的人都说自己是真正的圣学，别的是伪学。今文经、古文经、理学都是不成则已，成则必要取得官学地位。别看王阳明很淡泊，好像专为安顿自己的心而修炼道行，其实其志也正在于此。

只是他很真诚，觉悟到了必须自明诚才能实现这个理想，任何苟取的办法都适足以自败。即使能侥幸成功，也悖道害义，只是名教罪人而已。这从他对一个急于要"立言"的学生的批评中就能看得出来。他说："此弊溺人，其来非一日矣。不求自信，而急于人知，正所谓'以己昏昏，使人昭昭'也。耻其名之无闻于世，而不知知道者视之，反自贻笑耳。宋之儒者，其制行磊荦，本足以取信于人。故其言虽未尽，人亦崇信之，非专以空言动人也。但一言之误，至于误人无穷，不可胜救，亦岂非汲汲于立言者之过耶？"他还说："言不可以伪为。且如不见道之人，一片粗鄙心，安能说出和平话？纵然做得出来，后一两句，露出病痛，便觉破此文原非充养得来。若养得此心中和，则其言自别。"（《传习录拾遗》）

于此，我们可以明白王阳明哲学的一个根本路径：抗拒口耳之学，坚持身心之学。这看似简易，做到却着实难。"知行合一"强调把知落实到行上，针对的是整个官学体系及绝大部分读书人的现行做法，挑战了当时通行的借圣学来谋取高官厚禄的学风士气。他在《书林司训卷》中说：

逮其后世，功利之说日浸以盛，不复有明德亲民之实。士皆巧文博词以饰诈，相规以伪，相轧以利，外冠裳而内禽兽，而犹或自以为从事圣贤之学。如是而欲挽而复之三代，呜呼其难哉！吾为此惧，揭知行合一之说，订致知格物之谬，思有以正人心、息邪说，以求明先圣之学。

王阳明认为，功利世风之所以盛行，盖在于朝廷取士与士人读书应试之科场理学"将知行截然分作两件事"，导致人成不了"真切笃实"的人，朝廷也选拔不出"真切笃实"的人才。满街头顶圣贤大帽子的衣冠禽兽逢场作戏，假人言假事。王阳明虽为"吃紧救弊而发"（《答顾东桥书》），但他自信"知行合一"之说并非权宜之计，而是把握了本来如此的"本体"之论。

对于席书的礼聘，王阳明并没有闻召即至（龙场悟道后，对提拔性任命，除了去庐陵，他每次都先请辞），他已变得很沉着、"渊默"，已经有了"吾性自足"、不动如山的镇物雅量。更重要的是，他相对于朝廷有了"宾宾"自处的分离意识。他给自己的居室起名"宾阳堂"，并在《宾阳堂记》中屡次提到"宾宾"。所谓"宾宾"，是孟子呼吁士子要恪守"宾宾"之道，即甘心以客卿自居——只当家天下的"宾"，道相同则相与为谋，和则留，不和则去（辅佐唐太宗的魏征当良臣而不当忠臣，就是这个意思）。朱元璋憎恶孟子的原因之一也在于此，因为朱元璋要求臣子像家奴一样别无选择地依附主子。受了王阳明许多启发的龚自珍专门写了一篇《宾宾》奇文，将个中道理及意义说得相当明白，正好做王阳明这个"宾阳堂"及其《记》的上等注解。

席书的前任毛科曾聘请过王阳明，王阳明称病谢绝了。他在《答毛拙庵见招书院》的诗中说自己疏懒学荒，不配为人师表，让学生跟着他肯定一无所获。不过，他现在还真是又病得难以招架了。他用孔子"每天都在祈祷而拒绝祈祷"的典故来回答那些迂阔的"众议纷纷"。因为这场病，他在龙场自己的"玩易窝"中又住了些时日。

以《易》终吾身

玩易窝是与何陋轩同时建成的，他照例有篇《记》。在王阳明的"名记"中，《玩易窝记》不显眼，但又极重要，重要在它提示着王阳明心学的一个重要维度：易道贯始终、彻内外。

王阳明的高祖王与准精通《易》，传《易》学于子孙。王阳明在大牢里打卦，在赴谪诗里屡屡提到卦辞卦象，现在他"穴山麓之窝而读《易》其间"。一开始没有收获，"仰而思焉，俯而疑焉"（《玩易窝记》）——开悟之后依然不能废学废思。他思，思个什么？疑，又疑个什么？肯定不是语词问题，而是易道的奥秘何在，又怎样贯通。一头雾水，茫然抓不住由起，觉得自己像根木头。突然有所得，心思像决堤之水滔滔汩汩，眼根像探照灯通了电，看啥都透透彻彻，精华在身上增长，但是还不行，还不能掌握"其所以然"。怎么办？不能紧张，一紧张就会停滞在一个地方，他就"玩之也，优然其休焉，充然其喜焉，油然其春生焉"。在内化的过程中"勿忘勿助"，让那种感觉油然而生，于是春暖花开、豁然贯通。

他悟得了"精粗一，外内翕，视险若夷，而不知其夷之为阨也"。

他没有沉溺于翕辟成变的玄辩中，而是把精粗内外如阴阳一体转换的原理落实到"视险若夷，而不知其夷之为阨也"的洞察上，落实到此心精明上。这是心学之实学——内修实德，外办实事。要舂米便舂米，要打仗便打仗。视险若夷需要"勇"，视夷若阨要的是"智"，透过表象看实象。有了这样的慧眼，他激动地"抚几而叹曰：'嗟乎！此古君子之所以甘囚奴、忘拘幽，而不知老之将至也夫！吾知所以终吾身矣！'"——我活明白了，我自己可以做自己的主了。我现在的生存状态是"拘幽"，就是再让我回到监狱里，我照样欣欣然不知老之将至。他很难得地说了"吾知所以终吾身矣！"这句忘乎所以的话。他也的确用这联动辩证的易道支配了自己一生的心思和行事。

他这样概括《易》的功能和意义：

> 夫"易"，三才之道备焉。古之君子，居则观其象而玩其辞，动则观其变而玩其占。观象玩辞，三才之体立矣。观变玩占，三才之用行矣。体立，故存而神；用行，故动而化。神，故知周万物而无方；化，故范围天地而无迹。无方，则象辞基焉。无迹，则占变生焉。是故君子洗心而退藏于密，斋戒以神明其德也。

他的着眼点扣在体用一元上，突出"易"贯通天、地、人三才"体立用行"的神奇用途。易道的本质是"三"，"三"是伏羲时代就形成的，不断变化，而且"无方""无迹"，这个世界是像"心"一样"不断变化的复杂共同体"，三才互动共生才是真相实际，任何偏倚、执着都是愚蠢的、要栽跟头的。心学的基本方法就是"明体启用"、三方互动博弈，从不单线条地看待任何事情，从不粗心大意地对待任何细节。

《易传》世界观方法论一体化的易简之理，是王阳明终生服膺的，并启发他把心学称为简易之学：

> 乾以易知，坤以简能。易则易知，简则易从。易知则有亲，易从则有功。有亲则可久，有功则可大。可久则贤人之德；可大则贤人之业。易简而天下之理得矣，天下之理得而成位乎其中矣。

这段话是王阳明心学的总纲，包括他的讲学风格、用兵行政，是其用智慧成大功的"独得之秘"。

但是，现在，他还在"潜龙勿用"的修炼期。

何时才能"飞龙在天"呢？他也不知道。他只知道不能多想这个问题。无法进取的现实逼着他去超越，去追寻那神圣又神秘的"道体"。用什么去超呢？只有"心"，会应用《易》的心！

为学着力处在出感觉

龙冈书院刚建成时，他有点轻狂地说："野夫终不久龙场。"在《龙冈漫兴》这首组诗里，我们看到了他的诗人的天赋。他写诗的水平在长足发展，既有老杜的沉郁，又有陶潜似淡实腴的风致。他想，你们让我"投荒万里入炎州"，我"却喜官卑得自由"。这种不得不转败为胜的苦情幽默，几乎伴随了他大半生。

任何人的头等本事都是先哄转自己，"地无医药凭书卷"，病也能靠精神疗法顶过去。"身处蛮夷亦故山"——易道上身矣。只要这个世界不能限制他的思维，那么，他想做帝王，便是秦皇汉武的后身；想娶美人，便是王嫱玉环的原配。王阳明这颗心不是李渔式的心，他想当的是诸葛亮：

> 卧龙一去忘消息，千古龙冈漫有名。
> 草屋何人方管乐，桑间无耳听咸英。

孔明曾自比管仲、乐毅，王阳明因为正在"卧"着，便拈来"卧龙"起兴：你刘瑾可以让我卧，我就是要以龙自期，你刘瑾没办法了吧？

自宋以降，天壤之间多亏有书院，士子得以托庇其间以传承文化命脉。欧洲有上千年的大学，我们有上千年的书院，人间才得以保持文化的灵秀。龙冈书院是王阳明自己营造的避难所，假如没有这座书院，就难"唤"出后来的文明书院。世事之周流运转因缘有自。

王阳明是个将感觉转化为哲学的诗人哲学家，在玩易窝中沉潜地修证是养"体"，及时与外界发生能量和信息转化、点化学生的同时也是在提高自己，这是炼"用"。假若没有那些学生跟着他，用各种问题激发他，他至少难以保持这么好的心情和状态，而心学就是状态学、境界学——什么样的感受出什么样的学，倒过来则是：什么学出什么状态和境界。

龙场是许多壮健的中土亡命之士的死地，但多病的王阳明居然没死，还涅槃成了"新凤凰"。这不是什么神秘的天意，只是他的心学"现得利"了。

在这说不得苦乐得失的复杂处境与心境中，年关到了。"茆屋新开"也没有带来什么了不起的喜悦。他三十八岁了，快到了孟子说的"四十不动心"的岁数了。学生们都回家过年去了，就连专程而来的像徐爱那样的学生也都回家尽孝去了。他只有写诗遣怀：

> 故园今夕是元宵，独向蛮村坐寂寥。
> 赖有遗经堪作伴，喜无车马过相邀。
>
> ——《元夕二首》

还有"迁客从来甘寂寞"（《白云堂》）"石门遥锁阳明鹤，应笑山人久不归"（《来仙洞》）。这个年关，他的诗歌作品大丰收了。诗人不幸而诗兴——准确地说，应该是诗人从不幸中刚刚缓过来的时候，诗兴。对王阳明来说，写诗差不多是他的吐纳术、养心法，是他调节心情的一种方式。所以，他的"居夷诗"都是相当恬淡超然的。单看这部分诗篇，我们可以毫不犹豫地给他加一顶田园诗人的桂冠。

他在龙冈书院工作了不到一年，当地的生源自然都是些郡邑之士。在他离别龙场，行抵贵阳东面的镇远时写给龙场友人的亲笔信中，他提及了22人姓名，其中20人不见其他资料，大约是因为没有成为"国士"的缘故。但王阳明那套"随地指点"、即景生情，既联想又象征的思维方法，给这些人指明了在山水之中体道尽性、乐山乐水的法门。这对那些万山丛中与外界绝少联系的有志青年来说，是件好事。

他是在正德四年（1509年）春末，从修文县的龙场驿迁居贵阳文明书院的。王阳明在《过天生桥》中写了两句隐喻自己心情的话："移放长江还济险，可怜虚却万山中。"不难看出其用世之情依然灼热。《过南霁云祠》则浩叹"贺兰未灭空遗恨""英魂千载知何处？"但大环境依然如故，他必须继续守默守雌。他这样自嘲："渐惯省言因病齿，屡因多难解安心"（《雪夜》）。

文明书院，坐落在贵阳忠烈桥西，由毛科（字应奎，号拙庵）在元代书院旧址上重新修建，正德元年建成。书院前有大门，门内有习礼堂，为师生习礼讲解之地；堂后有颜乐、曾唯、思忧、孟辨四斋，共可容纳 200 名学生。书院有五六个儒学教员。

正德四年四月，毛科致仕，席书开始主持书院的事务。因他特别诚恳的邀请，王阳明应邀而来。现存的各种记载都说他在贵阳大讲"知行合一"，使当地人始知向学。席书公余常来文明书院与王阳明论学，常常讨论到深夜，诸生环而观听者以百数。从此，贵州人士始知有心性之学。从王阳明给学生的几封信中，我们可以略知他的主要理念。

首先，在知己难求的孤独时期，要卓然不变，每日静坐，"补小学收放心一段功夫"，找到修"实德"的着力处。其次，要与朋友砥砺夹持，但切忌实德未成而先行标榜；一标榜，即使有点实学也变成虚浮闲话。总之，必须刊落声华，务于切己处着实用力。

怎么样才算着实用力修实德呢？他让学生把程明道的语录贴在墙上，时时温习：

> 才学便须知有著力处，既学便须知有著力处。
>
> 学要鞭辟近里著己。
>
> 为名与为利，虽清浊不同，然其利心则一。

不求异于人，而求同于理。

　　第一条是"纲"，所谓着力处就是日新日日新地更新自己的感觉，出了感觉才算知学、才是功夫上了身，因为这新感觉能够改变心性、能够精意入神、能够提高自己的知觉能力。为名、为利、为标新立异都是误入歧途的行为。与"知"没合了一的"行"终是外壳、衣服，终是不知。相反，若知行合一，就是去应举当官也"不患妨功"。他认为举业的真正危害在"夺志"。若立得正志，日常生活中的"洒扫应对，便是精意入神"。阳明心学的核心教旨之一就是"百姓日用就是道"。就像冀元亨的妻子李氏所说的，"吾夫之学不出闺门衽席间"，因为学的是感觉，用的是感觉，出的是感觉。

建立新感性的意术

　　龙场悟道是纪念碑，也是王阳明一生心路历程的界碑，从学程、朱，出入于佛、老，到现在"悟格物致知之旨"、大讲知行合一，经历了"三变"，王阳明心学宣告诞生。因此，我有必要再归纳一下这场顿悟所解决的问题及意义。

　　它就是解决了意义怎样生成的问题，贡献在于把意义同意义的实践结合起来了，就是把本体功夫一体化了。以"吾性自足"的根本自信去找意义的意义——心本体。意义在于生成，意义的意义是个生生不息的过程，只有接通"心体之光明"，才能像千手千眼观音那样无施不可——有了闻声辨器的本事，才能闻声救苦；能够闻声救苦，才有意义。这如同先站好桩，出了功夫再去走江湖一样，是非常实在的路子。他经常这样发问："以有滞之心而欲应无穷之变，能事皆当理乎？"他的要求很直接：开了心体光明这大圆镜智就能够妙观察、成所作，从而找到万物一体的平等性智。

表面上看，把心物关系从"逐物"变成"正心诚意"，好像是回缩到心了，内收了，其实恰恰相反，正心诚意之"正念头"功夫，是不间断地挖掘自家宝藏——向自我意识的深层发掘，把本能变成良能，把麻木不仁变成同感同应，从而用思想的感觉（形而中者谓之心）打通形而上的道、形而下的器。他的工作方法是用禅宗的思维艺术建立儒学的价值立场，把"意义"的基地建筑在人人具有的心本体，就等于从外界找回了自我。这在理论上结束了科场理学镇日逐物、心随物转的历史。把"放（逐于外的）心"从形形色色的现象界拉回到本体界。王阳明常说的"心体"就是说心是本体，是"元"（根本），是先于每个人而存在的深远的统一体（相当于美学上的"共同人性"）。人们之所以把心"放"了，是受外界影响迷了路，纯粹意识被破碎为鸡零狗碎的私心杂念。全部的修养功夫就是"去蔽"，减去这些后天加在人心上的"欲障""理障"。

如果说慧能在东山悟了"何期自性，能生万法"，开辟了佛心宗，那王阳明就在龙场悟了"圣人之道，吾性自足"，开辟了儒心宗。儒心宗的目标是给道德找根据。这是确立存在家园的问题，所有的价值感、安全感、归属感等都要从这个根上"出"。人们信奉圣人之道就是在维护这个存在家园。孔子从人情上确立了这个根据（孝亲原则），孟子从恻隐、廉耻等四端上确立了这个根据。从荀子开始关注点跑偏了，王阳明觉得朱子从心外面找理（这个理既是根据，也是规则）正好把这个根据给失掉了。这就像小和尚的眼睛一直看着远飞的大雁，心也就跟着雁走了——应该把心收回来。道德的根据就在吾心、吾性，包含着自由就是责任，譬如你不做志士仁人是你自私、怯懦、没有勇气。只有自己对自己负责，没有任何可以推诿的借口。只有确立了这一点，才能从事实中"做"出价值来。

王阳明追求的是心理和物理判分之前的"纯粹意识"（诚意精一）状态。王阳明认为，找到它，直接培养它，才是在本原上做功夫。王阳明几乎没有认识论维度，他都是从本体、功夫上着眼着手。朱子学只能寻找到间接知识、间接经验，而这是没有积极意义的，更不会有终极意义。在人处于深渊绝境时（譬如他初到龙场时），在人情事变中，出不来意义感觉。所谓"向之求理于事物者误也"，是大方向错了，南辕北辙。只有回到心本体之根本知觉性，直接培养这"良田"，才能在有生之涯"成圣"，否则都只是错用功夫。

"吾性自足"的方法论意义是：自我是生成自我的力量，因为每个人的天性都是可以通"天"的（孟子认为人人皆可成尧舜，王艮说满街都是圣人，都是从人的本性上说的，圣人有才能，贡献大，所以"分量"重，平凡中的伟大人物的"成色"却与圣人同）。孔子说上智下愚是不可改变的，王阳明说不是不可变，是不肯变。心体一旦真空了，人便与天地相似。人与天地万物不是"形"通，而是"性"通。这个"性"既是先验的又是知觉的，只要立定了志气，就会在复性的循环训练中完成从旧感性到新感性（这个感性不是认识论的，是本体论的）的飞跃。所谓悟道就是完成了这危险的飞跃。

知行合一的标准的哲学表达式，就是"存在就是行动"；只有通过行动，人的感性才能获得更新，感性的更新才是真正的日新日日新。这不同于肤浅的"世界的一切都是自己的观念"的唯我论、观念论，毋宁说王阳明最恨这两样，因为前者傻，后者假。他要建立的是一种类似宗教觉悟的实践性、生成性极强的"行为理论"，知情意行高度统一的意术——易术。

王阳明比朱熹、陆九渊都更强调"意"，因为他是要把意义做出来、做成功的实干家。王阳明后来在《传习录》中说"意之所在便是物""物是意之用""应感而动谓之意""意之所用，必有其物，物即事也""心外无事"——现在引这些话就是提示：王阳明是个"及物动词"，是带宾语的，能干成事的；心学是动词，不是名词、形容词。

意术是一种思维、意志一体化的"质的直观"（胡塞尔：可以进行本质还原的直观），永远不会有固定的结论（意者，易也）。他后来说："今日良知见在如此，只随今日所知扩充到底；明日良知又有开悟，便从明日所知扩充到底。如此方是精一功夫。"而且，自家吃饭自家饱，父不能替子，师不能代徒，必须亲身修炼。

这套意术是用心体的知觉性去统一知情意行，并形成人一生的根本情绪。日常功课就是时时保持"诚意"，诚意诚到虚灵不昧的时候，良知就成了本知，良能就成了本能。尽管本来如此，但是人们的私意隔断了这个本来如此，不得不在实处做功夫来"复性"。格物致知也好，知行合一也好，都是为了完成这种复性训练：良知成为本知，良能成为本能。

嘉靖三十年（1551年），即王阳明离开龙场四十八年后，王阳明的学生赵锦以巡按贵州御史的身份在龙冈书院的北边造了一座比当年书院堂皇得多的"阳明祠"。阳明心学弟子、当朝大员共举祠祀。后来成为名儒的罗洪先的那篇《龙场阳明祠记》是难得的大文章，精辟地阐明了阳明心学得于患难的"道理"："藏不深则化不速，蓄不固则致不远"，先生于"屈伸剥复之际"，"情迫于中，忘之有不能，势限于外，去之有不可。……盖吾之一身已非吾有，而又何有于吾身之外。至于是，而后如大梦之醒，强者柔，浮者实，凡平日所挟以自快者，不惟不可以常恃，而实足以增吾之机械，盗吾之聪明。其块然而生，块然而死，与吾独存而未始加损者，则固有之良知也"。

也就是说，只有当生命临界"零点"时，套在生命上的观念枷锁才趋于零（有人至死不觉，生命也等于零），才成了"敞开者"，从而能够直面生命的存在本身，体验到人生真实的深渊境遇，穿透已是异化了的文化的浓烟浊雾，诞生能直接审视生命的"本质直观"、根本直觉。

罗洪先接着说，今日之言良知者，都说"固有"，却绝不做这种置之死地而后生的致知功夫。王阳明建立起感性直接的心学，一落入以学解道的理障，又变成了可以言与心违的伪道学。

这叫什么呢？叫良知固有，而功夫并不固有。没有功夫，现成的良知会沉沉地睡着，像宝藏埋在地下，不开发出来，对你来说还是不存在。怎样去开发呢？只有不欺心地去做知行合一的实功夫。意术的意义在开发"意"的能量。

光绪三十年（1904 年），三岛毅造访阳明小洞天时，这样概括王阳明的这个卧龙冈：

忆昔阳明讲学堂，
震天动地活机藏。
龙冈山上一轮月，
仰见良知千古光。

第七回　圣学即心学

　　诚实的办法，是在乱的时候、拿不定主意的时候，先静下来，"万物静观皆自得"。在诚静之中，发正信、立正志。"立志"是个信念问题。王阳明从悟道之后就一直强调立志，将立志问题提炼为"一个即所有"的问题。

毫厘须遣认教真

当刘瑾的残酷斗争和无情打击稳定住局面以后，他便稍微缓和一下杀伐之气，化解一下矛盾，这是起码的政治技巧。也许再加上李东阳的转圜、王阳明教化边民的贡献，正德四年闰九月，王阳明的身份变了，朝廷任命他为庐陵知县。

他一点儿也没有"白日放歌须纵酒，青春作伴好还乡"的"畅"，也没有"两岸猿声啼不住，轻舟已过万重山"的"快"，自然也没有"天子呼来不上船"的"傲"。已经知行合一的人，其情既不"放"，也不"矫"。我们有必要细读他的《镇远旅邸札》，写于刚离开龙冈书院而尚未离开贵州时：

> 行时闻范希夷有恙，不及一问，诸友皆不及相别。人情味十足，行色也足够匆忙。出城时，遇二三人于道旁，亦匆匆不眼详细，皆可为致情也。心中微微有些疲歉，致情是代为解释的意思。心细情重，生怕伤人情意。所买锡，可令王祥跟他来龙场的家仆，年龄很小，他初来病倒，王阳明还得调笑唱曲逗他开心。打大碗四个，每个重二斤，须要厚实大朴些方可，其余以为蔬碟。这些碗碟，如果王阳明自用，可见其俭朴；如果是留给书

院用，可见其情重心细。观下文当是后者。粗瓷碗买十余，让人想到鲁迅给狱中柔石的粗瓷碗。水银摆锡箸买一二把。不捐细务一至于此。观上内房门，亦须为之寄去盐四斤半，还"半"。为之酱料。朱氏昆季亦为道意。阎真士甚怜，其客方卧病，今遣马去迎他，可勉强来此调理。王阳明居高临下时的悲悯如果还难感人的话，此刻则没的说。

这篇文章后面还有梨木板勿散失、某某学生该吃枳术丸等内容。我们从中终于明白他的学生为什么对他那么死心塌地——都是被他感动了。这可以体现出古代人格教育的一个侧面。王阳明教育学的核心内容在这不能教条的地方！陈宗鲁后来中了举，他此时的留别诗《何陋轩歌》应该有代表性：

阳明翁此居三年，覆载吾土天地大。
受恩不报如禽兽，春秋俯伏祀灵座。
安得重来化诸夷，尽使秕糠为扬簸。

王阳明在文中说："别时不胜凄惘，梦寐中尚在西麓（指书院），醒来却在数百里外也。相见未期，努力进修，以俟后会。"情真意切，宛若明传奇中的台词。他对学生的临别赠言是：

坐起咏歌俱实学，毫厘须遣认教真。
——《春日花间偶集示门生》

王阳明教育学突出"乐"，他认为圣人的教化工程可以用"乐"一言以蔽之。因为坐起咏歌是让心性通天的精神体操，是在直接改变着感性，可以直接建立新感性，所以是"实学"。而且，在一坐一起、举手投足的动作中要自觉地滋养心性，是生活艺术化的涵养功夫，不能差之毫厘，一不认真就滑过了，架空度日了。心学是以教养论为中心的教育学。坐起咏歌是"美育"，"毫厘须遣认教真"是料理"我心"的思维修养功夫。修炼心体是不能有丝毫马虎的，因为心体至为精密，往往在体上差之毫厘，在用上就会谬以千里。心诚、心细是心学意术的基本要求，也是王学和陆学的区别。"知行合一"就是要在日用中做功夫。"改课讲题非我事"，他的教学中心任务和方法就是"研几悟道"（心学尤重这个"几"字）：具体问题具体分析、把细节做到极致（精一精微）、见微知著，找到微妙中的恰好。

他劝尚未脱离厄运的人："蹇以反身，困以遂志。今日患难，正阁下受用处也。"（《赠刘侍御二首》）他这样说绝不是唱高调，他本人是从中得过大利益的，到目前为止他所悟到的境界都是从患难中反风灭火之"逆觉"来的。练成这一手后就可以"随处风波只宴然"了——泰然原则是禅学与心学共同标举的最佳心理原则。

两年多时间不算长也不算短，更何况是这么恶劣的生存环境，他再会苦中作乐，也是苦大于乐。现实有可以超越的部分，也有不可以超越的部分，再加上他常常闹病，其艰难苦痛，不"在场"的人都难以体验。若全信他那些旷达语，便是"尽信《书》，则不如无《书》"了。如他在辰州说："谪居两年，无可与语者。"（《与辰中诸生》）精神上是相当孤寂的。他若真心如止水，也就没心学了。

好在这一切都暂时告一段落了："三年谪宦沮蛮氛，天放扁舟下楚云。归信应先春雁到，闲心期于白鸥群。"(《过江门崖》)

他知道刘瑾当权的时代并没有过去，从龙场驿丞"提拔"为庐陵知县，并不等于世道变了。再说"逢苦不戚，得乐不欣"才是心体如如不动的高境界。王阳明在现实问题中又始终是冷静务实的，他自然去上任，但是：

也知世上风波满，还恋山中木石居。

——《舟中除夕二首》

也知世事终无补，亦复心存出处间。

——《僧斋》

从他离开贵阳时的大量赠别诗来看，他此时最揪心的问题就是"好将吾道从吾党"(《春行》)。他此时体悟出来的道，就是静下来"心存气节"。他刚在书院为学生作了八股范文《士穷见节义论》(入选明代《批选六大家论》，王阳明以此篇及《君心惟在修养》《田横论》《四皓论》成为明代六大论家之一)："处顺而达，则正气舒，而为功为业；处逆而穷，则正气激，而为节为义。"正气不夺，而后有烈火之真金。保存正气的日常修为是侧重"静"。悟道以后。他一直侧重"静"，"静"训"整"，能养浩然正气、护持人格完整，从而能生"明"。静的下限是不会随波逐流了，上限则是可以"体道"。他所谓"从吾党"，就是在师友之间"研几悟道"，相互勉励，另辟一人文景观。

静生明

　　古代是慢生活，王阳明以"孤航随处亦吾庐"（《舟中除夕二首》）的心态在船上过了除夕夜，然后沿着沅水东下，经溆浦大江口、辰溪，到达沅陵。沅陵是当时辰州府治所在地。《沅陵县志》卷十三载："王阳明喜郡人朴茂，留虎溪讲学，久之乃去（其实久不过十天半月）。"虎溪山在沅陵城西，山上有龙兴寺院。此时当地无书院，王阳明便在寺院讲学。这里环境很好，他还写诗回忆当时的情景：

　　　　记得春眠寺阁云，松林水鹤日为群。

　　　　诸生问业冲星入，稚子拈香静夜焚。

　　　　　　　　　　　　　　　　——《与沅陵郭掌教》

　　他在这里教的主要是"静坐"，让人收放心。这是阳明心学中的一段公案，是阳明心学近禅的证据之一。禅法的静坐追求入定状态。王阳明则认为人不可能无念，他只追求正念，不求神通，息息去私意、存天理，是《孟子》说的"求其放心"，是儒家的"慎独"功夫。在辰州，他教的冀元亨、蒋信，都没有流于禅。嘉靖二十年（1541年），蒋信任贵州提学副使，重修文明书院，大讲王阳明心学，史称"贵州人文风教为之一振"。王阳明离开辰州后，在《与辰中诸生》

的信中，再次强调："前在寺中所云静坐事，非欲坐禅入定。盖因吾辈平日为事务纷拏，未知为己，欲以此补小学收放心一段功夫耳。"

王阳明坚持不离世间觉。他固然热爱山林清幽，悦目赏心，无市尘之纷扰，扑鼻无浊气，入耳无噪声，就他的私心而言，他喜欢这种"境"。但他内心的意境不止于此，他心中想的是普法于世间，与众生一起超凡入圣，不当自了汉。这其中有高尚的弘道精神，也有君子"疾没世而名不称"的功名心。这个功名心使他区别于禅门，近禅的那一面又使他区别于没有超越意识的功利派。

他教人静坐的具体功法，单看记载绝对弄不清楚，而且也没有留下多少记载。我推测应该是吸收了佛道的静坐技巧，来做儒学"处心有道"的功课；应该是孟子、韩愈一条线上的知言养气的理念，为了"集义"，找心无亏欠的沛然状态，与圣贤进行精神交流，像韩愈说的"迎而拒之，平心而察之"，达到纯熟的境界，以期随心所欲不逾矩。王阳明这套功课，首先将"心即理"哲学落实到了功夫上；其次，可以验证知行合一到了什么程度；最后，也是致良知必不可少的克己省察的功夫。

王阳明的精一于静的直接导师是周敦颐。周敦颐学于北周山鹤林寺寿涯禅师。王阳明用心学习了周敦颐的诚、神、几的思路。周敦颐在《通书·圣第四》中说："寂然不动者，诚也；感而遂通者，神也；动而未形，有无之间者，几也。""寂"是静，"感"是动。周敦颐发挥《易传·系辞》静专动直的说法，改为"无欲则静虚动直。静虚则明，明则通；动直则公，公则溥"，以"无欲"为功夫起点。王阳明后来在赣州抄录周敦颐《通书》"圣可学乎"一段，末下按语："《通书》云'无欲则静虚动直'，是主静之说，实兼动静。"静兼动静，才诚、神、几。王阳明则是静生动一路的。

王阳明曾手书程明道、李延平讲守内主静的语录为座右铭。明人张诩用高价买了王阳明的手迹，下面的原文过录于张的《戒庵老人漫笔》卷七："明道先生曰：'人于外物奉身者，事事要好，只有自家一个身与心却不要好，苟得外物好时，却不知道自家身与心已自先不好了也。'延平先生曰：'默坐澄心。体认天理，若于此有得，思过半矣。'右程、李二先生之言，予尝书之座右，南濠都君每过辄诵其言之善，持此纸索予书。予不能书，然有志身心之学，此为朋友者所大愿也，敢不承命？阳明山人余姚王守仁书。"

王阳明在《与辰中诸生》还说："悔昔在贵阳举知行合一之教，纷纷异同，罔知所入。兹来乃与诸生静坐僧寺，使自悟性体，顾恍恍若有可即者。"只有静下来才能找到万绪归宗的性海，找到"我"的本来面目，才能出"整劲"。

在他诸多的"到此一游"的诗中，不能忽略《再过濂溪祠用前韵》这首标志着其思想独立成型的诗：

> 曾向图书识面真，半生长自愧儒巾。
> 斯文久已无先觉，圣世今应有逸民。
> 一自支离乖学术，竟将雕刻费精神。
> 瞻依多少高山意，水漫莲池长绿萍。

从书本来寻证我心自性的真面目使他半生错用功夫（愧儒巾），现在他差不多觉得自己是先觉了——"逸民"在这里是"先觉"的谦称。凡"向图书识面真"的做法都是强调了"学"，因为不能落实到"行"，从对心体的建设这个终极意义而言，那便只是"伪学"。现在"我"觉悟了，因为"我"悟到了知行合一直抵圣域的门径，不再走那条纸上求圣的铺满鲜花的歧路了——"一自"两句是心学叛逆理学的宣言，尽管王阳明还是"接着"陆九渊讲，但因阳明心学广为流传，这两句诗遂成了口号。关键在于，将学行分离之，学才是"支离""雕刻"。然而，阳明心学门徒忘了他们的师半生在学上下过大功夫，忘记了"点传师"钱德洪"学问之功不可废"的谆谆教诲，也忘了王阳明本人多次说过的"读书为第一等事""学问之功何可缓""政事虽剧，亦皆学问之地"（《答徐成之》）之类的教诲。他们是故意忘记，他们用下等"拿来"法，专取合口味的，不管祖师的完整体系。理解一个主义，难在不肯诚实地对治自己。

诚实的办法，是在乱的时候、拿不定主意的时候，先静下来，"万物静观皆自得"。在诚静之中，发正信、立正志。"立志"是个信念问题。王阳明从悟道之后就一直强调立志，将立志问题提炼为"一个即所有"的问题。立圣贤之志，就是愚夫妇也可以悟道；若不立圣贤之志，则再饱学亦无济于事，因为没有实处用功。

所谓"实处"的功夫，王阳明在《书汪进之卷》中指出，就是"为己谨独之功"。能实行这种修养功夫，就会辨别天理人欲，就能分清怎样做是支离，是空疏，是似是而非，是似诚而伪。有了正确的标准，就能修到实处了。否则，只会忘己逐物，把精力消耗在捕风捉影的事情上。至少，也会把"指月之指"当成月本身。支离的最大的危害就在于"辨析愈多，而去道愈远矣"。"夫志，犹木之根也；讲学者，犹栽培灌溉之也。"——只要立了志，洒扫应对，当官为宦，读书讲学，都可以找到天下一体的感觉。

政事皆学问

王阳明走着走着，传来了刘瑾垮台的消息。他是沿着当年去龙场的路线一站一站地返回的。当年每有吟咏，如今旧地重游，又换了人间，路过沅水畔丹山崖下之钟鼓洞时，他发出了"颂圣"之声："今须参雅乐，同奏泰阶平。"（《游钟鼓洞》）去的时候，尽管风波险恶、前途未卜，他依然自壮其心："年来夷险还忘却，始信羊肠路亦平。"（《钟鼓洞》）回来路过安福县，他想起了陶渊明："清风彭泽令，千载是知音。"（《过安福》）他此时认陶渊明为同道，侧重的是直道正道当好知县，当然也有大不了挂冠而去的潜台词。

庐陵县衙在府城南门的欧（欧阳修）家祠路，出南门稍东有白鹭洲，处赣江中心。洲上白鹭洲书院是江南四大书院之一，文天祥曾就读于此。王阳明在里面开辟了一个自己讲学的场所。讲学成了他生命的根本、生活的核心。

在城南二十五里有青原山净居寺，今天还有王阳明手书的"曹溪宗派"，落款居然是"乐山居士王守仁书"，表达了对慧能的礼拜情怀。只有他最清楚自己从慧能那里学通了多少救命的东西。青原寺是慧能高足行思禅师开创，寺院内右侧屋曾是朱子的讲坛，称青原书院。王阳明也在青原书院讲学。后来，他的学生在寺的对面又建了一所阳明书院。他的学生邹守益、聂豹、欧阳德、王时槐后续在此讲学，书院后院建了"五贤祠"以纪念他们，文化慧命薪火相传——心灯在民间。

他就任时，县衙已经破敝，他本着"修敝补隙，无改作之劳"的原则"葺而新之"，顺带修缮了戒石亭、旌善亭、申明亭（《重修庐陵县署记》）。不过，工程完了（十月），他也调走了。对于这个"健讼之区"，他在衙门前放了两个柜子，分别标着"愿闻己过""愿闻民隐"，晚上摆出来，早上收回去。他对别人指出的过错，有则改之无则加勉，对民间隐情则要详察，慎重处理。

他"卧治庐陵"用的是黄老派儒家"风流而治"的办法，张贴告示，起用三老，将行动规范广而告之，做到的奖，做不到的罚。他在这个县工作了七个月，发布了十六张告示，不但使该县由乱而治，还留下了许多历久不衰的善政。其高超得力之处，在于以无厚入有间，用那把双刃剑，既克制官府的扰民行为，也整治刁民的乱法勾当。王阳明为大多数人谋求最大的利益，而且是想办法从根本上谋求长远的利益。但他的身体不堪繁劳，不可能也没想事必躬亲。"依靠谁"的问题是他在那里为官施政的根本问题，他依靠由他慎重选择的知礼有德的三老（老吏、老幕、老胥），这也是儒家的老人政治的最佳体现了吧。后来，他在江西和两广推行了乡约治村社的举措。

庐陵虽是小县，却是交通枢纽，俗话说是码头口子。当时这里尽管被王阳明称为"文献之地"，却因苛捐杂税太多，盗匪猖獗。官府有官府的问题，百姓有百姓的问题。他刚到县衙，突然有上千乡民拥入大门，号天呼地。他也一时难以搞清他们到底要干什么，但很平静地用孔子叩其两端的方法听懂了他们的要求，是要宽免一项征收葛布的摊派，理由是本地不出产此物（织葛布的原料）。他想，既然不出此物，上边要得也没道理，更不能激起民变，就同意了乡民的请求。

但他想此风不可长。为对付这个有名的健讼之区，他下的第一道《告谕庐陵父老子弟书》的主题就是"息讼"。他说，因为我糊涂，不能听断，且气弱多疾，你们非重大事情不要来打官司。来告状的只许诉一事，不得牵连；状子不能超过两行，每行不能超过三十字，超过者不予受理，故意违反者罚。他号召谨厚知礼法的老者"以我言归告子弟，务在息争兴让"。

告示发出，并不能立竿见影。这个健讼之区舆论哗然，但他就是不"放告"——不开门受理官司。他发了另外一个告示：现在瘟疫流行，人们怕传染，至有骨肉不相疗顾，病人反而死于饥饿者，反而又归咎于瘟疫，扩大恐慌。疗救之道，唯在诸父老劝告子弟，敦行孝悌，别再背弃骨肉，将房屋打扫干净，按时喂粥喂药。有能行孝义者，本官将亲至其家，以示嘉奖。我现在正闹病，请各位父老先代我慰问存恤。

这是心学的感动法。但他也知道，这是没有办法的办法。因为虽然已派了医生老人分行乡井，"恐亦虚文无实"。他认为有必要唤起道义的力量，传递战胜瘟疫的精神力量。

这期间，他还用更大的精力去解决行政问题。他搞了调查研究，访实了各乡的贫富奸良，并用朱元璋定的老办法，慎重选定里正三老，让他们坐申明亭进行劝导。同时，他又发了一个告示，说："我之所以不放告，并不是因病不能任事，而是因为现在正是播种季节，放告之后，你们牵连而出，误了农时，终岁无望，必将借贷度日。而且，一打官司，四处请托送礼，助长刁风，为害更大。你们当中若果有大冤枉事情，我自能访出。我不能尽知者，有乡老具实呈报。他们若呈报不实，我治他们的罪。我为政日浅，你们还不相信我。未有德治先有法治，我不忍心。但你们要是不听我的，则我也不能保护你们了。你们不要自找后悔。"

这回，王阳明触动了他们。来告状的有涕泣而归者，在乡下的有后悔胜气嚣讼者。监狱日见清静。他还施行诬告反坐法，效果很好。混乱的局面结束了，"使民明其明德"的亲民治理法大见成效。

他随即掉过头来治理驿道，杜绝任何横征暴敛的行为。他遍告乡民："谁以朝廷的名义来乡村私行索取，你们只把他们领到县里来即可，我自会处置。"他还移风易俗，杜绝任何神会活动，告诉百姓只要行孝悌，就会感动天地，四时风调雨顺。他上任的这一年，亢旱无雨，火灾流行。王阳明像皇帝下罪己诏一样，说是由于他不称职，才获怒神人，并斋戒省咎，停止征税工作，释放轻罪的犯人，同时告诫全县百姓"解讼罢争，息心火，勿助烈焰"。他还告诫乡民不要宰牲口、喝大酒而触怒火神。

他下令严防奸民因火为盗，勒令军民清出火道来。居民夹道者，各退地五尺，军民互争火巷，他亲去现场拍板。有人说他偏袒军方，他说："你们太小瞧我了。军士亦我民也，他们比驻扎边疆的吃苦少一些，但也半年没口粮了。本官'平心一视'，对谁也不偏向。"他还恢复了保甲制度，以有效地抑制盗匪滋生和作乱。

最难对付的是朝廷。朝廷一味追加摊派的名目和数额，搞得民情汹汹。他这个县官实在是两头为难。他刚上任就碰到的征收葛布那个麻烦事并没完，因为此地从来不出产这种原料，乡民怕这种税成为"永派"才聚会请愿的。上上次就是几个主管的官吏赔了几十两银子了事，现在跟百姓要，要不出来；再赔，又赔不出了；不交，吉安府派人下来捉拿管理征收的小吏，这成何事体？他给府里打了报告，请求减免。他说，单是岁办各种木材、炭、牲口，旧额不到四千两，现在增加到万余两，成为过去的三倍。其他公差往来，骚扰刻剥，日甚一日。再加上旱灾，瘟疫大作，比巷连村，多有全家而死者，幸存者又为征求所迫，弱者逃窜流离，强者群聚为盗，攻劫乡村，日无虚夕。上级若不宽免，将有可能激起大变。他很动感情地说：不但于心不忍，而且势有难行。我无法称职地完成任务，"坐视民困而不能救，心切时弊而不敢言，……既不能善事上官，又何以安处下位"（《庐陵县公移》）？他恳求当道垂怜小民之穷苦，俯念时事之难为，宽免此项目。要抓人，就立即将我罢免，以为不职之戒。我"中心所甘，死且不朽"。

什么叫"亲民"？这就叫亲民！这个坐而说、起而行的侠儒的风骨的确充盈着良知的力量。他总是这样来"自觉"自己："身可益民宁论屈，志存经国未全灰。"这样的人才能创立"知行合一"的精神体系。王阳明加入国家权力体系不是升官发财来的，是当志士仁人来的，让我们再重温一下他科考中式的文章《志士仁人》：

> 所谓志士者，以身负纲常之重，而志虑之高洁，每思有以植天下之大闲；所谓仁人者，以身会天德之全，而心体之光明，必欲有以贞天下之大节。

晚明以降，人们盛赞王阳明的功业、气节和文章并世无两。这志士仁人的心胸胆气是其根基、枢机之所在。

然而，王阳明却不是个工作狂。他基本上足不出户，四两拨千斤，抓住扼要问题，以点带面，攻心为上，感化优先，风流而治。但他还是觉得不堪繁巨。有人嘲笑他像一个大姑娘。最后，他解嘲式地出来走走，也只是游览本地风光、去寺院中小憩一下。这跟他的身体状况有关（他给他父亲的信上说自己"背脊骨作疼已四五年"），也跟心态有关。他对尘世的繁华毫无兴趣，也没有一般当官即美的知觉系统。

他总是焦虑，总难忘怀责任："忧时有志怀先达，作县无能愧旧交。"（《游瑞华二首》）他就是这样，追求日新日日新，却因此总觉得自己没有长进。相反，那些故步自封的人却总觉得自己天下第一——对自己不满意的心学家才是真正的心学家。这也是王阳明与其沾沾自喜的后学门徒的根本区别之一。

破蔽解缠，实处月功

正德五年（1510 年），他调到南京，恢复到贬谪前的品阶，仍然是个主事，还是南京的虚职，但《年谱》特书"升南京刑部四川清吏司主事"。因为这个差使比知县略高，相当于地方官变成了副京官。"跋涉"而来，他又回了老家，然后从老家到南京上任，然后进京"入觐"。他在《寓都下上大人书》中说："媳妇辈能遂不来极好，倘必不可沮，只可带家人、媳妇一人，衣箱一二只，轻身而行。此间必不能久住。"他当年回老家养病，还在会稽山筑个阳明洞呢，而这次在北京待了将近两年。

王阳明不久又调任吏部验封清吏司主事。个中原因是，这一时期黄绾成了王阳明论道的密友——黄绾是后军都督府都事，能与上峰说上话，他和湛若水说服了首辅杨一清，把王阳明改派到吏部。王、湛、黄三人倾心相谈，三人定"终身相与共学"。一向重视师友之道的王阳明，现在找到了质量对等的朋友，他们可以早晚切磋、随时交流了。湛若水在翰林院比较清闲，王阳明也是闲差。他们一有机会便相聚讲论。黄宗羲在《明儒学案·甘泉学案》中说，当时王阳明在吏部讲学，（甘）先生和之。黄绾直到嘉靖元年（1522年）春才拜王为师，被李卓吾赞为"倔强之举"。再后来独立一派，并转而批评其他门派的阳明心学。湛若水当时的名气比王阳明大，在缙绅圈中口碑比王好。因为湛若水纯粹且超然，尽管被人讥为"禅"，但还是赞其高明者多。最主要的原因是不像王阳明那么"狂"，那么热衷于现实政治事务，从而显得境界高远。湛若水对王阳明那一套也始终有微词。王阳明骨子里有湛若水那内倾的一面，但湛若水没有王阳明这外化的一面。在追求心体明诚这一点上二人是难得的同道中人。

黄绾是个很有主意的人，换句话说是个习染深厚、心机颇深的人，易堕"悟后迷"。王阳明跟他谈道时用"减法"。所谓减法，就是去蔽。王阳明在《答黄宗贤应原忠》中说，昨晚因激动讲得太多了，因为跟你们说话想不多也不行。他又自谦其中有许多"造诣未熟，言之未莹"的地方。他介绍经验："思之未合，请勿轻放过，当有豁然处也。"这是心学修行功法，类似禅宗的"起疑情"。

他借用佛教的"镜喻"，开导黄宗贤、应原忠（名良，王阳明入室弟子）。佛教用镜子讲"性空"，王阳明却用它讲儒家的"性有"。王阳明用佛说儒，比如说："若常人之心，如斑垢驳杂之镜，须痛加刮磨一番，尽去其驳蚀，然后纤尘即见，才拂便去。亦自不消费力。到此已是识得仁体矣。"若好易恶难、好逸恶劳，便流入禅释去了。

人都活在"缠蔽"中，主要是私意习气将"仁体"遮蔽了。去蔽，也不能像朱子说的"格物"一样，今日格一件，明日格一件。那样生也有涯，蔽也无穷，活到老格到老，也难说能否自见仁本体。王阳明说，去蔽的关键是找到人心的一点灵明，找到"发窍处"。这个发窍处犹如凿开引进阳光的空隙，阳光得以照进来，从而使自身得以显现、澄明。这样就可以获得"敞开"，找到万物一体的相通处，从而获至澄明之境。黄宗贤后来说，他之所以拜师，就是因为王阳明让他找到了"觉性"。

王阳明认为，人心就是天地万物本身得以显现其意义的那个"发窍处"，那个引进光明的"空隙"；没有它，天地万物也是蒙昧混沌的，从而毫无意义。（海德格尔的《林中路》也有此意。）心学功夫论的核心是从茫茫荡荡甚至浑浑噩噩的存有中剥出一点"空隙"来，找到了这个"发窍处"，即可从中识得仁本体，获至澄明之境。王阳明常用的提法是识破缠蔽。平日为事物纷挈，找不到自己。这种时候最好先静下来，收心守志，"减去"闻见习气加给的缠蔽，把自己放逐于外的本心收回来。

这个收的功夫叫"精一"："一，天下之大本也；精，天下之大用也。"(《送宗伯乔白岩序》)而且，"能通于道，则一通百通矣"。

能通才有用，有用才有意义。他说："性，心体也；情，心用也。"（《答汪石潭内翰》）本来应该是体用一源的，但活在缠蔽中的人却因体用分离而深深地自相矛盾着。而且，世风堕落，"古人戒从恶，今人戒从善；从恶乃同污，从善翻滋怨；纷纷嫉媚兴，指责相非讪"（《赠别黄宗贤》）。正不压邪，歪情遮掩了正性，自家找不到自家门。黑白本来不难分辨，只因人们着了私心己意，不肯廓然大公，遂是非颠倒，乌七八糟起来。

用释家的话来说，就是不论何种挂碍，都是由心不平等、分别得失而起，即不知转、不知化，遂不能转、不能化矣。他的《别方叔贤四首》诗证明，他此时又恢复了对仙释二氏之学的浓厚兴趣（在庐陵时他重刻了《药王菩萨化珠保命真经》，并为之序），为体证本心而借他山之石：

休论寂寂与惺惺，不妄由来即性情。
笑却殷勤诸老子，翻从知见觅虚灵。

—— 其三

道本无为只在人，自行自住岂须邻？
坐中便是天台路，不用渔郎更问津。

—— 其四

混用二氏的语言典故，追求心体的通脱无碍，这是他从"久落泥涂惹世情"（《夜宿香山林宗师房次韵二首》）中挣脱出来的见识，从染障中超拔出来的心境。还只是办到"养真无力常怀静"的分儿上，他坚持练习静坐，所以有"坐中便是天台路（《别方叔贤四首》）"之句。冠盖满京华，他独热爱山水林泉，道观寺院，"每逢山水地，便有卜居心"（《寄隐岩》）。他在《别湛甘泉序》中翻过正儒对杨朱、墨子、释、老的偏见："其能有若墨氏之兼爱者乎？其能有若杨氏之为我者乎？其能有若老氏之清净自守、释氏之究心性命者乎？"王阳明从"自得"的角度公开肯定了他们。

王阳明此时的心性论，从形式上看与禅宗的心性论殊无二致，都讲心的空无的本性。就像他的龙场论道酷似禅宗的顿悟一样，现在他的思维技巧超不过禅宗那套"明心见性"的路数。他讲的心镜明莹，不可昏蔽，心体本空，不可添加一物，对任何东西都应该过而化之，一尘不染，一丝不挂，无形无相，了然如空，都是佛门常说的话头。若不能过而化之，便叫有执、有染、有相、有住，便是被缠蔽遮障了，从此迷头认影，执相造业，堕入尘劳妄念之中，到处流浪。

但是，他说道家太自私止于养生，释家"高明"但悟了以后一事不理，不能开花结果，从而不见实功真效——他那来自儒学的价值观念所产生的意识形态追求，使他还要沿着"正心诚意""修身、齐家、治国、平天下"的路子走下去。他讲心应当澄清如明镜，就是为了对治流行的不良风气（他年轻时成立过"扫尘社"，晚年给人写信还提到要"扫尘"），将这个心变成合乎天理的心才是他的目的。只是功夫路数与理学家不同，他强调天理不在外边，就在心本体中，不但"心即理"，而且"本体即功夫"。

他更怕学生们"好易恶难，便流入禅释去也"。所以，他既要对治遮蔽病，又要对治蹈虚病。前者妨碍成圣，后者也同样妨碍成圣。对治前者的办法是廓清心体，丝翳不留，使真性呈现，找到操持涵养之地；对治后者的办法是无中生有，再向里边用功，突破空虚。若放开太早、求乐太早，都会流为异端。他后来着重提出必须在事上磨炼也是为此。

王阳明已然"大中至正"矣！而且努力贯彻落实到大小事情上，不管多少头绪，用的"只是一个真诚恻怛"（《答聂文蔚》），本体、功夫一体化了。

打通朱陆，合和而三

我们如果认为心学是单面的，那就错了。聚焦于"一"不是简单化，而是获得"大全"。王阳明悟通"吾性自足"后就渐渐滋长了"得中而三"的智量，还在分别心中生活的人则是"无中而二"。三，是《易》道真髓，是孔子"叩其两端"真法门，这是反排中律的逻辑，是鼎足而三从而有容乃大的"中道"真经。王阳明既不糊涂，也不笨。他的心学是要求"像心那样灵明地活着"，而不是无明地活着，或像物那样以一种简单性的方式存在。

王阳明四十岁这一年，就现在能见到的文字而言，他终于正式对陆九渊的学说表态了。这次表态，起因于他两个学生的争论：王舆庵读陆九渊的书，觉得此人的看法与自己颇为相契，颇有先得我心、深得我心之感；徐成之则不以为然，以为陆九渊是禅，朱子才是儒之正宗。两人均持社会平均水平的流行说法，也因此而相持不下。于是，徐成之写信请王阳明定夺。

王阳明先肯定了他们这种辨明学术的热情。他说，学术不明于世久矣，原因在于缺乏自由讨论，而辨明学术正是我辈的责任。

但是，你们的态度和论旨都只是在求胜（意必固我），而非志在明理（非此即彼）。求胜，则动气；而动气会与义理之正失之千里，怎么能探讨出是非？论古人的得失尤其不能臆断。你们各执一端，不肯全面完整地领会朱子和陆子的本意，耽于口号之争一点儿也不能解决已有的问题。

王阳明认为，真正的圣学是"尊德性而道问学"，是一体化的；将圣学分成侧重修养与侧重学问，是"后儒"们根据自己的特长形成的一种分疏（分别心），绝非圣学的本相。向来分判朱、陆的，总说陆偏于"尊德性"，而朱偏于"道问学"。这种说法出自朱子自己，而陆当时就反驳道："既不知尊德性，焉有所谓道问学？"朱子把"道问学"与"尊德性"平列起来，是二元的；陆子把"道问学"统属于"尊德性"之下，是一元的。

王阳明说，现在的问题是"是朱非陆，天下论定久矣。久则难变也"（《年谱》）。就是没有你徐成之的争辩，王舆庵也不能让陆学大行天下。你们这种争论是无聊的，你们要听我的就赶快"养心息辩"。

徐成之不满意，说先生漫为含糊两解，好像是暗中帮助王舆庵，为他的说法留下发展的余地。王阳明读信，哑然失笑。他劝告徐成之：君子论事应该先去掉有我之私，一动于有我、处有我之境，则此心已陷于邪僻；即使全说对了，也是"失本"之论（本在中）。

他用极大的耐心、诲人不倦的布道精神、平静的哲人语气，深入阐发了朱陆学说的精义：陆未尝不让学生读书穷理，他所标举的基本信条都是孔、孟的原话，绝无堕入空虚的东西，唯独"易简觉悟"的说法让人生疑。其实，"易简"之说出自《周易·系辞》，也是儒家经典；"觉悟"之说，有同于佛教，释家本与我儒有一致之处，只要无害，又何必讳莫如深、如履如临呢？朱也讲"居敬穷理"，也是以"尊德性"（敬是"尊德性"的功夫）为事的。只是他天天搞注释训解，连韩愈的诗文、《楚辞》《阴符经》《参同契》这样的东西也去注解，遂被议论为"玩物"。其实，他是怕人们在这些领域胡说八道，便用正确的说法去占领之。世人、学者挂一漏万，求之愈繁而失之愈远，越折腾越麻烦（"二"的必然过程和结果），便掉过头来反说朱子"支离"。现在，王阳明已有了"拉"朱子入伙的意向，埋下了为朱子作"晚年定论"的伏笔。

他觉得朱陆之别只是像子路、子贡一样同门殊科而已，若必欲分敌我、举一个打一个（"二"），就太愚蠢了（这种强调对立的敌我意识、党同伐异的门阀作风其实是一种专制病，凋敝学术误尽苍生）。他对朱子有无限的敬仰深情，决不会再重复过去那种同室操戈的把戏来抬高陆子，这有他平素对朱子的尊敬为证。但是，朱学已大明于天下，普及于学童，已用不着他来特表尊崇。而陆学被俗儒诬陷为禅学，蒙不实之冤情已四百多年了。没有一个人站起来为他洗冤，若朱子有知，也不安心在孔庙受人供养矣。他深情地说：

> 夫晦庵折中群儒之说，以发明《六经》《语》《孟》之旨于天下，其嘉惠后学之心，真有不可得而议者。而象山辩义利之分，立大本，求放心，以示后学笃实为己之道，其功亦宁可得而尽诬之！

世道轮回，朱子本为扭转王安石的《三经新义》而私下著《四书集注》，他所尊的二程的洛学在当时也不是朝廷科举所尊的官学正说。程颐在北宋、朱子在南宋都是曾被朝廷当作伪学而加以禁止。朱子当年树异于汉唐儒学的"家法"、树异于宋朝的官方儒学，也是巨大的勇气与改革。然而，由元至明，他的学说又掌握了话语霸权。王阳明树异于朱，返本于陆，只是纠偏治弊，主张在实践中真去落实那些义理，反对纸上空谈，针对性极强，而且功不可没。

调停朱陆之辩，王阳明选择的路径是"通"，而不是举一废一。"通"表现为敢于与诸派求同。他敢于说佛教、道教均与圣道无大异，均于大道无妨。不管别人怎么反对，他都坚持到底。敢于去统一别的主义是他成大气候的原因之一。在晚年他多次打比方说，世上的儒者不见圣学之全，不知把三间房都为我用，见佛教割左边一间，见道教割右边一间，是举一废百。他又说："圣人与天地民物同体，儒、佛、老、庄皆吾之用，是之谓大道。二氏自私其身，是之谓小道。"（《年谱》）

与同一儒门的理学，过去的矛盾不亚于与释、道二氏，现在他也将他们调和到一条跑道上了：穷理是尽行的功夫，道问学是"尊德性"的功夫，博文是约礼的功夫。这样，合而两美，同生共长。这是王阳明能"中"产生得智慧，这种智慧最见心学的力量：不是一分为二，而是合和而三，这一点是直通孔子的真骨血。他在四十九岁为陆九渊的文集作序时重申了这一套主张，并凝练成一个口号："圣人之学，心学也。"

五十岁时，他以江西最高行政长官的权力，"牌行抚州府金溪县官吏，将陆氏嫡派子孙，仿各处圣贤子孙事例，免其差役。有俊秀子弟，具名提学道送学肄业"。他觉得象山得孔、孟正传，其学术却久抑而不彰，既不得享配圣庙之典，子孙也沾不上褒崇之泽，太不公平了。当年在龙场请王阳明主持文明书院的席书，也憾恨陆学不显，作《鸣冤录》寄给王阳明，表示要以弘扬陆学为己任，就是天下都非议自己，也在所不顾。在收到他的信和《鸣冤录》后，王阳明很激动地给他写了封热情洋溢的信，赞美他这种卓然特立的风格、以斯道自任的气度，"与世之附和雷同从人悲笑者相去万万"。

或语或默，无我方能自得

正德六年（1511年）二月，王阳明当了一次会试同考官。这时的他，已经没有当年主试山东的豪兴，也不复有"假如我是首辅"的幻想了。他直接录取了万潮、毛宪，理由是"词气平顺""平正"；参与录取了邹守益、南大吉，因为邹守益是会试第一名，不是他一个同考官说了算的。我没有看到他给南大吉的评语，可能南的卷子没有分到他名下。邹守益是公认的延续了王阳明心学正脉的第一传人——王畿趋激进、钱德洪趋保守，唯邹守益居中。

王阳明一生最大的癖好就是讲学与优游山水，他就一而再地上北京香山。他住在香山的寺院中，写点"顿息尘寰念"《香山次韵》之类的高蹈诗。但这只是一种休息方式而已。不想白活一场的心气，使他有成圣成雄的双重压力。如今鬓已星星也，却还看不见现实的成功之路，自嘲"窃禄"而已。

十月，他升为文选司员外郎。次年，即猴年，他又升了半格，成了考功司郎中。他更大的收获是门人大进：据他的门人编的《同志考》，这一年入门的弟子有十七八个。他教他们什么呢？教他们如何真切为性命、实修"自得"之学——既自得于心又绝非小小的自以为是，不然，就是把自身变成儒学辞典，也未必能拥有儒学的真精神、真骨血。

他这个业余讲师觉得唯有讲学是不浪掷心力的事情。明人虽然讲学成风，但在京城、在官场中，像王阳明、湛若水这样近于痴迷地以讲学为事业的，是"创造的少数"。就连清癯淡雅的湛若水还被"病"为多言人，湛若水还批评王阳明太多言。

没办法，不讲学，圣学不明；讲学，就是多言。至少表面上不太在意别人臧否的王阳明，也不得不找适当的方式顺便为自己辩解几句了。他的朋友王尧卿当了三个月的谏官，便以病为由，辞官回家了。有交谊的纷纷赠言，但王尧卿还是要王阳明写一篇。王阳明说："言日茂而行日荒，我早就想沉默了。自学术不明以来，人们以名为实。所谓务实者，只是在务名罢了。我讨厌多言。多言，必气浮外夸。"据王阳明的观察，"气浮者，其志不确；心粗者，其造不深；外夸者，其中日陋。"（《赠王尧卿序》）

人们都夸奖王尧卿及他这种选择，但王阳明不以为然。他认为，自喜于一节者，不足进全德之地；求免于常人的议论，难进于圣贤之途。是的，单求无言免祸，结局必然是一事无成，比如这个王尧卿就不见经传。

责备王阳明多言的湛若水，历任南京吏、礼、兵部尚书，活的年龄几乎比王阳明大一倍，九十五岁寿终正寝；尽管他的理论有的地方比阳明心学纯正，然而他的影响和贡献都不如王阳明大。

王纯甫到南京当学道，王阳明的赠言是：因材施教是不一，同归于善是一,"不一,所以一之也"(《别王纯甫序》)。多言,是曲致之法。但太多了,则失之于支离;太少了,又会流于狭隘。从无定中找出定来,在不一中建立一,才是本事。

王阳明的口才过人,能一言中的,也能曲折言说。但他反对、憎恶滑舌利口,一贯认为言辞辩论无益于养育自身心体。为求胜而争论是不善与人合作、好高不能忘己的毛病。真正善于养心的人,是要让心保持其本然的、未受蔽累的一物不着的状态。这就是"以无为本",这样才能建立起"自得"意识。不要为外在的东西东奔西跑,应该把所有的营养都用来培养心体这个大树之根。

在《别张常甫序》的开头他问张常甫:"文词亮丽、论辩滔滔、博览群书、自以为博,算真正的好学么?"张常甫说:"不算。"

他又问:"形象打扮得挺拔,言必信、动必果,谈说仁义,以为是在实践圣学,算数么?"张说:"不算。"

他接着逼问:"恬淡其心,专一其气,廓然而虚,湛然而定,以为是在静修圣学,这样做对么?"

张常甫沉吟良久,按说应该说"对"了;但王阳明的意思显然还是不对、不够。张常甫说:"我知道了。"

这是高僧借机点化人的方法。王阳明说:"那好,知道了就好。事实上,道有本而学有要,是非之间、义利之间的界限是既精确又微妙的。我上面说的那些是为了引发你深入思考。"

他的朋友梁仲用本是个志在四方的英豪,仕途也相当顺利,但他忽然说自己太躁进了,于是转向为己之学,反省自己气质上的偏颇。他为了提醒自己不要随意说些现成话,取了"默斋"的室号。王阳明为此作了一篇《梁仲用默斋说》,分析了多言的病根:一是气浮,一是志轻。气浮的人热衷于外在的炫耀,志轻的人容易自满松心。但是,沉默包含着四种危险:如果疑而不知问,蔽而不知辨,只是自己哄自己的傻闷着,那是愚蠢的沉默;如果用不说话讨好别人,那就是狡猾的沉默;如果怕人家看清底细,故作高深以掩盖自己的无知无能,那是捉弄人的沉默;如果深知内情却装糊涂,布置陷阱,默售其奸,那是"默之贼"。

看来,多言与寡言不能定高下,这只是个外表,内在的诚伪才是根本。就像有的人因不变而僵化,有的人因善变而有始无终。关键看你往哪里变,关键是要有"无我之勇",才能入道如箭。无我才能成"自得"之学,修圣学须无我、自得!

方献夫(字叔贤),热衷文学、喜欢辞章之道。那时,他与王阳明没什么关系。后来,他又热衷于讲会,讲学论道、辨析义理,与王阳明是"违合者半"。再后来,他超越了舌辩的表面化爱好阶段,进入了真信诚服的内在化阶段,沛然与王阳明同趣,并能超越世俗观念,在王阳明面前自称门生,恭恭敬敬,并因找到了圣人之道,毅然辞官,退隐于西樵山中以成其志。

王阳明说方献夫之所以能脱出世俗之见,是因为他能做到"超然于无我"(《别方叔贤序》)!我们可以从这真人实例中理解王阳明的"无我"是个什么意思。王阳明的思路是"大无大有",类似释家那个"大空妙有"。先"无我"才能真"有我"。"无"的境界只能通过"去蔽",减去习得的经验界的杂质才能得到。方献夫用两年的时间完成了三次"飞跃",靠的是"无我之勇"。对于这种善变而非恶变,从而有了入道如箭的气势之美的学生,王阳明发自内心地为之广而告之:

圣人之学，以无我为本，而勇以成之。

王阳明在为湛若水赴安南送行的序中愤激地指出人难"自得"，自颜回死而圣人之学亡！杨朱、墨子、佛、道还能讲究"自得"，有内在的修持，能养育内在的境界，而那些号称圣学正宗的人却只是在做混饭吃的学问！他们的"成功"告诉世人仁义不可学、性命不必修行。他们做外缘功夫，本是缘木求鱼的活计，却攫取了现实荣华，自然觉得内缘的自得之学是徒劳无益的了。用孟子的话说，他们要的是"人爵"，自得之学修的是"天爵"。

心外无善

正德七年，黄绾告别京华，归隐天台山，专门修炼自得之学，以期明心见性。王阳明的《别黄宗贤归天台序》写得"哲"情并茂：心本体是光莹明澈的，欲望把它挡黑了，经验把它污染了，要想去掉遮蔽、清除毒害，使之重放光明，从外边着手是不管用的。心像水，有了污染就流浊；心又像镜子，蒙了尘埃就不亮了。若从清理外物入手、逐个对付，是不现实的。最主要的是，那样就得先下水，就等于入污以求清、积累尘垢以求明。黄绾开始就是遵循着这种流行文化方式去做的，结果是越勤奋越艰难，几近途穷。

王阳明则教他从"克己"做起，从我心做起，"反身而诚"，明心见性，这样就可以不依赖外界，就能改善自己的德行水平。心体高大了，外界就渺小了。黄绾深以为是，总如饥似渴地听他的教诲，每每喜出望外。

那位到南京当学道的王纯甫与上上下下的关系都相当紧张。王阳明刚听到这个情况时心里很不是滋味，后来却高兴起来。他写信告诉王纯甫：我感觉不好，是世俗私情；感觉高兴，是说明你正在像要出炉的金子一样，经受最后的冶炼。现在的难受事小，要成就的事大。这正是变化气质的要紧关头，平时要发怒的现在不能发怒，平时忧惶失措的现在也不要惊恐不安。"能有得力处，亦便是用力处。"他说，天下事虽万变，我们的反应不外乎喜、怒、哀、乐这四种心态；炼出好的心态是我们学习的总目的，为政的艺术也在其中。

　　自得，就是在境遇千变万化中，在矛盾错综复杂时，保持虚灵不昧的状态，近事远看，从而运用自我的力量完善自我。这是自家吃饭自家饱的事情，谁也不能给谁，谁也替不了谁，自己也不能从外头弄进来，必须从自己的心本体中领取能得到的那一份。你自修到什么程度就得什么果位。

　　王纯甫收到王阳明的信以后，琢磨了好长时间，才给王阳明写了封回信，辞句非常谦虚，但语意之间其实是很自以为是的。王阳明很反感自以为是，因为这事实上是没有求益的诚意，无论你说什么，对方也听不进去，本想不予理睬了。后来，他想了想："生命不永，聚散无常，他自以为是，是他犯糊涂，并非明知其非来故意折腾我，我怎能任性只顾自己？"

　　自得之学的天敌是自以为是，后来心学门徒却有把自以为是当成自得之学的，所谓"良知现成"就是这种口号。王阳明深知个中失之毫厘谬以千里的界线在"诚"之真伪深浅。自以为是者都认为自己是真诚的，弄不好还认为唯我"明善诚身"，别人倒是在装蒜。自以为是往往是自得的头一项"硕果",谁的自以为是都是自得出来的。但此自得非彼自得,此自得是鼹鼠饮河不过满腹,这种自得是沾沾自喜、自满自闭,这其实是人类德行上的"绝症",更是东方主体哲学的"天花"——不自信其心就不会向往那绝对的善,太自信其心必自以为是;而自以为是就是孔子坚决反对的"意必固我",是什么也得不到的。

怎么克服自以为是呢?只有更真诚深入地信仰心中的天理。用人人心中本有的无条件存在着的、无限绵延的大"是"——王阳明后来管它叫"良知"——来对治每个人的那点自以为是。盲目自以为是的人,"认气作理,冥悍自信"(《寄希渊》),用俗话说就是瞎牛。突破自以为是的思维定式,须明白:

> 心外无物,心外无事,心外无理,心外无义,心外
> 无善。
>
> ——《与王纯甫》

但此"心"不是自以为是者的私心,是我心即宇宙、宇宙即我心的那个大心,精神的大我。而这个大心、大我不是天然现成的属于你我的,克服自以为是的良方是"必有事焉",在实践中矫正自以为是。"心外无理"是说理不在心外,干事即是在炼心。这种思辨智慧形成了王阳明心学绝对形而上又绝对实用的那种实用形而上学的能力,既非逻辑的也非经验的,而是既先验又管用的——"明善之极,则身诚矣"。诚则成物矣,而不诚则无物。大量者用之即同,小机者执之即异。

明代首倡自得之学的是湛若水的老师陈白沙。白沙早年由书本寻找入道门径，累年无所得。他说，我心与此理总不接茬儿、不搭界。于是，他开始转向从心中自求的道上来，总结出"道也者，自我得之"，遂成了明代从朱转陆的第一人、心学运动的先驱。从大方向上说，王阳明与湛若水、陈白沙是一条道儿上的，而王阳明的"心外无善"给白沙之学点了睛。

现在方献夫已去西樵山修自得之学去了，黄宗贤也到雁荡山、天台山之间修自得之学去了，湛若水则在萧山湖湘盖起了居所，离王阳明的阳明洞才几十里，书屋也将落成，王阳明"闻之喜极"。他与黄宗贤、湛若水有约，要继续在一起聚讲身心之学、自得之学，还将像在京城一样——几个人一起切磋，共进圣学之道。黄宗贤则声称是为他二人打前站的，王阳明信以为真。他觉得人活着的乐趣莫大于此，跟孔子最欣赏的曾点的活法差不多（王阳明隐逸情怀的重心是这种活法）。他的诗《别湛若水》充满了生离死别的忧伤，紧迫感跃然纸上："世艰变倏忽，人命非可常。斯文天未坠，别短会日长。"因此，咱们应该赶紧幽居林泉讲学论道，共辅斯文不坠。

第八回　正意功夫《传习录》

　　王阳明从本体和功夫一体化的层面承认天理是易道，非常了不起。这是王阳明与那些腐儒、僵化之儒的根本区别。易道的核心是生生不息、变动不居，抗拒任何格式化的东西，永远强调"点对点"的恰好。

《传习录》的第一篇导读

正德七年年底，他终于时来运转，被升为南京太仆寺少卿。用他自己的话说，这也算"资位稍崇"了，因为他入了十八卿之列。没有杨一清的鼎力提携，他不可能升得这么快。他父亲做个铺垫、在监狱里建立了交谊，他转到吏部做了杨一清的部下，杨一清对他加深了了解。

徐爱由祁州知州调升为南京工部员外郎，跟他同船南下，他俩都要在上任前回山阴，徐爱则是看望他的老丈人。王华退休之后，便把希望都寄托在了孩子们身上。他过去是王阳明面前的一座山，他的成功给了王阳明压力，他本人也给王阳明压力，刘瑾那四十大板把父子俩打成了一个战壕的战友。

王阳明身体不好，徐爱则更差，两人乘船走水路，这条姚江夜航船走上了大运河。路途漫长，又隔开了与俗世俗务的联系，空前从容宁静地深入再深入地讲论了个把月，徐爱集中记录整理，于是天壤之间有了《传习录》上卷。《传习录》买尽千秋儿女心，徐爱厥功至伟。后人眼中作为百世之师的王阳明，主要是《传习录》中的王阳明。譬如，蒋介石说，他早年留学日本的时候，总看到许多日本人在阅读王阳明的《传习录》，读了之后就闭目静坐，似乎在聚精会神地思索精义。

"温恭"的徐爱是王阳明的助教，负责解答同学的疑问、接引刚入门的新生。同学们说他性机敏、悟性高，能很好地讲述先生的意旨。同门弟子相互切磋的时候比请教先生的时候多，他们属于一个圈子，有着共同的情感场。心学重血脉骨髓上的功夫体认，不重解释字词文句。徐爱随侍王阳明十余年才留下这么几则语录，完全是为了让后学有个进门的抓手。他说"私以示夫同志"，表示是他私下里做的，因为王阳明怕脱离了语境的话被误解。徐爱在《传习录序》的开头说：

> 门人有私录阳明先生之言者。先生闻之，谓之曰："圣贤教人如医用药，皆因病立方，酌其虚实、温凉、阴阳、内外而时时加减之，要在去病，初无定说。若拘执一方，鲜不杀人矣。今某与诸君不过各就偏蔽箴切砥砺，但能改化，即吾言已为赘疣。若遂守为成训，他日误己误人，某之罪过可复追赎乎？"

学生一旦改化，老师的话就成了"赘疣"。没有固定的教材（初无定说），没有普适的万能散，是一对一的现场调教，当机指点、因病立方。如果拘执一方，迹近杀人。这是修身之学的本质特征，也是王阳明不事著述的原因。不注重知识的增长，而注重心身在明善、反身而诚上的意识水平的提高。学生的进步在"改化"，心学是改化自我的、将学习落实到身心的内圣之学。心学教育重提升心灵，像教唱歌、武术似的，必须现场调教，任何格式化的"成训"都会滑向标准答案教育、变成格式化的教条主义。只有用心学方法，才能学到心学。

徐爱记录的这一部分主要是王阳明对《大学》的讲解。王阳明讲《大学》是为了纠正朱熹格物优先论，以破科场理学积弊。王阳明选择的《大学》是东汉郑玄整理的，徐爱没用修辞说是"旧本"，王阳明用了修辞说是"古本"。说古本就有权威性，似能建立信任感。徐爱《传习录》引言全文如下：

先生于《大学》格物诸说，悉以旧本为正，盖先儒（指朱熹）所谓误本者也。爱始闻而骇，既而疑，已而殚精竭思、参互错综（比对朱注）以质（求教）于先生，然后知先生之说若水之寒，若火之热，断断乎"百世以俟圣人而不惑"（语出《中庸》）者也。先生明睿天授，然和乐坦易，不事边幅。人见其少时豪迈不羁，又尝泛滥于词章（一度热衷文学创作）出入二氏（道教、佛教）之学，骤闻是说，皆目以为立异好奇，漫不省究。不知先生居夷三载（正德三年至正德五年）处困养静（龙场悟道）精一之功（明心见性）固已超入圣域，粹然大中至正（中庸境界）之归矣。

爱朝夕炙门下，但见先生之道，即之若易而仰之愈高，见之若粗而探之愈精，就之若近而造之愈益无穷。十余年来，竟未能窥其藩篱。世之君子，或与先生仅交一面，或犹未闻其謦欬，或先怀忽易愤激之心，而遽欲于立谈之间，传闻之说臆断悬度。如之何其可得也！从游之士，闻先生之教，往往得一而遗二。见其牝牡骊黄（只关注马的性别和毛色）而弃其所谓千里（马）者。故爱各录平日之所闻，私以示夫同志，相与考而正之。庶无负先生之教云。

这则引言是《传习录》的第一篇导读，是第一手的权威资料。徐爱现身说法，用自己始骇、中疑、终信的过程来证明先生为圣学嫡传，先生的学说已臻达"大中至正"的化境。大，才周遍不失；中，是天理本身；大中了，当然是至善正心的境界了。化，是境界也是方法：不但能够物来顺应，而且能够"大而化之"——顺着对象让它扩充善性而变化。而这一切都须从"正意"开始，才能达到最正确（至正）的效果。

作为现身说法的一部分，徐爱报告了阳明心学遭受误解、妄评、不求甚解的状况和原因——王阳明太平易近人、没有道学家的大架子，人们便不觉得他的学说会多么了不起，此其一；其二，王阳明少好武侠，又是个入了文人圈子的文学家，还修道教养生、修习佛法，不是个标准道学先生，所以人们以为他对《大学》的解释及其心学不过是标新立异的瞎折腾，没有当回事的必要；其三，对王阳明基本不了解的人臆断瞎猜；其四，即使想跟从先生学习的人也往往"得一而遗二"，得了表面的皮毛印象而丢弃了学说的精华、实质。徐爱是为了光大正学、纠正误解才刊载这真声正音的。

徐爱对王阳明道行的感受就像颜回对孔子的体悟：仰之弥高，钻之弥坚；越深入学习，越觉得意趣无穷。徐爱觉得自己还没有看到阳明心学的门槛，他希望他记录下来的"平日之所闻"能够让同学们进入阳明心学的大门。有人说薛侃，有人说徐爱首以《传习

录》为书名。朱子这样解释"传习"二字："传，谓受之于师。习，谓熟之于己。"（《论语集注》卷一）

《明儒学案》卷十一徐爱本传载："先生虽死，阳明每在讲席，未尝不念之。酬答之顷，机缘未契，则曰：'是意也，吾尝与曰仁言之，年来未易及也。'一日讲毕，环柱而走，叹曰：'安得起曰仁于泉下，而闻斯言乎！'乃率诸弟子之其（徐爱）墓所，酹酒而告之。"王阳明讲学是艺术化的、反射性的，有些意思，也许一闪之后好几年再出现，是否再出现也取决于学生找得深不深、状态契合不契合；王阳明讲学是性情化的，会突然出现令自己也兴奋的意外的意思。他完全是跟着感觉走，悟到什么就讲什么。

徐爱在自己记录的那一部分结束时写了一个小跋，这样总结老师的思想和教诲的魔力：

> 爱因旧说汩没，始闻先生之教，实是骇愕不定，无入头处。其后闻之既久，渐知反身实践，然后始信先生之学为孔门嫡传，舍是皆旁蹊小径、断港绝河矣！如说格物是诚意的功夫，明善是诚身的功夫，穷理是尽性的功夫，道问学是尊德性的功夫，博文是约礼的功夫，惟精是惟一的功夫：诸如此类，始皆落落难合，其后思之既久，不觉手舞足蹈。

这些合起来就是个"正意"的功夫，一切的修为是为了能够正知、正见、正思维。心学对今人的价值主要在功夫。《稽山承语》载王阳明语录："合着本体方是功夫，做得功夫方是本体。""做得功夫方见本体。""做功夫的便是本体。"这是说，后天的训练合上了先天的心性才是功夫。如果合不着先天的心性，镇日穷忙叨，那就不是功夫，是戕害本体的瞎糟践。同理，有先天之本，无后天的功夫培养，不能全其体。格物如果不落实到"诚意"上，便是逐物。明善没有落实到"诚身"上，就是表演给别人看的善，"诸如此类"。徐爱讲的这几个功夫把老师的功法细化了，说白了就是所有外在的努力都得化成内在的进步：这才叫知行合一、功夫上身了。

上了身的才是功夫，否则只是纸上谈兵。功夫是"实践"出来的，不是说出来的，做功夫是修行中的行话，其中的关键是体验、体会、体悟等"反身实践"。王阳明常问学生"体验如何"，常说"体来与听讲不同"。从功夫入手才能把王阳明心学变成我们每个人自己的心学。在心学看来，如果不能返回自身，镇日追逐闻见之知，就是玩物丧志，就是舍本逐末，就是放心于外物而遗失了真我。

心即理

在《传习录》上卷中，徐爱接着问："您讲只求之于本心就可以达到至善境界，恐怕不能穷尽天下之理。"王说："心即理也，天下哪里有心外之事、心外之理？"

徐爱说："如事父之孝，事君之忠，交友之信，治民之仁，其间有许多理在，不可不察。"

王阳明说："这种错误说法已经流行很久了，一两句话点不醒你。且按你说的往下说：如事父不成，去事父上求个孝的理；事君不成，去事君上求个忠的理；交友治民不成，去事交友治民上求个信和仁的理——这怎么能成？其实，理就在这一个'心'上，心即理也。此心无私欲的遮蔽，即是天理，不须外头添一分。以此纯乎天理之心，运用在对待老人上便是孝，用在君上便是忠，用于朋友和百姓便是信和仁。只在此心去人欲、存天理便是。"

徐爱说："您说得我有些明白、开窍了，但旧说缠于胸中，一时难以脱尽。譬如，孝敬老人，其中许多细节还要讲求么？"王阳明说："怎么不讲究？只是有个头脑，只要此心去人欲、存天理，便自然在冬凉夏热之际要为老人去求个冬温夏凉的道理。这都是那诚孝的心发出来的条件。有此心才有这条件发出来。好比树木，这诚孝的心便是根，许多条件便是枝叶，须先有根才有枝叶，不是先寻了枝叶再去种根。《礼记》说：'孝子之有深爱者，必有和气。有和气者，必有愉色；有愉色者，必有婉容。'总而言之，须是以深爱为根，有深爱做根，便自然如此。"

徐爱问得好——天下事理不是只求之于心就能够用的！

这一点是阳明心学被误解的靶心。刘师培说阳明心学立意至单、难以自圆其说。张君劢说："阳明所谓理，指忠孝慈爱之道德言之，是可求之于一心，无疑义矣。更以为规矩尺度，自可视之为标准之唯一者矣。自字面言之，似乎阳明已驳倒了朱子矣。然吾人举自然界之一二端，便可知阳明之说不能用于一切事物之理。试问天文地质之理，可求之一心否？"

就此刻的语境而言，心即理主要指涉的是伦理。作为心学整个体系而言，心即理之"理"主要是天理，这个天理包括了物理，自然也包括"天文地质之理"。当然，它肯定不是天文学、地质学本身，心学原理也不能直接推导出质能公式。问题的要点是，心学否定物理吗？不，恰恰相反，心学坚持实践立场、坚持实践检验。这也并不重要，重要的是，心学强调体悟，包括体悟物之理，包括把按照花草的"性"把花草栽培好。没有这个思维能力、思维维度，阳明心学就不会在东亚有这么大的影响力度。

徐爱很实在，问得很具体：既然去心上用功，还讲究"温清定省"这些节目吗？王阳明的回答很诚恳，因为他强调的是"诚意"，他说的是大白话，不用解译，其逻辑是，只要孝心纯粹了，自然能够做到让老人冬温夏凉——有个旧联可资助解："百善孝为先，论心不论迹，论迹贫家无孝子；万恶淫为首，论迹不论心，论心世上少完人。"这个动机决定论也许不能全部对应效果问题，但是可以强化道德自律的自觉性。

徐爱的着眼点在"他律"：事父、事君、交友、治民，应该各按对象的理，应该一一去符合"他律"的要求。王阳明说这种误人不浅的歪理遮蔽了许多人，而且流传久远、弊病深重，不是能够一语破除的。王阳明的办法是回到"自律"上来，"你"只能料理你自己的心，不能从君主那里求君的理。例如，陈寅恪所说的君王是李煜，你也可以期之以刘秀（《王观堂先生挽词并序》），再如正德不像话，王阳明照样坚持忠君大伦。只要你的心是纯乎天理之心，那用到事父上就是孝，用到事君上就是忠，用于交友治民就是信与仁。王阳明告诉徐爱和天下人："只在此心去人欲、存天理上用功便是。"人情事变都由心而发，万法归心，强化内心的自律精神才是根本。

伦理之理的根直接在心，无论是仁义还是礼智信，其根本均在一心。如果去父母身上求孝的理，那失去父母的人就该毁了孝的心肠？孝是根本道德，忠义是孝的扩充、推衍。失去父母的人不能没有了这个爱力，不能违背了爱之理。陈寅恪讲王国维自杀是忠于"忠的理型"，不关乎一家一姓之存亡，也是这个道理。王国维的心与那个理型之理是相通的，以此可以助解王阳明说的"天理之心"：如果王国维有私欲，则不必自沉矣。

物理之根的心也直接在心，王阳明的心性论是互联论，小而言之人体的经络是互联的，养身、养心、养德只是一事（不但互联还得联成一体），日月星辰、山河大地更是互联的——心学要的是万物一体之仁！心即理的哲学理据是万物一体之宇宙观，儒、释、道三家都为此宇宙观贡献过很好的意见。王阳明的贡献在功夫论上，本体论上主要是坚持：心体是理的天渊。用功的方法，《传习录》下卷中说得多一些，主要是：一、念头一起，就克己审察；二、事上磨炼；三、诚意与格物致知交相支撑；四、时时处处致良知——道德必须成为科学的前提，不然人类就会自我毁灭。

心学功法主要是内感觉的精细修炼，从而提高直觉的质量。这种感悟式的参究又是在"亲证"义理，辅以学理支撑。王阳明的点拨艺术可以抽象而得者，一是求根本，"既知至善，即知格物矣"（逻辑上只能说：即知"格心"）。二是求心安、求是当，戒"苟从"，不能狃于旧闻，不管是谁说的——朱子尊信程子也不苟从程子，我们就学习朱子之不苟从精神从而不苟从朱子。苟从则难以见真、难以心安是当。要学曾子反求诸己，别学子夏笃信圣人。笃信圣人如果不苟从，没有什么不对，只是不如反求诸己更能从心里长功夫。三是要"善看""善思"。这个"善"是种能力，相当于佛禅之巧善方便之"巧善"。

王阳明的心即理的逻辑大致上是：心本体只是一个明明亮亮

的智慧（有时用"明镜"，有时候用"天渊"比方），它照亮事事物物，心体光明、无事不办。事亲、事君、办差等都是"物"，但都由心主宰，所以不在心外。"心即理"更有心产生理（天渊）的意思。

20世纪从德国集中营生还的法国哲学家扬克勒维奇可能并不知道地球上有过王阳明，却坚持着比王阳明更彻底的道德主义：首先，道德哲学是第一哲学、是哲学本身；其次，善恶不是实体，而是有待主体去实施的事；最后，善的意向确定善，爱的不间断义务才是道德行为的源泉，就是王阳明说的"须是有个深爱做根，便自然如此"。作为原则，深爱为根永远有效。没有爱就没有仁，没有大爱就没有义。

意识形态纯洁法

正意功夫要求思想纯洁、意念纯粹、直到化人欲为天理，因此必然绝对、排他，没有权力混杂时是一种情感专一性的专制，有了权力运作的加入便是政治上的专制主义了。王阳明在"使天下纯洁"的意义上说：秦始皇焚书也没有什么不对，正"暗合（孔圣人）删述之意"（孔子因春秋以后繁文益盛天下益乱而删述"六经"）。秦始皇的过错在于是为了维护其家天下的私意，又不该连"六经"也烧！——王阳明何其"可爱"！既赞美秦始皇烧了"反经叛理"之书是暗合孔子删述之意，又说"不合焚'六经'"，太颟顸了。人家秦始皇就是把孔圣人删述而成的"六经"当作反经叛理之书的！只要皇帝以己意定标准，任何书都可以是反经叛理的，任何学说都可以是歪理邪说。你王阳明尸骨未寒，阳明心学不是就被官方宣布为伪学了？依王阳明的逻辑，如果他执掌文化大权，也会颁布禁书令。正是这个"大道理"导致了明清两朝焚毁了那么多书院，删禁了那么多书籍。

王阳明说秦始皇焚书暗合删述原理是种"使用—提及谬误推理"：使用删述原理，提及焚书合理。其实，删述是删述、焚书是焚书，王阳明却要将二者串通，除了表达出王阳明的专制倾向，没有任何"道理"。就是孔子"删述家法"也是后儒"发明"出来的。

王阳明是个用减法的极简主义者，除了良知和儿子，什么都宁少勿多。他坚定地认为繁文乱天下，必须"去其文，以求其实"、返朴还淳。他的"删述有理"论与柏拉图城邦净化论更是若合符节。柏拉图有一套关于文艺审查的制度设计，包括把诗人赶出去。王阳明要是身在柏拉图的理想国也会被赶出去，因为他直到晚年还写诗。

维特根斯坦说："信念系统就是证据的本质。"王阳明从信念出发，一味论证删述合理：孔子笔削《春秋》就是笔其旧、削其繁，他于《诗》《书》《礼》《乐》何尝添过一句话？他的核心论点："天下之大乱，由虚文胜而实行衰也！"所以，只要是删除虚文的，都是有益的。世世代代都应该与时俱进地删述下去。孔子把《连山》《归藏》删了，只剩下了《周易》，于是易道拨乱反正；孔子把鲁史旧文删了，就有了《春秋》；把"淫哇逸荡之词"删了，就有了《诗经》。王阳明认为孔子"非以文教之也"，他是删的，后儒是添的；他是明道的，后儒是求名利的。"天下所以不治，只因文盛实衰。"这些都是王阳明标举的"文化规律"，颇有唯我是"达天德者"的霸气。章太炎说王阳明会极权和独裁，真是大师的见地。

后来，王阳明形成了"拔本塞源"论（《答顾东桥书》）。他痛恨孔孟之后圣学晦而邪说横行的局面。有些人窃取近似圣学的话头，装扮成先王之学，以遂其私心己欲，日求富强之说、倾诈之谋、攻伐之计，用猎取声利之术来欺天罔人，天下靡然而宗之，圣人之道被"霸术"深深遮蔽。后世儒者想用训诂考证"追忆"，恢复圣学，却让人入了百戏之场，看见的是各种让人精神恍惚的杂耍。圣人之学日远日晦，功利之习愈趋愈下。相轧以势、相争以利、相高以技能、相取以声誉，于是——

　　　　知识之多，适以行其恶也；见闻之博，适以肆其辩也；辞章之富，适以饰其伪也。

——《传习录》

王阳明为了让人人都成为君子，让国家成为君子国，为了正人心、美风俗，提议有"六经"就够了，注解经的传疏都是多余的。

徐爱说："许多经没有传疏就难明了，《春秋》若无《左传》就难知道原委。"

王阳明说：《春秋》若须《左传》的解释才能明白，那《春秋》经就成了歇后谜语了。孔子又何必删削它？如书'弑君'，即弑君便是罪，何必再说那个过程？圣人述'六经'只为正人心，为了存天理、去人欲。对于那些纵人欲、灭天理的事，又怎宜详细广而告之，那会助长暴乱、引导奸邪的。孔门家法不讲齐桓、晋文之事，抹去那种历史。后儒只倾心讲得一个'霸术'，所以要研究许多阴谋诡计，纯是一片功利心，与圣人作经的意思正相反。"

王阳明的意思很明确，三代以前的可略，三代以后的该削。只有三代之治可行，应该大书特书。但是，"世儒"又没有抓住根本，只在纠结些细枝末节，从而未能复兴三代之治。

三代是指夏、商、周。其"本"是什么呢？就是道德理想主义。唐虞之治就是尧舜之道；后世不可复的原因，一是不肯复，一是其因时致治，"时"已自不同，要想复也不可能，写史书时可以略而不谈。三代以下是弱肉强食的霸术，不宜提倡、不可效法，写史书时应该删削。只有三代之治可以弘扬，然而流行即流俗之论述三代的，又抓不住根本，或者不肯抓根本、不宣扬三代之道德理想主义，只说些鸡零狗碎的东西，还是复不了。

他痛恨世儒不肯复兴三代之治。不是一时即兴的泛论，不是轻率的牢骚话，是对儒学真传统衰落的悲呼！他没有对三代之治失去信仰，他对世儒关于三代的论说深感绝望。他本人直到最后依然保持着良知治世的政治理想、社会理想。在《答聂豹书》中说，一旦良知周行，便回到尧、舜、禹时代了。心学是内圣外王之学，三代之治是其外王的型范。外王不是做事情的时候称王称霸，而是在做事情的时候只施行王道不施行霸道。

王阳明对徐爱讲："以事言谓之史，以道言谓之经。事即道，道即事。《春秋》亦经，'五经'亦史。《易》是包牺氏之史，《书》是尧、舜以下史，《诗》《礼》《乐》是三代史。"他还说："'五经'只是史，用史来明善恶、示训戒。"这就是王阳明的"'五经'皆史"论。按照自己一元化的主张，来了个经史一体，理由是"事即道，道即事"。记事是为了弘道，道不抽象存在，而存在于事情中。王阳明这种打并为一的提法是哲学的（用"道"统经史），不是史学的，别看他提高了史学的地位，其实还是为了摄史入经，因为"经"是直接体"道"的。这是王阳明一贯主张的道统一元论、理事不二论：历史书不是记录史实的，只是用来明道的，事实和价值是同一的！这其实是把主观事实和客观事实混同为一了，要用这种精神或原理来写史书，很容易把历史书弄成意识形态宣传品，很难写出信史。

尊经是封建社会教条主义的做法，读经是通过教育实现思想一统的重要举措。读书人安身立命须治经，科举考试须通经，朝廷要统一天下人思想须颁布经，于是有五经、六经、九经、十三经之沿革增益。王阳明"五经皆史"论是个悍论，显出了心学家的斩截，对章学诚的"六经皆史"论有貌同神异的影响。

意识形态是将思想转化为行动的精神形式，有时是体现部分人利益的巫术、咒语，有时是为全人类着想的乌托邦、启明灯。"纯洁"是个好词，但不一定都有好作用。

主一提住心

王阳明和徐爱走了一个多月，于嘉靖元年（1522 年）二月回到山阴老家。

他一回来就想去游天台山、雁荡山，去找黄绾——他曾让黄绾在那里替他"结庐"。王阳明还扬言：一去不回了。家里人当然都反对，他夫人尤其反对。这个"心"能胜物的哲学家过不了亲情关。当年在阳明洞想出家，因过不了这一关而只是"想了想"；现在上不了雁荡山，就在家里坐而论道。

学生陆澄问："主一之功，如读书则一心在读书上，接客则一心在接客上，可以算主一之功么？"

王阳明说："好色一心在好色上，好货一心在好货上，能算主一之功么？那只是逐物，不是主一。主一是专主一个天理。"

主一是什么功夫？好像禅宗参话头、提住疑情（一个念头）不放，好在一声鸟叫或一声棒喝的助缘下开悟。但是，天理怎么主呢？天理不碰见具体事是没有具体内容的（天理是不排斥物理的，排斥了物理的天理就自小为伦理了），天理是未发之中的中和，所以主一只是一个主中和，就是颜回的"守中庸"（孔子说自己只能守七天，颜回能守一个月），入中和之象，出中和之功。念念守住未发之中那股心气，不如此不是功夫。"静""敬""空"都是守住"中和"的方法。

守住中和，就守住了"复杂共同体"，就能物来顺应、虚己应物、物各赋物，把任何事情干好，而不会强持强行、意必固我、非此即彼，更不会蛮干任性、冥行妄作，从而成为一个具体问题具体分析的辩证法大师。

为什么要主一呢？为了不被境夺、不被物牵、不被欲蔽。主一是"格心"的方法。格住了心，就不逐物了。一逐物，心就放出去了，心放出去了，就会散乱、昏沉或掉举。心散了神就乱了，连废话也说不好，因为心不"在"了。心跟着零散出现的外物东飘西荡，自我放逐，逐物而被物化，最后成为所追逐对象的牺牲品。追逐什么，就会被什么吃了。那，主一会不会被"一"吃了呢？也会被"一"吃了：入了"一"的象，化了自己的脑子。但是，这个"一"是中和，被中和吃了，就成了圣人了。

但要说被天理吃了，就有了礼教吃人的意思。戴震的名言不就是"后儒以理杀人"么？因为，天理一旦具体化为伦理，便会成为对某些人有利、对某些人有害的一套规范。天理本来是内在的，这套规范却是外在的了，就有吃人、杀人的可能性了。所以，王阳明后期只提良知、致良知，致良知含有"被良知化了脑子"的意思，被良心吃了比良心让狗吃了高尚多了。

学生问："静时感觉心存天理了，一遇事就又乱了。怎么办？"

王阳明答："这是只知静养而不用克己功夫的缘故，因此事到临头就颠倒糊涂。所以，人须在事上磨炼，才立得住，才能静亦定，动亦定。"

静时入了定，觉得冲漠无朕、万象森然，觉得独与天地精神相往来，一旦碰上事就丢盔卸甲、冥然一无修炼之人了，这是许多没有经过考验的纸上谈兵的人的常态。日本人说，王阳明心学有两种：一为枯禅的，二为事业的。徒知养静必然会走向枯禅。

王阳明一针见血地表示：病根在不用克己功夫！入静也是纵容自己的性子，并没有完成"根本转变"。所以，入静不入静不是关键，克己才是关键。强调入静，是因为人们习惯了滚滚红尘的浮嚣，放纵自己去追逐外物。刘宗周说，克己即存理去欲之别名。养静是为了接通天、接通理。

强调知行合一实践论的阳明心学，高度重视"事上磨"，王阳明一生言及履及，仅《传习录》就三致意焉（第一四七、二〇四、二六二条）。

学生问："圣人应变不穷，莫亦是预先讲求否？"

王阳明答："如何讲求得许多？圣人之心如明镜。只是一个明，则随感而应，无物不照（这是禅宗明心见性的路子）。未有已往之形尚在，未照之形先具者。若后世所讲，却是如此，是以与圣人之学大背。周公制礼作乐以文天下，皆圣人所能为，尧舜何不尽为之而待于周公？孔子删述'六经'以诏寓世，亦圣人所能为，周公何不先为之，而有待于孔子？是知圣人遇此时，方有此事。只怕镜不明，不怕物来不能照。讲求事变亦是照时事。然学者却须先有个明的功夫（开悟）。学者惟患此心之未能明，不患事变之不能尽。"

由此，我们就能看到了他主张诚意优先的"用处"了：天下事无穷无尽，谁能预先讲求完？只能诚意自明诚，把心镜擦亮（开了大圆镜智），心如明镜了就能"随感而应，无物不照"了。所以，"学者却须先有个明的功夫"。这"明的功夫"就是明心的功夫。心明了，胡来胡现，汉来汉现，并气一力无事不办。

尧舜吃尧舜的饭，干尧舜的事；周公吃周公的饭，干周公的事，尧舜不能预先替周公制礼作乐。同样，周公制礼作乐，以"文"化天下是明道、明明德于天下；孔子删述"六经"去繁文也是明道、明明德于天下。孟子说孔子是"圣之时者"，这个"时"是这里说的"圣人遇此时，方有此事"之感应时代必然要求的意思（不是鲁迅说孔子很摩登的意思）。换过来说，只有圣人能够与时俱进、因时施治，不守株待兔，不刻舟求剑，不夏天还穿棉袄。以"时"为基本前提的学说就圆活，刻板的教条主义则会刻舟求剑。

王阳明说，讲求事变也是事变出来后的事，未有未照之形先具者。为"照"做准备的工作也就是把心镜擦亮，"只怕镜不明，不怕物来不能照"。怎样才能擦亮呢？王阳明本人是儒、释、道兼修的，他教导学生有时候强调静坐收放心，有时候强调事上磨炼。内心放松到彻底空静的状态，反而能够万象森然于胸了。王阳明说这个方法本来是动静一体的，如果跑偏了便有"病痛"（如喜静厌动、坐枯禅）。因此，还要自觉地训练自己"善思""善看"。镜是一，无穷的物是不一，以一统万的道行在打通"一与不一"，动静一体、知行合一是打通的办法。

喜静厌动是读书人成为聪明的废物的一大病因。王阳明说："以循理为主，处事中亦可宁静。但只以宁静为主，未必就是在循理。"他后来说："志立得时，良知千事万事只是一事。"志立得了，就是"意志有能"了。

主一功夫与佛教之戒、定、慧三学相通，但不相同。心学不讲五戒、十戒、菩萨戒，但是讲究戒惧慎独、有所不为，没有戒惧人就会无所不为。主一于天理，就不会逐物纵欲，可名之曰"良心戒"。同样，心学不明着提禅定，但是要求心定，要求存养"未发"前的"中"，要求静坐收放心。王阳明在官衙无事时就静坐。静为本体，动为作用。入静，才能回归本体。王阳明的主一功夫意在开根本智慧：智的直觉。这些内容是王阳明所说的天理的含义，与朱熹的天理内涵不尽相同。

陆澄问："怎样立志？"

王阳明说："只念念不忘天理，久则自然心中凝聚，好像道家所谓结圣胎，然后可以进入美大神圣之境。"

刘宗周说王阳明的贡献是昭示了天理可以提住心，以保证心不坠落。这是与王阳明心心相印的话。所谓立志，是确立意识的方向。无志之人的精神状态是低级的，因为他的意识没有方向。立志是心体的发动，也是心体圆成的奠基。心性是受自我内驱力支配的追求体系。立志就是给这个体系定个方向。

问题的精微处在于怎样念念存天理。刘宗周的办法是慎独，王阳明也说过谨独、慎独。王阳明打的比方是道家所谓结圣胎。一念不息地提住心，就是"凝聚"。民国时的但衡今说："王阳明此意，犹是主一之义也。凝聚二字，则是功夫。与（禅）宗门之一心参话头，净土门一心念佛，道家之一心注守丹田，一也。"这是平实之论。王阳明在养心功夫上就是直接运用了释道两家的成功经验。刘宗周这样感佩王阳明："万善在吾心，赖先生恢复。"

万善从心，主一就是拿住本心炼功夫，炼得动静皆定、廓然大公、物来顺应，就可以做好各种本职工作，并在这个过程中成就伟大的人格。

朱熹讲到性即理，王阳明引申到心即理，这里一句"心之体，性也"就接通了天理。天理其实是规律的意思。存天理、去人欲是克服主观唯心主义、坚持按客观规律办事的意思。譬如，王阳明剿匪平叛，从出发点上为天下苍生，如果为自己就不干了，就回阳明洞修炼去了，一旦打仗就得怎么能打赢怎么来，不能我想怎么样就怎么样。王阳明之所以能打赢，用他的话说是"不动心"，就是没有人欲干扰了，没有意必固我了，从而按着战争的"性"来谋划安排，符合了规律，获得了自由。

立志如种树

学生问："孔门言志，由（子路）、求（冉有）任政事，公西赤任礼乐，多少实用！及曾晳说来，却似要的事。圣人却许他，是意何如？"

王阳明答："三子是有意必，有意必，便偏着一边，能此未必能彼。曾点这意思却无意必，便是'素其位而行，不愿乎其外''素夷狄'行乎夷狄；素患难'行乎患难，无入而不自得'矣。三子所谓'汝器也'。曾点便有'不器'意。然三子之才，各卓然成章，非若世之空言无实者，故夫子亦皆许之。"

子路的志向是用三年的时间武化一个不大的城邦，让百姓得到军事训练、知道礼义，从而抗衡周边大的诸侯。冉有的志向是用三年的时间让一个方圆五七十里的小邦富足起来，进行礼乐教化。公孙赤的志向是当个司仪，主持祭祀、外交活动。这些实用的作为不是比曾点那"耍的事"有意义得多么，圣人偏偏赞同曾点，是什么道理？

王阳明解释说，那三个人的志向太具体、太有限了，偏了一边，干了这个就干不了那个了，只是"器"，而曾点的志向符合"君子不器"的圣训。强调君子不器的孔夫子是以主义干预现实的，不想成为某个军事政治寡头的工具。曾点"似耍"有着自由自在的意蕴神采。王阳明引用《中庸》"无入而不自得"来强化自己的观点，突显了王阳明内心深处向往自得的心意。

我有必要单独解释一下"意必"。《论语》："子绝四：毋意、毋必、毋固、毋我。"朱熹解释"意、必、固、我"，是"私意、期必、执滞、私己"，四者的关系是"起于意，遂于必，留于固，成于我"。意必常在事前，固我常在事后，"我"又生"意"，循环无穷。朱熹的解释很精彩。私意具体化便是许多人的"我以为"——人都活在"我以为"中，检验对错、有效与否的标准又不是一个"我以为"，于是误解舛错丛生。意必固我合成"意谛牢结"级别的自私,而自私是道德的天敌。去人欲主要是去自私。所有的修行都要狠斗私字一闪念。

想有出息的人千万警惕自己的意必。有意必就有固我。张载说,这四样有一个,就与天地不相似了。所谓人与天地一体,如果你固执僵化、自我中心,就不能与天地相似了。

学生问:"知识不长进,如何?"

王阳明答:"为学须有本原,须从本原上用力,渐渐盈科而进。仙家说婴儿亦善譬。婴儿在母腹时只是纯气,有何知识?出胎后,方始能啼,既而后能笑,又既而后能识认其父母兄弟,又既而后能立、能行、能持、能负,卒乃天下之事无不可能。皆是精气日足,则筋力日强,聪明日开,不是出胎日便讲求推寻得来,故须有个本原。圣人到'位天地、育万物',也只从'喜怒哀乐未发之中'上养来。后儒不明格物之说,见圣人无不知、无不能,便欲于初下手时讲求得尽,岂有此理!"

王阳明接着说:"立志用功,如种树然。方其根芽,犹未有干。及其有干,尚未有枝。枝而后叶,叶而后花实。初种根时,只管栽培灌溉,勿作枝想,勿作叶想,勿作花想,勿作实想。悬想何益?但不忘栽培之功,怕没有枝叶花实!"

读者诸君应该永远记住这两个比喻:未发之中如婴儿在胎,立志如种树。

婴儿在胎中只是纯气,有何知识?长大以后自然一步步该干什么干什么,乃至于无不可能。如果让婴儿穷尽天下之理是荒谬的,那么让初学的人一下子穷尽天下之理也是荒谬的。怎么办?从喜怒哀乐未发之中上"养"善根、"养"根本智慧是唯一正确且有效的办法。要想知识长进就得找到根源。注意，王阳明说的"为学"是学为圣人，"本原"是在未发之中上养诚意的功夫。"科"是坎，"盈科而进"是迈上一个台阶再迈一个台阶，都是指内圣之学的进步。如果要增长八股知识、扩充闻见之知，则不需如此。在阳明心学谱系里，这后一种不是知识，而是所知障，是遮蔽灵根的浮游物。

立志不要有功利目的，否则就是和自己做买卖。一个和自己都做买卖的人，肯定是个俗透了的人。用心学的话叫欺心。一个一种下树苗就想它结果子卖钱的人，就像拿着一个鸡蛋想孵出一群小鸡，再用小鸡换成牛，牛换成地，地多了娶亲的那个民间笑话里的秀才。佛教为什么反对执着，就是因为执着于假象就找不到真相了。王阳明四个"勿想"是让学生放松，解放出精神的自由滋味来，"悬想何益"？老老实实地做栽培之功，枝叶花果都是自然结果，如同立志之后的精神进步。立志如种树就是立志如审美的意思，这叫作无目的的合目的性。

圣人是怎么炼成的？是从喜怒哀乐未发之中上炼成的，这是原点，是起点，是根本，也是万分强调人的修养的王阳明主张《大学》必须从诚意开始"的道理。王阳明说后儒（指朱熹）见圣人无所不知、无所不能，便要求初下手时就讲求得尽、把格物当成起点，是倒做了。

立志是孟子、陆九渊一再强调的"先立乎其大者"。为学是为了见性，立志是为了反身而诚、自明诚，这样开启的是根本慧命，不是鸡零狗碎的闻见之知，这样才能有实质性的进步，因为这样才能找到自我的本质。同时，必须无所执：无所执，故无所成名；无所成名，故大。

印度瑜伽导师艾扬格在《瑜伽之树·回归种子》中言："人的灵性发展也可以比喻为树的成长，从种子到完全成熟。你无法在种子里看见树成长的品质，但它就藏在里面。人的种子是灵魂，我们存在的本质藏在里面。个人的灵魂就是引发个人成长的因，就如种子引发树的成长。

"种子撒到土里，一两天就会蹦出芽来，这个芽就是良心。心是器官，良是德行或存在的本质，所以德行的器官称为良心。这个从灵魂蹦出来的芽给了我们第一个知觉——德行的知觉，一扇门。

"种子打开以后，长出茎来，就是心，或称为意识。从种子出来的那一根茎分出不同的枝——一枝是真我，一枝是自我。真我是个体存在的觉知，它还不是自我，而是真我的觉知，是'我存在'的觉知。自我从真我而来，进入行动；只要不行动就是真我状态，真我一旦用行动表达自身，就成了自我。"

这算现代心学原理的一个提纲，可与王阳明心学相映衬。

王阳明说："大抵吾人为学紧要大头脑处，只是立志。所谓困忘之病，亦只是志欠真切。今好色之人未尝病于困忘，只是一真切耳。自家痛痒，自家须会知得，自家须会搔摩得。既自知得痛痒，自家须不能不搔摩得。"（《答周道通书》）

他当年在龙场给诸生立"教条"时，首要的就是立志：志不立，天下无可成之事。立志而圣，则圣矣；立志而贤，则贤矣。志不立，如无舵之舟、无衔之马，漂泊奔逸，何处是个头？

学生问"志至气次"。

先生答："志之所至，气亦至焉之谓。非极至（首先）、次贰（其次）之谓。'持其志'则养气在其中，'无暴其气'则亦持其志矣。

孟子救告子之偏，故如此夹持说。"

"至"是到达，"次"是停留。王阳明凡事都主张一体化，做功夫更是要求一体化，他的解释是：意念到了哪里，气就到了哪里（如同气功行气一般）。志，说白了就是意念的方向。持其志，是坚持这个意念、意向，这时气自然在其中了。"暴"是过度使用的意思，控制气的过程其实就是个持其志的过程。持志也是养气。这是讲解孟子的理论，针对的还是朱子。朱子把"至"解成极，把"次"解成第二的意思。朱子不做功夫，说了外行话。"夹持"是两边扶住不偏倚，是禅宗术语。

王阳明说："种树者必培其根，种德者必养其心。欲树之长，必于始生时删其繁枝；欲德之盛，必于始学时去夫外好。如外好诗文，则精神日渐漏泄在诗文上去，凡百外好皆然。"又说："我此论学，是无中生有的功夫。诸公须要信得及，只是立志。学者一念为善之志如树之种，但勿助勿忘，只管培植将去，自然日夜滋长，生气日完，枝叶日茂。树初生时便抽繁枝，亦须刊落，然后根干能大。初学时亦然，故立志贵专一。"

删其繁枝就是克己省察，就是去夫外好。因为嗜好什么就被其控制了去。制造欲望的各行各业都是通过满足你的欲望控制你，而不是简单的压制或直接的镇压。"凡百外好皆然"，只要是务外就会遗（失）内。这个内的核心是德。被德控制而遗失道是另外的问题，譬如一些正派的道学家就是不能悟道，因其失去了活泼泼的自然生机。

王阳明强调，养心、种德、立志是自救的唯一法子。他很少径直说他论学是什么功夫，这里径直说"是无中生有的功夫"。"无"是免去各种外好；"有"是立志，立一念为善之志。一念为善之志是孟子说的"集义"，是操存舍亡之存养，就是时时刻刻都保持这一念（勿忘），还不能拔苗助长（勿助）。"立志贵专一"与他一直强调的"精一"相通。老子主张"抱一"，佛教主张"以一顶万"，与王阳明说的专一的内涵不同，功夫相通。

王阳明说的志之所向，就是心意之所向，从内容上就是要人们择善弃恶。立志是个由知善走向行善的过程。从意术上说，这是个意向的取样、变样问题。

心体虚灵不昧

陆澄问："看书不能明，如何？"

王阳明答："此只是在文义上穿求，故不明。如此，又不如为旧时学问。他到看得多，解得去。只是他为学虽极解得明晓，亦终身无得。须于心体上用功，凡明不得、行不去，须反在自心上体当即可通。盖四书五经不过说这心体，这心体即所谓道。心体明即是道明，更无二。此是为学头脑处。"

"心体"，是个意义生成结构，是给意义世界奠基的原初的基础，是能见能知的那个"能"。在"能"上用功，犹如擦亮镜子。如果只是在语言文字上穿求，则是在"所见"上耗费心力。这就颠倒了本末，到老也难"明"了。

心体上用功就是在"喜怒哀乐未发之中"上养浩然之气，养良知、良能。往浅处说，是用心去体会、体认、体证义理——"正念头"。心灵之学不同于"旧时学问"(指传统的汉学、考据学),那种学问看得多、解得去就算能"明"了。当然,与心体无关的知识、考证学问是外在的,不养心、不上身。清代的朴学大师当官的多成了贪官,可替王阳明做一补证。

心学的一个根本要求是反求诸心,就是这里提出的"反在自心上体当"。在自心上体察通不通,"当"有二义,一是对不对,二是承担(承当、担当),觉得不对就继续体察,觉得对了就诚意承当。

尽管王阳明有时反对区分道心、人心,但有时也分开单用,此时说心体就是道心,就是未杂人欲之私的本心,这个心之本体"明"了,"道"就"明"了,就与天地相似了——"圣人到位天地,育万物,也只从喜怒哀乐未发之中上养来"。这是心学的通道,当然是为学头脑处。

心体和心显然是不同的范畴,"心体"是"能视听言动的",视听言动之"事"不外于"心"。心体是灵明的生发结构,是比心更加内在化的。王阳明认为"这心之本体原只是个天理",因此他所反对的是在心体之外求理。王阳明常说的"心外无理"主要是指心体外无理。谁在心体上用功呢?心在心体是用功。心怎么在心体上用功呢?主要是"意"回到心体去正心,使得心体更加精一,从而保证所发之意更加合乎天理之极。

王阳明的好朋友湛若水也主张"人心与天地万物同体,心体物不遗,认得心体广大,则物不能外矣"(《与王阳明鸿胪》,《甘泉文集》卷七)。这也是在强调心能够"体物不遗"(这个"体"是体现、反映的意思)。但他俩依然有分歧,一生都在争论。在王阳明看来,湛若水虽然认为物不能外于心,但还是在心体外求理,这仍然是向外求。王阳明比湛若水多了一个心与心体的区分，比湛若水更精微、更深入。他进一步要求"若解向里寻求，见得自己心"（《传习录》第六十七条），向里寻求，就是找能见的根据，见得自己的心不是泛泛的心，而是心之本体。他后来把心本体叫作良知，现在还是笼统地说"知是心之本体"，换成大白话，心体即在心内更靠里的地方。

王阳明对学生说："虚灵不昧，众理具而万事出。心外无理，心外无事。"

灵都是虚的，一旦实了就昧了，昧的基本义是昏蔽。所有的修行就是让灵不昧。一昧了就无明了。"虚灵不昧""灵知""不昧"等词汇遍布佛学典籍（不同于三昧之昧）。它们虽然是用汉语翻译的，"灌注"了汉语的语义，但充满了佛学意味。儒家不得不借句于佛学以讲通"明德"等虚、虚知的义理，但又要负起社会责任，便批评性地拿来。朱熹在《朱子语类》卷十四中说："明德者，人之所得乎天，而虚灵不昧，以具众理而应万事者也。禅家则但以虚灵不昧者为性，而无以具众理以下之事。"

王阳明这里先引朱子注解《大学》"明明德"的话，然后又将其纳入"心外无理，心外无事"，因为朱子都承认了虚灵不昧是可以具众理出万事的，人能虚灵不昧的就是心。其内在的理路如下：理是先验的，事是经验的，心是意向的。没有"我"的意向的发动、加入，先验的理对于"我"不存在；没有"我"的意向发动、加入，经验的事对于"我"也不存在。

虚灵不昧的要义在于随念随机的反观自身，没有这个反观，人与别的动物就没有实质性的区别。这个反观也叫"逆觉"，是人的主体性的建基，众理都是从此出来的，良知就是这个知觉性。《坛经·悟法传衣》云："汝若返照，密在汝边。"

学生问："晦庵先生曰：'人之所以为学者，心与理而已。'此语如何？"

王阳明答："心即性，性即理。下一'与'字，恐未免为二。此在学者善观之。"

朱子的意思是每个真心向学的人都应该尽心穷理即内尽己心、外穷物理。王阳明觉得这是把一个东西掰成两半了。心一破碎便百病丛生，不但不能尽理，也无从穷之了。一个"与"字就把"一"掰成了"二"，"二"就进入了经验界，就花花草草地没完没了了，不是"根"，不究竟了。

心从性来，性从理来，所以心即性，性即理。这是《孟子·尽心》已经揭示过的理路。性在作用，理也在作用。性和理是无形无相的、能够通过作用表现出任何形相。在人主要表现为心的作用。王阳明的贡献是变"与"为"即"，性和理是心之体，心是其用。王阳明强调"心"在道德践履中的当下呈现。他认为这样一来，朱子"心理为二"的问题就被克服了。

"性"在王阳明这里虽是天之禀赋，却不能理解成为静态的本质，它是由"能"生的天理在人心中呈现的某种生成性结构，王阳明也是在这个意义上说"心即性，性即理"的。王阳明将"心体"和"性"都理解为生成性结构，强调其能动性，故指点人时常常以"根"设喻，而所谓"良知即是天植灵根，自生生不息"（《传习录》第二百四十四条），也是只有从生成性结构的角度出发才得的解。

学生问："人皆有是心，心即理，何以有为善，有为不善？"王阳明答："恶人之心，失其本体。"

这个学生的问题是：老师常说仁善是天理，是没有人欲之杂的心本体，既然是理、天理，就应该人人具有，那为什么还有不善呢？鲁直地说，世上不乏不善之人，何以证明善就是心本体？王阳明不会动摇"心即理"这个根本信念，如果这个信念动摇了，心学大厦就坍塌了，他四两拨千斤地说"恶人之心，失其本体"——本体如日月千古不废，恶人自己背弃了光明，自己驱使自己进入黑暗的深渊，何伤日月？

心之本体，不是指个人的心灵，而是指人性上的共性，无以名之，名曰理，就是形而上的意思，就是超乎具体时空而普遍存在的意思：东海西海其理攸同，人同此心，心通此理，为了显示它无所不在，名之曰天理。王阳明常说念念存天理，其实是念念守住心本体的意思。

学生问："身之主为心，心之灵明是知，知之发动是意，意之所着为物，是如此否？"

王阳明说："亦是。"

所谓"亦是"是"就算是""也算对"的意思。那么完全对的该是什么呢？有一则旧评点这样推测："盖先生之意，谓心之发为意，意之本体为知，意之所着为物也。"这样调过来，突出了"意"的核心地位。学生的说法突出了"知"，大方向一致。你意识到了，你已经开始行了，行包括意念发动。但是，你必须做出来，你的知才是真实的知，才是变成了实在的知。就像艺术家能够把心中所想变成人人可以得而观之的艺术品。做不出来的念头不是"知之成"。把知行分作两件事，从纯理论的层面说是不可能的。但是，在历史、现实中能够知行合一的人却是凤毛麟角，这个层面的知行合一是价值形态的，是你敢不敢在所有问题上一任良知而行！奥妙在于知和行都是意志能量，知、行分作两件事，首先是意志无能。

王阳明心学虽然不是心理学，但是具有心理学的技术含量，尤其可以与布伦塔诺的意向心理学（也叫意动心理学）参观。意向心理学以意向性或意动为对象，重视心理的"过程"而不是"内容"。譬如，说"中"是过程，说"天理"便是内容，再用无偏倚解释天理，就又回到了过程。心理的问题，不在于是什么，而在于它做了什么（执行了什么功能）。所谓意向性，就是人的心理能够主动地积极地将外部事物纳入自身，并赋予外部事物意义。这就是"意之所着为物"的道理和含义。最容易引出歧义的"心外无物"是在强调物是意之所着。心学不是认知心理学，而是意义建构学。

胡塞尔在《纯粹逻辑学导引》指出，"一个东西是不是真的"和"这个东西是不是被人们认为是真的"，这完全是两码事。逻辑学家应该探讨前者，即真理自身的问题；后者则是心理学家所致力的工作，即人们如何认识真理。王阳明则把这两回事"一勺烩"了。

省察是有事时存养

就像人的生命是一呼一吸一样，人的生活无非有事无事。存养是存心养性的简称，省察是反省克己、检察的略语。存养是静中修炼，省察是动中修炼。王阳明强调的是无论动静都要修炼，尤其注意存养、保证省察。因为有事的时候是考验，这时省察不得力就会坏事，而这时只能针对性地省察了，不能做内功了。尽管字面上王阳明没有区别轻重缓急，事实上，有事时重、急。王阳明一贯强调事上练就是因为在人情事变中的省察是吃紧的。

这是一个良性的循环互动。在事上的省察自然也是存养的积累。王阳明晚年反省处理宁王事变时"有挥霍意"。这是王阳明后来存养上有了提高后的省察。

"凡将举事，必先平意清神。神清意平，物乃可正。""胸襟必能自养其淡定之天，而后发于外者有一段和平虚明之味。""一日强恕（克己），日日强恕；一事强恕，事事强恕，久之则渐近自然。以之修身，则顺而安；以之涉世，则谐而祥。"这些都是王阳明心学上好的注脚。

同门弟子议论，某人在涵养上用功，某人在识见上用功。王阳明说："专涵养者，日见其不足；专识见者，日见其有余。日不足者，日有余矣；日有余者，日不足矣。"

涵养上用功为什么会日见不足呢？因为对自己要求越来越高，所以最后每天都会有实质性进步。识见上用功是扩大见闻之知，每天都能多知道一些资讯，耽误了内心道德的修为，在集义上会日见不足。王阳明一以贯之地反对务外。其实，孔子是主张多闻的，乃至多识草木鸟兽之名。

陆澄问象山在人情事变上做功夫之说。

王阳明说："除了人情事变，则无事矣。喜怒哀乐非人情乎？

自视听言动，以至富贵、贫贱、患难、死生，皆事变也。事变亦只在人情里。其要只在致中和，致中和只在谨独。"

人情事变上做功夫是有事省察，慎独是无事时存养。有事时不得力根源于无事时存养不够。强调事变亦只在人情中的心学，对谁都有用。帝王事业要从心头做，养育子女也要从心头做，面对死亡更是自己心头上的事情。每分钟的喜怒哀乐、视听言动都是心动念起的表现。所以，"其要只在致中和"。中和是小到心念微启，大到社会和谐、世界永久和平都一致的根本理则。社会由人组成，人由心控制，让心致中和的关键"只在谨独"。谨独与慎独同义。慎独，笼统地说是自己炼心。在静坐中克己省察，一个人自己面对自己，不对自己撒谎，心里没有一个观众、没有一个领导、没有一个客户，因为有一个对象就会媚俗、自欺欺人，就会欺心（欺，从欠，失去中和平整）。古人训静有二义：一为审，一为整。这颇得慎独之精义。心不整就会百乱丛生。刘宗周终身以慎独为根本宗旨、根本功夫，巍然晚明大儒，他自己检讨：本以为自己可以泰山崩于前而心不惊了，可是当听到锦衣卫来抓他的马蹄声，心跳还是加快了。刘宗周绝食月余，一意追随先朝以成全自己的大义。不如此，心里亏欠得难受。

刘宗周说："千圣相传，只慎独二字为要诀。先生言致良知，正指此。但此'独'字换成'良'字，觉于学者好易下手耳。"(《王阳明传信录》三)邹守益问王阳明："子思受学曾子者，《大学》先格致，《中庸》首揭慎独。何也？"王阳明答："独即所谓良知也。慎独者，所以致其良知也。戒慎恐惧，所以慎其独也。《大学》《中庸》之旨一也。"(《南畇集》)

曾国藩能够成就戡乱事功也因其有心性功夫："人该省事，不该怕事。人该脱俗，不该矫俗。人该顺时，不该趋时。""定、静、安、虑、得，此五字时时有，事事有。离了此五字，便是孟浪做。""才下手，便想到究竟处。"

陆澄问"操存舍亡"章。

王阳明说："'出入无时，莫知其乡'，此虽就常人心说，学者亦须是知得心之本体亦元是如此，则操存功夫始没病痛。不可便谓出为亡、入为存。若论本体，元是无出无入的。若论出入，则其思虑运用是出，然主宰常昭昭在此，何出之有？既无所出，何入之有？程子所谓'腔子'，亦只是天理而已。虽终日应酬而不出天理，即是在腔子里；若出天理，斯谓之放，斯谓之亡。"又曰："出入亦只是动静。动静无端，岂有乡邪？"

孟子在讲夜气的同时讲到操存舍亡："苟得其养，无物不长；苟失其养，无物不消。孔子曰：'操则存，舍则亡；出入无时，莫知其乡。'惟心之谓与？"夜气是滋养之气，良心善念与身体、树木一样，如果养得多、用得少，就能存能长，用得多养得少就会消亡。心之灵明如果抓住它，就存在，放弃它，就亡失。它出出进进没有一定时候，也不知道它何去何从。乡，同"向"。

王阳明将孔子说的心引到心体，是心学对孔学的推进，孔子是就常人的心说的，王阳明推到"心之本体本来就是如此"，王阳明还明确地把操存命名为功夫，而且做操存功夫要明白心体出入无时、莫知其向的本色。不能认为出是亡失、入是操存。因为心之本体是没有出入的，本体是静的定的，如果把思虑运用理解成出，思虑运用的时候分明是心这个主宰在照耀,在指挥着思虑运用,何出之有?既然没有出,又哪来入呢?

王阳明用"天理"解腔子意思没错,就是有点头巾气。终日应酬不仅指社交,是泛指一切人事、与环境的周旋。动静没有开始,也没有指向。程伊川说得好:"动静无端,阴阳无始"(《近思录》卷一)。

陆澄问:"有人夜怕鬼者,奈何?"

王阳明说:"只是平日不能集义而心有所慊,故怕。若素行合于神明,何怕之有?"

子莘曰:"正直之鬼不须怕。恐邪鬼不管人善恶,故未免怕。"

王阳明说:"岂有邪鬼能迷正人乎!只此一怕即是心邪。故有迷之者,非鬼迷也,心自迷耳。如人好色即是色鬼迷,好货即是货鬼迷,怒所不当怒是怒鬼迷,惧所不当惧是惧鬼迷也。"

集义是孟子教导的养浩然之气的根本方法。简单地说就是积善,积累正义的情愫。平时不能集义,正气就不够,所以会害怕。《孟子·公孙丑》说浩然之气:"其为气也,配义与道;无是,馁也。是集义所生者,非义袭而取之也。行有不慊于心,则馁矣。"慊,有满足、不满足两个意思,孟子用的是满足,王阳明用的是不满足。孟子说做了亏心事心气就疲软,王阳明说不集义心气就不足,心气不足就怕。同样的道理,不积累正义是心邪,"一怕即是心邪"。心自迷是佛教的话头,说的是迷悟由己的道理。

未发之中

学生问:"宁静存心时,可为'未发之中'否?"

王阳明答:"今人存心,只定得气。当其宁静时,亦只是气宁静。不可以为'未发之中'。"

学生问:"'未'便是'中'。莫亦是求'中'功夫?"

王阳明答:"只要去人欲、存天理,方是功夫。静时念念去人欲、存天理,动时念念去人欲、存天理,不管宁静不宁静。若靠那宁静,不惟渐有喜静厌动之弊。中间许多病痛,只是潜伏在,终不能绝去,遇事依旧滋长。以循理为主,何尝不宁静?以宁静为主,未必能循理。"

这个"未发之中"在整个宋明儒学中都非常重要,在王阳明心学中则尤其重要。因为心学训练"内感觉",所以学生觉得存心定得气就是功夫了,王阳明说不够,还要再推进到循理上,因为"以宁静为主,未必能循理"。未发之中是内感觉的"体",内感觉是未发之中的"用"。体用一元,同时修同时炼。王阳明龙场悟道时悬崖撒手,用的就是内感觉,自肯承当的就是未发之中——就是它了,够了,不再往别处转悠了("吾性自足")。

未发之中和发而中节也是人们整天说的中庸之道的核心。发而中节叫"和","和谐"的"和"。最高境界是即中即和、中和一体。

王阳明现在还没有提出"良知"，就还得用旧的说法，他后来就简化了：这个未发之中就是良知。

气定，只是表面功夫，体现不出深处的义理。犹如性刚的人也能不动心，但不是昭灵明觉那个不动心。气定是宁静，还有待于找到未发之中那个内感觉的本体。王阳明怕学生跑偏，所以不"许"（印可）他。王阳明强调：只有去人欲、存天理才是建立未发之中那种内感觉的真功夫。在动时、静时都念念存天理，就不会喜静厌动，就能遇事循理了。

"念念"是关键，人只要呼吸就念念不息。在念头一起时就去欲存理，是要求人们把自然活动升华为有意义的活动，犹如法国哲学家伊里加蕾吁请的："从自然的生命呼吸到更加细腻的呼吸，为了心，为了倾听和言说，也为了思考。"倒过来说则是："对精神的追求将把至关重要的基本呼吸转化成更细腻的呼吸，服务于爱、言说、倾听，以及思考。"（《世界哲学》2012 年第 3 期）

徐爱问："'道心常为一身之主，而人心每听命'，以先生精一之训推之，此语似有弊。"

王阳明答："然。心一也，未杂于人谓之道心，杂以人伪谓之人心。人心之得其正者即道心，道心之失其正者即人心，初非有二心也。程子谓：'人心即人欲，道心即天理。'语若分析，而意实得之。今曰'道心为主而人心听命'，是二心也。天理人欲不并立，安有天理为主、人欲又从而听命者？"

徐爱说有毛病的这句话还是朱熹说的，语出《中庸章句序》。朱熹承认心之虚灵知觉是一不是二的，但他太面对现实了，很"老实"地给流杂的人品找理由，认为表现出人心的是因为"形气之私"占了上风，表现出道心的是保持着"性命之正"，也认为上智有人心、下愚有道心，更努力呼吁人们"守其本心之正而不离"，办法就是让人心听命于道心。

王阳明虽然反对二分法，也不能否认道心与人心的差别，但是他借助于佛教圣凡不二——觉即圣、迷即凡之不二法门，将道心与人心提为一心：人心得其正即道心，道心失其正即人心。得则是道（心）、失则是人（心），只是一心，没有两个心。而得失由己，觉是你觉，迷是你迷。这样的确把焦点往深处找了许多，越深越可以超越"分析"。王阳明承认程子（伊川）说的"人心即人欲，道心即天理"，虽然也是分析着说的，但是意思是准确的。因为天理与人欲不并立，也是说一心而具理欲的两面，它们之间不是谁命令谁的关系，人欲无从听命于天理。王阳明认为，朱熹的"道心为主，人心听命"是"二心"——两个心了，又犯了支离之病。

学生问："孟子言'执中无权犹执一'怎么理解？"

王阳明说："中只有天理，只是易，随时变易，如何执得？须是因时制宜，难预先定一个规矩在。如后世儒者要将道理一一说得无罅漏，立定个格式，此正是执一。"

孟子的大意是：杨子主张"为我"，墨子主张"兼爱"。鲁国的贤人子莫主张中道，这便接近正确了。但是，主张中道如果没有灵活性、不懂变通，便是执着于一偏（执中无权犹执一）。为什么反对执着于一偏呢？因为那样有害于仁义之道，"举一而废百也"。

有人说问这个问题的是冀元亨。冀元亨心诚主一，可能觉得主一和执一怎么区分是个问题。主一和执一的外在表现都是一根筋。宁王和宦官觉得冀元亨执一，王阳明觉得他主一。关键看他坚持的是什么了。王阳明强调"中只有天理，只是易（道）"。天理是不能僵化的，一僵化就成了杀人机器——"以理杀人"。

王阳明从本体和功夫一体化的层面承认天理是易道，非常了不起。这是王阳明与那些腐儒、僵化之儒的根本区别。易道的核心是生生不息、变动不居，抗拒任何格式化的东西，永远强调"点对点"的恰好。王阳明一生吃够了那些"将道理一一说得无罅漏"的正统大儒的亏。他们总嫌王阳明举动不合"格式"，因为王阳明"出格"，所以认为阳明心学是伪学。

"通权达变"是孔孟的一贯要求。《论语》把"权"放在最高层次："可与共学，未可与适道；可与适道，未可与立；可与立，未可与权。"因为即使守道卓然，知常而不知变者，也是精义未深、没有全乎圣智。《孟子》："嫂溺，援之以手者，权也。"权的本意是秤砣。《孟子》："权，然后知轻重；度，然后知长短。"

王阳明说："喜怒哀乐本体自是中和的，才自家着些意思，便过、不及，便是私。"

本体，是性体，性是无形无相的，不能着相。自家着些意思至少是"我相"，当然也可能是"人相"，不管是什么相，着相就失了无相之性体。"本体"是未发的，因而是中和的。自家添加的意思当然是私意了，肯定不是过就是不及。这里的本体是心体，心体本身是中和的，恢复心本体的就是心学，破坏心体的就是心学的敌人。无论是从刻板拘牵的方面破坏，还是从放纵随性的方面破坏，都是心学的敌人。

"克己须要扫除廓清、一毫不存方是；有一毫在，则众恶相引而来。"

扫除廓清是清除心体上的自家意思，克己是恢复心体的纯洁性。别说逐物的名利心思，就是闲思虑也要不得，因为"有一毫在，则众恶相引而来"。这与佛教要求的"打妄想"相似。扫除廓清才能得到"清净心"。所有的修养功夫都要求不能刻意；一旦刻意，即使是好意，也就都"拐"了。无意之意方为真意！

学生问："名物度数亦须先讲求否？"

王阳明说："人只要成就自家心体，则用在其中。如养得心体果有未发之中，自然有发而中节之和，自然无施不可。苟无是心，虽预先讲得世上许多名物度数，与己原不相干，只是装缀，临时自行不去；亦不是将名物度数全然不理，只要'知所先后，则近道'。"又说："人要随才成就，才是其所能为，如夔之乐、稷之种，是他资性合下便如此。成就之者，亦只是要他心体纯乎天理，其运用处皆从天理上发来，然后谓之才。到得纯乎天理处，亦能不器，使夔稷易艺而为，当亦能之。"又说："如'素富贵行乎富贵，素患难行乎患难'，皆是不器（不偏的意思）。此惟养得心体正者能之。"

自家心体成就了，大千世界即能从心里把握；自家心体未能成就，无论你干什么，都是个庸人、用人。有体才有用。无体之用犹如没有源头的水。陈寅恪批评中国道德追求有用、不究虚理。追求成全心体的王阳明跳出了这个泥淖，他究虚理，先"成就自家心体"，并锤炼出成就自家心体之心学。这个成就的标志是"不动心"。王阳明说用兵无他术，就是个"不动心"，指的就是这个；他的朋友说他去江西剿匪必成功，因为其心"触之不动矣"，指的也是这个。

其实，王阳明心学大有用的地方在可以"通文化生命之源"（牟中三），能"拨陈迹而通慧命"，能开拓变化、为民族文化生命立道路。杜维明说王阳明心学是"源头活水"即有此意。

王阳明"在塘边坐，傍有井，故以之喻学"："与其为数顷无源之塘水，不若为数尺有源之井水，生意不穷。"

王阳明的意思很明显：心体是为学之源。他后来称良知为"天渊"。王阳明把心上体认亲证比喻为井，没有了心体的亲证支援，就没有了"生意"，没有源头活水，就不会"不穷"。智者乐水，王阳明非常喜欢水，他的绝大多数诗篇里都有水这个意象。水的流逝性显现了生命一息不停的真相，水是"存在与时间"的本真意象。

陆澄问："喜怒哀乐之中和，其全体常人固不能有。如一件小事当喜怒者，平时无有喜怒之心，至其临时，亦能中节，亦可谓之中和乎？"

王阳明说："在一时一事，固亦可谓之中和，然未可谓之'大本''达道'。人性皆善，中和是人人原有的，岂可谓无？但常人之心既有所昏蔽，则其本体虽亦时时发见，终是暂明暂灭，非其全体大用矣。无所不中，然后谓之大本；无所不和，然后谓之达道。惟天下之至诚，然后能立天下之大本。"

陆澄说："澄于中字之义尚未明。"

王阳明说："此须自心体认出来，非言语所能喻。中只是天理。"

陆澄问："何者为天理？"

王阳明答："去得人欲，便识天理。"

陆澄问："天理何以谓之中？"

王阳明答："无所偏倚。"

陆澄问："无所偏倚是何等气象？"

王阳明答："如明镜然，全体莹彻，略无纤尘染着。"

陆澄说："偏倚是有所染着。如着在好色、好利、好名等项上，方见得偏倚；若未发时，美色、名利皆未相着，何以便知其有所偏倚？"

王阳明说："虽未相着，然平日好色、好利、好名之心原未尝无；既未尝无，即谓之有，既谓之有，则亦不可谓无偏倚。譬之病疟之人，虽有时不发，而病根原不曾除，则亦不得谓之无病之人矣。须是平日好色、好利、好名等项一应私心，扫除荡涤，无复纤毫留滞，而此心全体廓然，纯是天理，方可谓之喜怒哀乐未发之中，方是天下之大本。"

陆澄问的是，一个人在一件事面前保持中和状态算不算中和？因为那种哲学级别的中和的确不是人人能够具备的。

王阳明说算，然而不是那种天下之大本的中、天下之达道的和。《中庸》："中也者，天下之大本也。和也者，天下之达道也。"这个"全体大用"的中和是人类及人与自然的法则，是天道与人道通为一的"心即理"之天理。相对于这个大中庸之道，一个人在一件事上的喜怒得当是小中庸之道。有个大的中庸之道作为理想悬在头上，与灿烂星空一起感召人们努力向善。

王阳明说"人性皆善，中和是人人原有的"，这是儒学教化之基。不相信这一点，就会像秦始皇那样直接用暴政来扫荡一切了。但是，原有不等于就有、现成有。常人之心常常有所昏蔽，中和之心体有时候发动表现、有时候又不发动不表现了。这心光"暂明暂灭"。所以，必须立大志，用大的中庸之道来提升小的中庸之道，达到"无所不中"之大本境界、"无所不和"之达道境界。"天下之至诚，然后能立天下之大本"——这显然是大同盛世才有的人文奇观。

陆澄并没有被老师的豪迈感染，还是关心一个人的中庸："我对'中'的含义还是不明白啊，老师。"王阳明说："这是你必须自己掏心窝子地体悟亲证的，不是任何语言能够表达的；因为它不是知识，灵明的境界是靠概念推理等间接途径无法获得的。如果硬要用概念来限定，那只好说'中只是天理'。"

陆澄问何为天理——天理是什么？王阳明倒果为因地说："去得人欲，便识天理。"陆澄下一个问题很有质量："为什么天理是中？"天理是有伦理含义的，中是没有伦理含义的，这等于把伦理问题引向哲学问题。王阳明的回答也是哲学级别的："因为无所偏倚，是天道之理。"

陆澄问："无所偏倚是什么境界，什么状态？"王阳明答："就像干净得没有半点儿尘埃的明镜一样，全体晶莹剔透。"这样说，"中"相当于佛教的"空"了。王阳明经常这样借用佛教的思维技巧和语词。

陆澄便沿着净染往下问："偏倚是有所染着，染上好色、好名、好利等，已经着了相，自然是偏倚了，但是未发出来的美色美名尚未着相，怎么能判定就是偏倚呢？这就深入未发之中的内里去了。王阳明的回答也随之深入，深入潜意识了："即使现时没有表现出来，算没有着相，但平时好色、好名、好利之心却未尝无。既然未尝无，就是有。既然有，就不能说没有偏倚。就好像疟疾病人，即使不发作的时候，也不能说他没有病。"

王阳明最后的结论是：我们必须立弘誓大愿，平时把好色、好名、好利等私心杂念一个不少地打扫干净。此心廓然大公，纯是天理，才是喜怒哀乐未发之中，才是天下之大本达道。

我再概括一遍：一、中是天理，与讲无善无恶是一个逻辑；二、这修养功夫是复杂精微的诱导人的思想方法；三、未发之中是潜意识合天理；四、内感觉的修炼需要往意识深处做功夫。

悔悟是去病的药

正德六年（1511年）的时候，日本派来一个使者，吏部尚书杨一清热情接待，一帮文人墨客作诗相赠。王阳明作为杨一清的下属，也拜访了这位使者。正德八年（1513年），这位使者又来了，王阳明在老家周围优游山水的时候，去宁波阿育寺看望了他——年近九十的高僧，并写了《送日东正使了庵和尚归国序》。这在王阳明是寻常事，但对日本人来说却是不可轻易放过的阳明心学进入日本的象征。这位了庵和尚可能是一休的师父之一。王阳明对了庵的赞美展示了王阳明的着眼点——他紧紧扣住"清""洁"来表现了庵之神韵："其心日益清，志日益净，偶不期离而自异，尘不待浣而已绝。"序的落款是正德八年五月。

王阳明在写这篇序之前，去不成雁荡山，便约黄绾来山阴相会。但等到五月，黄绾还是没来。黄绾不来，他提不起兴致。尽管身边也有几个资质不错的学生，但都不足以讨论精微的问题。王阳明说因为他们"习气已深"，不能撩拨他进入忘我之境，难得有什么大发明。他热爱山川形胜，认为它们比人还有灵气，便领着几个学生后辈，就近逍遥游。

他们先到了上虞。上虞在钱塘江口，相传是虞舜后代的封地。上虞与余姚相邻，曹娥江纵贯全境。此地有晋太傅谢安等待再起的归隐处——"东山再起"的那个东山。乌石山有东汉大哲学家王充的墓。王阳明对王充不感兴趣，对谢安则还曾提起。这次从上虞到四明山观白水后，有诗《四明观白水》：

> 野性从来山水癖，直躬更觉世途难。
>
> 卜居断拟如周叔，高卧无劳比谢安。

"我想在这里隐居，别把我当成想东山再起的谢安。"——看来仕途不得志的苦闷还压着他。

四明山古称句余山，系仙霞岭分支，连接着余姚和上虞，是曹娥江与甬江的分水岭。相传，山中有石室，中间三石分四罅，通日月星辰之光，好像楼有窗户，故曰四明山，主峰又叫四窗岩。这是浙东丘陵中的高山了，与会稽山一样高，比余姚的那座龙泉山高将近十倍，很值得远足一趟。

他自己说他早就想来，但十年了才完成这个心愿。这首诗的其他句子披露了他与现实的关系还是具有难以和谐的悲音："择幽虽得所，避时时犹难"；也有着急的意思："逝者谅如斯，哀此岁月残。"

王阳明对同游的学生说："你们近来很少提问，为什么？人不用功，莫不自以为已知，以为只要这么做下去就可以了。其实，私欲日生，如地上尘，一日不扫，便又有一层。着实用功，就能体验到道无终穷，愈探愈深，必使至精至白、无一毫杂质方可。若不用克己功夫，终日只是说话而已。天理终不自呈现，如人走路一般，走得一段方认得一段；走到歧路处，有疑便问，问了又走，才渐渐能到欲到之处。今人于已知之天理不肯存，于已知之人欲不肯去，且只管愁不能尽知那些外在的学问。只管闲讲，何益之有？且待克得自己无私可克，再愁不能尽知，也不迟。"

他问坐在旁边的学生："近来功夫怎样？"那个人描绘了一番虚明状态。王阳明说："此是说光景。"

他问另一个，这个叙述一番今昔异同。王阳明说："此是说效验。"

两个人本来都挺有体会的，满以为会得到老师称赞，老师却说他们没入门，在门外讲故事，因此感到很茫然，便向先生"请是"。

王阳明说："吾辈今日用功，只是要为善之心真切。此心真切，见善即迁，有过即改，方是真切功夫。如此则人欲日消，天理日明。若只管求光景、说效验，却是助长、外驰病痛，不是功夫。"

这似乎是文学感觉与道德境界的差别。讲光景与说效验是外在的，迹近说评书。真正的道德体验、义理感悟是"忘我"的。王阳明常说："精神、道德、言动，大率收敛为主，发散是不得已。天地人物皆然。"

有个学生言语混乱，王阳明说："言语无序，亦足以见心之不存。"信口开河的人根本没有把心用到言述对象上，语无伦次的人根本没有把问题想清楚。从做功夫的角度说：通过训练语言表达，可以达到训练心思入微的目的。

陆澄问："好色、好利、好名等心，固然是私欲。如闲思杂虑，如何亦谓之私欲？"

王阳明答："毕竟从好色、好利、好名等根上起，自寻其根便见。如汝心中决知是无有做劫盗的思虑，何也？以汝元无是心也。汝若于货色名利等心，一切皆如不做劫盗之心一般都消灭了，光光只是心之本体，看有甚闲思虑？此便是'寂然不动'，便是'未发之中'，便是'廓然大公'，自然'感而遂通'，自然'发而中节'，自然'物来顺应'。"

在整个宋明儒学中有个通用逻辑：未发之中的心是廓然大公的，一动了不合天理的念头就失去了中和。阳明心学更彻底地把未发之中的心叫作心体，一动念就离开了心体。心体和天道相通，廓然大公、顺着心体的是善，逆着心体的是恶。"闲思杂虑"不一定恶，但肯定已是来自经验界的东西了，为什么是私欲呢？私是相对于廓然大公而言的，"着了相"、有了挂碍，不再是性相如如，已经离开了未发之中，已经出离了心体，不再是心之本体那寂然不动的状态了，是胡思乱想、颠倒梦想了，在贪婪和恐惧之间摇摆了，是柴米油盐酱醋茶了，所以也必须克服。克己省察的大部分精力是克服这些，真正的好色、好利、好名的念头不如闲思杂虑家常。王阳明很幽默，说这个学生没有做强盗的思虑，因为你压根就没有这个心，所以大脑走思也走不到那里。所以，要是把好货、好色、好名、好利的心思克服干净，就像没有做强盗的心一样。同样，把柴米油盐酱醋茶这类闲思杂虑也当作做强盗的心一样去掉，便"光光只是心之本体"了，哪里还有什么闲思杂虑？这时就达到了《中庸》所要求的中和境界，这个中和境界又可分成两层：一个未发之中，这是"中"；发而中节，这是"和"。"光光只是心之本体"是说心处在没有人欲之杂的澄明、诚明的状态，这个状态是"廓然大公"的，因此是能够"感而遂通"的。这样，就由第一层"中"进入第二层"和"，发而中节就是怎么做都对头了，因此也就能"物来顺应"了。

这是"正意"功夫。一个人的生命品质、思维质量在很大程度上取决于闲思虑的内容。愚夫愚妇之所以是愚夫愚妇，就是因为他们只有闲思杂虑。《楞伽经》卷三："凡愚妄想，如蚕作茧，以妄想丝自缠缠他，有无有相续相计著。"海德格尔说闲谈是沉沦的一种状态，也是这个道理。

薛侃本是在重复老师的话："持志如心痛。一心在痛上，安有工夫说闲话、管闲事？"却也得到纠正，王阳明说："初学功夫，如此用亦好，但要使知'出入无时，莫知其乡'。引心之神明原是如此，功夫方有着落。若只死守着，恐于功夫上又发病。"

初学时"念念不忘"是个抓手，心无旁骛、主一、凝聚，不说闲话不管闲事，这样功夫才有着落，感觉到了一种超拔的精神力量，自然会有不同寻常的精气神。但如果死死守着，就又着了相，执着于念头，精神就不能空灵，心就失去了神明，这是练功却练出毛病来了。因药发病，叫药源性疾病。功夫上发的病叫跑偏。

《孟子》引述孔子的话来描述"心"的功能："操则存，舍则亡。出入无时，莫知其乡。"禅宗比这还彻底地追问：出入到什么地方？怎么出，怎么入？王阳明说"心之神明，原是如此"，并主张不能"死死守着"，迹近"无所住而生其心"（《金刚经》）了。持志，如果心细得妙是可以同时修戒、定、慧的。

薛侃常后悔，王阳明说："悔悟是去病之药，然以改之为贵。若滞留于中，则又因药发病"。王阳明针对薛侃说："为学大病在好名。"

薛侃说："先前以为这个好名的毛病已经轻了，现在深入审视，才知道并没有，就是太以别人的看法为重了。只要闻誉而喜、闻毁而闷，就是这种病又发了吧？"

王阳明说："最是。名与实对，务实之心重一分，则务名之心轻一分；全是务实之心，即全无务名之心。若务实之心如饥之求食、渴之求饮，安得更有功夫好名？"

一学生说："己私难克，奈何？"

王阳明说："将你的私拿来，替你克。"这显然是禅宗"将你的心拿来，替你安心"的翻版。不同之处在于，王阳明认为"人须有为己之心，方能克己；能克己，方能成己"。所谓成己，就是个克己向里、德上用心的努力过程。这样才能悔而知改，实地用功。

不动于气，不着意思

明代的太仆寺由元代兵部的群牧监演变而来。太仆，古代掌马政之官。洪武六年（1373年），置太仆寺，是从三品的衙门，地点在滁州。洪武三十年（1397年），为加大军备力度，在北平、辽东、山西、陕西、甘肃等处设立行太仆寺，主要职责是给国家养马。与北边游牧民族作战时，马是首要军需品。杨一清就是从督管陕西马政走向显赫的阁臣生涯的。王阳明来滁州当太仆寺少卿，是副职。

他一闲下来，就又忧伤思隐逸。例如，他在《滁州诗三十六首》之第一《梧桐江用韵》中表示，他无法像欧阳修那样乐起来，他压抑得心苦音悲。这首诗的真正重点是最后两联，大意是说：颜回本人也没有忘世，孔子还周游列国，想方设法地出来行道呢！然而，没办法，我道难行，只有当沧浪濯缨的隐士了。正因为有这种心态，他在另外的作品中怀疑号称"大隐隐于朝"的东方朔并非真隐，惋惜最后屈从王莽新政的扬雄误解了《太玄》，当然"混世也能随地转"，他既不愿意同流合污，也不愿意没世而名不称。他赞赏但未能修正出"若人识得心，大地无寸土"（禅宗语录）的境界。

他到达滁州是阴历十月，虽进入冬季，但那种偏北的南方还是好季节，滁州又是四通八达的交通地段，他从山阴领来不少学生，又来了不少新同学。天高皇帝远，他又无须研究"马尾巴的功能"，正是吃官粮讲私学的好时节。如甘泉说，王阳明在京师讲学已然"有声"，滁州比山阴"办学"条件要好多了。总而言之，"从游之众自滁始"，据《年谱》载，已达数百人。

今天，人们给孔子安有七八个"某某家"的头衔，都源于他开门办学这个基业。王阳明也是如此，他一生功业的根基也在开门办学，并因讲学而走上觉世行道的致良知之路。

他在京城与山阴时都还是小范围的讲论，现在他身边聚集了上百名学生，与在贵州龙冈书院、文明书院时的情况也已大不相同。他在那里还是借船出海，现在是独立自主的了。他的气质、秉性决定了他的教学风格一以贯之。他既不照本宣科地死抠经义，也不像朱子那样用注解经书的方式建立自己的哲学体系，更不会为了科举考试而想办法外结学官、内搞管制。他搞的是以"乐"为本的意术教育。据王阳明的学生回忆，他"点化同志，多得之登游山水之间"：他白天领着学生去游琅琊山、玩瀼泉之水。每逢月夜，就与学生牵臂上山，环龙潭而坐，彻夜欢歌，饮酒赋诗，百十人"歌声振山谷"(《年谱》)。

王阳明的教法是诗化、审美式的，注重改变性情、改变气质，随地指点，想起什么说什么。

薛侃拔花儿中间的草时问："天地之间为什么善难培育、恶难除去？"

王阳明说："未培、未去尔。"过了一会儿，他又说："像你这样看善恶，是从躯壳起念，肯定是误解。"

薛侃不理解。王阳明说："天地生意，花草一般，何曾有善恶之分？你要看花，便以花为善，以草为恶；如果要用草，便以草为善了。此等善恶，都是因你的好恶而生，所以是错误的。"

薛侃是善于深思的，他追问："那就没有善恶了？万物都是无善无恶的了？"

王阳明说："无善无恶者理之静，有善有恶者气之动。不动于气，即无善无恶，这就是所谓的至善。"

薛侃问："这与佛教的无善无恶有什么差别？"

王阳明说："佛一意在无善无恶上，便一切都不管，不可以治天下。圣人的无善无恶，是要求人不动于气，不要故意去作好、作恶。"

薛侃说："草既非恶，即草不宜去掉了？"

王阳明说："你这便是佛、老的意见了。草若有碍，何妨去掉！"

薛侃说："这样便又是作好作恶了。"

王阳明说："不作好恶，不是全无好恶，像那些无知无觉的人似的。所说'不作'，只是好恶一循于理，不去又着一分意思。如此，就是不曾好恶一般。"

薛侃问："去草，怎么做就一循于理、不着意思了？"

王阳明答："草有妨碍，理亦宜去，去之而已。偶尔没拔，也不累心。若着了一分意思，心体便有拖累负担，便有许多动气处。"

薛侃问："按您这么说，善恶全不在物了？"

王阳明答："只在你心：循理便是善，动气便是恶。"

薛侃说："说到底，物无善恶。"

王阳明说："在心如此，在物亦然。那些俗儒就是不知道这个道理，才舍心逐物，将格物之学看错了，终日驰求于外，终生糊涂。"

薛侃问："那又怎样理解'如好好色，如恶恶臭'呢？"

王阳明答："这正是一循于理。是天理合如此，本无私意作好恶。"

薛侃说："如好好色，如恶恶臭，难道没有着个人的意思？"

王阳明说："那是诚意，不是私意。诚意只是循天理。虽是循天理，也着不得一分意，故有所好恶则不得其正，须是廓然大公，才是心之本体。"

另一个学生问："您说'草有妨碍，理亦宜去'，为什么又是躯壳起念呢？"

王阳明有些不耐烦了："这须你自己去体会。你要去除草，是什么心？周敦颐窗前草不除，是什么心？"

这时，周围已经拢来许多学生，王阳明对他们说："若见得大道，横说竖说都能说通。若此处通，彼处不通，只是未见得大道。"

这一段对话是《传习录》的精华，点透了良知是虚灵通道的工作原理，不可着私意，不可动于气。王阳明这种思想后来发展为"天泉证道"之四句教，核心便是"无善无恶心之体"。

动静一机，体用一源

王阳明在滁州六个月，最大的一件事，就是与湛若水相会。湛若水从安南出使回来，返京复命，特意在滁州住了几天。当年他们在北京长安灰厂特意卜邻而居，早晚随时切磋，结下了深厚的情谊。在别人眼里，他们是一派，讲究心性近禅。但他们又只是和而不同，直到最后也没有统一起来。这次在滁州，他们彻夜辩论的问题，是王阳明主张禅与道都和儒没有多大区别（"道德高博，焉与圣异"），而湛若水主张儒门高广，可以包容佛道，但有"大小公私"的差别，佛道在我儒范围之中而已。

湛若水进京两年后，又扶着他母亲的灵柩南下。这时王阳明已到了南京，他特意迎接湛若水的丧队到龙江湖。湛若水是有名的大孝子，王阳明是性情中人，信真礼教。湛若水在《奠王阳明先生文》中这样追述这两件事：

> 一晤滁阳，斯理究极。兄言迦、聃，道德高博，焉与圣异，子言莫错。我谓高广，在圣范围；佛无我有，《中庸》精微；同体异根，大小公私；歃叙彝伦，一夏一夷。夜分就寝，晨兴兄嘻。夜谈子是，吾亦一疑。分呼南北，我还京圻。遭母大故，扶枢南归。迓吊金陵，我戚兄悲。

与王阳明并驾齐驱又几十年交好如一的朋友首推湛若水，与王阳明进行真正的学术论战而并不党同伐异的也首推湛若水。就是在王阳明去吊唁之际，两人依然就格物问题展开辩论。湛若水持旧说，王阳明说那就求之于外了，格物就是"正念头"，"正念头"就是"诚意""正心"。湛若水说："若以格物理为外，那就自小其心了"，"格物即至理"，"格者，至也；物者，天理也"。"格即造诣之义，格物者即造道也。"（《甘泉集·答阳明》）王阳明批评湛若水的"至理"说为"是外非内"，湛若水批评王阳明的"正念头"说为"是内非外"，并提出有趣有新意的对"支离病"的界定："非徒逐外而忘内，谓之支离也；是内而非外者，亦谓之支离也。"

《明史》卷二百八十二说："时天下言学者，不归王守仁，则归湛若水。"王龙溪说："时海内主盟道术，惟吾夫子与甘泉翁。"（《龙溪集》卷二十）有笔记说：王阳明觉得自己的学生灵性不够了，就推荐给湛若水；发现湛若水某个学生有出息，就挖过来。

王阳明在滁州待了不到七个月，就于正德九年甲戌升南京鸿胪寺卿。这个衙门，在北京的还有点事儿干，朝会之时当当司仪，有外宾来时担负礼宾的工作，经常性的工作是管皇室人员婚丧嫁娶的外围礼节；在南京则基本上连这类事情也没得管，纯粹是奉旨休闲。因此，没事找事的人便两眼盯着北京，找秉政者的茬儿，以便取而代之。王阳明超然物外，这种只争一时之短长的事情他现在没有兴趣做了，不屑于跟那些俗也俗不透、雅也雅不高的人一起浪费生命了。

他之所以要强调摒弃一切外道功夫，直奔那绝对存在又不依赖任何外缘的心本体，就是为了把经验世界悬搁起来，从而把这棵树上挂着的所有辞章讲诵之学一把甩开，像禅宗那"截断众流"法，一意去明心见性，然后再以见了性、闻了道的身姿回到治国平天下的正道上来。雅，雅得可上九天揽月；俗，俗得可下五洋捉鳖。真能明心见性了，就可雅可俗、通而无碍了。

他用禅师接机应化的方法提高学生的层次，学生怎么说都会得到他的纠正性的指点，而凡是直接承接感受过其春风雨露的人，还真从心眼里受感化，那种大师的魅力是难以用语言表达的。他离开滁州时，众徒儿依依不舍，一直送到乌衣，尚"不能别"，便留居江浦，等先生过江，真是柔情似水。于是，王阳明歌诗敦促学生回去："相思若潮水，往来何时休？"

他过了长江后，就到南京当鸿胪寺正卿去了。他在《给事由》中说，他是正德七年十二月升为南京太仆寺少卿的，次年十月二十二日到任。这次，他只用了四天就走马上任，还是很满意这次升迁的。他毕竟成了正卿，进入了最高层的眼帘，若国家有事就可以特擢要职，一显身手了。他在这个位置上等了二十九个月零十二天，开始领兵打仗。

在南京这两年半，是他韬光养晦的时期，客观上对他把功夫养得更"老"是大有好处的。思想高峰的攀登需要沉潜，官位的进步更需要"老其才"的打磨。在只许成功不许失败的专制体制中，这种修炼绝对必要。骤起旋败的例子太多了，而且一旦失败便前功尽弃。

极可玩味的是，他当了半年多正卿之后，在京察大考之际，偏偏上了《自劾乞休疏》。在滁州时，他就浩叹"匡时已无术"，想回阳明洞寻找旧栖处。人的心态总是变动不居的，不能干点实事，不如回家得自由。这有他爷爷的隐逸之气在他早期经验中烙下的烙印。

他的乞休书写得绝无故作姿态的虚伪气，尽管他并不想就此退出历史舞台，但还是真给自己找罪过：什么旷工呀，身体不好呀，才不胜任，不休了我就会让别人也生侥幸之心呀，等等。每当他与上级叫板时都说，若休了我，我就"死且不朽"了。他自信不朽的地方在于他可以自由讲学，从而觉世行道也。

有个御史举荐王阳明改任祭酒，这个活儿倒与他这个讲学家的形象般配——但人家腻歪的就是他的讲学，怎么会让他成为"奉旨讲学"的祭酒！内阁没有上报。这年八月，他想见风使舵到彼岸，配合阁臣杨廷和的谏议，写了一篇《谏迎佛疏》，很长，2000多字。正德帝是个自命为"佛"的人（《明鉴》卷八："帝于佛经梵语无不通晓，自称大庆法王西天觉道圆明自在大定慧佛。命所司铸金印以进。"），不管劳民伤财与否，他要的都是建立他的"佛国"。王阳明奏疏的大意是：皇上在东宫时已有好佛道的名声，现在大搞这一套，对圣誉有损。这几年来在这方面已劳民伤财，弄得民情汹汹。你若真信佛，是用不着搞这一套的，等等。写完，缓解了内心的焦虑，对得起自己的"良知"了，就不再做逆拂龙鳞的事情了——没有上奏。

等到十月，他又上了一道《乞养病疏》，说："我正月上疏后就等着开销呢，当时就病了，现在病得更厉害了。陛下应该把我休了以彰明国法。我也想为国尽忠，但自往岁投窜荒夷，虫毒瘴雾已侵肌入骨，日以深积，又不适应南京的气候，病遂大作。而且，我自幼丧母，是跟奶奶长大的。她现在九十有六，日夜盼望我回去见上一面。假如我复为完人，一定再回来报效君国。"不过，他又白写了——朝廷也许以为他在要更重要的工作，玩以退为进的把戏，所以不以为意。

这两年，他除了养心以使心体更加纯粹、明澈，就是写信与朋友、学生深入讨论本体、功夫精微、玄妙的理致。王阳明"以书丧心"，一生不事著述，"超悟独得"唯有笔之于论学的书信中。王阳明的传世之作《传习录》中卷就是他写的书信，有感染力，展现了他理路下面的感性思路。

到了南京以后，许多老学生都聚拢过来。其中一个很重要的原因是徐爱也在这儿当工部员外郎。徐爱像康有为办万木草堂时的梁启超，给同学们当"学长"，负责一般性的事务及基本教学工作。王阳明是不屑于管杂事的，他指点学生是即兴式的，当然出手就高，让他们跟着慢慢地佩服、消化去。《年谱》拉了一个很长的名单，有的在后来给老师出过大力气，比如周积，最后是他安葬了王阳明。

在滁州的那帮学生大部分还在那里。有从那边来的人说，他们热衷于放言高论，有的渐渐背离了老师的教诲。王阳明后悔不已，他说："我年来欲惩戒末俗之卑污，以拔除偏重辞章外驰心智的陋习，接引学者多就高明一路。今见学者渐有流入空虚、故意标新立异的，我已悔之矣。故来南畿论学，只教学者存天理、去人欲，做省察克己的实际功夫。"

陆澄住在鸿胪寺的仓房里——许多来求学的人的吃、住条件都很艰苦。陆澄接到家信，说他的儿子病危，他自然心中悲苦，忧闷不堪。王阳明对他说："此时正宜用功。若此时放过，平时讲学何用？人正要在此等时刻磨炼。父之爱子，自是至情。然天理亦自有个中和处，过即私意。人于此处一般都认为天理当忧，但忧苦太过，便不得其正了。大抵人在这种时候受七情所感，多只是过，少有不及的。才过便非心之本体，必须调停适中才能得其正。就如父母之丧，人子岂不欲一哭便死，方快于心？然而，圣人说'毁不灭性'，这不是圣人强制，而是天理本体自有分限，不可过也。人但要识得心体，自然增减分毫不得。"这倒不是王阳明在唱高调，他本人正是这样用功的。平完宁王，天下谤议纷纷，他的一个学生居然也写东西参与揭发批判。王阳明看到以后勃然大怒，然而迅即控制，缓缓平静——他提醒自己此时正是用功时。

有一个学生得了眼病，忧心如焚。王阳明说："你这是贵目贱心。"

王阳明曾说："人心一刻存乎天理，便是一刻的圣人；终身存乎天理，便是终身的圣人。此理自是实。人要有个不得已的心，如财货不得已才取，女色不得已才近，如此取财货、女色乃得其正，必不至于太过矣。"

有人问："怎样克己省察？"

王阳明答："关键是守以谦虚，恢复上天给的正念。持此正念，久之自然能定静。遇事之来，件件与它理会，无非养心之功。谦虚之功与胜心正相反。人有胜心，则难当孝子忠臣，为父难慈，为友难信。人之恶行虽有大小，皆由胜心生出。胜心一坚，就再难改过迁善了。"

学生问："有事忙，无事亦忙，奈何？"

王阳明答："天地气机，原无一息之停。要有个主宰，若主宰定时，与天地一般不息。若无主宰，便只是这气奔放，如何不忙？"
他又说："去了计较分量的心，便去了功利心。只在此心纯天理上
用功，便能大以大成、小以小成。"

学生问："上智下愚如何不可移？"

王阳明答："不是不可移，只是不肯移。"

王阳明说："无事时固是独知，有事时亦是独知。人若不知于
此独知之地用力，只是在人所共知处用功，便是诈伪。此独知处便
是诚的萌芽，此处不论是善念、恶念，更无虚假，一是百是，一错
百错。"他后来多次重申：良知正是独知时。这个"独知"比"慎独"
要深刻、主动，是敢于担当的心印。"只是在人所共知处用功，便是
诈伪。"譬如：作秀、媚俗、形象工程。

王阳明说："你终日向外驰求，为名为利，这都是为着躯壳外
面的物事。其实，视听言动皆由你心。你心之视，发窍于目；你心
之听，发窍于耳；你心之言，发窍于口；你心之动，发窍于四肢。心
并不专是那一团血肉。若是那一团血肉，你看那已死之人，那团血
肉还在，但他的视听言动在哪里？"

第九回　文人用兵的意术

这简直像家书。情真意切、情到理到，根在王阳明"意诚"，才能这么酣畅淋漓得仁至义尽。只有坚持人性本善的思想家才能写出这样的信，也是源于心地善良的能力。

踏上征途

正德帝以他那种荒诞的方式当皇帝，居然没有倒台，得感谢儒家给他教育出了那么好的官僚队伍，更得感谢那种除了皇帝谁也爹不起翅儿来的极权制度（明代没有权臣造反的）。但是，民不聊生，民自生变。老百姓一般是遵守祖宗规矩和圣人教诲的，但肚子不饱了，灵魂就顾不上了。明朝以民变开局，以民变结尾。终明之世，民变无日无之。过后客观地看，这乱世才出心学，心学在乱世才显示出夺目的光彩。难以想象王阳明在洪武、永乐朝会怎么样，很可能缔造不出心学来。正德、嘉靖之际是缔造心学的天赐良机。到了所谓的"康乾盛世"，又是理学一统天下了。如果说理学像小吏多念律，心学则像老将不论兵。

由于明朝有军功、恩赐、贡举、科考几大渠道出产官吏，官多岗位少，南京六部是板凳队员，还有大量的隐蔽性失业的官员，造成官场上岗竞争空前地激烈。王阳明等到四十五岁才得授去剿匪的实职，还是因为兵部尚书王琼的特别推荐。

王琼是太原人，常出入正德的"豹房"，密切联系掌权太监，以敏练获宠。正德十年，他担任兵部尚书，次年就举荐了王阳明。他喜读王阳明给他的信，常常抱着孙子反复地看。他反对大兵剿匪的办法，才特拔王阳明这样的人才。王阳明自称正在尸位素餐、因循岁月，却于这年九月十四日忽然接到吏部任命他当南赣佥都御史的咨文。他思考了半个月，给皇帝上了一道《辞新任乞以旧职致仕疏》。他是个语言大师，疏文写得极好，短短的篇幅一波三折，横说竖说，无非是身体不好、才能低下、不敢误国败政。文中有些插曲性的话颇可玩味："因才器使，朝廷之大政也；量力受任，人臣之大分也。"得显官怎么会不欢喜？只是怕干不好云云——这是阳；真实的意思是你们从来也没想着要用我——这是阴。阳虚阴实：我这里都过了景了，你们才起劲了，真让我啼笑皆非，如手持鸡肋。

突然让一个白面书生去当剿匪司令，他若朝发夕至地去上任，有点发贱；若说死不干，就再也没机会建功立业了，就成了彻头彻尾的空头思想家——这绝非他本心、本性甘愿的。他递上含义复杂的辞呈，就从南京往老家方向走。《年谱》说十月回到了老家山阴。

十月二十四日，圣谕下：

> 尔前去巡抚江西南安、赣州，福建汀州、漳州，广东南雄、韶州、惠州、潮州各府及湖广郴州地方。抚安军民，修理城池，禁革奸弊。一应地方贼情、军马、钱粮事宜，小则径自区画，大则奏请定夺。钦此。

他依然号称在杭州，其实往返于"山阴道上"。十一月十四日，兵部又下一道批文，内有皇帝切责语：

> 乃敢托疾避难，奏回养病。见今盗贼劫掠，民遭荼毒，万一王阳明因见地方有事，假托辞免，不无愈加误事？

兵部奉圣旨，命令：

> 既地方有事，王守仁着上紧去，不许辞避迟误。
> 钦此。

但是，他还继续等，等到十二月初二吏部奉圣旨，正面回答了他的请按原官退休的上疏：

> 王守仁不准休致。南、赣地方见今多事，着上紧前
> 去，用心巡抚。钦此。

原先半真半假、半推半就，等皇帝的申斥其实是在等皇帝的再三诚聘。他身体不好是事实，剿匪这种活儿容易失败而难见功效也是明摆着的事儿。他前面的御史就是畏难而以病辞职。再前，也有招抚土匪而土匪又反戈，从而落职入狱的，也有不屑于为皇帝卖命的。现在一切都不用再说了。初二下文，初三他就告别美丽的杭州城，走向积年匪患丛生的深山老林。这一走就是五年，而且是百死千难的五年。能得以生还，还建了平叛的功，立了心学的业，岂止是聪明立世？根据全在心体光明。

连续出其不意

江西南临百越，北枕大江，东连闽峭，西接荆蛮，地延千里，址交五省。这一时期，这几省交界处暴动频起，新起的流民与山里

的惯匪连成了一片。各省画地为牢，对边界地区的事情都推诿，又有崇山峻岭、洞穴丛林，只有鸟道与外界沟通，车马不得长驱，粮草不能及时供给。官军扑来，暴民如鸟散入深林，大军日耗累万，却如高射炮打蚊子。暴民在山中进行反抗如鱼得水，大军在山中则是涸辙之鱼，难以维持。大军一走，他们旧态复萌。总而言之，赣南闽西那脉山麓千里皆乱。

正德十二年（1517年）正月十六，王阳明到达赣州，正式开府。

他来时，在万安就先跟数百名流贼遭遇上了。他根据官员调动的规矩，基本上是只身一人，领着家人，没什么官军护卫，而且他的旧衙门是最冷清的部门，他也无从带钱、带人。那帮流贼沿途肆劫，商船不敢前进。于是，他把商船组织起来，让他们扬旗鸣鼓，摆出趋战的架势。这伙贼皆由流民组成，并非惯匪。明朝是不允许人口随便流动的，就怕他们变成流贼。但他们温饱无着，又不能等死，政府又不提供基本保障，不流又如何？这伙人见船上有了官，便像找着了娘，一起跪下来，请求救济，说他们只是饥荒流民，只求官府发放救济。

王阳明让他们赶快回家，并承诺一到赣州就派人落实安排。他叮嘱他们以后各安生理，不要再胡作非为，自取杀戮。他最后是否落实此事，或促使地方采取了什么措施，不得而知。不过，他后来平定了巨寇，确实做了一系列富民教民的实事。

摆在他面前的首要目标是谢志珊、詹师富等，他们刚刚攻掠大庾岭，进攻南康、赣州，杀了守城官员。暴动的怒潮以漳南群山中的积年匪巢为源头，所以王阳明须先把它解决掉，再说其他的。他是个一旦承当便奋不顾身的人，废寝忘食，将自己身体上的病痛置之度外。

治民先治官，他认为这一带暴民得不到肃清的原因在于各省都推托观望、不肯协力合作，致使凶情蔓延。他首先照会各省必须听他的指挥，做好战前准备，巩固城池，选拔向导，组织大户开垦边地兴屯足食——战略远大、战术精细，既治标又治本，下手就想到究竟处，而不是拉完网就走。

为了有效治理，他推行了十家牌法：每十家为一牌，每家每天汇报当天的行为、来往人员的情况，一家出问题十家连坐——让他们互相检举揭发。他发牌时的告示写得温情脉脉，表示自己本不忍心如此待百姓，为了革弊除奸、防止通匪，不得不然，这样做也有利于确保百姓的安全。同时，他向百姓提出了一系列道德要求。

在将后院布置停当的同时，他着手选练民兵。民兵，最晚在宋代已有常制。在禁兵、厢兵、役兵之外，就是民兵——选拔健壮的农民列入兵籍，平时从事农业生产，有事则应召入伍。只是明中叶以来连卫所正规军都基本废置，遑论其他。他在《选拣民兵》的告示中说："我到任十天，未能走遍所属各处，仅就赣州一府的情况来看，财用枯竭，兵力脆寡，卫所的军丁止存故籍，府县机快半应虚文，根本就没有抵御强寇的力量，用他们去剿匪就像驱羊攻虎。所以，以往动辄奏请调兵，不是征湖广的土军，就是调广东的狼达，往返之际，经年累月。集兵举事，土匪魍魉潜形，无可剿之贼。大军一走，他们又狐鼠聚党，到处是不规之群。群盗已因此而肆无忌惮，百姓觉得官军根本靠不住，便竞相从匪。"

他那些操作简便、立竿见影的办法实难缕述，真是既现场发挥得好，又是长远之策。且说这选拔民兵之事。他发令江西、福建、广东、湖广的兵备，从各县选七八个骁勇超群、胆力出众的魁杰异才，组成精干的小分队。招募奖赏他们的费用都从各属商税和平时没收的赃款罚款中支出。各县旧有的机快的编制不动。会剿时不要出动大军，每省出兵不得超过五百人。这些人分成两拨，三分之二留守训练，既为安抚民心、做预备队，还可以节省军需，以提高给投入作战的那三分之一精锐人员的奖赏。

与此同时，他广布间谍。原先，官军在明处，而赣州的百姓多有为藏在山洞中的强人当眼线耳目的，官军尚未行动，那边早有了准备。王阳明发现一个老衙役尤为奸诈，是洞贼的密探，便把他叫到卧室里，问他要死还是要活——若要活，就交代通匪细节。老役如实坦白。王阳明遂在推行十家牌法的同时，将计就计，故意让密探传回去错误消息：能而示之不能，打而示以不打。

《明鉴》卷八载，"守仁亲率锐卒"，"先讨大帽山贼，复讨大虞、横水左溪诸贼，皆平之"，"出其不意捣之，连破四十余寨"。在莲花石时，双方对垒，官军受挫，进退两难。这时，有几个军官提议调广东狼兵前来。王阳明立即要按"失律罪"处分他们，但又并不真处分，只是激励他们去立功赎罪。这是一种巧善。下面的决策显出他直觉的功力："兵宜随时，变在呼吸，怎能各持成说？貌似持重，却坐失时机。福建军有立功心，利于速战。敌以为我必等狼达士军，不会出击，而这正是出击的好时机。"

他驻扎上杭"前线"，下令假装撤军，谎称等秋季大军来会剿，实则分兵三路，占据险要，于二月十九日半夜全线突袭，各路并进，直捣象湖山，拿下了主要的隘口。他的对手毕竟是水平不高的民间武装，以为官军还会像往常一样，受挫之后，或走或来招降，没想到这次官军说不打却来打，而且半夜来打。他们猝不及防，只能逃窜，想攀上悬崖绝壁，没想到上面早有王阳明部署的从小道上去的伏兵。官军人数不是很多，但有"势"，尤其是鼓噪穿插，遂喊声遍山野。匪徒们既离开了老巢又失去了地利，大势已去。

官军乘胜追剿，攻破长富村、水竹、大重坑等据点，除掉了匪首詹师富、温火烧等，并把遍布山中的"贼洞"都捣平了。这一次行动仅用了三个月，漳南数十年贼寇悉平。

王阳明原先做了两套准备：贼若据险相斗，就学邓艾破蜀——间道以出；贼若盘踞山洞不出，就学充国破羌——用小部队困住他们。这个方案有阴有阳，万无一失。广东兵不走间道，打乱了部署，一度受挫，诸将灰心，请调大军，王阳明赤身担当的勇气使其不肯自懈失机，亲自督师，卒获成功。

王阳明从山阴出发前，他的友人王思舆对季本说："阳明此行，必立事功。"季本问："何以知之？"思舆答："吾触之不动矣。"——这个"触之不动"，就是"心"有了定力，静能生明了，果然。

百战自知非旧学

皇帝因王阳明平漳南匪患之功，赏银二十两，颁奖状一张，升官一级。他又上疏谢恩，说不是他的功劳，全是下级的功劳——把"无我"落到实处了。尽管这点赏赐还不如皇帝一次赏给某个和尚、道士、优伶、太监的那个零头多，但朝廷还只是先赏他一个人，别人待查明后再说。

王阳明不在乎这点儿奖励，他要的是能够行使赏罚的权力。

这时，他又得用兵法家那一套了，靠道德教化解决不了燃眉之急。他接二连三地给皇帝上"赏不逾时，罚不后事"的常识课。大思想家即使谈鸡毛问题，亦言近旨远——只要是他在谈，而不是跟皇帝报处决的名单，就还可看，而且可以看出官军无能到什么程度。

他说："近年来，岭北一带谢志珊、高快马、黄秀魁、池大鬓之属，不时攻城掠乡，过去督兵追剿，不过遥为声势，等着匪散围自解，而终不去决一死战，原因盖在于无赏罚以激励人心。南安、赣州之用兵，不过文移调遣，以免坐视之罚；应名追捕，聊为招抚之媒。南安、赣州之兵本有数千，却是不见敌就跑、不等打就败。原因在于进而效死，无爵赏之劝；退而奔逃，无诛戮之罚。"最后，他请求朝廷让他用已练出来的这两千名士兵便宜行事，不做期限，再给他提督军务的全权，再借给他朝廷的旗牌，给他直接赏罚下属的权力。他保证能取得比大军会剿费省半而功加倍的效果。这等于向朝廷立了军令状：给了臣令旗令牌，有了行大军诛赏之法、便宜行事的自由，而兵不精、贼不灭，臣亦无以逃其死矣——他剿匪的主要精力都用在向朝廷乞求权力上了。

朝廷一干文官反对这样做，就一直拖着——行政影响了政治，大明王朝后来不得不亡也是因此。而搞"团练"这一套，王阳明教会了曾国藩，曾国藩又成了民国许多人的榜样。

王阳明在百姓那里获得了肯定。在班师途中，他受到了百姓焚香顶礼的跪拜。回师上杭，正赶上那里久旱不雨，他就祈雨，正好下了雨。百姓一面欢呼，一面觉得不满足，让他再求雨。他就又求，并向上天保证马上班师，不再起刀兵又正好下了雨。百姓以为他是神仙，说他的军队和求来的雨都是及时雨。他于是作了篇《时雨堂记》——因为人们要把他求雨的那个台子叫作"时雨堂"。

他初来时还为"疮痍到处曾无补"而说气话——还不如回南京旧草堂过苜蓿生涯。如今，他看见了自己的"作品"，又高兴得喜气洋洋了：匪患平定，遍地农桑下夕烟，人们又过上了太平日子。为了这场雨，他一下作了三首诗。他从心里"亲民"。

为了让地方长治久安，他热情地响应了百姓的请求，奏请朝廷在漳南河头地方建立一个平和县。他论证道："我实地考察了一番，询问父老，众口一词，都盼望着建县。他们有地的出地，靠山的自动奉献木料和石头，自发地来义务劳动，但不敢擅自盖县衙门。他们最怕的就是朝廷不同意。"他"教导"皇帝："河头形势，系江西、福建两省贼寨咽喉。今象湖、可塘、大伞、箭灌诸巢虽已破荡，但难保余党不再啸聚。过去，乱乱相承，皆因县治不立。若于此地开设县治，正可以抚其背而扼其喉，盗将不解自散，化为良民。除了可以安置新抚（招降来的）之民两千余口，更重要的是设立学校，通过教育永久解决问题。"他提醒皇帝："若失今不图，众心一散，不可以复合；事机一去，不可以复追。"

俯顺民情，是王阳明的基本指导思想。平和县就是这么出来的。

另外，他还在横水建立了崇义县，规划土地建筑民房；鼓励山民修建梯田，以解决山多田少的矛盾；凿山辟路，以通险阻，扩大交通以开化民俗。他的确是诚心让百姓的生活好起来，不是单单镇压寇乱。

何良俊在《四友斋丛说》中这样评说王阳明："当桶冈、横水用兵之时，敌人侦知其讲学，不甚设备，而我兵已深入其巢穴矣。盖用兵则因讲学而用计，行政则讲学兼施于政术。若王阳明者真所谓天人，三代以后岂能多见！”

更让他高兴的是徐爱在雪上买了块地，和几位学生在等着他同去过卧龙躬耕垄上的日子。他用喜情幽默的笔调写道："新地收获少，那么收税也少，咱们再学学钓鱼，——但是我现在却须向千山万壑夜发奇兵。'百战自知非旧学'，我多么想跟你们在一起，然而，然而……"他虽然知道徐爱病了，也甚为关切，几次写信垂问，但没想到他的这位"颜回"，不久即与他阴阳两隔。

薛侃、陆澄等学生这一年都中了进士，王阳明却说："入仕之始，意况未免摇动，如絮在风中，若非黏泥贴网，恐自张主不得。"（《与希颜台仲明德尚谦原静》）他知道官场是个销魂窟，心志不"老"很难不受其斫伤。他怕他们经不起这种害人的"进步"的考验，现在又不能面谈，只能让他们从"平时功夫"，找"得力处"了。

他给别的学生写信时说："他们考上，我真正高兴的是可以日后一起隐居田间了。"这不是不当几天官就没有经济能力去隐居的意思，而是指示其他学生莫以当官为终焉之志。

制度养育心中贼

他在戎马倥偬中给他的学生杨仕德写信说："破山中贼易，破心中贼难。"这两句话本来是他惯用的"仿词"表达式，他的本意是：让我来平定民间盗匪作乱，是杀鸡用宰牛刀；真正难办的是扫荡心中的邪恶。心中的邪恶之所以难除，是因为人们不以为那是贼。国事如此不振，人心如此不古，就是因为心中贼在作祟。本来人性是善良的，却因贼（贪、嗔、痴）的盘踞而变了态。这个心中贼是所有人都可能具有的道德缺陷，若能将其破除，就是孟子说的大丈夫。他这是在激励学生去进行艰苦的思想改造。人人都铲除了心中贼，则人人都是圣贤，社会就回到了"三代圣世"。

相比之下，还真是属"山中贼"易破，"心中贼"只要你愿意也可以破，最难破的是"制度贼"，制度中的"贼"不是你愿意就能破得了的。"心中贼"会变成"制度贼"，这个"鬼打墙"控扼了王阳明一生。国家本来只是社会的工具，吏治也只是管理社会的手段，但是运作起来，一不小心，国家和政治就会变成目的，官就会变成"本体"，制度问题又大于官僚之间的虚与委蛇。真正的贼还是在制度之中，制度中有贼性才使贼与制度同生共长。"盗贼蜂起"就说明不但制度的性质有问题，而且每况愈下了。缺乏社会公正与有效的教育，是产生民变的基本原因。"乱自上作"，是集权国家的普遍事实；至少，这种国家的状况该由垄断了所有政治、经济、文化资源的"肉食者"负责。

他再三哀恳皇上，又给王琼等大佬写信，请求把巡抚改为提督，赏罚以军法行事，但迟迟没有回音。

他参劾了一批失事官员，也奖励了一批官员，中间龃龉颇多，纠葛难缠。然而，难办的还有财政，打仗是烧钱呢。他想办法疏通盐法，让南安等三个地方直接卖广州的盐，以保证军饷。最难的是，害群之马——太监见打仗就以为来了发财的机会。浙江镇守太监毕真走内线，让皇帝旁边的太监说服皇帝派他去当剿匪的监军。这也是明朝的惯例。自然，太监监军并不从明朝始，但在明代是登峰造极了，也是明军打仗屡屡失利的原因之一。王阳明这种最怕受羁络的英才，若顶上一个外行上司，便须戴上镣铐跳舞了。朝里有人好做官——这次又是王琼保护了他。王琼说："兵法最忌遥制，若是南、赣用兵而必待谋于省城的镇守，断乎不可！"但还得给太监一点面子——若省城有急，南、赣军队必须救应。王琼打了个太极拳，算圆了这个场。若无王尚书如此知人善任且不避嫌地一再扶持他，他再有心学功夫也营造不出在官场的顺境，即使是龙，也得变成虫。而王琼也知道王阳明的成功也是兵部尚书的功劳。王琼也是个别有奇情的干才，才能英雄相惜。他愤慨地说："国家有此等人，不予以权柄，还将有谁可用？"

现在有了"势"，就可以施展拳脚了。他先改造军队编制，以提高其快速反应能力。他当年下过正经功夫，关键的时候只有心里熟的东西才能用上，没有那时的纸上谈兵，现在很难如此行师，治兵又是用兵的基础。他说："习战之方，莫要于行伍；治众之法，莫先于分数。"（《兵符节制》）这是兵法实相，真正的战争不是《三国演义》式的"阵前苦斗貔貅将，旗下旁观草木兵"的那种打斗。

他的"治众之法"就是强化等级之间的权责，即所谓"分数"，也是建立制度。他的新编制如下：二十五人为伍，伍有小甲；二伍为队，队有总甲；四队为哨，二哨为营；三营为阵，二阵为军，军有副将。副将以下，层层管制。尽管《明史·王守仁传》中将比赫然录入，并说是"更兵制"之举，其实这只是将古代编伍单位的数目做了调整。

编伍完毕，发放兵符。每五个人给一牌，上写本伍二十五人的姓名，使之联络习熟，谓之伍符。每队各置两牌，编文字号，一付总甲，一留王阳明的总部，叫队符。相递有哨符、营符。凡有行动，发符征调，比号而行，以防奸弊。平时训练、战时进退都集体行动，有效地改变了明朝地方军队一盘散沙、死了跑了都没人管的疲软局面。现在他可以治众如治寡，纲举目张了。

像家书的檄文

磨到九月，皇帝才下达了至为金贵的上谕，给了王阳明得以放手工作的权力。上谕出于王琼手笔，按规矩自然要论证一番：在几省交界的山岭地区，盗贼不时生发，东追则西蹿，南扑则北奔，地方各省相互推托，因循苟且，不能申明赏罚以励人心。这些都是把王阳明奏疏里的话变成了再传达下来的指令——下学上达，下级教上级，能教会了还得谢天谢地。权力资源的垄断者授予他提督军务、调配钱粮、管理下级、处置被捕贼人的全权，这样他可以便宜行事，只要不像过去的官员那样滥用招抚的办法。钦给旗牌八面，他有了调动军队的自主权，为平宁王预留了先着。

有了权力，王阳明得以支持能力，而一些庸才有了权力以后更显出没有能力。

漳南平了，他将重点转到南康、赣州。这里西接湖南的桂阳，南接广东的乐昌，王阳明认为这一带的桶冈、横水、左溪的盗匪荼毒三省，威胁极大，若蹿入广东，形势更难平定。另外，浰头上、中、下三个山头都是池大鬓（仲容）的势力范围。他们与横水的谢志珊部同是南赣最大的盗匪团伙。王阳明想攻打横水、桶冈，又怕浰头的人过来夹击，遂想办法用"抚"的办法稳住浰头这一边，但这是不符合上谕要求的。

当时，有人主张三省会剿，王阳明不以为然。他跟皇帝说："广东狼兵所过如剃，毒害民众超过土匪，会激起更大的民变。"

与过去哄骗朝廷和民众的假招抚不同，他想和平解决，而且是真正地永久解决。妥善安置漳南"新民"就足见他是从利国利民的根本利益出发的。现在，他的第一个举措便是派人去招抚乐昌、龙川的浰头人众。他真正的拿手好戏是攻心术。上次平漳南时，领着家属投降的人差不多都经王阳明安置而复业了。他不愿意多事杀戮。他讲过，杀是为了不杀——古代清官的最高境界恐怕也就是这样了。

他给山洞里的盗匪家眷送去牛、酒、银子和布匹，让他们先有吃有用，并写了封堪称名札的《告谕浰头巢贼》："本院以弭盗安民为职，一到任就有百姓天天来告你们，所以决心剿除你们。可是，我平完漳寇审理时得知，首恶不过四五十人，党恶之徒不过四千余，其余的都是一时被胁迫的，于是惨然于心，因想到你们当中岂无被胁迫的？访知你们多大家子弟，其中肯定有明大理的。我到任以来没有派一人去抚谕，怎可突然兴师围剿？这近乎不教而杀，日后我必后悔。所以，我特派人向你们说明：不要以为有险可凭，不要觉得眼前人也不少——比你们强大的都被消灭了。"

然后，王阳明开始运用心学理论："若骂你们是强盗，你们必然发怒，这说明你们也以此为耻，那么又何必心恶其名而身蹈实？若有人抢夺你们的财物妻子，你们必也愤恨报复，但是你们为什么又将这种行径强施于人呢？我也知道，你们或为官府所逼，或为大户所侵，一时错起念头，误入歧途。此等苦情，甚是可悯。但是，你们悔悟不切，不能毅然改邪归正。你们当初是生人寻死路，尚且要去便去；现在改行从善，死人寻生路，反而不敢，为什么？你们久习恶毒，忍于杀人，心多猜疑，无法理解我的诚意，我无故杀一鸡犬尚且不忍，若轻易杀人，必有报应，殃及子孙。

"但是，若是你们顽固不化，逼我兴兵去剿，便不是我杀你们，而是天杀你们。现在若说我全无杀你们的心思，那也是诳你们。若说我必欲杀你们，也绝非我之本心。你们还是朝廷赤子，譬如一对父母同生十子，二人背逆，要害那八个，父母须得除去那两个，让那八个安生。我与你们也正是如此。若这两个悔悟向善，为父母者必哀怜收之。为什么？不忍杀其子，乃父母本心也。

"你们辛苦为贼，所得亦不多，你们当中也有衣食不充者。何不用为贼的勤苦精力来农耕、商贾，过正常的舒坦日子？何必像现在这样担惊受怕，出则畏官避仇，入则防诛惧剿，像鬼一样潜形遁迹，忧苦终身，最后还是身灭家破？有什么好？

"我对新抚之民如对良民，让他们安居乐业，既往不咎，你们已经有所耳闻。你们若是不出来，我就南调两广之狼达，西调湖湘之土兵，亲率大军围剿你们，一年不尽剿两年，两年不尽三年。你们财力有限，谁也不能飞出天地之外。

"不是我非要杀你们不可，是你们使我良民寒无衣、饥无食、居无庐、耕无牛。我想让他们躲避你们，而他们失去了田业，已无可避之地；想让他们贿赂你们，而他们的家资被你们掠夺，已无行贿之财。就是你们为我谋划，也必须杀尽你们而后可。现在我送去的东西不够你们大家分，你们都看看我这篇告示吧。我言已无不尽，心已无不尽。如果你们还不听，那就是你们辜负了我，而不是我对不起你们，我兴兵可以无憾矣。民吾同胞，你们皆是我之赤子，我不能抚恤你们，而至于杀你们，痛哉痛哉！走笔至此，不觉泪下。"

这篇告示简直像家书。情真意切、情到理到，根在王阳明"意诚"，才能这么酣畅淋漓得仁至义尽。只有坚持人性本善的思想家才能写出这样的信，也是源于心地善良的能力。

这颗精神炮弹很有作用。一是直接感动了住在山洞里的匪首，如金巢、卢珂，他们率本部来投诚，参加了后来的围剿战；尤其是卢珂，他在破池大鬈时立了功，后来王阳明保举他做了官。二是打破了盗匪的心理防线，使他们思想动摇、精神涣散，且疑且惧，斗志瓦解。他们不知道王阳明正在反对用土兵狼达来会剿。匪首蓝廷凤准备投降时，王的部下伍文定已率兵冒雨到了他们的洞口，他们猝不及防，遂仓促败逃。官兵捣平几个大的洞巢，王阳明也落下"多诈"的名声。

盗匪的巢穴漫山遍野，然而各自为政，没有协同作战的能力，几乎是等着官军各个击破。像自然经济一样，他们的政治形态也得等待自然形成——就算官军不来围剿，他们也要靠互相兼并来形成统一的武装，往往不等大军来剿，他们已经互相杀得元气大伤，帮了官军的忙。他们受地域、习俗等因素的制约，不大容易联合，而且每个匪首都想独大，不到万不得已，不肯附属于别的山头。他们相互之间还难免因有些小矛盾而彼此幸灾乐祸，观望不救，根本想不到这回是你，下回就是我。他们最大的愿望就是多活几天，而且是活了今天不管明天，街死街埋，路死路埋，完全是挣命式的活法。

例外的是号称"征南王"的谢志珊，在大敌当前时，能够联合陈曰能、广东乐昌的高快马，大修战具，还制造吕公（姜子牙）车——登高望敌、发连弩、抛石。他们不但组织起来，还定了联合攻防计划，想趁广东兵在府江时打破南康，然后乘虚入广。

那些知府一级的官员主张先打桶冈，那里是匪患的重镇，还可以与湖南的兵一起夹击，大形势有利。王阳明又站高望远，谋胜一筹。他说："诸贼为害三省，其患虽同，而事势各异。就湖南言之，桶冈是贼之咽喉，横水是腹心；就江西言之，则横水是腹心，而桶冈是羽翼。若不就腹心着刀，而去羽拔毛，是舍大取小。而且进兵两寇之间，腹背受敌，势必不利。现在横水之敌，见我尚未集合兵力，以为战期还远，又以为我必先去桶冈，而心存观望，乘敌不备，急速出击，必可得志。拔除横水之敌，挥师桶冈，则成破竹之势，桶冈之贼则为瓮中物矣。"

他的指挥部设在南康，离横水只有三十里，先派遣四百余人潜上制高点，埋伏在盗匪的据点前后。此时山上在下雨，洞中的人以为下雨了官军必不来，可官军偏偏来了，从山谷呐喊鼓噪推进。盗匪出来迎战，山头的官军举旗大喊："我们已打下老巢！"盗匪见到处都是官军，真以为山洞都被占领，只剩下自己这一伙了，便再无斗志，溃乱不成气候，或降或逃，所有的准备都没用上，糊里糊涂地失败了。

这一仗，官军破除五十多个巢穴，横水首领谢志珊（也是这一带的联动头目）被活捉。

王阳明问谢志珊："你何以能网罗这么多同党？"

谢志珊说："也不容易。"

王阳明问："怎么不易？"

谢志珊答："平生见世上好汉，断不轻易放过；多方勾致之，或纵之以酒，或帮他解救急难，等到相好后，再吐露实情，无不应矣。"

王阳明感慨系之，让人带走谢，并将其就地正法。然后，他对跟着他的学生说："我儒一生求朋友之益，不也该这样么？"

高攀龙语录中有这样一则，有人问钱德洪："阳明先生择才，始终得其用，何术而能然？"钱德洪说："吾师用人，不专取其才，而先信其心。其心可托，其才自为我用。世人喜用人之才，而不察其心，其才止足以自利其身已矣，故无成功。"高攀龙的结论是"此言是用才之诀也。然人心地不明，如何察得人心术？人不患无才，识进则才进；不患无量，见大则量大，皆得之于学也"（《明儒学案》卷五十八）。

高攀龙没有说到究竟处。关键在于"意"，"识"从"意"来，有"意"才有识，"意"高了才"识进"，才"见大"，所谓"得之于学"，能提高"意"的才是学。

上善若水

徐爱早就跟王阳明断言自己活不了多大岁数。王阳明问他为什么这么说，他说，他曾梦游衡山，一个老和尚抚着他的背对他说："你与颜回同德。"过了一会儿，又说："也与颜回同寿。"王阳明说："梦而已，何必当真！你也太敏感了。"

徐爱说："这是无可奈何之事。但愿能够早日退休，希望能够专门修证先生的学说，朝有所闻，夕死可矣。"

徐爱是个心中贼尽除的大善人，是阳明心学门徒中最为明诚的贤人。在王阳明眼里，徐爱是心学的活样板，是最能体现他教学成果的好学生。在南京时，徐爱是兵部郎中，主要精力用于组织阳明心学门徒的学习。他曾劝王阳明："道之不明，几百年矣。今幸有所见，而又终无所成，不是最痛心的事情么？愿先生早归阳明之麓，与二三子讲明心学之道，以诚己身、教后人。"王阳明说："这确是我的志向。"

当接到南赣巡抚的任命时，王阳明再三请辞。他在杭州、山阴泡蘑菇时，曾打算坚卧不出。徐爱却说："这样不好。现在外面物议方驰，先生还是就任走一遭。我与二三子先支撑着，等着先生了事回来。"后来，听到徐爱的噩耗，王阳明大放悲声："今天，就是我回到阳明之麓，又有谁与我同志！二三子均已离群索居，我再说话，还有谁听？我再倡议，还有谁响应？还有谁来向我问道？我有疑惑，还有谁和我一起思考？呜呼，徐爱一死，我余生无乐矣。我已经无所进，而徐爱的境界正进而不可限量。天丧我，就让我死算了，又何必丧知我最深、信我最笃的学生！我现在无复有意于人世矣。"

王阳明哭得哽噎不能食，持续了两天多。人们都劝他进食，但无效。他原先想的是万一他先死了，让徐爱实现他的"无穷之志"。现在倒过来了，他替徐爱活着。他决心在这个冬天结束兵戈，在明年夏天之前"拂袖而归阳明洞"。他想：即使举世不以我为然，我也不改其志，等百世之后有理解我的人出来；徐爱泉下有知，一定会纠正我的昏聩，改变我的懒惰，使我们的事业终有所成。

他入赣以后，他的学生分了几伙：有的在阳明之麓，即山阴老家；有的在南京，守着他的旧摊子，并教导他过继来的儿子，如薛尚谦；还有被他评价为"信道之笃，临死不贰，眼前曾有几人"的杨仕德，等等；还有一直跟着他转战罗霄山脉、大庾岭南北的一彪学生。

按一般的标准，打仗是成雄，讲学是成圣，但王阳明从来不把它们分作两件事。他是在用他的学去打仗，体验知行合一，打仗也正是进学的好机会，是"在事上磨炼"的教学实习。不管多么忙，他也坚持"正常教学"。用他学生的话说，就是"出入贼垒，未暇宁居，……皆讲聚不散"。在事上炼的关键是炼"意"——"意"是心学的核心穴位，"意"是内外交汇的点。"意"至少包括感受力、理解力、判断力、想象力。"意"是人格和能力的最为直接的构成元素和表现。

面对民变，他的"意"不同于一般的官僚的"意"。他反对单一地持军事观点，认为治本的办法是昌明政教，强调综合治理，反对不教而杀。每平定一方，他就奏请建立巡司或县级政权，一共建立了三个县：平和、崇义、和平。命名体现着儒家的作"意"。为加强基层的权力密度、强度，以延展皇权的长度，保证百姓生活在国家的怀抱里，他恢复了久废的洪武帝的"乡约"制度，用它管理乡民工作，保持基本的社会公正与生活秩序，教化子弟改恶从善。在有条件的地方，他就建立社学。他认为"民风不善，由于教化未明"。移易风俗，建立社学是最为实际易行的。他的各路学生也在乡村建设方面做出了持久的努力和贡献。

真诚的权术

王阳明先打横水、桶冈，给浰头的池大鬓打了一招太极拳——去招抚他们，他们若听招固然上好，若不听，也稳住他们暂时别动。现在，王阳明腾出手来了，可以调头专意对付这伙最大的盗匪了。

池大胡子见到王阳明的招降书，说："我等为贼非一年，官府来招非一次，告谕何足凭？先看金巢等受抚后无事，再降不晚。"

金巢投降后，受到王阳明的礼遇和"重用"——让他带领四百名"新民"一起去攻打横水。横水既破，池大胡子紧张了，让他的弟弟池仲安投降，意在缓兵，刺探虚实。他不怕王阳明这几个文官领的乡勇、捕快，也知道调广东狼兵来不能速、留不能久，调来须半年，而他用不了一个月就跑了。但他没想到这回剿是实剿，抚是真抚，不再是虚应故事、敷衍了事。

桶冈破后，他知道这回该轮到他了，便玩"假和真打"的伎俩——一方面示意投降，另一方面加紧战备。王阳明何等人也，察觉池大胡子的战备，便派人送去牛、酒，问他想干什么。他说龙川"新民"卢珂等要来偷袭他，他这样做是为了对付卢珂他们。

王阳明假装相信了他的话，飞檄怒责卢珂擅兵仇杀，并让人伐木开道，表示大兵将去讨伐，却暗中调集各府的兵力，准备收拾池大胡子。池大胡子对于王阳明这一套动作是将信将疑，又派弟弟做特使来致谢，意在刺探真假。此时，恰好卢珂来报告池大胡子的反意。

王阳明跟卢珂说："我将在池大胡子的人面前故意毁你，你再重来一回，受杖三十，关押几天。"卢珂受到王阳明这般特别信赖，无比高兴。果然，招摇而来，王阳明故意让池大胡子的特使看着，将卢拿下杖打，又怒数其罪状。池大胡子听说后，稍安。他哪知道王阳明已让卢珂的弟弟回去集兵，而打卢珂的衙役都经王阳明密嘱，貌似死打，其实并不着力——王阳明心细如发。

王阳明通知这个叫作"小溪驿"的地方，要大事张灯结彩，庆祝和平丰收。池大胡子的戒备已松弛下来。王阳明又派人给他们送去大明的历法，表示让他们像常人一样耕种生活，并邀请他们来观灯。因为正是腊月根子了，王阳明希望他们一起来过年，并传话：因为卢珂在押，池大胡子还是不要撤销布防，以防珂党掩袭。池大胡子这回相信了王阳明的诚意。为了回应恩典，他领着九十三个小头目，皆凶悍之徒，来到教场，但只派几个人来见王阳明——一旦有诈，他们就跑。王阳明佯怒以示真诚："你们都是我的新民，现在不入见，是不相信我！"他又买通池大胡子的亲信，让他告诉池大胡子："官意良厚，何不亲自去谢，也让卢珂无话可说。"池大胡子相信了，他说："欲伸先屈，赣州（指王阳明）伎俩，须自往观之。"

王阳明派人将他们领到早已布置好的祥符宫，土匪们见屋宇整洁、堂皇，喜出望外。王阳明给他们青衣油靴，教他们演习礼乐，并暗地察看他们的意向。然而，他察觉他们终是贪婪残忍的歹徒，难以教化，又听到百姓痛恨他们，且骂他这样做是"养寇贻害""养虎贻患"，才下定最后杀他们的决心，并派卢珂等偷袭池寨。

池大胡子等请还。王阳明说："从这里到浰头八九日的路程，怎么走也回去过不成年了，而且一回去还得再来拜正节，白跑什么！"他这是还想尽最后的努力感化他们。然而，他们做贼心虚，不敢久留，更不肯真投降，就又请求走。王阳明说："大年节还没赏你们呢。"

拖到正月初二，王阳明让人在祥符宫大摆宴席，晚上潜入甲士，让他们喝到天亮，把他们送上了西天。

王阳明大伤其心，到了近中午时，还不吃早饭，心中悲痛，为自己不能感化他们而烦恼难耐，直到头痛眩晕，呕吐一场。他显然是个感情丰富的人，他强调心体不动，首先是一种自救——劳人苦命才向往皈依一种超验的绝对本体来超度自己。

但这不妨碍他早已做好了进剿三浰的战斗准备，并写好了发兵的告示《进剿浰贼方略》《克期进剿牌》。这也许就叫作感情不能代替政策罢。这次，他亲自带兵直捣大巢。诸路兵均按王阳明的部署，如期而至。

池大胡子的营寨既无首领，又无防备，突然从天上掉下来这么多官军，自然惊恐，但毕竟是老练的居多，有一千精锐在龙子岭据险伏击，挫败几轮进攻，终于寡不敌众，有八百多人奔聚九连山。

九连山四面险绝，只有一面可上。众匪从上面滚大石头、木头，官军不敢靠近。王阳明让官军穿上盗匪的衣服，在黄昏时上山，诈称也是失败而来的同伙。山上的盗匪果然热情地将他们招呼上来，等到发觉不对，为时已晚，大军随之长驱直入。他们支持不住，退走溃出。而下面能走的地方都是官军的伏击点，连杀带捉，很快就只剩二百来人了，只得乞降。王阳明当然愿意少杀，并很快把他们作为新民安置了。

五月还没过完，王阳明便大功告成。这一带长年的匪乱，被他用最低的成本平定了。他领导着文官和地方兵、乡勇完成了以往大部队完不成的任务，而且长久地解决了防止匪乱再发的问题。他给新民们土地，让这一带的人用广东的盐，省得受徽州盐商的盘剥，并推行乡约，建立县城、社学等。用《明史·王守仁传》上的话说："守仁所将皆文吏及偏裨小校，平数十年巨寇，远近以为神。"

他自以为活儿干完了，便又向朝廷递了情真意切的辞呈——他祖母病危，父亲也有病，他还想着继承徐爱的遗志，在阳明之麓修证圣道。

等到十月，圣旨才下："所辞不允。"此前在六月，朝廷提他为右都御史，封其子为锦衣卫，世袭百户，他立即上疏辞免。十二月，下旨不允。

更为滑稽的是，他打完桶冈，湖南的大兵才到，他还得劳师辞谢；他已平定涮头，广东还不知道呢！实践证明，他反对三省会剿是正确的，兴大兵只能给百姓带来更沉重的负担。

百姓心中有杆秤。

他班师回赣州，"百姓沿途顶香迎拜"。所经州、县、隘、所都给他立生祠。偏远的乡民，把王阳明的画像列入祖堂，按节令礼拜。就这点来说，他真成功了——他希望活在人们的心中。但他真诚地说："未能干羽苗顽格，深愧壶浆父老迎。"（《回军九连山道中短述》）这份愧是包含着几分欣悦的，是没有最好，只有更好的意思。

他更希望民众过上好日子，能够太平和谐地生活。他坚信武力不能解决根本问题："莫倚谋攻为上策，还须内治是先声。"所以他稍事修整之后，即重建乡约制度，让德行好的"老人"教化那些性情不稳定的青少年，以贯彻"内治"为先的原则。知行合一贵在持之以恒。

至于他本人，毫无居功自得之意。他说："功微不愿封侯赏，但乞蠲输绝横征。"他知道，横征暴敛是民不聊生的原因，民不聊生是民变迭起的原因。他向朝廷建议过几项减免租税的方案，但效果甚微。在庞大的帝国及其成法惯例面前，他这个小官和他的这点儿功，等若轻尘，微不足道。

学用一体

给皇帝上了告捷书以后，王阳明居然设酒犒劳跟着他的学生。学生们大惑不解，问老师这是为什么，王阳明说："感谢你们呀。"学生们更纳闷了："我们并没有做什么啊！"

王阳明说："刚开始时，我登堂处理问题，尤其是有所赏罚时，不敢有丝毫的大意率性，生怕对不起你们，怕与我平时给你们讲的不一样。处理完那些事情，我还是不安，跟你们在一起时，还想着那些事，反省赏罚分明公正否，想着如何改过。直到登堂像跟你们在一起时一样自然随心，不用加减，我才心安理得。这就是你们给我的帮助，不用事事都得用嘴说。"

王阳明从心里要将学与政、思与事统一起来，才肯把学生当成自己是否知行合一的监督者。没有这份"诚"，一切都无从谈起。学生们听了这番话，只能更严格地要求自己了。

打完仗，才只是恢复到正常情况，如何安置"新民"，并把他们教化成良民，就成了新的中心工作。新民成分复杂，有的心怀反复之计，面从心异，假装惊恐，暗中准备东山再起。对这种人一味仁慈，也是既害了他们，又毁了别人。所以，他继续战备，诛杀企图再作乱者。他跟孔明一样，事无巨细，都认真对待，生怕有一丝纰漏而前功尽弃。这种活法本是好累好累的，但不管多么忙乱，他都能一派从容。他的确主一提住了心。

治众须用"法"。他让赣州官署大量刊印他的告谕，发给各县，查照十家牌甲，每家给予一道，山落也家喻户晓。他认为乱生于风俗不美，风俗难以一下尽变，先易后难，先就其浅近易行的开导训诲：居丧不得用鼓乐、做佛事，将资财用于无用之地，等于从亲人身上敛了财物，然后把它们投入水火之中；有病求医，不要听信邪术、专事巫祷；嫁娶不得讲究财礼，不得大会宾客，酒食连朝；不得迎神赛会，百千成群；不得以送节等为名奢侈相尚，等等。谁若违反，十家牌邻互相纠察，容隐不举者十家同罪。

他还发布了许多正面的告谕、建孝顺坊，让大家孝敬亲长、守身奉法、讲信修义、息讼罢争，旨在作兴良善、改善民俗。

值得一提的是，王阳明保护商人的合法权益。他有一道《禁约榷商官吏》的文告，禁止官吏借故敲诈商人。当时为筹集军饷，又不愿加重贫民负担，对商人实行了"三分抽一"的重税。他知道商人终岁离家，辛苦道途，以营什一之利，相当不容易。而一些衙役们肆意敲剥客商，违背了他的本意。"求以宽民，反以困商，商独非吾民乎？"他放宽税法，对小本经营的卖柴、炭、鸡、鸭的一概免抽，衙役不得以盘查为名擅登商船，侵犯骚扰。商人可以赴军门告发，照军法拿问衙役。不打仗了，他便让地方官重新规定应抽、免抽的则例。

在他众多的公移文告中，有一道《优奖致仕县丞龙韬牌》。他爱实地访察，问百姓对某事或某官的看法，以及对某项政策的态度。这回访的龙韬平素居官清谨，不肯贪污，而老了居然不能自保生活，人们还都笑话他。这让王阳明大为愤慨："夫贪污者乘肥衣轻，扬扬自以为得志，而愚民竞相歆羡；清谨之士，至无以为生，乡党邻里不知以为周恤，又从而笑之。风俗薄恶如此，有司者岂独不能辞其责？"遂马上下令给龙韬钱粮若干，并以此为例"广而告之"："务洗贪鄙之俗，共敦廉让之风。"

大学中的小

以上这些都是零零碎碎的事情，可以见王阳明，不足以尽王阳明。他做的大事是在这年（正德十三年）七月刻印了古本《大学》和《朱子晚年定论》。他觉得这是比平匪戡乱意义更大的"破心中贼"的实事，那一时的事情无法与这永久的事情相比。

与陆九渊重视《孟子》不同，王阳明首重《大学》，次重《论语》。一开始，他还是在讲学和书信中言及道及地按自己的思想来解释，现在，他也要运用教材的力量来普及自己的思想，在更大的范围内春风化雨了。

他在《大学古本序》（这篇千字文，他修改了五遍）中说："大学之要，诚意而已矣。"而朱子的新本弄成了以"格物"为主题，所以是支离。但是，也不能单讲诚意而不格物，那是蹈虚；不追求致本体之知，那就是误妄。王阳明要弘扬的理路是这样的：心体一旦发动，不能无善；于善念上用功，才是诚意。这与净土宗念佛法门若合符节——诀窍在于一起念头就念阿弥陀佛。这叫作"不怕念起，就怕觉迟"。他在别处说过："欲正其心在诚意。功夫到诚意始有着落处。"（《传习录》下卷）正心是诚意功夫所达到的境界，即"意"达到"未发之中"的境界。《传习录》上卷载："正心是'未发'边，心正则'中'。"那么，如何"诚意"呢？王阳明认为需"致知"（不久即明确提出"致良知"），知一念善便"去好善"，知一念恶便"去恶恶"，致知功夫落在"为善去恶"上，"为善去恶"就是格物。这个本是一贯的正心、诚意、致知、格物，就是本来的"大学之道"。

他去掉了朱子的分章补传，在旁边加上了自己的解释，以指引学者正道。这就是他的《大学古本旁释》，尽管这本书不如他的《大学问》影响大，但是他动员当时一些著名学者如湛若水、方献夫都改信了古本《大学》。他还为此着实激动了一些时候，因为这样就是在诚意的主导下来格物了，也等于把格物这个理学的基石性概念纳入了心学的体系。

他不仅弄出了两个《大学》，还要弄出两个朱子：中年未定之朱子，晚年定论之朱子。所谓《朱子晚年定论》，是把朱子与心学题旨一致的书信言论收集起来，称为"朱子的最后结论"，与此相矛盾的话都是朱子后悔了的错误言论。这是一招很"损"的"以子之矛攻子之盾"的"术"。王阳明运用打仗的战术来解决学术分歧，不是一般学院派学者能想出来的做法。很多话简直就像王阳明说的——尽管都是朱子的原话。

虽然世界哲学史上充满了早年、晚年大异其趣的哲学家，但朱子绝对没有必要"大悟旧说之非"，以至于"痛悔极艾，至以为自诳诳人之罪不可胜赎"。王阳明是让朱子说王阳明自己想说的话，以杜天下之口，然后把自己说成是与真朱子心理攸同的战友。而世间流传的朱子学，如《集注》《或问》之类，乃其中年未定之说，后来"思改正而未及"，而《语类》乃是其弟子挟胜心以附己见的东西，与朱平日之说亦大相乖戾。世人学了朱子"悔"的，不学朱子"悟"的，不知已入了异端，还日日竞相喧嚣以乱正学。

朱子一生说了千百万言，王阳明不想完整全面地理解朱子，只是想唯我所用，所以找出万把字的自我批评、悔其少作的话，当作向心学投降的忏悔录。其主题有二：一是觉得过去只是讲论文义，诚是太涉支离，后悔病目来得太迟了；二是因不能再看书，却得收拾放心，正心诚意，直下便是圣贤。王阳明很得意他编辑出这样的"定论"——声称"无意中得此一助！"其实，早在南京时，他便开始摘录，等到他在剿匪实践中证明自己悟通的大道可以在日用中验证了，正好也有了些名头，就差来自权威的支持了，便让这部经他"逻辑重组"的《朱子晚年定论》适时出台，不惜委屈自己——让朱子得发明权——"予既自幸其说之不谬于朱子，又喜朱子先得我心之同然"。"先得我心之同然"是孟子论证人我之心直接相通之谓仁的基本原理，也是心学的看家功夫。

然而，王阳明这事做得不良心，他的胜心变成了私欲就遮蔽了廓然大公。他完全知道他摘录的并不全是朱子晚年的说法，他心中清楚，没有这么回事，完全是他出于自己的需要断章取义、独提所好造出来的。他对自己也一向尊敬的朱子用了心术，就算他完全得手，他也该心中有愧。事实上，他这么故意地作案，对他的为人和学术都带来巨大的负面影响，譬如对他非常尊崇的刘宗周在这件事上就力辩王阳明之非。述朱子的和立场中正的驳难更是理据汹汹，桂萼上揭帖"罢封爵、禁伪学"，理由之一就是他搞这个《朱子晚年定论》。明清之际，批阳明心学的一个焦点也在于此。

朱子至少跟430人通过信，保存下来的有1600多封。王阳明只从34封中做了摘录，有的信只摘几行。这34封信，可以确定为早年的5封，晚年的10封，还有疑似晚年的8封，不确定的11封。仅凭有5封早年的就足以推翻晚年定论之说，更何况如果10封信中的几句话就是晚年定论，那可以编出许多《朱子晚年定论》。关键是去此取彼完全是以意为之，完全是为了"证成高论"（罗钦顺）。如果有人故意找了许多王阳明说朱子好的、把良知等同朱子天理意思的话，是否可以说这是阳明子的晚年定论呢？

王阳明把善说成是人的自然本质，只要有个向善的态度、去掉来自经验界的外加的东西，就可以实现人性的复归，明心见性就是至善了。只做诚意的功夫简易直接又自然得道！王阳明的事功又正好证明了他的学说是相当有用的。既有用又合道义的学说不是天下最好的学说么？不再划分两个世界，让人从此岸（事实世界）努力到彼岸（意义世界），而是一脚踏在意义世界上，只要能"明明德"就自然无施不可了——要讲学就讲学，要打仗就打仗。后生小子怎么能不趋之若鹜呢？

物极必反。王阳明死后不久，阳明心学内部就出现了"承领本体太易""随情流转"的现成派。王时槐（1522—1605）这样概括其流弊：

> 学者以任情为率性，以媚世为与物同体，以破戒为不好名，以不事检束为孔颜乐地，以虚见为超悟，以无所用耻为不动心，以放其心而不求为未尝致纤毫之力者多矣，可叹哉！
>
> ——《三益轩会话》

教典问世

在此大好形势之下，这年八月，他的学生薛侃在赣州刊行了老师的语录——《传习录》。这个《传习录》只是今天的《传习录》上卷，包括徐爱记录的一卷、序两篇，以及薛侃与陆澄记录的一卷。而《传习录》中卷，是嘉靖初南大吉刊行的王阳明论学的书信；《传习录》下卷，则是王阳明死后，由钱德洪等纂辑许多学生保留的记录而成，未经王阳明审定，所以显得有些乱。

薛侃所刻的这个《传习录》的主题若要一口说尽，就是："《大学》功夫即是明明德；明明德只是个诚意；诚意的功夫只是个格物致知。……诚意之极便是至善。"它针对的是朱子"新本"《大学》先去穷格事物之理，莽莽荡荡，无着落处，还要添加个"敬"字才能牵扯到身心上来——这是朱子新本先格物后诚意的大弱点。而圣人的古本原定的次序就是诚意在格物前，不须添一敬字，以诚意为起点，就返本复原了。

这倒真不是什么文字游戏，而是一个基本立场问题，也是一个体系的逻辑原点的设定问题。何者为先，关系到全部努力的方向和结局。按心学说法，格物为先，就会追逐外物，步入支离之境，生有涯而知无涯，心劳力拙，越努力离大道越远。而王阳明以诚意为起点，则一上道就在意义轨道上，每活一天都是在为自己的"心"的意义最大化而做功夫，当然可以在诚意的率领下去格物致知，并不反对一般的格物，只是给格物一个明确的为善去恶的方向。而所谓的诚意，也就是为善去恶。

这叫作"德有本而学有要"。不得其本，不得其要，高者虚无，卑者支离，而本要都在求本心。心外无事，心外无理，故心外无学。王阳明的这些思想也不是空穴来风，只是他此前的诸如此类的倾向的一个极简的总结。

早在正统年间，理学家薛瑄、吴与弼等就开始反对"述朱"式的思想牢笼，强调从"整理心下"入手，重振儒学躬行实践的传统。至成化、弘治年间，为"救治"士林及社会道德的沦丧，胡居仁提出"以主忠信为先，以求放心为要"的"心与理一"的学说，目的在于"正人心"，反对朱子的"即物穷理"论。他的基本观点是"心理不相离，心存则理自在，心放则理亦失"（《明史》卷二百八十二）。陈献章主张轻书重思，"学贵自得"，以为靠书本找心是永远也找不到的。只有找到了"我心"之后，再"博之以典籍，则典籍之言，我之言也。否则，典籍自典籍，而我自我也"（《陈献章集》）。这是王阳明、湛若水的先声。

王阳明推倒了朱子的"知先行后"，强调"格心"而非"格物"的道德修养功夫，主张教育的目的不在学习之后，而在学习过程之中，目的和过程均在"知行合一"中有机完成。德行和知识是内在统一的。不诚无物，诚则能成己成物。

《传习录》的刊刻流通，以及王阳明完成的事功，都为王阳明心学做了"广告"，一时形成四方学者云集的局面。这些远来求道者，一开始住宿于"射圃"——教练射箭的体育场，但很快就容纳不下了，又赶紧修缮老濂溪书院，让莘莘学子"安居乐业"。王阳明也暂时无战事，得以专心与同学讲论"明明德"的功夫，指导他们以诚意、自信我心为本要的修养方法，把为善去恶的思想改造变成日常的自然行为——这也就自然而然地把道德修养准宗教化了，它极形而上又极实用，既神秘又实际，能内向至极又外化至极，真诚至极又机变至极，高度恪守道德又相当心智自由。而离开感觉的表达，无法再现心学的魅力。

王阳明心学酷像19世纪末20世纪初在德、法相当流行的生命哲学，但既像狄尔泰，也像柏格森，更像鲁道夫·奥伊肯（Rudolf Eucken）。奥伊肯认为，"人是自然与精神的会合点，人的义务和特权便是以积极的态度不断地追求精神生活，克服其非精神的本质。精神生活是内在的，它不是植根于外部世界，而是植根于人的心灵；但它又是独立的，它超越主观的个体，可以接触到宇宙的广袤和真理（良知）。人应该以行动追求绝对的真、善、美，追求自由自主的人格（知行合一）；只有当人格发展时，才能达到独立的精神生活。精神生活绝不会是最终的成就，因为它始终是一个随历史而发展的过程。历史的发展就是精神生活的具体化，是它由分散孤立到内在统一的发展史。精神生活的本质就是要超越自身，超出自然与理智的对立，达到二者的统一，达到与大全的一致（致良知）。精神生活是最真实的实在。它既是主体自我的生活，又是客体宇宙的生活。精神生活乃是真理本身（心即理），它在个体身上展现是有层次的，不同的层次便是不同的境界。人应以自己的全部机能，不仅以理智，更需要以意志和直觉的努力，能动地追求更高的精神水平（做功夫）。……如此方可恢复生活的真正意义与价值"（《生活的意义与价值》，上海译文出版社，万以序）。就用这段话作为《传习录》的提要吧。

第十回　智的直觉

思维虚灵的王阳明，又"随机运变"，决定乘九江、南康空虚，分兵取之。这可以叫"围援打点"了。这样大纵深反穿插，进可以使宁王成为孤旅，退可以与宁王打持久战，关键是让宁王出不了江西。

宁王起事

正德年间，亲王 30 位，郡王 250 位，文官 2 万，武官 10 万，卫所 772 处，旗军 89.6 万，廪膳生员 3.58 万，吏 5.5 万。当时国家夏季秋税粮的总数是 2668 万石，几乎不够支付一半的俸禄。所以，王府久缺禄米，卫所缺月粮，各边缺军饷，各省缺俸廪。文武官益冗，兵益窜名投占，名数日增，实用日减，冗费更多，天下财物几乎耗竭，百姓日益贫困。刘瑾帮助正德帝敛财的所谓财政改革，随着刘瑾倒台而烟消云散，局面更加混乱。宁王本是交通刘瑾的，给了刘瑾两万两黄金，刘瑾为其恢复了护卫编制。就像刘瑾搞改革时是确实需要改革了，但刘瑾那一套不行一样，宁王造反时是确实应该有人出来重整乾坤了，但宁王不行！

因为宁王与正德帝一样荒淫无耻，他无非是觉得，那把龙椅朱厚照能坐，我朱宸濠便能坐。他为了坐上那把龙椅，走的是"谋略"之路，因为正德帝无子，宁王想让自己的儿子过继给正德帝，十年来重贿掌权宦官和大臣，以实现软着陆。但是正德帝太年轻，过继或让位都难确定。宁王准备的第二手是武装夺权，网罗江湖死士，拉拢藩镇军官和占山为王的峒酋。他们夺权的第一步是制造舆论，让诸生、文官向皇帝上书称赞宁王贤孝，"以彰声誉"，但这反而成了愚蠢的自我揭发。正德帝见奏吃惊："保官好升，保宁王贤孝，欲何为耶?"大宦官中的一派为了排挤另一派,就起奏宁王与另一派有勾结,图谋不轨。宁王巴结正德帝宠幸的一个优伶,行贿万金,还有金丝宝壶,武宗惊奇:"这么好的东西,宁王怎么不献我?"因没得到宁王好处而不满的小宦官说:"爷爷尚思宁王物,宁王不思爷爷物就罢了!不记得荐书了?"

正德帝于是抄检了那个优伶家,发现了许多深不可测的东西,武宗决定削除宁王护蕃的卫所,还没想一下子就杀了宁王。因为此前正德帝已同意让宁王的儿子和自己一同参加一个祭祀大典,宁王觉得儿子过继有望,有些放松。宁王派的密探不知正德帝密旨的意思,只知将派驸马前来宣旨。按照惯例,全伙捉拿时,才派驸马、亲王出来宣旨。这种"误会"激得宁王提前举事。本来,宁王是想在八月十五日全国举行秋试,大小官员都忙那个时,举大事。现在,事急,提前举行,时在正德十四年六月十四。

六月十三日宁王过生日,在南昌的所有官员往贺,正经官都去了。恰巧此前福建有军官叛乱,兵部尚书王琼让王阳明去戡乱,王阳明六月初九便自赣州出发了,否则他也得去为王爷贺寿(因为宁王是主子,他们不管官多大也是奴才),也得像其他官员一样被宁王当场扣押。

宁王声称奉太后密旨起兵监国,胁迫所有官员服从他。他立即杀掉不服从的都御史等大官,把其余的巡抚三司府县大小官员或监禁或押着去衙门办公,各衙门印信尽数收起,重新任命了一批官员,库藏搬抢一空,在押的犯人一律释放。他早已储养的死士有两万,招诱的四方歹徒万余人,举事之日,他的藩卫所的军士正式出动,总共六七万人,号称十万大军,"舟楫蔽江而下",以迅雷不及掩耳之势直取南京。

行间用诈

王阳明十五日走到丰城县界，典史先报告，接着知县又报告："宁王反了。"王阳明觉得自己现在"单旅仓促"，难以作为，必须逆流北上。船家听说宁王派了上千人来劫持王阳明，吓得不敢开船，谎称逆流无风。一个参谋举着香在船头测试，烟的走向果如船家所说。王阳明在船里焚香祈祷老天爷给他刮北风，不一会儿，居然北风大作（王阳明跟皇上说"偶然北风作"），船家还是不肯开船。他的学生黄绾在《阳明先生行状》中说王阳明居然拔出剑来逼船家开船——这是为显示他的耿耿忠心，其实不用他亲自动手，自有他带的参谋出手。船一直走到黄昏时分，王阳明也怕被宁王的人劫持，便脱掉官服，潜入渔船中，留下一个人穿着他的官服，迷惑宁王派来追捕他的人。这一招又见效了，在宁王的人盘查替身并差点杀了替身的时候，王阳明赶到了临江府。知府认为临江离南昌太近，江面太开阔，建议王阳明去吉安府。

所有的资料都显示，平宁王的关键是攻心奇谋，王阳明一系列行间、用诈、布疑、伏击、袭击的先发制人之谋，使他虽处绝对劣势，却以出人意料的速度建立了不世之功，从而成为令世人叹服的"儒者之用"的奇观、典范。《明史·王守仁传》说："终明之世，文臣用兵制胜，未有如守仁者。"

王阳明让丰城县官员大造进攻南昌的声势，让知县找亲信入省城，先给他们百金足以安置其家人，然后把他写的"两广都御史机密火牌"缝入他们的衣服中,仔细嘱咐他们被宁王捉住后怎么说,还怕宁王不寻找这几个间谍,"捉、放"了宁王第一军师李士实的家眷,让她"见证"了王阳明与各路勤王兵马的联络过程后,假意要把她押上岸斩首,又故意留出空当让其逃走。李士实的家属火急火燎地逃到南昌报告宁王。王阳明让丰城知县搞了一个迎接火牌的入城式,生怕宁王不知道。

火牌的大意是,朝廷已派遣两广军务都御史密于两广各地起调兵马,"带领狼达官兵四十八万齐往江西公干","仰沿途军卫有司等衙门,即便照数预备粮草,伺候官兵到日支应。若临期缺乏误事,定行照依军法斩首"。宁王下力气搜查,捉住了间谍,仔细审问,"果生疑惧",不敢轻出。

王阳明的船走了三天三夜(一说四天),到了吉安,每天假写各种报帖,派乖觉人役,"日逐飞报府城,打入省下"(钱德洪《征宸濠反间遗事》)。报帖主要有《迎京军文书》《兵部公移》,大意是朝廷有密旨,让两广、湖广都御史暗伏要害地方,以待宁蕃兵至。准令许泰领边军四万,从凤阳陆路进;刘晖领京边官军四万,从徐淮水陆并进;王阳明领兵两万,杨旦领兵八万,陈金领兵六万,分道并进,刻期夹攻南昌。必须一举并举,不能打草惊蛇。因为王阳明手里没多少兵,所以"分"在他名下的最少。其实,他当时能调度的兵只有几百人。这些东西被想方设法投递传送,有的径送"贼垒",还派"乖觉晓事之人""差惯能走之家人"于交通要道张贴"顺逆祸福之理"的告示、招降旗号等。这些果然"动摇省城人心",鼓励了"效义之士"。

王阳明还用了反间计:他伪造了宁王部下的投降书,尤其是宁王倚重的大贼闵念四、凌十一的投降书，导致其他一时附顺了宁王的土匪"人心动摇"。最漂亮的一笔是他专门给李士实、国师刘养正写回信，感谢他们"精忠报国之心"，"然机事不密则害成，务须乘时待机有发乃可"。他派他们家乡的人送过去，这两个谋士因此互相猜忌、拆台。宁王对他们起了疑心，不肯用他们的谋略；最致命的是，王阳明攻南昌时，李士实坚决主张直扑南京，决不能回援南昌，宁王不听。如果宁王像当初迎国师那样对他们言听计从，王阳明就不会得手了。

王阳明还分别给被宁王控制的官员写信，让他们随机应变，策应大军攻城；又给已经附逆了的官员写信，表示只要反戈，既往不咎，等等。陆陆续续、纷纷扬扬的消息、密报、告示，弄得宁王六神不安，觉得众叛亲离——有接受王阳明的号召开始反水的。王阳明用一支笔迤逗宁王错失了初机。

王阳明于十八日入吉安府的第一件事，就是上书言宁王反事，汇报自己牵制宁王以待大军的办法，还请示支用某部军粮，恳请皇上立即破格提拔现在跟着自己干的这几个人的官职，并乘机郑重地教导皇上：您在位十四年，屡经变难，民心骚动，还巡游不已！当今想夺权的岂止一个宁王？"伏望皇上痛自克责，易辙改弦，罢出奸谀，以回天下豪杰之心；绝迹巡游，以杜天下奸雄之望。"王阳明怕京城看不到，又派专人再送一道《飞报宁王谋反书》。然后，他怕宁王派人去把自己的老父抓起来，也赶紧派专人去通知家人躲避。

不动心才能神机运变

王阳明在临江对前来响应他的下僚说："濠若出上策，直趋京师，出其不意，则宗社危矣。若出中策，趋南都，则大江南北亦被其害。若出下策，但据江西省城，则勤王之事尚易为也。"所以，他写了那么多文章，就是为了把宁王"留"在江西。有人问："这样管用否？"王阳明说："不论管用不管用，且说他怀疑不怀疑？"答："难免不疑。"王阳明说："只要他一怀疑，就成了。"

宁王以为朝廷这样严阵以待，出击会不利，遂留兵南昌，以观变化。等到七月三日，他才看出都是假的，于是出兵，想一路打到南京去，留下一些人守南昌。这个呆王已失去了宝贵的战机。而王阳明却赢得了充分的调集人马粮草的应战时间。朝廷接到王阳明的飞报，也在兵部尚书王琼的主持下，颁布了许多诏书，先废除宁王的合法地位，后调兵勤王。这都是些远水不解近渴的措施。

朝廷里许多人怕宁王成了第二个永乐皇帝，人情汹汹、人心危疑，各种战前准备纷繁嚣攘。王阳明居然在发兵吉安的前夕拜谒了螺山文天祥忠义祠。面对文天祥的遗像，回味着"丹心照汗青"这选择的重量，他认为自己举义兵勤王与文天祥当年一样——"孤忠今古与谁侔？"（《谒文山祠》）因为天地有正气，咱们就肩负起确立纲常的重担吧；咱们挺立万世纲常的意义，会像那"千山高峙赣江流"一样永存。

意态闲闲的王阳明，心镜明亮：就我一支力量直面宁王，那我就独战。有人主张在江上与宁王会战，以为宁王经营十余日始出，南昌必难攻打。王阳明认为江上会战必败，应该打南昌，因为宁王攻安庆精锐已出，南昌必虚。他想：我攻南昌，"恋巢"的宁王必回兵来救，那时我已克南昌，敌闻之气夺，无家可归，成擒必矣。

王阳明的决策真得了"运用之妙，存乎一心"（岳飞语）的兵法真谛。心有了发窍处，就能找到问题的"窍"。当时，叛军已占据南康、九江，正在攻打安庆。他若越南康、九江，直趋安庆去会战宁王，貌似堂堂正正，然而只能败事有余，因为他的兵力不及对手的十分之一，敌人必然回军死斗，让他腹背受敌，且他是与敌精锐作战，凶多吉少。而直接攻打南昌，在兵法上是避实就虚，在心法上是先夺其大，对叛军和附逆的人造成极大心理打击，在政治上对稳定大局的作用更大。

王阳明料定敌人必然分几路回援南昌，相应地布下埋伏，围点打援把叛军"切割包装"。宁王几乎是完全按王阳明的安排行动，他刚刚留万余人守南昌，大军出动，得知南昌吃紧，立即抽兵两万回救。

心法气机

王阳明于十九日大誓各军，申布朝廷之威，再暴宁王之恶，尤其是用封官激励士气。他说："我没有宁王那么多钱，动辄赏赐千万，我只会给你们美好前程。"王阳明的可用之兵的基干是各县以百为单位来响应的衙役捕快，还有响应勤王号召的义勇，真刀真枪的打过仗的是他前些时日招安过来的"新民"。他倚重的知府、通判、知县、典史各领三四百人，分头去拔除外围据点、打伏击等，纷纷得手。宁王的溃军回到南昌，南昌守军人心溃散。眼前的军事状况验证了此前的一系列政治广告，这座围城没了众志成城的气概，就是一座浮桥了。二十日凌晨，各路攻城人马到达指定地点。王阳明下令："一鼓而附城，再鼓而登城，三鼓不克诛其伍，四鼓不克斩其将。"此前，他早已派人潜入城中，告谕百姓：勿助乱，勿恐畏逃匿；无论有罪无罪，只要弃恶从善，皆我良民。早先接到他信件的附逆官员都已准备投诚。宁王准备好的滚木、灰瓶、火炮、机械都因人心"震骇夺气"而无所用之。宁王还曾给省城之人"银二两米一石"，希望他们与守军一起保卫城池呢。

所以，攻城容易得有点让"说书人"扫兴——守城的基本上是闻风而降，有的城门不闭，"倒戈退奔"，官军几乎是长驱直入。宁藩府邸一片火起——宁王的眷属闻变，纵火自焚。王阳明令各官分道救火，解散胁从，封存府库，重新查核各衙门的官印、信牌。最突出的举动就是安民。安民的难点在管住进城的队伍。攻城的主力多是赣州"新民"，即当年的土匪，他们骁勇善战，但烧杀抢掠成性。他们不遵守纪律，民被杀伤者甚众。王阳明立即将几个嚣张的斩首，才将这股邪风遏制住。这一切，后来被那些京官和宦官们说成"纵兵焚掠"。

王阳明打开粮仓，救济城中军民，安慰宗室人员，并张贴告示：所有胁从人员只要自首，一律不问；虽受伪官爵能逃归者，一律免死；斩贼归降者给赏。他让内外居民及乡道人等四路传播。这个攻心战又发挥了巨大作用。对于有可能成为宁王反攻内应的王爷，王阳明亲自上门抚慰。南昌城已经不再是宁王的"家"了。

王阳明在紧急征调、部署粮草兵力、呼吁四处兴勤王之师，包括从两广请狼兵的忙碌中，却让人写数万余免死木牌。学生问他："写这些干什么？"王阳明笑而不答。

这边讲学，那边宁王被擒

二十二日，宁王本来正在督兵填安庆城前的壕堑，但转而亲自领兵到了沉子巷。王阳明问部下："计将安出？"多数人主张贼势强盛，宜坚守不出，徐图缓进。独王阳明以为不然："贼势虽盛，但只是劫众以威，只是用事成之后封官许愿来刺激他们玩命。现在进不得逞，退无所归，众已消沮。若出奇击惰，不战自溃：所谓先人有夺人之气也。"

在战术上，他又是相当谨慎的。因为手底下没有正规的京军或边军，只是些偏裨小校，他只有到处设疑，显得官军广大无数，那些知县一级的官员正好领着百八十人去"张疑设伏"，知府一级的领着五百人便是"大军"了。

吉安知府伍文定正面迎敌，采取调虎离山之计。二十四日，敌兵鼓噪乘风进逼黄家渡，伍文定按照王阳明的指令，顺水漂下早已写好的免死牌，免死牌上书一行小字："宸濠叛逆，罪不容诛；胁从人等，有手持此板弃暗投明者，既往不咎。"伍文定于是装作败逃，水上漂满了这种免死牌。因为宁王的奖赏相当诱人，宁王军还是有来追赶官军的，更有去"争取"免死牌的。结果，他们的船队前后脱节，让人有了可乘之机。伏兵横击，伍文定反攻。敌船溃乱，退到八字脑。宁王恐惧，厚赏勇者，又调集守九江、南康的兵过来助战。

思维虚灵的王阳明，又"随机运变"，决定乘九江、南康空虚，分兵取之。这可以叫"围援打点"了。这样大纵深反穿插，进可以使宁王成为孤旅，退可以与宁王打持久战，关键是让宁王出不了江西。

二十五日，宁王并力挑战，官军败死者数百人。飞报王阳明，王阳明传令"立斩先却者头"。武文定立在火炮之间，胡子被炮火烧着，不动半步，士兵又转而死战。士气复振，战况转变，终于一炮打中宁王的副舟，宁王兵乱，跳水溺死者无数，官军反击，杀、拿叛军两千多人。这一仗决定了胜负。

当伍文定等人鏖战时，王阳明坐在都察院中，开中门，令可见前后，与学生、朋友只管讲心论性，讲如何既顺性又合大道之类。每有报至，当堂发落，包括像"立斩先却者头"这样的"指令"，然后神色不变地接着讲学。

宁王退到八字脑，问："停舟何地？"部下对："黄石矶。"宁王恶恨其谐音为"王失机"，杀之。他在名叫"樵舍"的地方将所有的船连成方阵，把所有的金银拿出来大肆赏赐将士。当先者，千金；受伤者，百金。但还是有人逃跑了。

王阳明准备了火攻的应需之物，令队伍从两翼放火，然后火起兵合，围而歼之。

二十六日早晨，宁王接受群臣朝拜，要把那些不肯尽力的拉出去斩首。人们还在争论该不该杀，王阳明的大军已经四面围定，火、炮齐发，宁王的方阵七零八落，溃不成军。宁王与诸嫔妃抱头痛哭，她们与宁王洒泪而别，然后跳入水中。宁王和他的世子、元帅数百人被活捉。

《明史纪事本末·宸濠之叛》载："擒斩贼党三千余级，溺水死者约三万。弃其衣甲器仗财物，与浮尸积聚，横亘若洲。"

此时，王阳明还在都察院讲学，讲《大学》的主脑就是"诚意"。忽有人来报："宸濠已被擒。"众皆惊喜。王阳明颜色无稍变，还是那么平静地说："此信可靠，但死伤太众。"说完，又接着讲他的《大学》，诚意才能心存，心之不存常见的毛病是："躁于其心者，其动妄；荡于其心者，其视浮；歉于其心者，其气馁；忽于其心者，其貌惰；傲于其心者，其色矜。"旁观者无不叹服：其心存如海，其心不动如山。

圣贤功夫，俗世智慧

王阳明能够不动心，是先下定了决心。所谓"首义"最难，第一难在万一宁王成了永乐帝，他就会给整个家族带来灭顶之灾；第二是自己兵败被辱，因为当时的形势是举国观望，除了他召集的各州县的几百几百的兵快，外省没来一支勤王之师。他与邹守益正说话时，传来宁王给叶芳送重礼的内部消息，他沉吟片刻、神色不变地说："举世皆反，咱也这样做！"邹守益自言心中"惕然"。王阳明出赣州的时候是带着家属的，在丰城与他们凄然分别，在吉安又安下个临时的家。他让人在家架上柴火，一旦兵败，就举家自焚以免遭辱。有了这"自反而缩"，才有了"虽千万人吾往矣"的不动心。

钱德洪在《征宸濠反间遗事》中记录了王阳明关于"不动心"的现身说法,可见圣贤功夫的紧要处,故不避烦琐详加引述。有人问王阳明:"用兵有术否?"王阳明说:"用兵何术?但学问纯笃,养得此心不动,乃术尔。凡人智能相去不甚远,胜负之决,不待卜诸临阵,只在此心动与不动之间。"那个人说:"那我也可以领兵打仗了。"王阳明问:"此话怎讲?"那个人说:"我能不动心。"王阳明说:"不动心可易言耶?"那个人说:"某得制动之方。"王阳明笑了:"此心当对敌时,且要制动,又谁与发谋出虑耶?"王阳明的意思是怎么会有两个心,一个"制动","发谋出虑"?那个人又问:"今人有不知学问者,尽能履险不惧,是亦可与行师否?"王阳明说:

> 人之性气刚者,亦能履险不惧,但其心必待强持而后能。即强持便是本体之蔽,便不能宰割庶事。孟施舍之所谓守气者也。若人真肯在良知上用功,时时精明,不蔽于欲,自能临事不动。不动真体,自能应变无言。此曾子之所谓守约,自反而缩,虽千万人吾往者也。

"强持"是心学以外的修养论的基本要求,所谓的意志坚强、理性克服感情,都是"强持制欲(动)"。王阳明一语破的:"强持便是本体之蔽。"理解了这一点,就可以理解心学的基本逻辑:"心之本体原自不动","心体上着不得一念留滞,就如眼着不得些子尘沙"。王阳明说的"不动心"是契合了心体运行之道(或曰工作原理):心体就是个通道,灵明的通道——既不需要"制动",还能"发虑出谋"。"我"就是用这种方式工作而已,打仗、讲学只是"事"换了、意义的附着体不同了，"我"的心的工作原理、方式不变——"我"一任良知而行，"我"灵明的通道畅通无阻。

另一个人问："人能养得此心不动，即可与行师否？"王阳明针对这个行师的门外汉说："也须学过。此是对刀杀人事，岂意想可得？必须身习其事，斯节制渐明，智慧渐周，方可信行天下。未有不履其事而能造其理者，此后世格物之学所以为谬也。"——王阳明是一点也不排斥"技术"的。这也是他终身要求"事上练"的含义。"不履其事而能造其理"才是主观唯心主义呢。而且"斯节制渐明"，明的是过程当中的"理"——"知是理之灵处。就其主宰说，便谓之心"。他还说过："人不可一时不精明，如举动言语，应事接物，当疾而徐，当徐而疾，皆不精明之过也。"

王阳明在丰城换乘小渔船后，令随行参谋备好米、鱼、肉，然后笑称还差一样东西，参谋想不出来，王阳明指着船头罗盖说："到地方无此，何以示信？"到了吉安城下，城门戒严，船不得泊岸，参谋举起罗盖，城中才欢呼迎入。参谋感叹那般危迫之时，还能如此"暇裕"。暇者，意态闲闲；裕者，从容不迫也。盖因其不动心，才不忙失，才如此智虑周全、心存精明。

王阳明现身说法，讲了身边的事情：与宁王湖上决战时，南风转急，王阳明让准备火攻器物，"是时前军正挫却，某某（王阳明隐匿了他们的名字）对立矍视，三四申告，耳如弗闻（愣愣地失去了反应）。此辈皆有大名于时者，平时智术岂有不足？临事忙失若此，智术将安所施？"

俗世的智慧如果失去了圣贤功夫这个根本，就经受不住严峻的考验。王阳明说："后世论治，根源上全不讲及，每事只在半中截做起，故犯手脚。若在根源上讲求，岂有必事杀人而后安得人之理？某自征赣以来，朝廷使我日以杀人为事，心岂割忍？"是啊，他不得不充当杀人工具，他觉得先割去外邪，才能扶回元气，聊胜过看着人死。他也为自己惋惜："平生精神俱用此等没要紧事上去了。"（《征宸濠反间遗事》）

他哪里料到，还有更没要紧却要命的事在等着他。

江山如戏院

知县王冕押着朱宸濠一干人回到南昌。军民聚观，欢呼之声震动天地。一说朱宸濠骑在马上，一说押在囚车里，后者近实；但他依然不改王爷的脾气，望见远近街道行伍整肃，笑着说："此我家事，何劳费心如此！"这话说得让人不禁废书而叹！虽显得有些无赖，但真是对王阳明的致命嘲弄，一句说尽了家天下的本色：你们真是狗拿耗子。

他见到王阳明后说："王先生，我欲尽削护卫所有，请降为庶民，可乎？"

王阳明说："有国法在。"

朱宸濠低下头，过了一会儿，似自言自语："纣用妇人言而亡天下，我不用妇人言而亡国。悔恨何及！"然后，他抬头对王阳明说："娄妃，贤妃也，投水死，请安葬她。"王阳明立即派人去找，找到时，只见她周身用绳子捆了个密匝匝，原来她怕乱中蒙辱，以此法自我保全。这位大儒娄琼（曾告诉王阳明圣人可以学而至者）之女就这样结束了自己的生命。

在《鄱阳战捷》一诗中，王阳明踌躇满志，以平定了安史之乱的郭子仪自比，还坚信群犬不足以吠日，大明王朝还是一条飞龙。这次成功，朝廷升他为副都御史。

这么多人卖命保江山，江山之主却视江山如戏院。这回可有了南巡的大由头：这不叫巡游，这叫亲征！正德帝在豹房之中，与受他宠爱的边将江彬、许泰，以及宦官张忠、张永拟定好了亲征方案。正德帝自封"奉天征讨威武大将军镇国公"，许多人为谏止这位大将军南巡而被打了屁股。这支比宁王名正言顺但让百姓遭殃的官军，浩浩荡荡地出了北京城。刚到良乡，不长眼的王阳明就发来捷报。朱大将军再三禁止发捷报，因为一奏凯便师出无名了。他想：多么好玩的事情，半途而废了，憋气死了！真是宁王玩得，我就玩不得！

王阳明声泪俱下地请正德爷爷赶快回銮：当初贼举事时就料到大驾必亲征，早已在沿途埋伏了亡命徒，想再来一回博浪击秦车、荆轲刺秦王。按正理，也应该把反贼押到奉天门前正法，哪有皇上来迎接他的道理？

那些想立功，想南巡游玩、发财的边将和宦官认为，这不正说明余党未尽么？不除，后患无穷。王阳明的部分学生认为他们是想在路上害死正德帝。还有一说：他们拿了宁王的大钱，不得不回报王阳明以"泄毒"。

八月小阳春，正德帝笃定机会难得，于是官军继续浩荡前进。

宁王这种贼好平，正德帝及包围着他的那些宦官，还有思想上的宦官——他们的心中贼，是永远也平不了的。即使推翻了他们，消灭了他们的肉体，那种心中贼照样生长在一代又一代的皇帝和宦官心中，而他们的特权使他们不可能接受任何思想改造。王阳明的心学再是灵丹妙药，也治不了这一号特权人士的心中贼——任何理论都有它的限度，王阳明诚意万能论也只是能诚予人，而不能使人诚。他每次奏疏都在"教"皇帝，然而徒增反讽。

现在，他除了处理许多具体事务，就是给皇上写一系列奏疏——《留用官员疏》《旱灾疏》《恤军刑以实军伍疏》《处置官员署印疏》《处置从逆官员疏》等。他还上疏免除当年的江西税收，因为宁王曾经下"伪诏"免除百姓的税以争取民心，王阳明也不得不在张贴各种告示时向民众许诺免除当年的税，并立即上报朝廷，但是朝廷就是不予答复。这让王阳明里外不是人——他提拔、安置官民的种种诺言都得不到落实。他四处下书，朝廷也号召勤王，等到已经平定叛军，只有一支福建的勤王之师出动，王阳明还得赶紧回谢人家"别再跑了"，同时还惦记着本来要他去平的那股叛军的事情。真可谓苦心孤诣，事实上这些统统是热脸贴冷屁股。他必须全力"善后"，对方方面面都妥当安排。他只任良知而行，良知就是这种责任感、正义感。

忠而被谤最窝囊

九月十一日，他不管朱大将军的钧旨，从南昌起身，向朝廷献俘。此前，正德帝曾以威武大将军的钧牌派锦衣卫找王阳明追取宁王，王阳明不肯出迎。他的部下苦劝，他说："人子对于父母的错乱命令，若可说话就涕泣相劝。我不能做阿谀之人。"部下问他给锦衣卫多少酬劳，他说："只给五两银子。"锦衣卫怒而不要。次日辞行，王阳明拉着他的手说："我曾下锦衣卫狱甚久，未见像您这样轻财重义的。昨天那点薄礼是我的意思，只是个礼节而已。您不要，令我惶愧。我别无长处，只会作文字，他日定当表彰，让人知道锦衣卫中还有像您这样的。"弄得那个人只能干瞪眼。

张忠、许泰想把宁王再放回鄱阳湖，等着正德亲自捉拿他，然后奏凯论功，连着派人追赶王阳明。追到广信，王阳明乘夜过玉山、草萍驿。他在《书草萍驿二首》中说："一战功成未足奇，亲征消息尚堪危。边烽西北方传警，民力东南已尽疲。"新矛盾压倒了旧问题，碰到皇权他就深感无能为力，"自嗟力尽螳螂臂"，真正能够回天的还是"庙堂"，而庙堂又在哪儿呢？他与在杭州等着他的张永接上了头。

张永本是刘瑾、谷大用一伙的，后来除刘瑾立了大功，是"后刘瑾时代"的核心人物。他知道张忠、江彬、许泰等人都曾得过宁王的大好处，现在又想夺王阳明平乱之功，王阳明不与他们配合，他们便反过来诬陷王阳明初附宁王，见事败，才转而擒之以表功——把他们的实情转成了王阳明的实事——若无良心，更无施不可。

王阳明对张永说："江西的百姓，久遭宸濠的毒害，现在又经历这么大的祸乱，又赶上罕见的旱灾，还要供奉京军、边军的军饷，困苦已极。再有大军入境，承受不住，必逃聚山谷为乱。过去助濠还是胁从，现在若为穷迫所激，天下便成土崩之势，那时再兴兵定乱就难了。"

张永深以为然，默然良久，然后对王阳明说："我这次出来，是因群小在君侧，须调护左右，默默地保卫圣上，不是为掩功而来。

但顺着皇上的意，还可以挽回一些；若逆其意，只能激发群小的过分行为，无救于天下之大计矣。"

王阳明看出张永是忠心体国的，便把宁王交给了他。然后，他说自己病了，住到西湖旁边的净慈寺，静以观变。

张永对家人说："王都御史忠臣为国，现在他们这样害他，将来朝廷再有事，还怎么教臣子尽忠？"于是，他赶紧回到南京，先见皇上，全面深入地讲了事情的真相，并以一家的性命担保王阳明是忠君的，并揭发了张忠等人欲加害他的阴谋。要是没张永的暗中保护，朱宸濠的囚车队里还会多一辆装王阳明的。

忌恨王阳明的还有大学士杨廷和。他基本上是个好官，但恨王阳明在历次上疏中把功劳全归功于兵部尚书王琼，没把他这个首辅放在"英明领导"的位置上。他生怕王琼、王阳明因功提拔，成了他的掘墓人。他从自己的角度参与了排挤王阳明的大合唱。还有大学士费宏，他对王阳明平宁王一案百般苛察。

张忠又对皇帝说："王守仁在杭州，竟敢不来南京，陛下试召之，必不来，他眼中就根本没有皇帝。"

张忠为什么这么有把握呢？因为他屡次以皇上的名义召唤王阳明，王阳明就是不理睬他，所以他觉得这样能坐实王阳明目中无君的罪名。他没想到张永派人告诉了王阳明实情。所以，皇上一召，王阳明立即奔命，走到龙江，将进见。张忠自打了嘴巴，便从中阻挠——你来了，我偏偏不让你见。

一个叱咤风云的英雄受这种窝囊气，是个什么滋味？他此时的《太息》诗影射群小像乱藤缠树一样，要将树的根脉彻底憋死，而自己呢，"丈夫贵刚肠，光阴勿虚掷"，言外之意是后悔自己把心力、精力都徒然掷于虚牝之中了。

王阳明的祖母已经去世了，没能为老人家送终是他的"终天之痛"。现在，他父亲也快让他再抱一次"终天之痛"了。他已经前后九次乞求回家看看，现在贼已平，皇上也忘了当初"贼平之日来说"的话头了，这位心学大师恨不得肋下生双翼、飞回古越老坟地。

他半夜坐在上新河边，听水波拍岸，汩汩有声，深愧白做了一世人，活得这么窝囊，比屈原还冤枉。他想回归到大自然之中，获永久的平静。人生最难受的是蒙受诬陷。忠而被谤、信而见疑，他从正德帝这里领受这种命运是花开两度了。上次廷杖下狱时，他微不足道；这次，他是刚立过汗马功劳的地方大员，却还是这么微不足道，像丧家的乏走狗一样摸门不着，苦情无处诉。他对自己说："以一身蒙谤，死即死耳，只是老父怎么办？"他对学生说："此时若有一孔可以背上老父逃跑，我就永无怨悔地一去不复返了。"这是一时气话，他是不会这样的。

心血凝冰六月寒

他哪里也去不了，回到了江西，因为张忠、许泰他们以清查宁王余党的名义领大兵进驻南昌，搜罗百出，军马屯聚，日耗巨资。他们好像是来为宁王报仇的，对真正的跑了的宁王余党，他们并没有多少兴趣，他们是专门调查王阳明"通濠之罪""焚掠实情"来了。当地的官员有的望风附会，借此打击王阳明。

他们当着王阳明的面抓走了冀元亨，还派兵坐在衙门前肆意谩骂，公然在大街上寻衅。王阳明丝毫不为所动，反而待之以礼。

张忠、许泰领来的北兵是来发财的，不是来保护百姓的。王阳明让城区百姓避难，只留下老年人看门。他还拿出东西慰劳北军，说北军离家不容易，要善待之。他碰见北军有丧故的，就主持厚葬，还哀悼不已。到了冬至，王阳明暗地里通知所有居民："此节气各宜致斋祀亡者，兴尽哀，否则以不孝论。"还让各斋官大搞祭奠活动，王阳明写了一篇《罢兵济幽榜文》，既嘲笑"宁王做场说话""陷若干良善红楼富家女"，又感慨"浮生若大梦，看来何用苦奔忙；世事如浮云，得过何须尽计较"，用的是俚曲格调，什么"三年两不收""十去九不回""几个黄昏几个夜"，可能生怕百姓、北军听不懂。最后是"神逻辑"："即请朝于我佛，便是神仙境，何须更问妙严宫。一段因缘，无边光景。"因为刚经宁王之难，哭亡招魂之声不绝，北军无不思家，流泪求归。王阳明通过"济幽"促进了"罢兵"，他的这支笔真是神出鬼没！

王阳明在气势上绝不示弱，每有会议，必居正坐，像不经意似的。张忠、许泰总想压下他去，便找了个他们的强项，要与王阳明比射箭。王阳明若不应，丢脸；比输了，丢人。他们只有侮辱了不认输的人才能找回尊严，而儒者王阳明是视尊严高于生命的。他答应了他们。在靶场，王阳明定心平气，三射三中，每一射都赢得北军的欢呼。除了早年耽于骑射练就的功夫，他刚刚兴建社学时常常教学生射箭，还总结了一套靶子在心中、射箭即射心的方法。没有平时的"身习其事，斯节制渐明"，哪有现在三箭三中！张忠、许泰二人没捞到任何虚荣，灰溜溜地班师了。

但事情不算完，他们回到南京正德帝的身边继续诋毁王阳明。他们在南昌调查出"不少"王阳明与宁王相勾结的"证据"：一、宁王曾私书"王守仁亦好",证人是湖口一知县;二、王阳明派冀元亨往见宁王。在日后持续纠弹王阳明的奏章中又加上;三、王阳明也因贺宁王生日而来;四、王阳明起兵是因伍文定等人的激励;五、王阳明破城之时纵兵焚掠,杀人太多;六、捉宁王有一知县即可,王阳明的功劳没那么大,他的捷报过于夸大。

这真是人无良知则无所不用其极,想说什么就能说出什么来。奸臣当道、忠臣被害、庸人执政、精英被淘汰的桩桩惨剧就是这么搬演出来的。屈原的悲鸣、岳飞"天理昭昭"的浩叹再一次奏响。王阳明又来填空练习。

张忠、许泰的清查只是开了个头,后来,"谗口嗷嗷"、交章弹劾居然达三年多。主要问题有两个:一是"始与宁府交通,后知事不可成,因人之力从而剪之,以成厥功"(《平宁藩事略》);二是"宁府财富山积,兵入其宫,悉取以归"。

要说有交往,那是必然的。皇室的地位高于任何地方官,宁王要宴请江西官员,没有敢不去的。但是,被人举证的下面的谈话就又暧昧了。一日,在宁府的宴席上,宁王谈皇上政事缺失,一脸忧国忧民相。一人说:"世岂无汤、武耶?"意思是希望一人像商汤、周武王那样来个内部革命。王阳明说:"汤、武须有伊、吕。"伊尹佐商汤,吕望(姜子牙)佐周武王。宁王说:"有汤、武,就有伊、吕。"王阳明说"须有伊、吕"的意思是他要给宁王做"伊、吕"——想排斥王阳明的人指使言官如此这般地求请着。

关于第二个问题,蔡文在事情过去多年后,访得"故老尚有存者",发现了实情:宁王和王阳明都拉拢"峒酋叶芳"。叶芳有万余能征善战的"惯匪",他是被王阳明"招抚"过的,感激王阳明的不杀之恩。王阳明给叶芳盖了万间房屋，以期他恋基业不再铤而走险。鄱阳湖会战时，宁王指望叶芳来支援，没想到叶芳的人马乘势冲乱了宁王的阵脚。叶芳成了决定胜负的预备队。王阳明跟叶芳说向朝廷保奏他做官，叶芳说："芳土人，不乐拘束，愿得金帛做富家翁耳。"王阳明遂把宁府中需要献入宫廷的造册，剩下的都给了叶芳（《平宁藩事略》）。而王阳明在三番五次的《捷音书》中保举正式官员还来不及，不可能提及叶芳。

王阳明其实一直在与宁王打太极拳。他不能不与宁王周旋，因为宁王一日不反，就一日是正经主子，他与宁王交往时说的话有迎合的成分。被当成通反的"铁证"也不稀奇——苏东坡的诗都能当成谤讪朝廷的铁证；岳飞说他同宋太祖都在三十岁建节（当了节度使），也成了岳飞有造反野心的铁证。王阳明不敢大规模练兵以对付有异心的宁王，只能笼络"峒酋"以应变，因为他知道单靠府县那几个衙役对付不了宁王的军队。要说他与宁王"交通"谋反，那是欲加之罪何患无辞。不说忠不忠的，只说王阳明没有那么蠢。别说王阳明这样的政治家，就连唐伯虎一介书生进入宁藩发现不对，还装疯卖傻地逃脱了呢。说王阳明发现事不成才倒过来剪除宁王，逻辑是不通的，因为宁王刚刚起事，还没有开打，没有暴露出成或不成，王阳明就"首义"了。

王阳明最失策的不是派冀元亨去宁藩"探其诚"，而是将查获的宁王交贿大小臣僚的各类证据都一把火烧了。这种胜利者的大度并没有给他铺就出什么宽广的道路，反而让他失去了与奸党较量的铁证和优势。还有一种说法，王阳明没有全烧，张忠他们就是来找这部分证据的，因为王阳明不给，才百般折辱他。这也是有可能的。

钱德洪说他在先生身边八年，许多同学问"兵事"，先生皆"默而不答"。王阳明痛心而难言的太多太多了。叶芳的事他当初没说，后来说不清了，但他没有辜负叶芳。最初与他一起布疑行间的参谋、幕友、下僚，当初不宜且不便说，后来即便说出来，也没人信了。抓走冀元亨以后，这些人隐姓埋名，四处流亡。王阳明派的间谍当时被宁王杀死，死后他的家眷也得不到抚恤。他在悼念宁王一起事就杀了的都御史孙燧、按察副使许逵的《哭孙、许二公诗》中说：

> 天翻地覆片时间，取义成仁死不难。……忠心贯日
> 三台见，心血凝冰六月寒。

我仍爱山亦恋官

正德十五年（1520年）正月，王阳明想去面君，既想为自己剖白，更想劝皇上返回大内。他怕皇上在外遇刺，也怕京城内发生政变。事情既出，就有一必有二，宁王如同万物不孤生。皇上可以不在乎他王阳明，他王阳明必须是忠君体国的。

这回，是在家赋闲的前大学士杨一清把他阻止在芜湖，不准他晋见。皇上南巡在杨家住过之后，杨一清就随着皇上一起活动。杨一清论能力和品质都是官僚队伍中的上乘人物。他与王华有交谊，王华死后他写了《海日先生墓志铭》。他此前接连提拔王阳明，后

来觉得王阳明站到王琼那一伙去了——王阳明每次上疏都将功劳归兵部。他抵制王琼，便参与到排挤王阳明的声浪中。当素称正直的人与本来就邪恶的人联起手来对付高超的人时，高超的人便无法招架了。三个大学士与那些宦官、边将联合起来打压他，他的大功便被"瓦盆"盖起来了，一盖就是六年。还有人要把他打成叛党、奸党，把他的学说定为邪说。

皇上继续在南京潇洒，王阳明则被悬着、吊着，品尝效忠皇上的罪过，终日忧心忡忡，还怕皇上有个三长两短，总想找办法说动皇上早日回京。可是，向皇上进言，皇上看不到；跟皇上面谈，见不着。他真觉得人若没有了良知，便还不如狗。那些权力中人被权力夺了"善根"，个个人情似鬼！

当时朝廷中只有政治力量的制衡而没有公正。"暗结宁王""目无君上""必反"，这次构陷王阳明的罪名有一项成立，就得满门抄斩。事实上，他已处在最危险的被"君疑"境地。他当然知道个中利害，才空前地悲观绝望。他的《江西诗一百二十首》透露了他真实的处境和心情。

他无可奈何，上了九华山："五旬三过九华山，一度阴寒一度雨。"（《江上望九华不见》）他性本爱山水，常说"山水平生是课程"（《再至阳明别洞和邢太守韵二首》），与山水亲融是他的内心生活（心学一个重要维度是联通自然以落实心物一元）。这次，不管前提怎样，他一旦重返大自然，便又恢复了早期经验中养成的"道家"调门的生命意识。他真后悔误入歧途——当什么官！尽管前不久他听说湛若水等在闭关修道时还说他们在浪费大好时光，嫌他们那样隔断意义结构，生存尺度太单一了。现在，他受了捉弄，又后悔自己步入了昏浊狭隘的仕途——这是另一种意义结构的中断，他不愿意自断意义生成之路，但是人家就是要他断："莫谓中丞喜忘世，前途风浪苦难行。"(《重游化城寺二首》)

这次上九华山他作诗很多，但诗心不静，诗艺难高。一些拐弯抹角的牢骚，显得既无聊又可怜。这个报国无门的"豪杰"除了一再表示"初心终不负灵均（屈原）"(《游九华》)外，就是大喊："平生忠赤有天知，便欲欺人肯自欺?"(《劝酒》)把意义的落点放到皇权那边，必受作弄。明朝的皇权是空前专制的，已经全然没有了汉唐天下国家的意蕴。

他上九华山最大的收获是得遇周经和尚，他的《赠周经和尚偈》原刻在东崖禅寺的岩壁上，现在寺毁而刻石尚存：

> 不向少林面壁，却来九华看山。锡杖打翻龙虎，只履踏破巉岩。这个泼皮和尚，如何容在世间? 呵呵，会得时，与你一棒；会不得，且放在黑漆筒里偷闲。正德庚辰三月八日，阳明山人王守仁到此。

由此不难看出他对禅宗那一套是多么娴熟。还有一首《送周经和尚》："……任重致远香象力，餐霜坐雪金刚身。夜寒猛虎常温足，雨后毒龙来伴宿。手握顽砖镜未成，舌底流泉梅渐熟。……同来问我安心法，还解将心与汝安。"该诗表露出他对佛禅非凡的领悟力，他在佛禅方面已经是大内行了。

此番上山是否本身就是一种政治艺术呢? 大概是，又未必全是。据《年谱》说，他此举是为了向皇上和抢功的人证明他不是要造反的人，只是个学道之人。皇上派人来暗中监视他，见他"每日宴坐草庵中"，才对他放了心。这种说法过于政治化的"玄"了。紧接着，朝廷让他巡抚江西。他算白忙乎了，他原地不动，既没有被提拔上去，也没有被贬黜下来——还得感谢皇上圣明。

九华山哪里都好，就是没有政治舞台。王阳明生命中更强的指向是政治。他有隐逸气，但更有功业心。他还得去江西安顿百姓呢。

他在九华山上住过的地方后来都成了文物。别的地方不必说了，化城寺是九华山的开山寺，其西在嘉靖初年由青阳知县祝增按老师的意图建成了阳明书院，入清后改为王阳明祠，祠前有"高山仰止"石牌坊。现存一王阳明石刻像，高70厘米，宽35厘米，便服方巾，端坐太师椅上。

他从山上下来，就到了九江。他要加强武备，以防再度变乱。他认定一条：天下不能乱，一乱百姓就遭殃；哪里乱，哪里的百姓遭殃。他在九江检阅了军队。别看在皇上和阁臣面前，他像丧家的乏走狗，但在下僚和士兵面前，他神气着呢。这也是他公开说"尚为妻孥守俸钱，至今未得休官去"（《重游开先寺戏题壁》）的原因之一吧。

军歌过后是文化。他登上庐山，游东林寺。东林寺是我国净土宗的发源地，东晋慧远在此建寺。他自比学佛却援儒的远公、嗜酒不入社的陶渊明，自己的两栖性是"我亦爱山仍恋官"，在"同是乾坤避人者"这一点上咱们精神相通（《庐山东林寺次韵》）。他在远公讲经台，感叹"台上久无狮子吼"——三百年后，龚自珍喊"我劝天公重抖擞"，可谓同声一慨啊。

他是个极有悲剧敏感性的人，他说九华是奇观，庐山更耐看，但"风尘已觉再来难"（《书九江行台壁》）。在一维性的时间里，在一次性的生命中，任何活动都充满了"难再"的悲凉。他身体一直不好，还功成受谤，实在有点心灰意冷了。

"人生得休且复休"（《游通天岩示邹陈二子》）这样的话，他过去是不说的。他在《游庐山开先寺》中说："断拟罢官来驻此。"在《送邵文实方伯致仕》中说："君不见埘下鸡，引类呼群啄且啼。稻粱已足脂渐肥，毛羽脱落充庖厨。又不见笼中鹤，敛翼垂头困牢落。笼开一旦入层云，万里翱翔从寥廓。"这是他此时的真实心声——得休且休的含义。但是，他身在牢笼不自由，现在想走也走不了。而且，他若真辞职，便彻底失势，那么那帮群小说他是宁王余党，他就是余党了。这是人生最难受的一种况味：已经对它失去了兴趣，还不能放弃，因为放弃了祸患更大。人的一生似乎永远在两害相权中取其轻。

他多次表示"痴儿公事真难了"（《岩头闲坐漫成》）"中丞不解了公事"（《重游开先寺戏题壁》），表面的理由是在为妻子守俸钱，其实他岂能拿生命来开这种玩笑？他有一篇在艺术上不值一提的《贾胡行》，痛说了这种不得已的状态："贾胡得明珠，藏珠剖其躯。……钻求富贵未能得，……竟日惶惶忧毁誉，……一日仅得五升米，半级仍甘九族诛。"——这种话是他坐监狱时都没说过的。他现在是后悔了。他不得不在牢笼圈套中，因为"人人有个圆圈在"（《书汪进之太极岩二首》），他的圆圈就是对朝廷的"忠赤"——"初心终不负灵均"，"屈原情结"害苦了他，使他"残雪依依恋旧枝"（《劝酒》）。

他的良知也让他别无选择，超越绝望的高招是"万物一体"。王阳明说过："仁者以天地万物为一体，使有一物失所，便是吾仁有未尽处。"(《传习录》卷二)，他惦记着经历了兵燹的江西百姓。这个时期，用他自己的话说，良知二字已含在他舌下，快要脱口而出了，而且过了没多久果然就脱口而出了。他后来自己说一直是靠着良知度过这次空前的灾难的。所以，也可以说，良知是他内在的圆圈——太极。

王阳明自己总结："权竖如许势焰疑谤，祸在目前，吾亦帖然处之。此何足忧？吾已解兵，谢事乞去，只与朋友讲学论道，教童生习礼歌诗，乌足为疑？纵有祸患，亦畏避不得。雷要打，便随他打来，何故忧惧？吾所以不轻动，亦有深虑焉尔。"他的学生说他不动声色、处之泰然，又能出危去险，真见先生学问之真功夫(钱德洪《刻文录叙说》)。当圆圈变得圆如太极时，本体与功夫便一体了。

他在庐山开先寺的读书台刻了一个石碑，写得庄重却滑稽："七月辛亥，臣守仁以列郡之兵复南昌，宸濠擒，……当此时，天子……亲统六师临讨，遂俘宸濠以归。"他总结意义时，警告群小："神器有归，孰敢窥窃？"结语是："嘉靖我邦国。"他的学生说这预言了下个皇帝的年号。

那些包围着皇上的佞臣居然想愚弄天下，说是他们平定的叛乱。张永说："不可，昔未出京，宸濠已擒，献俘北上，过玉山，渡钱塘，经人耳目，不可袭(掩)也。"于是，以大将军钧帖令王阳明重上捷音——战役总结报告。王阳明只得加上江彬、张忠这些人的大名，让他们也"流芳百世"，这才被批准。朱宸濠已就擒一年多了，才成了钦定的俘虏。冬十月，皇上从南京班师回朝；十二月，到了通州，赐朱宸濠死，焚其尸。之前勾结他的宦官钱宁、吏部尚书陆完等都被清除——这场清洗与历次清洗一样，也有冤枉的，也有真有事反而没事的。

过了两个多月，即正德十六年三月，这位潇洒的皇帝潇洒地玩完了。

铁打的朝廷流水的皇帝，王阳明还得继续效忠下一个。

有一次，他问学生们："去年，太夫人讣告至，家大人病重，我四次上书请假不见应允，想弃职逃回时，你们为什么没一个赞成我？"学生说："先生思归一念，亦是着相。"

王阳明沉思良久，说："此相安得不着。"他对皇帝也是"此相安得不着"。

着相是人拘泥于表面形式、认幻为真的一种常见的错误。《金刚经》云："凡有所相，皆是虚妄。"

两个真正学做圣人的学生

经历了兵乱之后，继以水灾，猾民又有起而为盗者，良民则亟待救济，然而国家重臣跟着皇帝在南京玩，根本没人来管善后事宜。王阳明在他的管辖区到处视察，及时解决各种问题。就大端而言，一个是政，一个是学。王阳明会同其他官员，将宁王的逆产改造变卖，救济穷苦，代交税务，使境内平静，民生稍稍复苏。他治本方略还是教化为重，继续贯彻他为政以兴教为本的为官司之道，到处办义学、社学、讲会、书院，极大地推动了江西教育、学术事业的发展，也使得江西成了阳明心学的重镇。

这期间，他给北京的大佬、同乡、同学写信，也请求减免江西的税负，也请求让自己退休或探亲，等等。让他衷心感激的是周期雍、林俊、冀元亨。在宁王起事前，周期雍来赣州公干时曾拜访王阳明，王阳明觉得他为人忠烈又是福建的官员，便跟他在院子里商谈如何对付可能的叛乱（因为宁王对王阳明监视周密）。周期雍回去即训练骁勇，最后成为唯一赶赴南昌的勤王之师。林俊听闻宁王起事后，立刻让人打造"佛郎机铳"（火枪），记录火药配方，命两个仆人躲避着宁王军队，日夜兼程送到王阳明的军营。还有一个只身赴难的冀元亨。王阳明在《书佛郎机遗事》的跋语中感慨："（林）见素公在莆阳、周官上杭、冀在常德（元亨老家），去南昌各三千余里，乃皆同日而至，事若有不偶然者。"

王阳明隐忍到自己出来为冀元亨辩诬不会"反致激成其罪"的时候，才公开《咨六部伸理冀元亨》，时值正德十五年八月，文章是绝顶的辩状："本职封疆连属，欲为曲突徙薪之举，则既无其由；将为发奸摘伏之图，则又无其实。……本职因使本生乘机往见宸濠，冀得因事纳规，开陈大义，沮其邪谋，……知其叛逆迟速之机（当间谍），……本生既与相见，议论大相矛盾，……阴使恶党，四出访缉，欲加陷害，……本职风闻其说，当遣密以间道潜回常德，以避其祸。后宸濠既败，痛恨本职……反噬……诋诬，谓与同谋，……此其挟仇妄指，……当事之人，不加详察，辄尔听信，……为叛贼泄愤报仇，此本职之所为痛心刻骨，日夜冤愤不能自已者也。……本职后虽继之以死，将亦无以赎其痛恨！"

别人的记述可以补充王阳明的辩状：冀元亨去宁王府，宁王策反他，冀元亨装糊涂，不回答，宁王以为他傻。他给宁王讲张载的

《西铭》，讲民乃我同胞的道理，宁王笑他太呆，给了他丰厚的礼物，放他出来了。他将礼物交给了官府，告诉老师宁王必反，要早有准备。

张忠、许泰想让宁王反咬王阳明，便去从他口中寻线索。宁王说："独尝派遣冀元亨论学。"张忠、许泰大喜，专门捉拿冀元亨，终于在王阳明的眼皮底下抓走了他。抓冀元亨是为了陷害王阳明。冀元亨在狱中备受拷打，然而一句软话也没有，坦然自若，如在学堂一般。一般人会遗憾王阳明派错人了：宁王怎么会被他说动？他又能探出什么虚实来？到了这个地步，才看出王阳明派对人了。如果派一个见风使舵的人，迎合钦差，王阳明就真成了宁王余党了。

湖南的官员接到上级指示，到武陵县去抓冀元亨的妻子李氏。李氏与她的两个女儿都不害怕，李氏说："我丈夫尊师乐善，岂他虑哉？"遂在狱中与女儿照常织布纺麻。嘉靖帝登基后，冀元亨的冤枉得以昭雪。狱守放李氏出来，李氏说："不见我的丈夫，我哪里也不去。"司法官员知道她不纺织时就念《尚书》、唱《诗经》，意态安详，以为奇，要求见见她。她毅然谢绝了。刑部官员便来看她，她还是照样穿着囚服，纺织不辍。官员问她丈夫的学术，她说："我夫之学不出闺门衽席间。"闻者惊叹且惭愧。堂堂《明史》专录了这句妇道人家的家常话。这句话的确很好地概括了王阳明心学在日常生活中炼心的特征。冀元亨也诚实地体现了这一特征，他平时以务实不欺为主，谨于一念之间：绝不苟从！那些宦官把他押到京城锦衣卫的监狱加以炮烙酷刑，但他宁死不屈——屈打成招的事情不会发生在真正的心学信徒身上，他不能窝囊自己，更不能诬陷老师。心学讲究在事上炼，越是在生死存亡之际，越要主一提住心——重良心、轻身累。

王阳明在冀元亨被抓的时候一声没吭，或许还签字配合抓捕。这时，"官体"大于良心了——他有想证明自己清白的私心。心中有此一物，便失去了"智的直觉"。他要拍案而起：你们别抓他了，抓我吧！会怎么样呢？其实并不会怎么样，没有朝廷的旨意，宦官并不敢把他怎么样，要是能怎么样早就直接抓了，还会这么大费周章？当然，王阳明暂时保住了自己的官位。后来，王阳明终身不提平宁王事，当然因为有很多的难以言说的隐情，自然也包含着对冀元亨的愧疚。

王阳明公开《咨六部伸理冀元亨》，他的学生分布在各部，起而附议，为冀鸣冤，但无济于事。直到换了皇帝，冀元亨才出狱；出来五天后，他就告别了这个他以极大的善心来面对的世界。这个学做圣人的学生，从主体意志实现的角度说，学成了。

有人跟随王阳明进了大牢，有人风尘仆仆赶赴王门。王艮穿着自己特制的衣服，吸引着围观的人群，来到南昌王阳明的宅邸，拿着"海滨生"的名片请把门的为他通报。把门的不理他，他高声诵诗："……谁知日月加新力，不觉腔中浑是春。……归仁不惮三千里，立志惟希一等人……"王阳明听见了，请他进来。他进来，拜亭下，见王阳明及其左右，宛如梦过此情景，对王阳明说："昨来时，梦拜先生于此亭。"王阳明说："真人无梦。"王艮说："孔子何由梦见周公？"王阳明说："此是他真处。"王艮心动。(《王阳明佚文辑考编年》)

还有一个关于王艮初见王阳明的版本：王阳明在江西讲学，大江之南，学者风闻感佩，但是王艮与世隔绝，并不知道。偶然有人告诉他，他这一套特别像王阳明巡抚讲的，王艮大喜，即日起身，前来进见。走到中门，便持笏而立，献诗两首进去。王阳明觉得这个人不凡，特意走下门台来迎接他，问他："戴的什么帽子？"王艮答："有虞氏的帽子。"问："穿的什么衣服？"答："老莱子衣服。"问："学老莱子吗？"答："是的。"王阳明说："只学穿他的衣服，怎么没学他像小孩子那样又哭又打滚？"王艮猝然色动。

接下来的情节就一致了：过了几招之后，王艮稍心折，移坐于王阳明侧，听他论"格物致知"。王艮叹服："简易直截，予所不及。吾人之学，饰情抗节，矫诸外；先生之学，精深极微，得之心者也。"下拜自称弟子。辞去，王艮反刍王阳明的话，又发现了与己不合的地方，后悔地说："吾轻易矣。"第二天入见，他告诉王阳明自己的悔意。王阳明大为赞赏："善。有疑便疑，可信便信，不为苟从，予所甚乐也。"然后，反复论难，最后王艮大服，再下拜为弟子。居七日，因为家有老父，王艮坚持要走。王阳明对旁边的学生说："此真学圣人者。疑即疑，信即信，一毫不苟。诸君莫及也。"

王阳明对别的学生说："前些时打宁王，我的心一无所动，现在却为这个人动了。"没有这个"动"，他就不会说出"舍斯人，吾将谁友"的话他看重王艮的地方也是"一毫不苟"！其含义就是诚意，诚到了极致。

王艮，原叫王银，王阳明将"银"改为"艮"，字汝止，是泰州安丰场人他家贫不能入学，跟着他父亲在山东经商时，拿着《孝经》《论语》《大学》逢人就问，下来自己琢磨，以经证悟，以悟解经，几年如一日地坚持不懈，久而能信口谈解，像得过神秘的天启似的。他父亲服劳役，大冬天用冷水洗脸，他哭着说："为人子而令亲如此，尚得为人乎？"再有劳役，他便代替父亲承担，真实地践履了"尧舜之道，孝弟而已矣"这句话。后来，他跟着老师回到越城。再后来以为天下人知道老师这绝学的人太少了，就做了个古怪的高车，招摇道路，到处宣讲，一直讲到北京的崇文门前，给王阳明帮了倒忙，因为那时京城的上层人物正非议心学呢，正好来了个活"广告"。王阳明写信痛责他，他回到越城，"及门三日不得见"。王阳明送客，王艮长跪于路旁，王阳明看也不看。王艮追到庭下，厉声说："仲尼不为已甚者。"王阳明这才把他拉起来。他在王阳明死后发展出泰州学派，主张"百姓日用即道"，高呼"出必为帝者师，处则为万世师"，因强调"救时济世"而被称为"左派王学"，最有名的传人如何心隐、李贽，成为晚明浪漫洪流的近因、"五四"新文化运动的远源。

文化"在"传播，"文化心"的传播尤其靠亲证亲演的直接传授，阳明心学辉煌，靠滚雪球滚成了地毯式覆盖的门生后学群体。有人说王艮的水平比王阳明高，有人说王畿瓦解了阳明心学。黄宗羲在《明儒学案》中说，王阳明一生将精神独寄江右，将"江右王门"分为九支，成了一方领袖的有33人。后人不满足于黄宗羲的划分，又补充了许多，包括那些私淑阳明心学而成为传播阳明心学中坚的人；并非江西籍但在江西生活过，又成了阳明心学飞将的人物；还有心契阳明心学，后来另立一格的人物。重要的王门高徒有陈九川、魏良弼、魏良政、魏良器、夏良胜、欧阳德等；最重要的是邹守益，字谦之，号东廓，他们后来都成了一度笼罩一方的阳明心学大员。还有许多人只遥遥地望见过王阳明一面，就开悟信服了心学……

　　阳明心学到了大放光芒的时候了。阳明心学因了一语"致良知"而更加诱人，更能号召天下了。

第十一回　功夫不能断，良知成良能

　　良知，不管说得多么玄，它必须让人在生活中"感到"它的妙用，才能在一个讲究实用的人群当中被使用，这个作用便是一个学说或一个思想体系的意义和价值了。

致良知功夫的诀窍

王阳明的感觉就是有过人之处："吾讲致良知原自有味，却被诸君敷衍，今日讲良知，明日讲良知，就无味了，且起人厌。诸君今后务求体认，勿烦辞说。"(《王阳明佚文辑考编年》)良知是体会出来的，不是说出来的。体认的核心要求是良知成良能。

关于王阳明何时提出"致良知"，可谓众说纷纭，一旦发现了新的佚文，这个时间又会微调。其实，王阳明心学的主旨是一致的，某个说法具体提出的时间不太重要。他后来曾多次激动地描述他一口说尽这千古圣学之秘的心情："吾'良知'二字，自龙场以后，便已不出此意，只是点此二字不出，与学者言，费却多少辞说，今幸见此意，一语之下，洞见全体，真是痛快！"(钱德洪《刻文录序说》)——也就是说，自龙场时，这"良知"二字已在他胸口盘桓了。他当时悟道时，就已悟及于此，只是还差一点，就为了这一点，他先是说"心即理"，后又讲"诚意"，讲"克己省察""收放心"，讲"知行合一"。大方向、基本路数是一致的，但都不如"致良知"一语之下洞见全体，既包含了本体又包含了方法，还简易精一。他说："某于此良知之说，从百死千难中得来，不得已与人一口说尽。只恐学者得之容易，把作一种光景玩弄，不实落用功，负此知耳。"由此可见：良知是感觉化的思想、是思想化的感觉。它，在王阳明心中口中也是经过了千回百转、千锤百炼、千呼万唤才出来的。

他口说良知（不是写信提出）的最早记载是正德十四年（《年谱》说是在正德十六年）在南昌，陈九川从京城回到南昌，跟王阳明说："到'诚意'上再上去不得，如何以前又有格致功夫？"王阳明回应："意未有悬空的，必着事物，故欲诚意，则随意所在某事而格之，去其人欲而归于天理，则良知之在此事者无蔽而得致矣。"此语记载在《传习录》下卷，但人们习惯认为《传习录》下面紧接着的记载才是标准的提出时间。

正德十五年的初夏，陈九川往虔（赣州）再见王阳明，说："近来功夫虽若稍知头脑，然难寻个稳当快乐处。"王阳明说："尔却去心上寻个天理，此正所谓理障，此间有个诀窍。"陈九川说："请问如何？"王阳明说："只是致知。"陈九川说："如何致？"王阳明说："尔那一点良知，是尔自家底准则。尔意念着处，他是便知是、非便知非，更瞒他一些不得。尔只不要欺他，实实落落依着他做去，善便存、恶便去。他这里何等稳当快乐！此便是格物的真诀、致知的实功。若不靠这些真机，如何去格物？我亦近年体贴出来如此分明。初犹疑只依他恐有不足，精细看，无些小欠缺。"

这个良知就是天赋悟性——上天赋予的人人具备的觉悟性。佛，觉悟者；圣，也是觉悟者。悟了以后叫觉悟，悟之前的"吾性"则是觉解力、知觉性。佛学的目标是成佛，必须破我才能成佛。儒学的目标是成圣，必须致良知才能成圣。人人能成佛是因为人人有佛性，人人能成圣是因为人人有良知——这个诀窍是用"一本"对"万殊"，这个"一本"就是"尔那一点良知（自性）"，无须再往良知上装个天理（自性上不能有一物，所以最后有"无善无恶心之体”),诚实地"依着他去做"(王门后学有"依良知"一派),便能"心体无蔽,临事无失"了。到"临事无失"时就是良知成良能了,一遇事变成一种本能反应,如同武功那一出手便是——便体用一元、显微无间了。

这里句句提示的都是功夫,因为心学是本体功夫一元论,心中的良知是人人心中固有的"本觉",圣人能够一直有此"本觉"是因为圣人悟了以后不再迷,愚人被自己的理障欲蔽埋没了、弄丢了"本觉"。怎样才能找回本觉、"致"出良知来呢?此间诀窍或曰良知诀窍,就在"凛然一觉",只有靠心之"灵悟"。

第一,"正念头"的修养功夫。用良知作准则,"尔意念着处,他是便知是、非便知非,更瞒他一些不得。尔只不要欺他(做人最怕欺心),实实落落依着他做去",这就把念头端正了。念头正了,至少可以解决"开头""入手"问题。对思惟修来说,正念头是至关重要的。王阳明现场教学,是有针对性的,像陈九川这样的已经会自己"推"自己的学生,关键要"正念头"。

第二,凛然一觉出滋味。王阳明对陈九川说:"人若知这良知诀窍,随他多少邪思枉念,这里一觉,都自消融。真个是灵丹一粒,点铁成金。"觉悟性就是这诀窍的机括、开关、阀门,把握住了就能"自救"、自我成就,不怕念起就怕觉迟。觉悟的滋味从"提澌之沛然得力处"出。如果"忽易",就不会得"滋味"。所谓"提澌"也叫"操持",就是"操存舍亡"——提住觉悟性良知就存、放弃了觉悟性良知就亡(没有)。滋味则是"稳当快乐"。在儒门谱系中快乐的标兵是颜回,"人不堪忧,回也不改其乐",因为颜回有巨大的内心资源、滋味满满。念头正了,"只要在良知上着功夫"(《传习录》第二百一十六条）就是保持这"凛然一觉"的觉悟性。点铁成金靠的是知觉性翻转，烦恼即菩提。

但这"一觉"是不允许自封、口说的。口头功夫是脚不点地的，就是单凭聪明悟到此与做功夫做到此，也有天壤之别。

第三，绵密保任良知，功夫不能断。功夫一断就会被私意遮蔽。断了，就赶紧"继续旧功便是"。有一次，一个和尚问王阳明禅定功夫，王阳明问他："禅家有杂、昏、惺、性四字，汝知之乎？"和尚说不知道。王阳明说："初学禅时，百念纷然杂兴，虽十年尘土之事，一时皆入心内，此谓之杂；思虑既多，莫或主宰，则一向昏了，此之谓昏；昏愦既久，稍稍渐知其非，与一一磨去，此之谓惺；尘念既去，则自然里面生出光明，始复元性，此之谓性。"（《王阳明佚文辑考编年》）黄绾回忆先师正是这样训练他的，还让他读《坛经》。欧阳德回忆先师说过："致知存乎心悟。"王阳明说圣人就是能够"保全"良知的人。学人即是学做圣人；学做圣人并不难，"只是终日与圣贤印对"。良知是心印。

王阳明说，"功夫节次"没有别的奥妙，就是保持"致良知的主宰不息"（《传习录》第二百四十三条）。

第四，"事上为学"功夫不断。禅宗讲究一个"那边会了，来这边践履"（南泉普愿禅师），王阳明最为典型。高僧往往不理尘世俗务，只有气节难有功业，只有高远意境难以救时济世，王阳明明确地说"致良知便是'必有事'的功夫"（《传习录》第三百三十一条）。王阳明的公式是致良知就是格物。譬如，审案子，"不可因其应对无状，起个怒心；不可因他言词圆转，生个喜心；不可恶其嘱托，加意治之；不可因其请求，屈意从之；不可因自己事务烦冗，随意苟且断之；不可因旁人潜毁罗织，随人意思处之。这许多意思皆私，只尔自知，须精细省察克治，惟恐此心有一毫偏倚，枉人是非，这便是格物致知。簿书讼狱之间，无非实学；若离了事物为学，却是着空。"（《传习录》第二百一十八条）王阳明说，这样在格物上用功，是"有根本的学问"，流行的儒学让人到事事物物上去讨寻，是"无根本的学问"，没根的终须放倒，终要憔悴。

王阳明之所以在找到"致良知"这个诀窍后大快平生，就是因为这样可以内外一体了：出则救时济世、致良知于现实人事，处则静养心体、致良知于心灵发育。

第五，细心知微以入德。王阳明说："良知至微而显，故知微可与入德。唐虞授受，只是指点得一'微'字，《中庸》不睹不闻，以至无声无臭，中间只是发明得'微'字。"（《王阳明佚文辑考编年》）这个"微"字，类似印顺法师说阿赖耶识只是个"细心"，细微处才是"得力处"，才出"入德"的滋味。陆九渊就是细微处忽易，才"粗"了。笼统了，就颠顸。心学的捷径是配置着知微入德功夫的。《传习录》第二百二十八条载，有人问："先生尝谓'善恶只是一物'。善恶两端，如冰炭相反，如何谓只一物？"先生曰："至善者，心之本体。本体上才过当些子，便是恶了。不是有一个善，却又有一个恶来相对也。故善恶只是一物。"这话他多次说过：善恶都是人性，是一体的，只是过了或不及就是"恶"；是非也是"'当下'是否恰好"的问题。必须坚持知微入德这种"悟后修"，才能临事不失。本能反应即恰到好处。

王阳明一生不厌其烦地再三申说：本体境界必须靠实功夫才能达到，本体论与功夫论必须合一。王阳明教学生的时候，总是让他们从灵魂深处去"炼"良知来，并举自己下过格竹子那种死力气例子，说这"致良知"是他用大半生的性命提炼出来的口诀、心法，绝不是有口无心者皆可耍弄的套话、口号。若过滤掉其生命证验的信息、遗弃掉其中的生存智慧，只是掉书袋地来比证，便是在以学解道，若是白捡过来贪便宜地说现成话便是在"玩光景"。

不实地做功便手举这个"指南针"，也还是"两张皮"、用天理良心吓别人，还有"我的人欲便是良知，你的良知也是人欲"。这种"道德巨人"太多了，王阳明的良知学说本是要对治这个痼疾的，最终还是被这个痼疾给"拈弄"、利用了去。

良知之体就是"心本体"，良知之相就是"无"，良知之用大矣哉——概括言之，即"无所不知，只是知个天理；无所不能，只是能个天理"（《传习录》第二百二十七条）。

《传习录》第二百零七条："在虔，〔陈九川〕与〔王〕于中、〔邹〕谦之同侍。先生曰：'人胸中各有个圣人，只自信不及，都自埋倒了。'因顾于中说曰：'尔胸中原是圣人。'于中起不敢当。先生曰：'此是尔自家有的，如何要推？'于中又曰：'不敢。'先生曰：'众人皆有之，况在于中，却何故谦起来？谦亦不得。'于中乃笑受。〔王阳明〕又论：'良知在人，随你如何，不能泯灭，虽盗贼亦自知不当为盗，唤他做贼，他还忸怩。'于中曰：'只是物欲遮蔽。良心在内，自不会失，如云蔽日，日何尝失了？'先生曰：'于中如此聪明，他人见不及此。'"——王于中用良心解释良知，获得了王阳明的赞同。可见，这个良心是既在每个人心中的，又是先验的、不以人的差异为转移的。

本体要虚，功夫要实

"伟大的"正德皇帝玩够了，驾崩了。自然法则可以有限地修补一点皇帝终身制的毛病。许多受到过不公正处罚的人都潜伏着等待"换头儿"，新君也往往要平反一些冤案以提高效忠率。王阳明不会公开表示喜庆，他内心对这位顽主皇帝有一定的感情。事实上，这位顽主皇帝和下一位阴险皇帝相比，也许并不坏。

朝野都有呼声：能臣王阳明应该入阁当辅政大臣！

正德十五年二月初，王阳明借居白鹿洞养病、讲学。此时的洞主蔡宗兖是王阳明的学生。在宋代，白鹿洞与睢阳、石鼓、岳麓合称四大书院。正德十三年，王阳明手书《大学古本》《中庸古本》《修道说》从赣州南边千里传书过来，当时就摩刻上石。

正德十六年的此时，新帝尚未改年号。

王阳明还是一如既往地与学生论学，并写信回答各种问题。有人问："学无静根，感物易动，处事多悔，如何？"王阳明说："三言者病亦相因。惟学而别求静根，故感物而惧其易动；感物而惧其易动，是故处事而多悔也。心无动静者也，故君子之学，其静也常觉，而未尝无也，故常应常寂，动静皆有事焉，是之谓集义。"欧阳德对他说："先生致知之旨，发尽精蕴，看来这里再去不得。"——到头了。王阳明说："何言之易也！再用功半年，看如何？又用功一年，看如何？功夫愈久，愈觉不同，此难口说。"他还说："只这个要妙，再体到深处，日见不同，是无穷尽的。"

他对陈九川讲："此'致知'二字，真个是千古圣传之秘；见到这里，'百世以俟圣人而不惑'！"后来陈九川真去用心体验，却又出了新的问题，他问老师："此功夫却于心上体验明白，只是解书不通。"王阳明说："只要解心。心明白，书自然融会。若心上不通，只要书上文义通，却自生意见。"

几个学生"侍食"，王阳明随地指点良知："凡饮食只是要养我身，食了要消化；若徒蓄积在肚里，便成痞了，如何长得肌肤？后世学者博闻多识，留滞胸中，皆伤食之病也。"

黄以方问："先生格致之说，随时格物以致其知，则知是一节之知，非全体之知也。何以到得'溥博如天，渊泉如渊'地位？"翻译成西学术语就是，黄以方认为这个"知"还是得由经验积累（随时格物）的"认识"，是知识学的"知"，而非"大全之知"、根本信仰——形而上的智能发射基地（天渊）。

这又是根本性的一问。不能证明这一点，就不能证明良知万能，致良知也就不能统一思想、取代以往的思想体系（如理学），而王阳明是以取代它为目标的，做不到这点，他自己也会认为并没有成功。

王阳明手指蓝天说："比如面前见天，是昭昭之天；四外见天，也只是昭昭之天。只为许多房子墙壁遮蔽，便不见天之全体。若撤去房子墙壁，总是一个天矣。不可道眼前天是昭昭之天，外面又不是昭昭之天也。于此便见一节之知即全体之知，全体之知即一节之知，总是一个本体。"（以上均见《传习录》下卷）

因为只有一个本体，所以直接知道了本体，就知道了全体，一即大全。这是从知的对象上说，王阳明在另外一条语录中，又把所有的对象都推到太虚上，把良知也推到太虚上。用太虚做本体，都是一个太虚，所以致良知也就获得了"全体之知"。他有时也把"无知无不知"的良知比作"无照无不照"的太阳，有时又把良知比作天、渊——天渊：

> 人心是天渊。心之本体无所不该，原是一个天，只为私欲障碍，则天之本体失了。心之理无穷尽，原是一个渊，只为私欲窒塞，则渊之本体失了。如今念念致良知，将此障碍窒塞一齐去尽，则本体已复，便是天渊了。

这与当年"心即理"的论式是一样的，只是将理换成了天；"渊"则给予心一种生成的能力、创造的能力，于是一通俱通，一塞俱塞。心之天渊的功能，不是一句思辨的大话，而是心学的一种全新的起点。这个起点就是恢复感性的本体论地位，它并不指望全面解决知识论问题。

在心学以前的各种学说，将人看成一种结果，而人自身的自发性，以及由这种自发性决定的多种可能性，即人自身的存在，被遗忘了。致良知为了恢复这多种可能性而唤醒一种澄明的意识状态。各种知识是有终点的，而这种澄明的状态则只是起点，不仅超越有限又无情的知识理性，也超越蛮横的个体自我的唯我主义。所以，它应该是最无危险的开发自性的真理。

王阳明是想找一个超验的从而万能的依据，赋予它不证自明、永远有效的权威性、真理性，好像一找到良知就正确无误了。

但是，他本人也难免飘忽："近欲发挥此意，只觉有一言发不出，津津然如含诸口，莫能相度。"——就是说不出来。说完之后，沉默良久。这种时候，他的学生都不敢打扰他，都知道有更重要的话在后头，可是这回却是归于无言："近觉得此学更无有他，只是这些子，了此更无余矣。"针对有的学生表现出健羡，王阳明说："连这些子，亦无放处。"这绝对是高僧在参玄机，他的真实意思是他已到达至高无上的"无"的境界，万物皆化，与天地万物为一体了，与大道为一体了。其实，他是达到了一种超语言的神秘的心证境界。良知就是这么一种觉悟性，一拿出来标榜、宣传就不再是良知了。理解良知也需要这样的知觉性，如王阳明常说的"本体要虚，功夫要实"。

良知应世：两难而两可

人生中有一种叫作"两难"的困境。孔子标举无可无不可，王阳明则能做到两难而两可，因为王阳明的良知是通道。

良知，不管说得多么玄，它必须让人在生活中"感到"它的妙用，才能在一个讲究实用的人群当中被使用，这个作用便是一个学说或一个思想体系的意义和价值了。王阳明的良知之道不是一个研究纲领，而是一个以人为出发点和目的的构造纲领。它想根本改变人与世界的关系，通过提高人的精神能力来改变整个生存状态——中国的儒、释、道都是"感性学"，它们的思辨方式都是美学法门，都想把美学变成意义生成论。

这种感性学的工作原理是"文学原理"，就是说它滋养人性、移人性情的作用和过程都是改变人的感觉。王阳明看不起诗文，是因为那种诗文不能直指人心，不能让人当下开悟，没有多大的精神动员力量，不根本、不究竟。但是，文学原理是儒、释、道三家共用的走廊。佛学其实也是文学，靠想象建立体系，靠想象、比喻说服人。心学和佛学是伟大的精神哲学，都用意念法作用于人的感性体验，论证方法也是比喻、人情化的类推。思辨也是诗意的，它们都能塑造出人的新感性、新的人格。

王阳明是一直主张在事儿上练的，尽管每天都必有事焉，但还是事情严峻时更见功夫。大事来了——六月十六日，嘉靖的新朝廷下了圣旨：

> 尔昔能剿平乱贼，安静地方，朝廷新政之初，特兹召用。敕至，尔可驰驿来京，毋或稽迟。

这正是他所期望的，"天理"也应该如此。他立即收拾起身，二十日开拔。他以耿耿忠心和旷世奇才，早就盼望着这一天却包括前些时候他受了窝囊气却能忍下来，也是想到朝廷终要起用他——他说良知就是在勃然大怒时能忍下来，在激动兴奋时能平静下来。他果然做到了这一点，而且眼下看来，前些时候的忍算是对了。

他是个高度成熟的政治家，假若当了首辅，至少会成为一代名相，明朝会中兴。如果他能说服皇帝搞好国际贸易、文化交流，那日本式的"维新"也许就会在中国发生了——这是近代志士仁人感兴趣的一个假设，其中有自我安慰，但也不全是臆想。

但是，专制政体不会用这种"可能性"太多、太大的人——这是一个铁则，专制社会从本质上排斥可能的生活，所以必然视王阳明这样的有创新能力的人为异类。他的"致良知"理论上包含着超越道德范畴的东西，如他曾说"善恶只是一物""善恶皆天理"，更主要的是，良知的先验性有大于道德的内涵。在阁臣们看来（因为皇帝不看），这些都是"混账话"。

他走到钱塘，阁臣杨廷和、费宏等人指使言官上书制造舆论，什么国丧期间不宜行宴赏呀，新政期间国事太忙呀，纯粹是制造出来的理由。这种舆论是人造的，对更有力量的人来说，它什么用也没有。譬如：当年戴铣、王阳明他们攻刘瑾，就对刘瑾毫无威胁；后来言官攻张居正，反而让张居正把他们给收拾了。现在，站在舆论背后的是掌权的，舆论所指的是没权的，胜负立判。

现在，王阳明没有年轻时候的情绪反应了。他淡定得让阁臣们泄气，他们想以此打击他，却一拳打在了空气上。王阳明曾教皇帝要赏罚及时，如今他尝到了迟到的赏赐本身就像吃隔夜的凉菜，更何况及时来了个半途而废！他对荒诞的政界、成年人的谎言无动于衷了。如他在《归怀》中说："世故渐改涉，遇坎稍无馁。"不是自己哄自己，"行年忽五十""童心独犹在"。童心，是战胜这个世界的精神力量（他的徒孙李贽以《童心说》开启了晚明浪漫洪流）。他一直努力修行，才有了"童心独犹在"。

还有一首《啾啾吟》写得很直接："据孔夫子说能做到'智者不惑，仁者不忧''用之则行，舍之则藏'的只有他和颜回，现在还有我老王！我有良知，所以'信步行来皆坦道'。"也有转败为胜的话头："我这千金之弹怎么能去打麻雀，我这高级金属怎么能去掘土？""丈夫落落掀天地，岂顾束缚如穷囚！"

本来，他给新皇帝写《乞便道归省疏》是表示拥戴、要出来工作：他当初请假时是想永归山林矣，现在"天启神圣，入承大统，革故鼎新，亲贤任旧，向之为谗嫉者，皆已诛斥略尽，阳德兴而公道显。臣于斯时，……若出陷阱而登春台，……岂不欲朝发夕至，以一快其拜舞踊跃之私，归戴向往之诚乎？"——他说的是真心话，单请假是用不着这么抒情的。促狭的作弄在，他想走的时候不让他走，现在要他进京他赶紧进京，却又让他打道回府。

费宏等人给他来了个"明修栈道，暗度陈仓"：准他回家，给了一个南京兵部尚书的虚衔，然后下大力量调查、审核平宁王过程中的问题；跟着他一起平叛的人中，只提拔了一个伍文定，其他人或明升暗降，或干脆不升，有的还给"挂"了起来，让说说清楚……

嘉靖登基这年，年号还是正德。八月，王阳明回到了山阴——他从这里出去，又回这里来了。他一回到家里就说出一句"却笑当年识未真"（《归兴二首》）——大约此时，他才真正觉得朝廷这么"闪"他也没什么了。无功者受禄，有功者有罪，是专制政体中经常出现的现象。过去他多次请假，不见应允。现在倒好，让他一回家就是六年。"百战归来白发新，青山从此作闲人。"（《归兴二首》）

九月，他回到余姚祭扫祖坟。大半生已过，他也快回来与祖先为伍了。任何道术都不能让人长生，圣人也只能追求精神"长生"。正如他在谈论养生问题时所说的："区区往年盖尝毙力于此矣。后乃知养德、养身只是一事。元静（陆九渊）所云'真我'者，果能戒谨恐惧而专心于是，则神住、气住、精住，而仙家所谓长生久视之说，亦在其中矣。"他用经验例证法，以白玉蟾、丘长春这些仙家祖师享寿皆不过五六十来说明长生之说别有所指——不过是清心寡欲、一意圣贤而已，像颜回三十多岁死了，却永远活在人们心中——只有精神"长生"。

他回到瑞云楼，指着藏胎衣的地方，老泪纵横。

王阳明二十五岁时，钱德洪也出生于这座瑞云楼，当时王阳明正在结余姚诗社。现在钱德洪率侄儿和一些求学者"集体"皈依王门。钱德洪早就知道王阳明在江西讲学的宗旨，想入门为弟子，但家乡的一些老人还记着王阳明小时候的淘气事，反对钱德洪这么做。不过，当大儒来到身边，钱德洪力排众议，毅然入门下。第二天，有74人同时投入王门。

王阳明在老家的生活主要是与宗族亲友宴游，随地指点良知。古越一带胜地颇多，今日游一地，明日游一地，像朱子格物一样。用他自己的话说，则是"种果移花新事业，茂林修竹旧风流"（《归兴二首》），有点林中宰相的风致了。他越活越明白了："须从根本求生死，莫向支流辨浊清。久奈世儒横臆说，竟搜物理外人情。良知底用安排得？此物由来自浑成。"（《次谦之韵》）

正德十六年十二月十九日，嘉靖皇帝下诏封他为新建伯——明朝规定平过大反叛的才封伯，功勋特别卓著的封侯；还有荣誉官衔：光禄大夫、柱国，任南京兵部尚书，岁支禄米一千石，三代并妻一体追封，给予诰券，子孙世世承袭。诰命是派行人——专门的官员送达的。那天正是王华的生日，亲朋咸集，然而王华戚然不乐，告诫王阳明说："宁王之变，皆以为汝死矣，而不死；皆以事难平矣，而卒平。然盛者衰之始，福者祸之基，虽以为荣，复以为惧也。"王阳明跪下，真诚庄重地说："大人之教，儿所日夜切心者也。"

王华早就料到宁王必反，曾在上虞的龙溪买了地，准备避难。后来，宁王之乱爆发，说王阳明已被害，有人劝王华去龙溪，王华说："我当初是为老母做准备，老母已不在，我儿若不幸遇害，我何所逃乎天地间？"并告诫家人镇静。等到王阳明倡义，有人说宁王必派人来祸害，劝王华躲避，王华说："我若年轻，就去杀敌了，现在，只有共同守备以防奸乱。"乡人见王华俨然如平居，人心安定。

后来，正德帝南巡，奸党诬陷王阳明，危疑汹汹，且夕不可测。当地的小人乘机作乱，来家里登记钱财、牲畜，像即将要抄家似的。姻族皆震恐，不知怎么办好。王华平静如常，日休田野间，但告诫家人谨出入、慎言语，终于等来公正的评价。次年二月十二日，朝廷追封三代的正式通知下达，他让王阳明兄弟赶紧到门口迎接，说不可废礼，听到全部仪式完毕，他偃然瞑目而逝，享年七十七岁。

王阳明诫家人勿哭，抓紧给父亲换入殓的衣服，将内外各种发送的东西准备齐全才举哀。他一恸欲绝。准备齐全是顾全大局，一恸欲绝是一本性情。王阳明能把这两种"方式"集于一身。

按规矩，王阳明必须在家丁忧三年。这三年足够让那些阁臣消除王阳明成功的影响了。他们将王阳明的战役总结报告作了删削，又弹劾阳明心学为伪学，建议朝廷禁止阳明心学的传播。

王阳明上《辞封爵普恩赏以彰国典疏》："殃莫大于叨天之功，罪莫甚于掩人之善，恶莫深于袭下之能，辱莫重于忘己之耻：四者备而祸全。故臣之不敢受爵，非敢以辞荣也，避祸焉尔已。"他的目的是要求朝廷同时赏赐和他一起立了功的人。但他的建议、抗议都无效。七月十九日，吏部批示：不准辞。他又上书，要求普降龙恩，抗议他们暗箱考察，对于其他平叛官员，或不行赏而削其绩，或赏未及而罚已先行，或虚受升职而实使退闲，或罢官或入狱。当时这些人都是冒着杀族灭家的危险倡义的，这样对待他们，以后国家再有危难，谁来献身？这种阻忠义之气、快谗嫉之心的做法，只能凉透人心。最悲凉的是王阳明手下当间谍的人员没有被写进《江西捷音书》，永无出头之日了。

他跟学生说："圣人不是不要功业气节，只是依循着天理，该讲究功业时就得讲究，循着天理便是道，便不叫功业气节了。"他的言外之意是他现在争个公道是符合天理的。这的确是符合天理的；若不争，便是假道学了。

念头功夫，心地法门

送走父亲，一恸欲绝，再加上朝廷不断地用各种方式加以刺激，他心力交瘁，大事已了，就顶不住劲了，终于倒下了。他诚恳地写了个"揭帖"：

> 某鄙劣无所知识，且在忧病奄奄中，故凡四方同志之辱临者，皆不敢相见；或不得已而见，亦不敢有所论说，各请归而求诸孔、孟之训可矣。夫孔、孟之训，昭如日月，凡支离决裂，似是而非者，皆异说也。有志于圣人之学者，外孔、孟之训而他求，是舍日月之明，而希光于萤爝之微也，不亦缪乎？

所谓"忧"明面是丁忧、居丧，内里还有没点出来的"忧"：借着关于王华祀典的争吵，有的御史、给事受阁臣的指使，攻击王华，意在打压阳明心学。王阳明确实在病中，而且他一直认为：每个人只要立了学做圣人的志向，就完全可以自己从孔孟那里得到真理。所以，他请慕名而来的人回去自修：我王某充其量有点萤爝之微光，有日月之光明的是孔孟之遗训。王阳明吹灭了自己这把纸烛，让新生去找真正的光源。他心里可能想到了龙潭祖师夜送德山和尚的故事：德山正要接过龙潭祖师递过来的纸烛时，祖师吹灭了纸烛，那一刹那，德山顿悟。

不知道新生们悟没悟，只知道新生越来越多。他的菩萨心使他不忍辜负，于是慢慢接见学生。康复后，他又像过去一样，与学生一起活动，随地指点良知了："潜鱼水底传心诀，栖鸟枝头说道真。莫谓天机非嗜欲，须知万物是吾身。"（《碧霞池夜坐》）万物一体之仁是致良知理路的究竟处，致良知为的是拥有无缘大慈、同体大悲的心意力。

讲学是他现在唯一的事业，他的教学艺术更加出神入化了：或语或默，都是"盘活"心中一念的机缘；举手投足，皆是调教心地的入机之处。让学生体验日见"精明"、调出超越的精神状态，每个人都给自己安上"反光镜"。

有的学生太矜持，王阳明说这是毛病，因为"人只有许多精神，若专在容貌上用功，则于中心照管不及者多矣"。有的人随便直率，王阳明又说是毛病："如今讲此学，却外面全不检束，又分心与事为二矣。"

有的学生作文送别朋友，又觉得这种做法既费心思，过了一两天后还想着，就请教王阳明该怎么办。王阳明说："文字思索亦无害。但作了常记在怀，则为文所累，心中有一物矣，此则未可也。"有的学生作诗送人，王阳明看过说："凡作文字，要随分限所及；若说得太过，亦非'修辞立诚'矣。"

良知是至善至美，但他不主张强行致良知（"助"），但也不放任（"忘"），只是"今日良知见在如此，只随今日所知扩充到底；明日良知又有开悟，便从明日良知扩充到底。如此，方是精一功夫。与人论学，亦须随人分限所及。如树有这些萌芽，只把这些水去灌溉。萌芽再长，便又加水"。若用一桶水一下子去浇一个小芽，便浇坏了它；用滚烫的开水，则貌似灌溉，实为扼杀了。

有人问："您说读书只是调摄此心，但总有一些意思牵引出来，不知怎么克服。"王阳明说："关键是立志。志立得时，千事万为只是一事。读书作文安能累人？人自累于得失耳。""只要良知真切，虽做举业，不为心累。纵有累亦易觉，克之而已。"强记之心、欲速之心、夸多斗靡之心，有良知即知其不是，即克去之。"如此，亦只是终日与圣贤印对，是个纯乎天理之心。任他读书，亦只是调摄此心而已，何累之有？"说完这一套，他浩叹一声："此学不明，不知此处耽搁了几多英雄汉！"

心地法门的基本要求是与圣贤"心心相印"（终日与圣贤印对），能如此，就可以"心意知物只是一事"，念念都在成圣的努力中。这个念头功夫的宗旨是找"虚灵不昧"的心体。所谓"虚灵"就是"空"，所谓"不昧"就是"明"，能空能明就具有了超越现实和各种妄念的能力，是心体的本然状态；所谓"找"，是做功夫，因为习性遮蔽了这本体。这是一种自救，用自身这个超越觉悟性的本源来达到觉悟的目的——良知如光源自备的明镜，因为它自身是虚灵不昧的。

他利用了深入人心的佛教、道教的关于虚、无的思想成果，来强调良知"真是与物无对"，以建立良知的本体论。"仙家说到虚，圣人岂能虚上加得一毫实？佛氏说到无，圣人岂能无上加得一毫有？……圣人只是还他良知的本色，更不着些子意思在。"因为一着些意思就"迷"了、"昧"了，有念念成邪。可以用佛教的"三身"来比方王阳明的良知学：良知如清净法身，是本体，是人之性；圆满报身是用，是人之智；百千化身是相，是人之行。"虚灵不昧"就是要体、用、相一体化，三而一、一而三。找不到无，就找不到有。就连无和有也是一不是二。

怎样才能找到虚灵的"无"呢？靠复杂的知识学只能越找越糊涂，这叫作为学日彰、为道日损。只有简易的实践学，即做功夫，才能求得我心。《易经》并举了穷理与尽性，《书经》并举了唯精与唯一，《论语》并举了博文与约礼，《孟子》并举了详说与反约、知言与养气，《中庸》并举了"尊德性"与道问学。王阳明坚持不懈地将这些对子融合成一个有机体。将这些"与"换成"即"，将"两件"变成"一件"，内外两忘，自会透彻。心既不能与物对立，更不能与别的心对立；谁还在对立状态，谁就还在圣学的门外。

良知是虚的，功夫是实的。这虚实之间的要害是个"诚"字。知行合一是训练诚意的功夫。良知前冠一"致"字，恰如其分、恰到好处地点出了正意、诚意及其用力过程。不但诚则明、不诚无物，而且不诚就没有力量。有智无力，即此智还是无智。无智无力的行只是个冥行妄做。知行合一这个"一了百了"的功夫又恰恰是活一天有一天新问题的、需"日新日日新"的功夫。

把握住良知这个根本，然后加以所向无敌的推导，便是他教学生的简易直接的方法。人是可以成圣的，就看想不想成了。若真想成，就克己省察，时时刻刻致良知，用王阳明的话说叫"随物而格"，让良知之觉悟性、知觉性变成"自然而然"的良能。有人用"知之非艰，行之惟艰"这句圣训来怀疑知行合一的命题，王阳明说："良知自知，原是容易的。只是不能致那良知，便是'知之非艰，行之惟艰'。"根据心学原理，"不能致"是"不肯致"的意思。人们自肯顺着自己的私心杂念任性而行，不肯顺着"天则"真修实炼。"只顺其天则自然，就是功夫。"如同打太极拳"一分松一分功"，因为松了才"顺其天则"，这与"心空才明"是一个道理。

他跟同学们说："吾与诸公讲致知格物，日日是此，讲一二十年俱是如此。诸君听吾言，实去用功，见吾讲一番，自觉长进一番。否则，只作一场话说，虽听之亦何用？"关键在于领会、真干、实修。

寻找虚灵本体，须于不可见的世界多下功夫，主要是于"见不可见"的能力下功夫。这个能力主要在心，不在眼。然而，眼或者说视觉却是通心的。视觉也是觉悟性的一种。因为视觉自身能够想象、有超出自身的能力。梅洛·庞蒂在《眼与心》中说："这种能力告诉我们，一丁点儿墨汁就足以让我们看到森林和风暴，那么视觉就一定有其想象之物。"眼与心统一于见性——能够见的性。一个学生用佛门公案来问"见性"问题：佛伸手，问众见否，众曰见；佛缩手于袖，问还见否，众曰不见，佛说还未见性。学生不解其意。王阳明说："手指有见有不见，尔之见性常在。"——这个回答和《楞严经》中佛的回答一模一样。关键是你的"见性",你能发挥"见性",即使是盲人,也能知道有手在。能不能见不在目力而在心力,能力的根源在自性,能见的根在见性。

他觉得更关键的问题在于"人之心神只在有睹有闻上驰骛,不在不睹不闻上着实用功。盖不睹不闻是良知本体。戒慎恐惧是致良知的功夫。学者时时刻刻常睹其所不睹,常闻其所不闻,功夫方有个实落处"。

有的学生重复他的话,将不睹不闻理解成本体,将戒慎恐惧理解成功夫,王阳明马上加以修正,说二者是合二为一的,若"见得真"、理解得透,便倒过来说戒慎恐惧是本体,不睹不闻是功夫"亦得"。

他对来自远方的求学者说:"诸公在此,务要立个必为圣人之心,时时刻刻,须是一棒一条痕,一掴一掌血,方能听吾说话句句得力。若茫茫荡荡度日,譬如一块死肉,打也不知得痛痒,恐终不济事。回家只寻得旧时伎俩而已,岂不惜哉!"心学要求必须发起成圣的信心。他常常这样教训那些大弟子:"汝辈学问不得长进,只是未立志。""你真有圣人之志矣,良知上更无不尽。良知上留得些子别念挂带,便非必为圣人之志矣。"

圣人就是良知人,但你要故意去非当圣人不可,反而有了别念挂碍。立志是调整诚意的起脚功夫。发起成圣的信心就能诚意,诚意就可以见性、找到良知,找到了良知就找到真理了。王阳明的思路一言以蔽之,便是当世成圣人。

一个学生说他在私意萌动时,分明自心知得,只是不能立即克服。王阳明说,你那个知得"便是你的命根。当下即去消磨,便是立命功夫"。问：道心人心。他说："'率性之谓道'，便是道心。但这些人的意思在，便是人心。道心本是无声无臭，故曰'微'。依着人心行去，便有许多不安稳处，故曰'惟危'。"那个"知得"就是觉悟性，就是良知的知觉性，所以是命根。当下去消磨，就是"致"，致良知就是这样的立命功夫。

学生问："'思无邪'一言，如何便盖得三百篇之义？"王阳明回答说："岂特三百篇？六经只此一言便可该贯，以至穷古今天下圣贤的话，'思无邪'一言也可该贯。此外更有何说？此是一了百当的功夫。"这是纯洁思想的努力，将正心诚意贯彻于读书治学中，当然也是种独断论话语。

但是，人心又必须活泼泼的，不活泼的心便是死心了。大热天，他拿着扇子，也让学生用扇。学生不敢。他说："圣人之学，不是这等捆缚苦楚的，不是装作道学的模样。"

他跟学生这样讲孟子和告子的不动心：孟子说不动心是集义，所行都合义理，此心自然无可动处；告子只要此心不动，是把捉此心，反而将他生生不息之根阻挠了，不但无益，反而有害。"孟子集义功夫，自是养得充满，并无馁歉；自是纵横自在，活泼泼的：此便是浩然之气。"

心学训练的是思维感受力，譬如一个学生觉得"子在川上曰逝者如斯"是说自家心性活泼泼的。王阳明继续点化："须要时时用致良知的功夫，方才活泼泼的，方才与他川水一般；若须臾间断，便与天地不相似。此是学问极至处，圣人也只如此。"致良知的效验就是能与天地一体，还得时时与天地一体。一气流通，便天渊自在、真机活泼泼的。一旦不一体了，良知便被遮蔽了，便又回到了凡俗世界。

所谓做功夫，或者说学问功夫，就是为了脱俗谛之桎梏，"于一切声利嗜好俱能脱落殆尽"，这个还是可以做到的，只有生死念头是"从生身命根上带来，故不易去。若于此处见得破、透得过，此心全体方是流行无碍，方是尽性命之学"，过得了生死关，才算修行成了，也就算从自负其尸、虽生犹死的行列超度出来，找到了日子值得一过的支撑点，差不多等于起死回生了。

但怎样才能见得破、透得过呢？他说："只为世上人都把生身命子看得来太重，不问当死不当死，定要宛转委曲保全，以此把天理都丢去了。忍心害理，何者不为？若违了天理，便与禽兽无异，便偷生在世上百千年，也不过是做了千百年的禽兽。学者要于此等处看得明白。"

一个刚到不久的学生问："欲于静坐时将好名、好色、好货等根逐一搜寻、扫除、廓清，恐是剜肉做疮否？"

王阳明正色说道："这是我医人的方子，真是去得人病根。更有大本事人，过了十数年，亦还用得着。你如不用，且放起，不要作坏我的方子！"

那个学生惭愧无地。过了片刻，王阳明说："此量非你事，必吾门中稍知意思者为此说以误汝。"在座者皆悚然。

良知这么难把捉，因为良知本是《周易》之"易"："良知即是《易》，'其为道也屡迁，变动不居，周流六虚，上下无常，刚柔相易，不可为典要，惟变所适'。此知如何捉摸得？见得透时，便是圣人。"（本节王阳明语录均见《传习录》下卷）

王阳明的这些教法机智生动，不免让人眼花缭乱，其精髓在一个"诚"字。诚，既是未发之中，也是发而中节；只有诚了，才能澄明。诚是于相离相、空离空的澄明之境。诚了，才能开觉悟性。诚是无私心杂念的无念状态，无念念即正，有念念成邪。诚之所以重要，因为迷误由己、损益由己。良知即是独知时，良知即是诚意时。

诗意地栖居，圣学艺术化

时光荏苒，到了嘉靖二年，王阳明除了讲学就是亲近自然，已然"胸中无事"、陶然忘机，真能泰然自处了。

中外学者都曾关注阳明心学之隐逸精神，它的确是内在于王阳明心理结构的一个重要元素。他青年时期"筑室阳明洞"，中年三上九华山，在提出"致良知"时期写了一篇《思归轩赋》，现在他终于"奉旨归隐"了。他一路说过的隐逸话头难以缕析，可以分为不满现实、守护心神两类。前者与他人区别不大，如正德十三年他在《与黄宗贤》的信中说"仕途如烂泥，勿入其中"。守护心神的则是从心地着眼："人在功名路上，如马行淖泥中，脚起脚陷，须有超逸之足，始能绝尘而奔。得意场中，能长人意气，亦能消灭人善根。"（《王阳明佚文辑考编年》下）王阳明性好山水，无论是求学、隐修、行军、做官，一遇佳山胜水必登临，一生修养颇得益于此，这些可算是穿插式隐逸了。不管是为了在官场自保，还是让自己在自然中陶然忘机，他都能"常惺惺"守住自己的觉性、保住那"超逸之足"，他的根本志向是"得道"。《思归轩赋》有言：

夫退身以全节，大知（智）也；敛德以享道，大时也；

怡神养性以游于造物，大熙也，又夫子之凤期也。

隐逸的关键是"敛德"，出离功名利禄、疏离主流规约，从而保住自己的"善根"。他觉得自己"得归"而后能"得道"，就"志全"了，从而就"化理而心安"了。他的《居越诗三十四首》情景相生、化合无痕，是他一生诗歌创作的顶峰。因为他得道、志全、化理、心安了。《山中漫兴》前两句写景难得地细致，内容饱满，为"世事从前顿觉非"做了充分的铺垫，结论是"自拟春光还自领，好谁歌咏月中归。"

这种诗意栖居的好日子的高峰是嘉靖三年（1524年）中秋节，他的守丧期已过，在越城区天泉桥的碧霞池设宴与学生会餐。有百十名学生"侍坐"，就像《论语·侍坐》所描绘的景象一样，只是王阳明这里有酒肉，规模也比孔子当年大多了。酒喝得半酣，歌咏声起。人们都撒开了性子，"自由"活动起来，有的投壶，有的击鼓，有的泛舟。王阳明心中很舒坦，找到了天人合一的意境，欣然吟出"道"在言说的《月夜二首》，用月来喻人、用月光喻人的自性：

> 须臾浊雾随风散，
> 依旧青天此月明。
> 肯信良知原不昧，
> 从他外物岂能撄？

良知如明月，外在的闻见道理便像遮月的云雾。云雾不碍月体的自性明亮；去掉云雾，月光又会更明亮。他告诫人们要守住自性，莫辜负只有一次的人生，千万不能做制造云雾的工作，做支离破碎的学问，说糊涂话，从而死不见道：

> 须怜绝学经千载，
> 莫负男儿过一生！
> 影响尚疑朱仲晦，
> 支离羞作郑康成。

他想到的合适的人格典型是那位在《侍坐》中说自己的志向就是在春风中漫步唱歌的曾点："铿然舍瑟春风里，点也虽狂得我情。"

王阳明复述这一"做事"有以孔子自况之意，孔子的风格就是淡泊宁静、"无可无不可"，既不枉道求荣、降志辱身，也不隐居放言，只是从容中道。王阳明认取的是这个。

第二天，学生来感谢老师。王阳明注解性地全面阐发了自己的意思："当年孔子在陈国，想念鲁国的狂士。因为狂士不陷溺于富贵名利之场，如拘如囚。我接受孔子的教义，脱落俗缘（所以我赞同曾点）。但是，人们若止于此，'不加实践以入精微'，则会生出轻灭世故、忽略人伦物理的毛病，虽与那些庸庸琐琐者不同，但都一样是没得了道。我过去怕你们悟不到此，现在你们幸而见识到此地步，则正好精诣力造，以求于至道。千万不要以一见自足而终止于狂。"他刻刻在念地警惕着"狂"，是因为他敏感地察觉心学后学具有走入狂禅的可能。

王阳明本人素来具体问题具体分析，力求保持动态中的正好、恰好（"时中"）。有个学生要到深山中静养以获得超越，王阳明说："君子养心之学，如良医治病，随其虚实寒热斟酌补泻之，是在去病而已，初无一定之方，必使人人服之也。若专欲入坐穷山，绝世故，屏思虑，则恐既已养成空寂之性，虽欲勿流于空寂，不可得矣。"他的方法论吸取了佛法的精华，但价值观力拒佛教之遗弃现世的态度。进取超越是他的基本心态，超迈所有的既成体系是他的基本追求，更重要的是，他的体系是超实用而实用、超道德而道德。

王阳明的理论几乎"无一字无来历"：心即理，吾性自足，有孟子的性善论、陆九渊和禅宗的明心见性；致良知，有《孟子》《大学》《中庸》中的同类表述；能将我心与天理合起来的道理则有儒、释、道三家共同的"万物一体"学说。然而，他就是能够在"此时此刻"搔着广大思想爱好者的痒处！其中的奥秘在于恢复了圣学的艺术感染力。他本人将圣学艺术化了，并能艺术地在儒、释、道三家通用的走廊上取我所需地酿造着"心学之蜜"。他说："圣学，心学也。"一方面表示自己在高举圣学的大旗，另一方面是在说圣学就是唤醒人自身的心灵感觉。激不活感觉的任何"学"都是外在于人的。王龙溪说："世有议先师者：'除了致良知一句，更无伎俩。'先师叹曰：'我原只有这些伎俩。'"（《龙溪集》卷一）

这个伎俩在哲学上叫作"化约"。化约主义是东方哲学的特色，王阳明心学是东方哲学中化约的典范。他一路提炼过来，最后只有"致良知"三字真经，他的《咏良知四首示诸生》，从用语到意境，一派禅宗风光，因为是在写给禅师法聚的诗的基础上修改的。禅师法聚、玉芝和尚、董从吾（从吾道人）这段时间和王阳明过从甚密，王阳明不再是学禅人，反而是能够开示他们的老师了，因为王阳明打通了儒、释、道三家的通道：

> 个个人心有仲尼，自将闻见苦遮迷。
> 而今指与真面目，只是良知更莫疑。
>
> 问君何事日憧憧？烦恼场中错用功。
> 莫道圣门无口诀，良知两字是参同。
>
> 人人自有定盘针，万化根源总在心。
> 却笑从前颠倒见，枝枝叶叶外头寻。
>
> 无声无臭独知时，此是乾坤万有基。
> 抛却自家无尽藏，沿门持钵效贫儿。

文火炼现量

　　王阳明的讲学不仅在教学生，更是在以文火炼自己的现量（佛教术语，基本上是感觉、直觉、"现场意识" 的意思）。他跟学生说："诸友皆数千里外来此，人当谓有益于朋友，我自觉我取朋友之益为多。"还说："我自得朋友聚讲，所以此中日觉精明，若一二日无朋友，气便觉自满，便觉怠惰之习复生。"（《王阳明佚文辑考编年》）学生成了他的夹持者。他说，他之所以没有中年放倒，就是因为当年得好朋友夹持。

龙场悟道是武火刻期开悟，顿悟的时刻是没有内容的，有内容就"二"了，就有了一个能知、一个所知。他后来跟冀元亨回忆，在龙场时他常常打坐入静，一次"静坐到寂处，形骸全忘了。偶因家人开门警觉，香汗遍体"。王阳明说："释家所谓'见性'是如此。"可见他的修行方法与释家明心见性的方法是一致的，而且那场悟道不是一了百了的孤立事件，而是一个绵绵不断的过程。这个过程延续到他返回道山——他不但在滁州、南京、赣州、白鹿洞，就是回到越地、走上最后的征途（思田之役）都在悟后修，得空儿即打坐。

王阳明体验到的现量的奥秘是个"空"字，他说孔子"扣其两端"的方法是在运用"空"的原理："无知，是圣人之本体。未接物时，寂然不动。两端，乃是非可否之两端。叩者，审问也。设有鄙夫来问，此时吾心空空如也。鄙夫所问虽寻常之事，必有两端不定之疑，我则审问其详，是则曰是，非则曰非，可则曰可，否则曰否，一如吾心之良知以告之。此心复归于空，无复余蕴，故谓之竭。"（《王阳明佚文辑考编年》）"若夫子与鄙夫言时，留得些子知识（自以为是的意见）在，便是不能竭他（夫子）的良知，道体即有二了。"（《传习录》下卷）如此不厌其烦地引述，是为了展示王阳明对"空"字诀的掌握和运用，侧面显示了他也是这样用文火炼掉自己的"心中一物"，放空自我，从中体会一分空一分功的效验。

有了这个功夫，他才会对学生因势利导、因材成就，狂者就从狂处成就他，狷者就从狷处成就他。需要剪裁，就反言棒喝；需要鼓励，就启发他的自信。他的基本教育原则是让学生坚信："决然以圣人为人人可到，便自有担当了。"——关键是每个人的"自肯承当"。

那个狂简的王艮出游回来，王阳明问他："游何见？"他说："见满街人都是圣人。"王阳明说："你看满街人是圣人，满街人倒看你是圣人在。"

董萝石出游而归，跟老师说："今日见一异事。"王阳明问："何异？"答："见满街人都是圣人。"王阳明说："此亦常事耳，何足为异？"

问同答异，因接机者的机缘不同而"反其言而进之"，王艮圭角未融，王阳明打掉他以圣人自居的傲气；董萝石是在显摆自己的发现，王阳明便沮丧其招摇之心。

世人常常指责王阳明狂傲，他也自知有此习气，所以总是不厌其烦地告诫自己和学生：必须"除却轻傲"。人最大的毛病是"傲"。好高不能忘己是众病痛的根源。只一"傲"字，便能结果了一生。"胸中切不可有，有即傲也。"轻，是浮躁、轻率、浅薄。轻傲是狂的末路，是狂的堕落形态。狂，志存古道，是有理想的英雄主义。傲则是妄自尊大，蔑视人本身；用王阳明的话说，则是"谦者众善之基，傲者众恶之魁"。邹守益自我总结遭贬谪"只缘'轻傲'二字"，王阳明鼓励他："知轻傲处便是良知，致此良知，除却轻傲，便是格物。"（《与尚谦书》）

轻傲、自是，在心理学上叫自恋，是不顾条件地自我欣赏。其实，盲目地自我感觉良好是所有庸庸碌碌人的共性，因为这种性格自我封闭，不能与他人正确地交流，一味顾影自怜，哪还有心思从环境学习、从别人身上学习？有一分好名之心就少一分务实之意，这种人往往有小聪明，爱显摆，最后被自己的虚荣心活埋了拉倒。"自是好名"的本质是自私，这自私吞噬了自己升华自己的能量，从而在自以为聪明的傻显摆中丢掉了心体。

面对谤议日炽的局面，王阳明请学生们来分析个中原因。邹守益说："先生势位隆盛，是以忌嫉谤。"薛侃说："先生学说影响日增，又是陆（九渊）非朱，为宋儒争异同，则以学术谤。"王艮说："天下来问学的太多，您不推荐他们去当官，他们之中也有起而攻击先生的。"王阳明说："你们说的都对，但还没说到点子上。关键是我如今才做得个狂者。"

王阳明沉思了片刻，接着说了下去："当年孔子在陈，思鲁之狂士。狂者志存古人，一切纷嚣俗染，举不足以累其心，真有凤凰翔于千仞之意，一克念即圣人矣。惟不克念，故阔略事情，行有破绽。唯其有破绽说明志尚不俗，心尚未坏，尚可造就。乡愿讥议狂狷，貌似中庸，其实是德之贼也。因为他们媚世，他见君子就表现出忠信廉洁的样子，见小人又与之同流合污，其心已破坏，绝不可能入尧舜之道。如今的士夫则比乡愿还等而下之，他们陷溺于富贵声利之场，如拘如囚，必然视狂者为怪物、为仇敌。当年在南京，我还有乡愿意思，后来便任天下飞语腾口，我只依良知而行。现在我要努力悟入中行圣道。你们也不要止于狂就罢手。"

钱德洪问："先生二十八岁刚及第时上《边务八事》，务实的人都赞扬，也有说您狂傲的。后来先生主试山东，在命题中就抨击乡愿，是否您以反乡愿为一贯之道呢？"

王阳明笑了，说："上《边务八事》是少年时事，有许多抗厉之气。此气不除，欲以身任天下，不济事。傲是人生大病，断断要不得。但乡愿又是坏天下心术的顽症，造成重僮狡而轻朴直，议文法而略道义，论形迹而遗心术，尚和同而鄙狷介的阉然媚世的世风，天下之人已相忘于其间而不觉。此风不除，国事无望、人心难起，读书人只要会背朱子注文即可得官及第，士习日偷，谁还料理自家心头的良知！"

绍兴知府南大吉，是个轻官重道的人，年岁地位都不轻，近狂而不傲，听说了阳明心学的宗旨，便来当门生。他性豪旷，不拘小节，有悟性。一次，他反问王阳明："大吉临政多过，先生何无一言？"王阳明说："何过？"南大吉一一数落，王阳明说："我言之矣。"南大吉问："何？"王阳明说："我不言何以知之？"南大吉说："良知。"王阳明说："良知非我常言而何？"南大吉笑谢而去。

过了几天，南大吉又来忏悔，觉得自己的错误更多了。王阳明说："昔镜未开，可得藏垢。今镜明矣，一尘之落，自难住脚。此正入圣之机也，勉之！"

正因为南大吉忙于入圣而疏漏了官场规则，考查时才被人挑剔，但他在给王阳明的信中对此只字不提，还是请教如何自新。只以"不得为圣人为忧"。王阳明大为感动，让学生传阅他的信，并在回信中用"灵觉"解良知，给良知来了个"博喻"：

> 昭明灵觉，圆融洞澈，廓然与太虚而同体。太虚之中，何物不有？而无一物能为太虚之障碍。盖吾良知之体，本自聪明睿知，本自宽裕温柔，本自发强刚毅，本自斋庄中正、文理密察，本自溥博渊泉而时出之，本无富贵之可慕，本无贫贱之可忧，本无得丧之可欣戚、爱憎之可取舍。

> ——《答南元善》

嘉靖四年（1525年），他给学生魏师孟写扇面，几笔就勾勒出心学的"公式"：

> 心之良知是谓圣。圣人之学，惟是致此良知而已。自然而致之者，圣人也；勉然而致之者，贤人也；自蔽自昧而不肯致之者，愚不肖者也。愚不肖者，虽其蔽昧之极，良知又未尝不存也。苟能致之，即与圣人无异矣。此良知所以为圣愚之同具，而人皆可以为尧舜者，以此也。
>
> ——《书魏师孟卷》

一直坚持"修悟双融"的阳明先生，无论是从内心，还是在讲论中，都为自己建构的"良知即圣"的"公式"而欣喜，因为这样他实现了自己年少时立下的学做圣人的大志，对自己是个相当圆满的交代；对天下学子和大众来说，王阳明则是指明了一条金光大道：上至王孙公子，下至百姓乞儿，只须致良知，都可成圣人！

夜航灯塔

王阳明起脚就与官方意识形态程朱理学叫板，而且奋不顾身、愈战愈勇地开辟了新天地。有人拥戴必有人反对，朝中大臣视他为怪物者甚夥（杨一清、杨廷和、费宏、乔宇），同僚当中更多，就连他的下属都敢公然跟他对着干。驻在南昌的提学副史邵锐和巡按御史唐龙明确禁止当地士人就学于王门，想让程朱理学占领江西的学术阵地。当地士人魏良弼三兄弟毅然师从王阳明，"王阳明深许之"。

自从王阳明、湛若水开门办学以来，明代讲学风起，各地修葺破旧书院、重开学术道场蔚然成风。譬如，那个南大吉在嘉靖三年让山阴县令"拓书院而一新之"(书院在越城卧龙西岗，荒废已久)。南大吉这是为了让老师来讲学，也为了尊经明道。稽山书院成了阳明心学重镇。这年十月，南大吉又辑录了老师的论学书两卷，与薛侃在赣州刻的三卷合成五卷本的《传习录》，成了王门功臣。

从嘉靖三年开始，王阳明忙了起来，因为开始有大批的学生从江左江右、山南海北而来，把古越的寺院都住满了，如天妃、光相等地数十人挤在一屋，夜无卧处，只能轮换着躺一会儿。在南镇、禹穴、阳明洞到处住着来求学的人。王阳明每开讲座，前后左右环坐而听者，常常数百人。每次讲完，学生无不跳跃称快。心学讲求情感深切动人，王阳明通达无碍、机锋犀利，还有诚挚感人的艺术家气度，自然会产生一种强烈的"情感场"，让听讲的人获致感性的满足、精神的改变。王阳明能讲得问学的人忘乎所以，是因为他的教学艺术已达"感召之机、伸变无方"的化境。王阳明单是作为一个教育家，也已在教育史上占了醒目的一页。

来求学者络绎不绝，他送往迎来，月无虚日。对初学者，他必讲规矩。他在《教约》中规定得明明白白：每天早晨必须来一套功课，诸生务要实说爱亲敬长的心是否真切，一应言行心术有无欺妄非僻。教读时要随时就事，曲加诲谕开发。然后，各退位就席，学习知识。歌诗习礼都有一套方法。歌诗不能躁急、荡嚣、馁嗫，目的是为了精神宣畅，心气和平。每月的初一、十五，他的书院还要会歌。习礼，要澄心肃虑，目标是为了坚定德行。先难后获，不能上手就潇洒，那就成了良知现成派。

王阳明在《四气全篇》中详细规定了九声（平、舒、折、悠、发、扬、串、叹、振）在唇舌之间的位置，用气要求，用《易》理贯穿声气。"歌者陶情适性，闻者心旷神怡，……此调燮之妙用，政教之根本，心学之枢要，而声歌之极致也。"王阳明教童生学者尤重歌诗涵咏，让他们分班轮唱，乐在其中。没有乐，礼会伪。《乐记》讲"唯乐不可以为伪"。歌诗能让你在自由感性的快乐中获得认同的和谐，培养出诚意和创意，所以王阳明说它是"心学之枢要"。

王阳明对学生说："学者悟得此意，直歌到尧舜羲皇，只此便是学脉，无待于外求也。"（《王畿集》卷七）王阳明在江西推广社学，曾经出现过"朝夕歌声，达于委巷"的局面。

许多学生到此问学一年多了，王阳明还记不住他们的名字。每当临别的时候，王阳明常感慨地说："君等离别，不出在天地间，苟同此志，吾亦可以忘形似矣！"（《传习录》下卷）

这是他讲学的顶峰期。他的文章事功在传播缓慢的古代也终于传播开来。每个来求学的人都是广告，所以雪球越滚越大。他的大弟子也有独立办学的了，对扩大阳明心学的影响也起了巨大的推动作用。

官方的批判也是一种有力宣传。南宫试士以讥心学为题，王阳明相当高兴：这回穷乡深谷也知道我的学说了；我若错了，必有起而求真者。参试者中，有个王门弟子称"不能昧我的良知而媚时好"，不答而出，时人以为高。而欧阳德、魏良弼直接阐发老师的思想，居然高中。

他的学生应试回来，沿途宣讲老师的哲学理论，有人认同，有人不认同。王阳明说:"你们拿一个圣人去与人讲学,人见圣人来,都怕走了,如何讲得行!须做得个愚夫愚妇,方可与人讲学。"

在这个意义上,他还强调:"与愚夫愚妇同的,是谓同德;与愚夫愚妇异的,是谓异端。"但变成王艮的"百姓日用即是道"的大众哲学时,王艮的平民宗教便瓦解了心学的天理界限,王艮的泰州学派大昌,王阳明的心学也盛极而衰。

山阴县西边有一座牛头山,王阳明将它改名为浮峰。邹守益从江西来问学,临走时,王阳明送他到这里,依依惜别地写了《再游浮峰次韵》《夜宿浮峰次谦之韵》。邹守益走后,王阳明与别的学生在延寿寺秉烛夜坐。王阳明大概觉得这也许是永别了,慨叹怅惘不已,说:"江涛烟柳,故人倏在百里外矣。"一个学生问他为什么这样思念邹,他说:"曾子所谓'以能问于不能,以多问于寡;有若无,实若虚;犯而不校',若谦之者,良近之矣。"

这个邹守益确实很好地保持了儒家及王门的传统,过去有人认为他是王门的嫡派亲传。两年后,他因反对嘉靖帝把本生父母追封为皇帝、皇后,被贬为广德州通判。他在此建立复古书院,广集生徒。嘉靖六年(1527年),他请刻先生文集,王阳明很放心地交付他,还很精心地编定了年月,嘱咐纯按时间先后排,不能以文辞分类,因为他的文集只为明道而已,不能混同于世俗繁文盛而实意衰的做法。王阳明编纂自己的文集也学了孔子删述六经的手段。以"明道"为宗旨的编辑方针,果然是只见夫子王阳明,不见真实王阳明。

嘉靖四年九月,他回到老家余姚,建立了一个制度,就是每月以朔(初一)、望(十五)、初八、二十三为期,在龙泉寺中天阁聚会讲论。他写了一个"学规"——《中天阁勉诸生》,亲书于中天阁墙壁上,告诫同盟勿一曝十寒,要坚持月月讲、日日讲,不得动气求胜、长傲逐非,务在默而成之、不言而信。这种讲会制度在王阳明死后蔚为大观。各地的王门学生以这种形式光大阳明心学,有了点民间会社的味道。

中天阁在清乾隆年间被改建为龙山书院,后又不断重修,现为文献馆,收藏着王阳明的家书等文物。阁的下方有余姚四先贤——严子陵、王阳明、朱舜水、黄宗羲的古里碑亭。王阳明碑亭石柱上有乾隆年间余姚知县的题联:"曾将大学垂名教,尚有高楼接瑞云。"亭额题有"真三不朽"。

还是嘉靖四年,王阳明的学生在越城之西郭门内、光相桥东建立了王阳明书院。十二年后,书院又有了"阳明先生祠"的功能;因为王阳明死后,依然有许多学生来居,依依不忍去,于是身为巡按御史的周汝员便给同学们建立了这个"留守处",用"气场"感化来瞻仰的后生。

本年十月,他写了一封剑拔弩张的《京师地震上皇帝疏》,剑指首辅费宏。费宏是江西人,宁王派人烧他家、杀他哥,他也曾向王阳明提出平叛的军事建议,王阳明得罪他的原因不详。他一直打压王阳明,不提拔王阳明保举的平宁王有功的江西官员,而且不断地清查线索,几年来一直在调查王阳明私通宁王的罪证。王阳明的奏疏先将首辅与历代名相对比:"其直不如(陈)平,厚不如(周)勃,谋断不如房(玄龄)、杜(如晦),而救时又不如韩(琦)、范(仲淹)远甚,徒以奸佞伴食恬宠,上激天变,下鼓民怨,中失物望。"接着用《易》之"'屯'飞'鼎'伏"卦象预示着将有折鼎之凶,"剥"

卦阴生下将去君子、阳剥上将聚小人来吓唬皇上："小人在相位，兵起之兆。"排比了五个"此臣不去"的后果，最后一个就是像地震这样的灾异会密集发生！

费宏两年后才暂时退休，王阳明才被起复，而新的阁臣班子对王阳明更不怎么样。钱德洪编《阳明先生文录》时，费宏第三次入阁，此奏疏自然不敢编入（王阳明入祀孔庙前夕，钱德洪又将文集做了一次避讳处理），反而将费宏写王阳明的四篇文章收为附录。费宏的文章写得不错，还能发现王阳明事业的根在"处困之功"。

这是王阳明在奉旨隐居时期直接就朝政发声的特例，不得已插补于此，以见他还心记时务，并不像他故意说得那样："海内交游唯酒伴，年来踪迹半僧房。"（《次张体仁联句韵》）

钱德洪、王畿乡试中了举，但没有进京参加会试，坐船回到了山阴，王阳明非常高兴，"迎会，笑曰：'吾设教以待四方英贤，譬之市肆主人开行以集四方之货，奇货即归，百货将日积，主人可无乏行之叹矣。'自是四方来学者日益云集"（周汝登《钱德洪传》）。王阳明非常幽默，把钱德洪、王畿比喻为奇货，而且会招徕百货，自己这个主人就不怕没有货了。王阳明让他俩当助教，凡初入门者，都让他俩引导，等志定有入、有了基础之后，才正式接见。每临坐，先焚香默坐，无语，找感觉（恰似慧能每次开讲之前），然后让学生试举，立即予以针对性极强的点拨。大凡灌输一种哲学化的生活方式，都要助人在有限的日常生活中找到无限的意义。王阳明不但绝无酸腐气，更没有头巾气，酷似高僧在接引初入机的门徒。

嘉靖五年，刘邦采在安福首创惜阴会。王阳明为之作《惜阴说》。这个惜阴会每隔一个月聚会五日。次年，王阳明出山去解决广西民变，路过江西吉安，寄信安福的友人说，当时怕成虚语，现在听说远近来与会者竟有百数，可见良知之同然。他用程明道的话勉励大家："宁学圣人而不至，不以一善而成名。"不到一年，远近闻风而至者已经百数，尔后日益发展，等到嘉靖十三年，邹守益、刘邦采等在惜阴会的基础上建立了复古、连山、复真书院，并订立了四乡会章程，春秋两季，合五郡，出青原山，为大会。用《年谱》的话说："于是四方同志之会，相继而起，惜阴为之倡也。"这是历史性的事件，是后来复社之类党社活动的雏形。

几则"语案"

一

王阳明碰上顽固汉也是一筹莫展。有一次他送走三老头，退坐中轩，若有忧色。钱德洪赶紧过来问讯，王阳明说："方枘圆凿，格格不入，圣道本来坦易，世上的俗儒自加荒塞，终身陷荆棘场中而不悔，我不知怎么说好啊！"钱德洪很感动，退下来对同学说："先生诲人，不择衰朽，仁人悯物之心也。"

二

他过继的儿子正宪年幼时难免"狂稚"，他写扇面告诫他"学做好人"，力去傲字："为子而傲必不孝，为臣而傲必不忠，为父而傲必不慈，为友而傲必不信。"他不敢说为君而傲如何，其实专制君主天然大傲，把天下人都变成了奴才。但王阳明没有像黄宗羲、龚自珍那样反思这个问题，所以写不出黄宗羲的《原君》、龚自珍的

《尊隐》来，而王阳明这个儿子也没听他的话。

三

一个学生问："我只是于事上不能了。"王阳明说："以不了了之。"学生一时难解，但也没想好，不敢再问。王阳明接着说："所谓了事，也有不同。有了家事者，有了身事者，有了心事者。汝今所谓了事，盖以前程事为念，虽云了身上事，其实有居产业之思在，此是欲了家事也。若是单单只了身事，言必信，行必果者，已是好男子。至于了心事者，果然难了。若知了心事，则身家之事一齐都了。若只在家事身事上着脚，世事何曾得有了时。"

有人说虑患不可不远，王阳明说："见在福享用不尽，只管经营未来，终身人役而已。"

四

学生问："举业有妨为学否？"王阳明说："梳头吃饭有妨为学否？只要去做就是学。举业是日用间一事、人生一艺而已。若自能觉破得失外慕之毒，不徒悦人而务自谦，亦游艺适情之一端也。"关键是能"觉破得失外慕之毒"，不是为了"悦人"，而是为了"自谦"，有自谦的功效就是"学"，在自谦的前提下"游艺适情"，举业也是人生一艺了。

王阳明提倡"游艺适情"，不弃世，不避世，不抗世。一个直接而尖锐的问题是，怎么用心学这一套去答八股的卷子？一个学生就这么问他："举业必守宋儒之说，今既得圣贤本意，文意又不可通，见解如此，文如彼，怎么办？"

王阳明说："论作圣真机，固今所见为近（咱们这一套靠近作圣真机）。然宋儒之训乃皇朝之所表彰，臣子自不敢悖。故师友讲论者，理也；应举之业，制也。德位不备，不敢作礼乐，孔子说吾从周，无意必也。"所谓无意必，就是灵活点，别执拗，随体赋形，应物不伤，左右逢源。用术语说，这叫"物各付物""物来顺应"。

五

王阳明指引的成圣之路绝不是苦行之路，他有个口头语："常快活便是真功夫。"还爱说"胜得容易，便是大贤"。他对作为六经之一的"乐"推崇备至，他决不像卢梭那样反对演戏，他甚至认为"今之戏子，尚与古乐相近"。他说：《韶》之九成，便是舜的一本戏子。《武》之九变，便是武王的一本戏子。圣人一生实事，俱播在乐中。"对于"诗言志"这样的老话题，他居然能如此新解为"志便是乐的本"。

他写信给黄勉之说："乐是心之本体。仁人之心，以天地万物为一体，忻合和畅，原无间隔。……时习者，求复此心之本体也。悦则本体渐复矣。……时习之要，只是谨独。谨独即是致良知（刘宗周、黄宗羲一脉正是以此为基本路线的）。良知即是乐之本体。"

这样，致良知就变成享受法喜禅悦的大快乐，让生命变成"欣悦的灵魂"的功课。

六

就找快乐而言，也是少一种毛病就多一分快乐。要想快乐，就得忘我。忘我才能成"我"。这个相反相成的通道包括两个支点。一是以天地万物为一体，把小我与族类大我融为一体，"己欲立而立人，己欲达而达人"；世界是大家的，同生共长，才能良性循环——心物一元。二是"君子之学，为己之学也。为己故必克己，克己则无己。无己者，无我也。世之学者执其自私自利之心，而自任以为为己；潏焉入同隳堕断灭之中"(《书王嘉秀请益卷》)。这也就是说，一是使"我"大起来，这叫扩充法；二是使"我"小至于无，这叫克己法。让"我"永远不要封闭，总是处在与他者(如圣贤)、人情事变的核心点保持互动，坚决克服"意必固我"。扩充是立志成圣，自我担当，克己是尊重规律、灭人欲，有克服主观唯心主义的含义。这样的快乐才不是傻乐。

七

王阳明的"九声四气歌法"实难转述，有《九声半篇》《四气半篇》《九声全篇》《四气全篇》，详见《王阳明佚文辑考编年》。可以在此转述的不过是语言：据王阳明说，这是古歌法，后世不知所养，故歌法不传。王阳明以春夏秋冬、生长收藏四义，开发收闭为按歌之节(轻重节奏)，传诸海内，学者始知古人歌诗之意。王阳明说："学者悟得此意，直歌到尧舜羲皇，只此便是学脉，无待于外求也。"因为歌诗直接作用于"吾性"，所以是"学脉，无待于外求也"。王阳明教童生学者尤重歌诗涵咏，让他们分班轮唱，乐在其中。束景南推测当时的书院常举行书院大会，以讲学、读书、歌诗为三大活动，王阳明的《九声四气歌诗法》或为王阳明弟子在书院大会上传播开来，有人称为"阳明先生调"。王阳明与诸生歌于天泉桥，"老夫今夜狂歌发"，即是用九声四气歌诗法。

八

王阳明特别感性，譬如，他和学生一起出游，看见田间的禾苗，说："能几何时，又如此长了。"一个学生说："此只是有根。学问能自植根，亦不患无长。"王阳明说："人孰无根？良知即是天植灵根，自生生不息，但著了私累，把此根戕贼蔽塞了，不得发生耳。"

最典型的例子，可入世界美学史的片断是：他跟人游南镇（会稽山），一友指岩中花树问："（你常说）天下无心外之物，如此花树，在深山中自开自落，于我心亦何相关？"

王阳明说："你未看此花时，此花与汝心同归于寂。你来看此花时，则此花颜色一时明白起来。便知此花不在你的心外。"

这不是认识论，这是意义论：意义既不在心，也不在花，而在于心花贯通；再抽象一步，叫作心物一元、"意"建立意义。

九

聂豹（字文蔚），《明史》说他是"倾狡之徒"。他在江西时，从远处看见过王阳明一次。王阳明在山阴赋闲时，他作为御史巡按福建路过杭州，非要渡江到山阴拜望王阳明；有人竭力阻止，他不听，见到王阳明后，"大悦"。他因王阳明两封《答聂文蔚》而上了中国思想史。在王阳明死后四年，聂豹已是苏州知府，觉得自己的思想水平应该归功于阳明心学，才对着王阳明的木牌磕头拜师傅。他后来也成为阳明心学后劲中的一派。

王阳明《答聂文蔚》大意是：各色人等每天上演的相陵相贼的活剧是江河做墨也写不完的，从最宽厚的角度说这是知行不一、言行不一，利用语言与实际之间的缝隙来损人利己。要害在于缺少诚和爱！各种伪善阴险都因良知之学不明！与良知对应的是"私智"。良知类似王道，自私自利之私智则是混账之道。混账的根源在蔑视人本身、良知麻痹，一家骨肉都不能"同情同感"。没有了万物一体的情怀，才有了"祸乱相寻于无穷"的现实。怎么把混账之道变成王道呢？只有唤醒人人自有的良知！王阳明的唯良知主义就是要从历史深渊中推出一种人格光明（他生平最后一句话是"此心光明"），这种光明是"千年暗室，一炬能明"的那种明。

王阳明的"良知治国论"其实是一种"时代永恒论"：大同世界本是良知周行的世界，后来良知之学不明，便祸乱相寻。人们应该努力的就是回归三代、复归大同。"三代之治"才是人间世，那个大同世界不同于动物世界，是因为人人"为其良知同也"。良知人人具有，人人拿出良知来，就不是动物世界了。换成大白话：一个人不良心了，就可以无所不为；一个王朝、一个集团不讲良心了，更可以无所不为。所以，要过人的日子，就得讲良心。人人讲良心，才会天下太平。岳飞说文官不贪财、武官不怕死就可以天下太平。其实，文官不贪财就是文官的良心，武官不怕死就是武官的良心。良心是公义的应该，良心是道法自然的那种自然。这个"应该"和"自然"也就是名声不大好的那个"天理"的基本意思。譬如"饥来吃饭困来眠"就是禅，就是天理，人们不肯好好吃饭好好睡觉，偏要百般求索万般折腾，这个折腾才是人欲。吃饭睡觉不是非灭不可的人欲，该灭的是那个求索和折腾，因为它"过"了。良心又是将心比心的同情（含移情），"己所不欲勿施于人"的忠恕之道。王阳明说得太绝：凡有血气者莫不有良知。倒过来则是，凡昧良心、无良知者皆无血气了，纯粹冷血动物了。王阳明的简易直截之道就是致良知，一个人致良知成为一个真正的人，一个社会致良知则成为三代盛世。但是，统治者、君子必须从我做起、从当下做起："视人犹己，视国犹家，而以天地万物为一体。"

"必由致良知而天下治。"良知是改造麻木不仁的良知麻痹症的药方。"天下之人心，皆我之心也"，这句话揭示了王阳明悲悯情怀的哲学基础。王阳明的悲悯情怀是他区别于一般道学家的根本地方。他看着父母兄弟姐妹在痛苦的深渊中挣扎，他寝食难安，他觉得不去救助就不是人！

阳明心学的制高点是"天下之人皆自致其良知就天下大同"。其中的力道在于把伦理宗教化了，运用的是美学推论，是自由心证法。王阳明的良知固然不含经济方案，但可以"+"经济方案，他说的大同主要是指全社会的伦理程度，也包括良知 + "名物度数"。

钱德洪对老师从生活世界中点醒人的"脱去凡近，以游高明"的本领颇有心得，他在刻阳明先生《文录续编》前深情地总结道："（这些简短的文字）皆寻常应酬、琐屑细务之言，然而道理昭察，仁爱恻怛，有物各付物之意，……言虽近而旨实远也。"钱德洪还在别处说过："师之学发明同体万物之旨，使人自得其性，……以成天下之务，……其道可以通诸万世而无弊者，得其道之中也。"

王阳明说，良知良能本一体也。"知良能，是良知；能良知，是良能。此知行合一之本旨也。"（《王阳明佚文辑考编年》）

第十二回　煮沙为盐，此心光明

　　王阳明走到哪里，无论刮风还是下雨，都有一帮学生出迎、运送。他是受莘莘学子拥戴的"教主"了。其况味与发配龙场时有了天壤之别，比当年在江西也显得德高望重多了。就他能见到的景象而言，此时走到了顶峰。

曲成万物

嘉靖朝最大的事儿就是大礼议了。嘉靖帝想要本生父母也成为正牌帝后，因此与群臣发生了激烈又旷日持久的争执。高潮时，有220人集体跪伏到左顺门，请愿抗议。此前的书面抗议更是连篇累牍。明朝的文官能够集体行动是个了不起的特点，说明儒家文化观念被普遍奉行。皇帝当然不可能屈服，先派太监两次劝退，集体请愿者不听，还叫来了辅臣一起力争。皇帝便派太监记录诸人姓名，抓走了八个为首的。杨慎等便在外面撼门大哭。一时群臣哭声震宫阙。年轻的皇帝大怒，一下子抓了134人，另有86人待罪（比正德还狠）。这些人分别受到发配、夺俸、杖责等"报答"。后来，抗议的人轻则被劝退，重则被发配，史称"大礼未成，大狱已起"。

王阳明丁忧期满之后，众声交荐进京重用，杨廷和怕王阳明夺他的势头，阻挠王阳明入阁，却歪打正着地使王阳明免了"大礼狱"一劫——坚持正统规范，他也在请愿者之列；曲意逢迎获宠，他就会为正人君子鄙视。他忠实的学生邹守益就因坚持正统而遭到了贬谪。杨慎因此案在边戍地过了后半生，并死在了那里，临死前还说："迁谪本非明主意，网罗巧中细人谋。"细人是指从边缘蹿上中心舞台的张璁、桂萼，他们引经据典地证明皇帝的要求符合儒家规范，于是获得越级提升，相当于刘瑾时代的"超拜"，他们最后蹭了王阳明一脚。

当大礼议开始时，在京的学生来信问怎样才对，王阳明不回答。他坐在碧霞池赋诗两律，其中有"却怜扰扰周公梦，未及惺惺陋巷贫"。他觉得他们那种穷折腾是在糟蹋圣贤。

先是王阳明的同事、朋友，后来变成学生的席书、方献夫、黄绾等人，却因支持新皇帝而获宠骤起。他们抬了王阳明一把，但也等于把王阳明"送走"了——他们推荐王阳明入朝入阁，阁臣们让他去平思田之乱，结果王阳明客死归途不说，还被处了个擅离职守之罪，又被翻旧账，还把爵位给"炒"丢了。他们若不得宠，王阳明至少能多清静两年，也可能晚死两年。

嘉靖四年，广西田州（今百色、田阳、田东）的土司岑猛屡次侵犯邻部，又不听征调，与朝廷作对。朝廷派都御史姚镆去征讨。用了一年多时间，姚镆攻杀岑猛，田州改设流官。然而，朝廷论功行赏之后，岑猛的余部卢苏、王受等复起。姚镆又纠集四省兵力征讨，许久不见效，被巡按御使"论"了一本。于是，朝廷决定派新的能员摆平此事。

桂萼本来不同意用王阳明，碍于张璁的面子，勉强委派王阳明总督两广及江西、湖广军务，给他处置事变的全权：该剿该抚，设流官土官，随宜定夺，还要处理前任的功过。最后叮了一句：不许推辞。

王阳明还是推辞，上了一封谢绝书，说自己痰疾增剧，若半路死了，就坏了国家大事。而且，土官仇杀，其势缓，不像土匪啸聚时刻都在涂炭生灵。姚镆老成，一时利钝，兵家常事；御使所论，也只是激励姚善后收全功。他建议朝廷委姚全权，给他时间。朝廷把这视为一种要价。很快就让姚镆退了休，敦促王阳明尽快上路。

他并未朝闻旨意连夜出发。前些时，有人弹劾王华生前曾收贿赂——他主动交出来就正证明他收了；他是被迫退休的，不能按大臣的待遇追祀。王阳明不得不起而抗争："守仁闻之，主辱臣死，亲犹君也。执事辱先君至此，守仁可以死矣。"（《与毛宪清书》）最窝心的就是那么多推荐入朝入阁的，就是不允，反而派去最南边打仗！经大礼议产生的新班子做任何事情都没有底线。更重要的是，他此时的日子，如果他不出征还将继续的日子，用他自己的话说便是："古洞闲来日日游，山中宰相胜封侯。"（《夏日游阳明小洞天喜诸生偕集偶用唐韵》）他的讲学事业规模日起，他一向所追求的并为之奋斗的用心学代理学的事业刚刚有了眉目，如果出征，身体会出情况，一旦为国捐躯，他的学说会在传播中先俗后杂。但是，这个一心救时济世、经世致用的人又不甘老死牖下，他毕竟才五十六岁。

六月下的委任，他八月才决定出征。他隆重地写了一道学规，名为《客坐私祝》：

> 但愿温恭直谅之友来此讲学论道，示以孝友谦和之行，德业相劝，过失相规，以教训我子弟，使无陷于非僻；不愿狂躁惰慢之徒来此博弈饮酒，长傲饰非，导以骄奢淫荡之事，诱以贪财黩货之谋，冥顽无耻，煽惑鼓动，以益我子弟之不肖。呜呼！由前之说，是谓良士；由后之说，是谓凶人。我子弟苟远良士而近凶人，是谓逆子。戒之戒之！

这道学规曾被许多书院刻石立碑，如保定莲池书院现在还存有王阳明手写体的碑刻。但是，它要求戒之的现象在王门后期的各地书院中时有发生，从而被当地正统道学家们视为洪水猛兽。

九月初八，他离开山阴——永别了山阴。

坐船从姚江往下漂流，他即使没有永别的预感，也应当并不平静。对于即将处理的广西政事，他自然是一点也不愁。但，他那个不满一岁的小儿子，还有那个在他家尚未站稳脚跟的张夫人，肯定是他的愁肠。嘉靖四年正月，没有生一男半女的诸夫人卒。

王阳明的学生让后人见到的王阳明依然只是思想家的王阳明——他离开越城的最大的故事就是"天泉证道"了。

天泉证道

时间：嘉靖六年（1527年）九月初七，即王阳明启程的前夕。

地点：王府前不远的天泉桥。

论辩围绕着王阳明的四句教而展开。这著名的四句教是：

> 无善无恶是心之体。有善有恶是意之动。
>
> 知善知恶是良知。为善去恶是格物。

正方：王畿，主四无说。反方：钱德洪，主四有说。

王阳明的最后裁决是打并为一，有无合一。

王畿、钱德洪二人都感到有统一宗旨的必要了：表面现实的原因是先生一走，这里的实际主持就是他俩，如果他俩不统一，就无法统一别人；深层的原因是他俩都感到心学的内在理路有出现分歧的张力，必须明确个"究竟处"，才能确定而明晰地纲举目张。王畿认为，老师的四句教，还不是"究竟话头"，他要再向前推进。他说："心体既然无善无恶，意也就是无善无恶；若说意有善恶，毕竟心体还有善恶在。"

钱德洪说四句教是"师门教人定本，一毫不可更易。心体是天命之性，原是无善无恶的。但人有习心，意念上见有善恶在，习染日久，觉心体上有善恶在，为善去恶，格致诚正修，正是复那本体的功夫。若原无善恶，功夫亦不消说矣"。

王畿说："先生立教随时，四句教是所谓权法（权教，灵活应变的说法），不可执为定本（定教）。体用显微，只是一机。心意知物，只是一事。应该觉悟到心是无善无恶之心，意即无善无恶之意，知即是无善无恶之知，物即是无善无恶之物。而且只有无心之心才能藏密，无意之意才能应圆，无知之知才能体寂，无物之物才能用神。天命之性，粹然至善，神感神应，其机自不容已，无善可名。恶固本无，善亦不可得而有也。这就是所谓无善无恶。若有善有恶，则心意知物一起都有了。心亦不可谓之无矣。"

钱德洪说："像你这样，就坏了师门教法。"

就个人的学术个性而言，王畿在慧解上有优势，他也被后来的学者指为禅，他的主张也的确是禅宗的"破参开悟法"，去体悟"本来无一物，何处惹尘埃"式的空灵，究竟话头就是"四无"："心无善无恶，意无善无恶，知无善无恶，物无善无恶。"（《青原赠处》，《邹东廓文集》卷三）

钱德洪在笃实上有优势。他的主张则是渐修法，强调时时"为善去恶"的复性功夫,他强调了意有善恶,于是知与物作为意的发动流行便不得不有善恶。严格地说,他只强调了三有,在理论上就不像王畿那么彻底。

他俩是在张元冲的船上辩论起来的,谁也说不服谁,就来找裁判。

已是夜晚,为王阳明送行的客人刚刚散去,王阳明即将入内室休息。仆人通报说王畿、钱德洪二人在前庭候立,王阳明就又出来,吩咐将酒桌摆到天泉桥上。

钱德洪汇报了两人的主张、论辩的焦点。王阳明大喜:"正要二君有此一问!我今将行,朋友中更无有论证及此者,二君之见正好相取,不可相病。汝中(畿)须用德洪功夫,德洪须透汝中本体。二君相取为益,吾学更无遗念矣。"

钱德洪不太理解,请老师讲讲。王阳明说:"有只是你自有,良知本体原来无有,本体只是太虚。太虚之中,日月星辰、风雨露雷、阴霾气,何物不有?而又何一物得为太虚之障?人心本体亦复如是——太虚无形,一过而化,亦何费纤毫气力?德洪功夫须要如此,便是合得本体功夫。"

王畿也请老师再讲讲。其实从理论上他已获胜。他的问题在实践环节——取法太高,无法操作。王阳明说:"汝中见得此意,只好默默自修,不可执以接人。上根之人,世亦难遇,一悟本体即见功夫,物我内外一齐尽透,此颜子、明道不敢承当(批阳明心学的人抓住此句大做文章),岂可轻易望人!"如果有敢于承当的上根之人(譬如王阳明本人),就可以这样一悟本体即见功夫,物我内外一齐尽透!

王阳明随后对两个人说："我这里接人原有此二种：利根之人直从本源上悟入。人心本体原是明莹无滞的，原是个未发之中。利根之人悟得无善无恶心体，便从无处立根基，意与知物皆从无生，一了百当，一悟本体便是功夫，人己内外一齐俱透了。简易直接，更无剩欠，顿悟之学也（这是标准的禅宗法门）。中根以下之人，不免有习心在，本体受蔽，姑且在意念上实落为善去恶的功夫，随处对治，使之渐渐入悟，熟后渣滓去得尽时，本体亦明尽了。从有以还无，复归本体。及其成功一也。"

对于他这晚年定论，他自己也觉得有必要发挥清楚，于是便接着说："汝中所见的四无说，是我这里接利根人的；德洪所见的四有说，是我这里接中根人、为其次立法的。二君相取为用，则中人上下皆可引入于道。若各执一边，眼前必有失人，便于道体各有未尽。二子打并为一，不失吾传矣。"

王畿问："本体透后，于此四句宗旨何如？"

王阳明说："此是彻上彻下语，自初学以至圣人，只此功夫。初学用此循循有入；虽至圣人，穷究无尽。尧舜精一功夫亦只如此。"

过了一会儿，王阳明接着说："汝中所见，我久欲发，恐人信不及，徒增纷扰，故含蓄到今。此是传心秘藏。今既已说破，亦是天机该发泄时，岂容复秘？然此中不可执著，吾人凡心未了，虽已得悟，仍当随时用渐修的功夫，不如此不足以超凡入圣，所谓上乘兼修中下也。"

最后，他又再嘱咐一遍："二君再不可更此四句宗旨。此四句，中人上下无不接着。我年来立教亦更几番，今始立此四句。人心自有知识以来，已为习俗所染，今不教他在良知上实用为善去恶的功夫，只是悬空想个本体，一切事为俱不着实，不过养成一个虚寂。此个病痛不是小小，不可不早说破。汝中此意正好保任（自己绵密保任、自肯承当），不宜轻以示人。概而言之，反成泄漏（流弊就是狂禅）。"

这场证道，有极可注意之点：

一、王阳明更钟情于"无"而非"有"，他在别处多次讲过：悟得无善无恶心体，便从无处立根基，意、知、物皆从无生。"心意知事，只是一事"，才著念时，便非本体。讲"有"是权宜之计，是为了普度众生。凡人的功夫须从有起脚，在念起念灭上用功。无，是本体的终极处；有，是功夫的实落处。也就是说，王阳明的晚年定论是以无为体，以有为用。《明儒学案》引杨东明《论性臆言》诠释王阳明此意，颇可参考："本性之善，乃为至善。如眼之明、鉴之明。明即善也，无一善而万善之所从出也。此外有意之感动而为善者，如发善念行善事之类。此善有感则生，无感则无，无乃适得至善之本体。"

二、阳明心学的最大的特点又是体用一元的。本体是一种"管总"的设定，功夫与我们呼吸语默直接相关。设定为无，是为了追求无限、无限的追求，究其实质是一种摆脱限制、束缚的理论要求，不走到"太虚"，就不够究竟。据黄绾后来对王阳明的批评，王阳明让他们看禅宗的宗经《坛经》、道教的《悟真篇》后序，从中寻找"心源自在"的智慧，去练就一套实战性很强的艺术，什么心若明镜、鉴而不纳、随机应物，故能胜物而不伤（《明道编》）。

不可泄露的天机正在于这种虚无而实用的意术技巧，不符合正宗儒门规矩。所谓的体用一元，在他这里就是，只有确立了"无"的本体地位，才能弘扬"应无所住而生其心"的真空妙智——用王阳明的术语说，这叫"时时知是知非，时时无是无非"。他的《答人问道诗》居然照抄大珠慧海禅师的语录。

明白了这个内在的理路，就可以理解作为天泉证道的继续，也是思想遗嘱的"严滩问答"居然是用佛教话语来一锤定音了。

王阳明从越城出发，并不赶赴思田，他一路游玩，游吴山、月岩、钓台，在杭州一带盘桓到九月下旬。王阳明此行更像是巡视。他兴致很高，沿途有诗。十月初，他们在严滩作了关于"究极之说"的结论。发起者还是王畿（汝中），他有点乘胜追击的意思，因为他自感已摸到了真谛。《传习录》《讣告同门》都记载了这个"事件"，记录者均为钱德洪；他是较为被动的反方，所以他的记录不会夸张。

> 先生起行征思、田，德洪与汝中追送严滩。汝中举佛家实相、幻相之说，先生曰："有心俱是实，无心俱是幻；无心俱是实，有心俱是幻。"汝中说："'有心俱是实，无心俱是幻'，是本体上说功夫；'无心俱是实，有心俱是幻'是功夫上说本体。"先生然其言。洪于是时尚未了达，数年用功，始信本体功夫合一。

儒家旧有的术语表达不了高度讲究感应之几的心学意术。前两句有心、无心是指在为善去恶方面不能采取虚无主义的立场——是对无善无恶是心之体的补充规定；后两句的有心、无心则是有意消解一下，不能僵持有心的立场，还是应该保持"无"的智慧。

这个有无之辩从运思方式上说是佛教的，如神会和尚说的"用而常空，空而常用，用而不有即真空，空而不无即妙有。"（《显宗记》）王阳明的心本体虽说是无善无恶的，但必须用有心的态度来坚持这一点。这就是王畿所理解的从本体说功夫，还是功夫论。后两句虽是功夫上说本体，还是本体论。简单地说，严滩问答的结论就是本体功夫都是有无合一的。将天泉证道的四句教简捷地一元化起来了。心学体系到达了最完美、最单纯的抽象，王阳明找到了最后的表达式。

如果不需要避讳，王阳明勇敢地说，这四句教就是佛的四智——为善去恶是格物乃成所作智，知善知恶是良知即妙观察智，有善有恶是意之动实平等性智，无善无恶是心之体，即最高、最后的大圆镜智。不避讳会怎么样？会授人以柄，因为那毕竟是儒学大一统的天下；而且，嘉靖元年就下诏书恢复了朱子学不可动摇的权威地位。

权道合一

王阳明走到哪里，无论刮风还是下雨，都有一帮学生出迎、远送。他是受莘莘学子拥戴的"教主"了。其况味与发配龙场时有了天壤之别，比当年在江西也显得德高望重多了。他就他能见到的景象而言，现在走到了顶峰。在古越讲学的日子，他就很舒心；现在，他走到哪里都能感到心学的光辉在普照，则更开心。他自己觉得只要此学大明，就可以把这纷扰的人间世带到良知的理想国去。

他在越城讲学时，就盼着在一片湖海之交的地方卜居终老，只为眼前能常见浩荡。这次出来，偶然登上杭州城南的天真山，便像找到了家似的，心与山水一起明白起来了。天真山多奇岩古洞，俯瞰八卦田，左抱西湖，前临胥海，正对他的心中想。随同老师登临的王畿、钱德洪自然懂得老师的心意，在富阳与老师分手后，便回去准备在天真建立书院，盛赞天真之奇。他立即写诗给两位高足，表示赞同："文明原有象，卜筑岂无缘？"（《德洪汝中方卜书院盛称天真之奇并寄及之》）但是，王畿、钱德洪二人不久就进京赶考去了，落实此事的是薛侃，只是未能使之成为王阳明的居住地，却成了他的纪念堂。他的大弟子邹守益、方献夫、欧阳德等许多人都参与了修建。这里成了王门的定期聚会讲论的基地。每年春秋两次祭祀，每次一个月。

王阳明过常山时写了一首名曰《长生》的诗，正是他们刚刚论述过的究竟话头在他生命意识上的凝结。"微躯一系念，去道日远而。"说的是必须无心，一有心便落入俗套，背离了大道。"非炉亦非鼎，何坎复何离？"是说他根本不相信那些长生不死之术。他解决生死观的办法就是用哲学来超越："本无终始究，宁有死生期？"这是"无"的智慧带给他的受用。真心学是不怕死的，因为"乾坤由我在"，"我"是生命的主宰。他还说了一句禅宗语"千圣皆过影"——结穴也是明心见性一路的，只是换成了儒家言"良知乃吾师"，这是暗用佛禅语义（明用的可以统计：现存王阳明600多首诗赋，涉及佛教观念和寺院的90多首，《传习录》有佛教用语和典故40多处）。

十月，他路经江西——所谓"提戈讲道处"。他发舟广信（今上饶），许多学生沿途求见，他答应回来时再见——没想到没有回来。一个叫徐樾的学生从贵溪追至余干，王阳明让他上船。徐樾在白鹿洞练习打坐，有了点禅定的意思，王阳明一眼就看出来了，让他举示心中的意境。他连举数种，王阳明都说不对头（这是禅宗接机应化的套数），最后王阳明告诉他："此体岂有方所？譬如这个蜡烛，光无所不在，不可独以烛上为光。"王阳明指着舟中说："此亦是光，此亦是光。"然后指着舟外的水面说，"此亦是光，此亦是光"。王阳明用了禅宗的机锋开示学生，徐樾领谢而别。

当王阳明走到南浦时，人们顶香林立，填途塞巷，以至于不能通行。人们轮番为他抬轿推车，直到都司。这里的百姓出于感激加敬佩，把他奉为神。王阳明一入都司就赶紧接坐在大厅里接见百姓，百姓从东边入西边出，有的出去还进来，这种独特的会见持续到中午才结束。到目前为止，他的心学影响最大的地方都是他亲身待过的地方：一是江西，二是浙江，三是贵州。这三个地方都比较落后，浙江虽富，但在政治上并不引人瞩目，而且他的影响主要集中在浙东山区，以绍兴、余姚为中心。越是落后的地方越容易接受"吾性自足"、自信其心的心学思想；那些既得利益者集中的京畿都会，不易受此感染。后来的情形也依然按此逻辑展开——接受心学的以中下层为主，一般的士子多于士大夫，尤为难能的是，还有些目不识丁的工匠、小贩等。有一次，有人问王阳明："你总说人人皆可成尧舜，那些门前拔草的人也可成尧舜？"王阳明说："他们纵然不是尧舜，但要让尧舜拔草，也不过如此。"这样的"教义"对广大平民来说就是福音啊。

王阳明在《南浦道中》中说他重来南浦，还为当年的战事感到心惊，高兴的是那些百姓都可以安居乐业了，让人忧愁的是朝廷没有放宽对他们的税收；像他这样迂腐疏懒的人，居然受到百姓这样的欢迎，实在惭愧。

第二天，他去拜孔庙。他在孔庙的明伦堂讲《大学》，不知道围了多少人，有许多人事实上什么也听不见，但机会难得，只为了感受这种气氛。

他在孔庙讲学时听众如云的情形，被人称为上古三代才有的景象。这种景象也鼓舞了他。他一向所致力的就是广度众生，让圣学大明于天下。目前的情景是可喜的、感人的。讲学虽不是他的公职，却是他的天职。他从心眼里信服孟子的"天爵""人爵"说（"仁义忠信，乐善不倦，此天爵也；公卿大夫，此人爵也"），他不是不要人爵，但更要修天爵。

他到了吉安，便大会士友。在简陋的螺川驿站，给300多人立着讲，讲得相当实在、令人信服。大意是：尧舜是生知安行的圣人，还兢兢业业，用困勉的功夫；我们只是困勉的资质，却悠悠荡荡，坐享生知安行的成功，岂不误己误人（这偏于钱德洪的讲法）！他再三强调良知智慧无所不能，是周流六虚、变动不居的妙道。但用它来文过饰非，便危害大矣！这是他最后一次讲演了。

临别时，他再三嘱咐大家："功夫只是简易真切。愈真切，愈简易；愈简易，愈真切。"其中的道理，他在别的时候说过："才略、谋略、方略、经略，古人皆谓之略，略则简而不烦，可胜大事。因略致详，随时精进而已，何难之有！若务于详，鲜有能略者。盖不患不能详，而患不能略也。"（《王阳明佚文辑考编年》）

此时，余姚的中天阁讲会照常进行，又有新生力量鼓舞其间而日新月不同。绍兴书院在王畿、钱德洪的振作接引和熏陶切磋、尽职尽责的管理下蒸蒸日上，让王阳明欣慰无任。

过新溪驿时，又有百姓壶浆相迎、相送，沿路焚香膜拜。这座驿城是他当年主持修建的，为了抵御广西的暴动和湖南的匪寇。现在这里的人民可以安居乐业了，他下令让那些驻守在山头的弓箭手回家务农去了。

王阳明接着往前走，去处理思田之乱。所谓思恩州和田州，即今南宁市北部的武鸣县西北，以及百色市的田阳、田东一带地区。明王朝自失去安南（今越南）以后，田州事关国防。

十一月二十日，他到达广西梧州，开府办公。十二月初一，他上奏皇上，将他在当地了解到的情况和自己的举措一一奏明。

广西土著，岑氏为大。正德初年，岑猛重贿刘瑾而得到了田州府同知的官位。此前的官府对岑猛时而利用、时而压制，曾让他会剿江西土匪，结果他的兵比土匪更危害百姓。事后，他没得到想要的官位，又拥有重兵，遂嚣张生事。当地官员还想索他的重贿，他有怨气，自然不给，官员便告他要反。用王阳明的话说这叫"生事事生"。姚镆调集四省兵力会剿岑猛，岑猛要投降，不许。岑猛逃到他丈人的地面儿上；他丈人因女儿早就失爱于岑猛，正好借此机会把他毒死了。

改土归流虽是明朝的基本国策，但是在广西田州，流官出现后，反而矛盾日起，无休宁之日。但官府的对策总是"过计"——用的办法都过头。"劫之以势而威益亵，笼之以诈而术愈穷。"打，也不行；抚，也不行。把良民的膏血挥霍于无用之地。王阳明想去掉流官，因为"流官之无益，断可识矣"。但他的下属提醒他这样做是犯忌讳的，要遭来物议。他在奏疏中表示，只要有利于国家、能保护人民，死都应该，还怕什么物议？他的结论是：对深山绝谷中盘踞的瑶族，必须存土官，借其兵力而为中土屏障——让他们为我们抵御安南国；若改土为流，则边鄙之患，我（朝廷）自当之，这实在等于自撤藩篱，后必有悔。

这是他之"无"的境界给他的智慧：物各付物。他持有儒家的和平主义，忠心为帝国谋长治久安。办好事，也得求朝廷，还得动用私人关系说服当朝大佬。朝廷的秘密通道多着呢！

他先给刚刚又入阁的杨一清写了貌似情切又亲切的信："我此次事毕，若病好了，请你让我当个散官，我就感激不尽了。"此时他主要是说服朝廷按他的思路解决问题，否则必有反复。他在给朝廷的奏疏中，一开始不好说前任已把事情弄坏，但在私人信件中多次表示，从前张皇太过，后难收拾。现在想以无事处之，已不大可能，只求省减一分，则地方少一分劳扰。他真是知行合一地去亲民，去努力追求至善。他反感帝国流行的杀人立功法。当年在江西的时候他就说过："朝廷使我日以杀人为事，心岂割忍！"

新入阁的桂萼想在历史上留名，在内政上提出"一条鞭法"，开张居正之先声；在外事上便是建议王阳明以杀镇瑶，然后去攻打交趾。王阳明只依良知而行，不会逢迎邪恶，也知道后果。他在给方献夫的信中说自己深知这个和平方略必然大逆喜事者之心，"然欲杀数千无罪之人，以求成一己之功，仁者之所不忍也"。这是志士仁人的自肯承当！

王阳明一面开会处理眼前的问题，一面向朝廷汇报，算是边斩边奏。他是为了保护百姓——他们已经在战火中流离失所两年了。

朝廷又任命他为两广巡抚，他有了处置当地事务的专权。时间已到了次年的正月，摄于他剿匪平叛的威名，当他靠近田州时，岑猛的余部卢苏、王受很害怕。王阳明有诸葛亮以夷制夷的思路，便派人去劝他们投降。他们起初不敢来，直到见王阳明遣散官军，似乎没有进剿他们的意思，才放了心。王阳明又派人去，说明只是为了给他们开"更生之路"，并起誓无欺，要求他们率众归命南宁城下，分屯四营。发给他们归顺牌，等候正式受降。这些土兵都有了更生的希望，"皆罗拜踊跃，欢声雷动"。

卢苏对王受说："王公素多诈，恐怕要骗我们。"遂提出要带重兵卫护，并把军门的哨兵都换成田州人，王阳明都答应了。等到他们重兵卫护着来到城下，王阳明当众宣布："朝廷既然招抚你们，就不会失信。但是，你们扰害一方，牵动三省，若不惩罚，何以泄军民之愤？"于是将卢苏、王受各杖一百——让他们穿着盔甲接受这一百杀威棒，以显示王法的威严。

众皆悦服。王阳明随后来到他们的军营，抚定军心。那 1.7 万多人（《明史》说 7 万人）欢呼雀跃，向王阳明表示愿意杀贼立功赎罪。王阳明说"之所以招抚你们，就是为了让你们活下去，怎么忍心再把你们投入到刀兵战场？你们逃窜日久，赶快回家去吧。至于其他土匪，军门自有办法，以后再调发你们。"

他们感动不已，流泪欢呼。

于是，这场折腾了两年的纠纷，就这样和风细雨地解决了。不折一矢，不杀一人，全活了数万生灵。王阳明自认此举比大禹征苗还漂亮，一面向朝廷奏凯，一面勒石刻碑纪念；他的学生们也由此看见了道权合一的妙用。

重建伦理合理的社会

　　他一举平定田州之乱，号称是百年未有的盛事。但是，朝中偏有一帮人专挑干事人的毛病，对他百般挑剔。为了长治久安，他向朝廷建议：把田州划开，别立一州；以岑猛次子岑邦相为吏目，等有功后再提为知州；在旧田州置十九巡检司，让卢苏、王受分别负责，都归流官知府管辖。朝廷同意对岑邦相、卢苏等人的安排，别的建议遭到反复审核，迟迟不予批复。朝廷让他在此顶住，总督军务、巡抚地方，看上去是重用，其实是把他铆死在这里。他告诫黄绾和方献夫不要再推荐他入朝入阁了，以免激发权臣的恶性。他视"东南小蠹，特疮疥之疾。群僚百司各怀谗嫉党比之心，此则腹心之祸，大为可忧者"，跟三百年后的林则徐一样，不怕广东之祸事，只怕朝廷内部的窝里斗。

　　王阳明真心既为百姓好又给朝廷办事，他认为二者是一致的。只有民安才算国定，只有民富才算国强。他那"良知灵明"告诉他，天下本来没有对立的事物，只是人们非要把它们对立起来。譬如姚镆非要硬打，"轻于讨贼，重于受降；信于请兵，疑于对垒。（岑）猛既冤死而不白，镆亦功名不终。猛负国恩而身殒，镆贪军功而官夺"（《明史纪事本末·诛岑猛》），还是良知灵明的启示：一多兼容，不能排斥多样性，必须充分承认当地少数民族的特点，再三向朝廷强调不能一味用汉法统治他们。这个强调"吾性"的人，也尊重别人的"吾性"、别的民族的自性。

他认为用夏变夷，宜有学校。但刚刚停息战火，满目疮痍，人们纷纷逃窜，兴建学校无从谈起。但王阳明是本体、功夫一体化、即理想、办法一体化的人。他以人为本，发文命令提学府道：但有生员（秀才），不管正式的还是增补的，其他各地愿意来田州附籍入学的，一律欢迎。先委派教官相与讲习，打出旗帜来。等建成学校，就将各生徒分发该学肄业、照常增补廪膳生员、推荐贡生。同时，倡行乡约制度，推广他在南赣建立的地方管理的经验。由公正果断的乡约主持讨论约中会员的操行要事，表扬善人善事，纠察有过错者，有彰善簿、纠过簿，随事开引，美化风俗。

这是一套兼采宗法闾巷管理制度及道教"功过格"考评的方法，意在建立伦理合理的社会。乡约和十家牌法是建立一种私人互动的联盟和伙伴模式，经济上公布账目，对全体成员进行伦理规约管控。伦理支配的社会就是一个大学校了，进行的是惩恶扬善的终身教育。公开地赞扬、公开地批评，在忠诚誓言的氛围中开会，每个人都自发地检讨自己的过失，社团中的领袖主持会议，评点会员功过，严格保护举报人，"随事开引，美化风俗"，让约中的会员过有纪律的组织生活。乡约与十家牌法成龙配套地将自然分散的百姓组织了起来。这种做法在那个历史时期是用社区形式挽救了村社崩溃的颓势。

从王阳明卧治庐陵开始、在南赣和这里大见效果的村社自治，因为是体制性的东西，所以对中国社会的影响大于他的语录。他的语录主要在读书人中传播，这套制度被加加减减地实行着，他的徒子徒孙也主要是靠着这个方式在广大农村推进了良知＋乡村自治，从而对社会有了实质性的改进。

他兴礼乐，让当地人在婚丧嫁娶中接受教化——他一直认为圣人之道的血脉在"乐"，也就是说，乐的意识形态功能超强。在南宁兴办了学校，这里基础好，更是一举成了功。他起用一些降级官员，让他们主教敷文书院，循循善诱，渐次改化。他不是那种只布置不检查的官僚，他说待本院回军之时，必有奖惩。

兵声寒带暮江雄

八寨、断藤峡的土匪聚众数万，南通交趾，西接云、贵，东北与府江、古田的瑶族联络，在两千余里的路程上流劫出没，常常阻断水陆交通，无论是大明的官军，还是当地的土目都想铲除他们，就是不能成功。尽管明朝主要精力、兵力集中用于防御西边和北边的游牧民族，还是几次派兵进剿这里，但大军不便久住，孤军不敢追险。大军一到，土匪便隐蔽于山林峡谷。官军勉强招抚，给自己一个台阶下。大军一走，他们又啸聚而出，比先前更加嚣张。

断藤峡，本叫大藤峡，是浔江两岸连山最高、最险恶的地方。登上断藤峡顶，数百里内的景象皆历历在目。而其山是夹江峻岭，山寨临江壁立，上山路径仅一线，又须历千盘，其险不亚于蜀之鸟道、蚕丛。一夫荷戟，千夫难上。山上毒瘴恶雾，非人能堪。山上的物产可以供应他们最低水准的生活所需，所以只靠在山下围困治不住他们。他们的武器是长弓劲弩，还在箭头上淬毒抹药，中箭就立即死亡。明天顺年间，都御史韩雍曾领兵20万进剿断藤峡，撤兵无何，他们便攻陷浔州，据城大乱。流官土官交错难治，教化的办法也不灵验，用食盐等东西引诱他们，借贸易通商开化他们，他们则抢了东西就跑。用王阳明的话说，"他们窃发无时，凶恶成性，不可改化"——他们的良知彻底被尘欲遮蔽了。

打他们，对王阳明来说，关键是下打的决心。他平了田州之乱后，两江父老遮道控诉断藤峡、八寨猾贼淫乐祸害的猖乱罪状。他想起当刑部主事时处决那个杀了十八个人的杀人犯，杀人犯临刑高呼："死而有知，必不相舍！"王阳明笑道："吾不杀汝，十八人之魂当不舍吾。汝死，何能乎？"现在，他觉得不剿灭顽匪就对不起两江父老。他一旦决心下定，便简易如扫尘埃一般。此次思田之役，无论是剿是抚，都有一个突出的特点：简易、轻松，给人易如反掌、囊中取物的感觉。

有人依据惯例又提议调集狼兵。民间早有"土贼犹可，土兵杀我"的怨声。王阳明坚决否定了这个方案，他的理念是："用兵之法，伐谋为先；处夷之道，攻心为上。"现在首要的是让当地百姓心服；用兵威把持，不是长久之计。调集远来的客兵，如果他们不肯为用反而百般求索，会极难对付，耗费资财，"欲借此以卫民，而反为民增一苦；欲借此以防贼，而反为我招一寇"，所以断断行不得。

他一方面调武靖州的土兵，让他们分成六班，每班500人，分别轮流驻守在浔州城外，不得与民杂处，杜绝扰民的可能。然后，他施行他在江西尝试成功的十家牌法，培养村民的自治能力，既互相监督，又联防强盗，一村有事，邻村救援。另一方面，天助他成功，当初姚镆调集的湖南兵，因当时办差的人跟姚镆捣乱，故意错发军令，广东等地的就因错了而不来，湖南的则在姚镆罢官后才到，使姚镆不能奏凯，却使王阳明有了现成的重兵。

还是虚虚实实，能而示之不能，取而示之不取，先麻痹，然后出其不意。嘉靖七年（1528年）二月，他平定了思田之后，峡匪以为必来征讨，都窜入深险之地但久不见动静，便又出来。直到见王阳明驻扎南宁，遣散军队，兴建学校，他们才真正松弛下来。

王阳明让湖南兵和在武靖州待命的土兵分道而进。进剿的官军偃旗息鼓，悄悄地进山，一军突击，四面夹攻，迅雷不及掩耳。官军攀木缘崖仰攻之，把大小山洞搜了个遍，最后收兵回浔州。其他诸如牛肠、六寺等山寨都被扫荡，"断藤之贼略尽"。

用当时人的话说，八寨乃160年所不能诛之巨贼，是粤南诸贼的渊薮，八寨不平，两广无安枕之期。成化年间最辉煌的一次是土官集合狼兵深入巢穴，结果斩获土匪200人，就算像样的战功了。王阳明未请示朝廷，将八寨拿下，前后斩获土匪3000余人。王阳明动用的两路军队，各不满8000人，创立了大明在这一带作战成本最低、成效最大的纪录。然而，湖南兵已不堪忍受此地的气候，开始闹病，有瘟疫的苗头，王阳明的身体也支撑不住了。他下令班师。

大学士霍韬在给皇帝的上疏中说："臣是广人，曾为王阳明算了笔账，这场战役，他为朝廷省了数十万的人力、银米。他的前任，调三省兵若干万，梧州军门支出军费若干万，从广东布政司支用银米若干万，战死、疫死官军、土兵若干万，仅得田州五十日的安宁，思恩就发生了反叛。而王阳明在军费上没用任何征派，不折一卒，就平定了思田，还拔除了八寨、断藤峡这样的积年老巢。"

王阳明在嘉靖七年七月十二日上了《处置八寨断藤峡以图永安疏》，主要举措有：移筑南丹卫于八寨；改筑思恩府城于荒田，就是把原在高山之上的府治移到荒田这个轩豁秀丽、水陆交通便于贸易的地方来；还有调整基层政权布局、增筑守镇城堡，等等。他的方略是"谋成而敌自败，城完而寇自解，险设而敌自摧，威震而奸自伏"，还有个时机问题——现在正好。

这一系列利国利民的安排，朝廷里根本没人想听。王阳明处置江西事变时全靠兵部尚书王琼赞助，而王尚书早已被杨廷和借故拿下大狱，差一点杀了头；王琼再三哀求，才落得发配边疆的下场。官僚中单有在后面搞清算的。有人居然奏劾王阳明，说他进剿八寨是擅自行动，尽管他们知道当初朝廷给了他可以便宜行事的权力。王阳明提议在进剿过的地方建立郡县以镇之，赶紧教化新民，等再来土匪时，他们已成了良民，此地就不会再反复。官僚们说："建筑城邑，是大事；区处钱粮，是户部的职责；谁让他这么干了？"总而言之，不以为功，反求其过。

王阳明的身体也与这种体制耗不下去了。

到目前为止，他所有的成功几乎都是体制外的作品：不容讲学，偏讲学；没让他平宁王，他偏起义师；处置思田之乱也是不让抚他偏抚，没让剿他又剿了。不过，他实现了少年立的大志：不要只管一世的功名，要当永垂不朽的圣贤。

他关心着老家的书院和学生们，归心似箭，以为与学生相见渐可期矣，于是写信问学生："讲会地门前的草该有一丈深了吧？"

这么漂亮的战斗，兵部的奖赏还在朝廷里讨论来讨论去；他的一系列建议，还须户部调查研究后再说。他没有别的权力和自由，甚至没有就此回家的权力和自由。

上了《处置八寨断藤峡以图永安疏》长长的奏疏，他就卧床不起了。等到九月初八日，他那生怕一物不得其所的周密的新城设计还没得到答复。他四月初六上的《处置平复地方以图久安疏》，现在还没任何答复。他一入广西就接二连三地上起奏地方急缺官员疏、举能抚治疏、边方缺官荐才赞理疏，建议皇帝让所有的大臣各推荐十个，若一人举九人不举，不用；九人举一人不举，用；若五人举五人不举，就得详细考察。他讲此地的官员差得没法提，急需配备能员，否则一切都得白干，马上会出乱子。他一边上疏陈情一边请皇帝原谅他再三打扰、迹近冒犯，好像他不是在给皇帝办差，而是在给自己过生日似的。这些，统统没有答复。

九月初八日，皇上曾派行人专门来奖赏他，肯定他"处置得宜"，短时间内即令蛮夷畏服，罢兵息民，其功可嘉，赏了他白银五十两。行人到时，他硬从床上爬起来，有人搀扶着也站不住，但还是望阙谢主隆恩。这种折腾再加上"感激惶惧"，他居然晕了过去，过了许久才苏醒过来。他在谢恩疏中说，对皇上特颁这种出格的大赏，他只有感泣、战悚惶恐，"惟誓此生鞠躬尽瘁，竭犬马之劳，以图报称而已"。他说："臣病得不能奔走廷阙，一睹天颜，不能略尽蝼蚁、向日葵的赤诚了。臣不胜刻骨铭心、感激恋慕之至！"

他是二月十三日上的《奏报田州思恩平复疏》，过了七个月才来了这奖励。他把这种仪式上的奖赏看作对自己工作的肯定，思恩、田州数万本无可诛之罪的赤子因此而得以生全，怎么能不谢主隆恩！奇怪的是过去有人骂他是镇压农民起义的刽子手，却不这样骂他的前任（非要剿灭、逼得汹汹思乱）那种类型的。王阳明成了风箱里的耗子——两头受气，受了具体的气还得受抽象的气。

等到了十月初十，他不知道皇帝已嫌他麻烦，桂萼已在中伤他，仍强扶病体，给皇帝写了长长的《乞恩暂容回籍就医养病疏》：从他在越蛰伏六年，就想进京一睹天颜，又怕谗言顿起，直到现在还没一睹天颜（从嘉靖登基，王阳明就一直想睹天颜）。他再次重申他在两广征讨招抚两得当，都体现了皇上的恩威。现在已无烦苛搜刮的弊端，不会再生民乱。

王阳明走得问心无愧，既对得起皇命也对得起自己的良心。他觉得自己的一系列措施夷夏交和，公私两便，都是保治安民的良方。若有能理解其含义的人来好好执行，必能长治久安。

他让已升为副都御史的林富管理广西的行政事务，副总兵张佑管理军事事务。他举荐的人都没有很好地执行他的方略，尤其是张佑贪贿赂，造成瑶族的土司仇杀并因此连锁反应出土匪的啸聚。他扶持的岑猛的后代也没争气。一世英名的王阳明遂留下"寄托不终"的遗憾。原因在于这里根本就没可用之才，朝中也没可用之才（但并不是人间没有可用之才）。

王阳明曾借吁请边关人才给皇帝上过课：那些磊落自负，卓然思有所建立，而学识才能果足以有为的人才，却只因为一时爱憎毁誉，就愤然抑郁而去，尽管天下共为之不平，公论昭著，亦无济于事；有多少豪杰可用之才，为时例所拘，因而弃置不用！他提醒皇帝，所谓时例是朝廷定的，可拘就拘，不可拘就别拘了（三百多年后龚自珍还在喊"不拘一格降人才"）。现在朝廷的考察法，固然能去掉一些贪恶庸陋之徒，但那些蝇营狗苟侥幸求进之徒是永远会有的。那些磊落自负、有过人之见的人，屈抑自放于山水田野间，虽然他们能自得其乐，这却是朝廷的损失。朝廷使有用之才废弃终身，却用了些庸陋劣下之徒，除了增加百姓的困苦，还能怎样？

这是明代版本的王安石《上仁宗皇帝书》。龚自珍说王安石那篇万言书就是两句话：朝廷不得人才用，而人不能尽其才。其实，更致命的是：朝廷就是要铲除他们说的这种人才。大内之中，一个收拾王阳明的罗网正在越收越紧。权奸们有他们经权互用的权道。同样是权道，有良知则正义，无良知则邪恶。

镜里觅头

远在九重宫阙的嘉靖皇帝又听到尽平八寨、断藤峡的捷报后，却且喜且疑起来，遂"手诏"首辅杨一清、吏部尚书桂萼等，议一议王阳明是否在自夸，还想了解一下他的学术到底是怎么回事儿。嘉靖多疑善忌、鼠肚鸡肠，极端地刚愎自用。他们心中的"格"才是真理的标准，王阳明太出格了，尽管是出格地做了利国利民的事情，但是皇帝没让你做，你就得被考察一番，因为这怎么可以！

杨一清本是了解王阳明的，但政坛没有永恒的朋友，"利益理性"大于个人交情。王阳明的个性也不够圣贤，李东阳、杨一清都有恩于他，也都中途变异。尽管王阳明曾给他写信表示愿去当散官，他还是把王阳明看成抄自己后路的人。他知道专以报怨为事的桂萼会说出他想说的话，便把这个风头让给桂萼来出。桂萼则根本就是个小人，杨慎就耻于与他同列朝纲。桂萼嫌王阳明不听他的——你不把我放在眼里，那我就要叫你知道我的厉害。他倒不晦默，旗帜鲜明地攻击起王阳明来，把王阳明的事功和学术来了个全盘否定:"王守仁这个人为人怪诞,不懂规矩,他的心学就是自以为是。这次让他征讨思田,他偏一意主抚;没让他打八寨、断藤峡,他偏劳师动众地去打,这简直是目无王法!这是典型的征抚失宜、处置不当。"

王阳明本来就防着这一手,还专门让宦官在前线对战绩做了审计。但那没用,整你的时候才有用。杨一清说这个人好穿古人服装、戴古人的那种帽子。桂萼便接着说他居然敢非议朱子,他的心学是在妖言惑众,等等。这场廷对结束,王阳明那泼天的功劳便被风吹走了,还埋下了后面禁毁心学的伏笔。

方献夫、霍韬、黄绾纷纷上疏为王阳明鸣不平。他们从广西的地理形势、历史问题讲起,想教会皇帝懂得王阳明干的这个活儿为大明省了多少钱粮人命,保境安民多么重要,王阳明根据实际情况便宜行事,正见出他为陛下分忧的耿耿忠心,等等。但皇帝认为他们这是在替老师说情,所以他们的话听不得。个中逻辑其实是他想听的就是真的,不想听的都是假的,而且必须按照自己的旨意办,大臣越劝越要顶住。他并不觉得这个国是他的责任,只觉得必须把这个国的便宜占完,才没浪费了皇帝的权力。

黄绾的上疏言辞激烈:"臣以为忠如守仁,有功如守仁,一屈于江西,讨平叛藩,忌者诬以初同贼谋,又诬其辇载金帛。当时大臣杨廷和等饰成其事,至今未白。若再屈于两广,恐怕劳臣灰心,将士解体。再有边患民变,谁还肯为国家出力,为陛下办事?"

然而,黄绾把王阳明说成杨廷和的对立面也没有说动嘉靖,皇帝心坚意定,淡淡地说"知道了",便完事了。最高决策大凡如此,指挥千军万马的王阳明在这里只是小菜一碟。王阳明这只鞋,是被他们践踏的鞋。

嘉靖皇帝没看到王阳明写的情深意切的《乞恩暂容回籍就医养病疏》，这篇感人的性情文章被毫无性情的桂萼给压下来了。他看到王阳明表示要离开两广军门只身回家时，便把王阳明的手本，放到"留中"篚中：你不等朝廷准假就径奔老家，我偏匿而不发，坐成你个擅离职守之罪。

王阳明详细论述了他必须回去就医的原因。说他在南赣剿匪时中了炎毒，咳嗽不止，后退伏林野，稍好，但一遇炎热就大发作。他这次本来带着医生来到广西，但医生早已不服水土，得病回老家了。他还得继续南下，炎毒更甚，遂遍体肿毒，咳嗽昼夜不止。他出发前脚上就长疮走不了路，后来更吃不下饭，每天只喝几勺粥，稍多就呕吐。但是，为了移卫设所、控制夷蛮，他被人背着扛着考察完地形，才敢提奏朝廷。他硬是用浑身是病的身体上下岩谷、穿越林野，确定下了让廷臣认为出格的改建城堡的方案。他的方案成了一桩罪状，他的身体却从此一蹶不振，被抬回南宁，移卧于船上。他实在等不到朝廷批准了，只好从梧州到广州，在韶关一带等待皇帝的命令。他再三哭诉这样做是大不得已，请皇帝怜悯他濒临垂危、不得已之至情，使他幸存余息，再鞠躬尽瘁——"臣不胜恳切哀求之至！"

就是有点怨仇，看到这样感人的文字，也会涣然冰释。但桂萼是特殊的小人，只因王阳明不听话，就视王阳明为寇仇。他也受过不公正待遇，但他并没有因此增长己所不欲勿施于人的恕道，反而增加了仇恨人的歹毒心。他与嘉靖是君臣遇合，一对"猜人"。

时隔不久，传来的竟是王阳明客死南安的消息。桂萼说："我要参他擅离职守、江西军功滥冒。"杨一清说:"即使他还活着,我也要说服圣上查禁他的新学。若不查禁,大明江山非亡在这些异端邪说上不可。"他们提议开会,清洗之。

这根源于张璁想援王阳明入阁,以分杨一清、桂萼之势;杨一清、桂萼便来个先剪除新患再去旧病,唆使锦衣卫聂能迁奏王阳明用金银百万通过黄绾送给了张璁,张璁才推荐王阳明去两广。张璁、黄绾也不吃素,起而抗击。结果是聂能迁在锦衣卫的监狱被活活打死。皇帝也没别的高招,便用"挂起来"的老办法,本该给"新建伯"恩荫赠谥诸礼遇,现在却什么也没有。后来,他们之间互有胜负地斗了几个回合,忽而张璁、桂萼去职,忽而杨一清落马,反正一天也不能闲着;除了恶人闲不住这个人性的原因,还有极权政体是根独木桥的体制上的原因。

嘉靖八年春二月,嘉靖郊游,桂萼密上揭帖,内容还是那一套:擅离职守,事不师古,言不称师,立异为高,非议朱子,伪造《朱子晚年定论》,号召门徒,互相唱和。"才美者乐其任意,……庸鄙者借其虚声,……传习转讹,悖谬日甚。"但平叛捕盗,功有足录,宜追夺伯爵以彰大信,禁邪说以正人心。

喜不常居而怒则到底的嘉靖帝大怒,将桂萼等人的奏本下转各部,命廷臣会议该定何罪。此时黄绾等王阳明的学生或被排挤到南京,或说不上话,望风承旨的众臣自然以皇帝和阁臣的意见为意见,最后的结果见载《世宗实录》卷九十八,"嘉靖八年二月"条:

卿等议是。守仁放言自肆,诋毁先儒,号召门徒,声附虚和,用诈任情,坏人心术。近年士子传习邪说,皆其倡导。至于宁王之变，与伍文定移檄举兵，仗义讨贼，元恶就擒，功固可录，但兵无节制，奏捷夸张。近日掩袭寨夷，恩威倒置。所封伯爵，本当追夺，但系先朝信令，姑与终身。其殁后，恤典俱不准给。都察院仍榜谕天下，敢有踵袭邪说，果于非圣者，重治不饶。

看来主要打的是他的"邪说"，他俨然"邪教教主"，他的良知学说就是"邪教"了。这棺材箍，一箍就是三十多年，直到又换了皇帝，到隆庆元年才解开。

书院传心灯

王阳明知道除了普及学说，别无救济末世的良策。他又抱病给山阴的学生写了信，对中天阁的讲会能坚持下来表示欣慰。一种思想，不是它一产生、只要正确就能光照人间，还必须靠学生去广泛传播，必须有稳定、持久的教化传播，才能大行于天下。悟透之后须物化。他能运用的方式就是讲学、办书院、改造旧书院。别看他嘴上说他的学说"天下信之不为多，一人信之不为少"，但他还是不遗余力地讲学、办学。《明史》卷二百三十一载：在王阳明的带动下，正德、嘉靖之际，"缙绅之士、遗佚诸老，联讲会，立书院，相望于远近"。连淡泊的湛若水还走到哪里都大建书院以祀他的老师陈献章呢，他当然是为了扩大江门之学的影响，以补救白沙学门孤行独诣、其传不远的遗憾。这也表明建书院已成"形势"。

客观地说，起脚于弘治年间的王阳明是赶上了皇权松弛的好年头，弘治帝广开言路，正德帝不管朝政，社会上市场经济活跃，全国的社会化程度也在提高，有了点多元共生的空间和张力。纯粹隐居求道的模式再也不会成为终南捷径，反而会湮没不闻。连孔子都说"君子疾没世而名不称"，更何况王阳明这样的侠儒、狂者！

民间的讲学是社会行为，不在官僚体制内运转，不靠行政力量推行，是依自不依他地以"根茎模式"在民间发展壮大的。王阳明的贴身大弟子王艮是个灶丁，而他的泰州学派是推行阳明心学最有力气的一支。钱德洪、王畿虽都当了几天小官，但他俩私语"当今之世岂是你我出仕时"，遂很快退出官场，以在野的身份讲了三四十年的学，而且无一日不讲学，周游着讲。一边当官一边讲学的，当了官又退出来专门讲学的更多，如刘君亮、聂文蔚、何廷仕、黄弘纲、邹守益、罗洪先、欧阳德、程文德，他们在广建书院和长期书院讲学的实践中，成为阳明心学的支派领袖，他们在政治、学术上的地位和影响，使阳明心学以书院为中心向全社会推广。

有明一代的书院约有 1200 余所，大多兴起于正德至万历年间，其中最著名的是稽山书院、白鹿洞书院、岳麓书院、东林书院。稽山书院其实是王阳明指挥南大吉创建的，明中晚期赫赫有名的学派领袖多从此出身。王阳明在江西时有意大力将白鹿洞改造成讲心学的基地。后来王阳明的弟子季本将岳麓书院改造为阳明心学为主导的学术中心。那是在嘉靖十八年（1539 年），作为长沙知府的季本，不顾刚刚颁布的禁毁书院令，大力修复岳麓书院，并亲自登坛开讲官方正在禁毁的阳明心学，尔后不断有王门高足主讲岳麓。东林书院以反阳明心学末流、恢复朱子学为宗旨，实际上是推动了真阳明心学的进步革新，日本学者就认为是他们挽救了阳明心学。

诚如钱穆先生在《中国近三百年学术史》引论中所说的："东林言是非、好恶，其实即王阳明良知、立诚、知行合一之教耳。唯环境既变，意趣自别；激于事变，遂成异彩。若推究根柢，则东林气节，与王门良知，实本一途。东林所以挽阳明心学末流之蔽，而亦颇得阳明心学初义之精。"痛快淋漓，一语中的！

嘉靖十一年（1532年），大学士方献夫为抗议桂萼的禁毁伪学令，公然在京城联合学派同仁（多是翰林、科道官员）140余人，定期宣讲阳明心学，聚会的地点为庆寿山房。次年，欧阳德、季本等在南京大会同志，讲会地点或在城南寺院，或在南国子监，使阳明心学呈现继兴气象。尔后，书院、精舍、祠堂真如雨后春笋，几乎遍及全国。较早的如嘉靖十三年在衢州（今金华市附近）的讲社，分为龙游会、水南会、兰西会，是王门后徒各种讲会的先声；还有贵阳的王公祠。嘉靖十四年，有九华山的仰止祠。次年，天真精舍立了祀田，如寺院的田庄。山阴的新建伯祠、龙山的阳明祠、南昌的仰止祠、庐陵（今吉安）的报功祠都是纪念堂、讲会地，还有秀水文湖的书院、永康寿岩的书院，还有混元书院（青田）、虑溪精舍（辰州）、云兴书院（万安）、明经书院（韶关）、嘉议书院（在溧阳，刻印了王阳明的《山东甲子乡试录》）、新泉精舍（在南京大同楼）。建祠堂的还有龙场、赣州郁孤山（在郁孤台前）、南安、信丰、南康、安远、瑞金、崇义、琅琊山。尔后再传弟子建的书院，最有名的是耿定向、罗汝芳在宣城建的志学书院。

各种讲会更是不可数计。泾县有水西会，宁国有同善会，江阴有君山会，贵池有光岳会，太平有九龙会，广德有复初会，还有泰州的心斋讲堂……

诚如顾炎武所说："以一人而易天下，其流风至于百年之久，古有之矣，王夷甫（弼）之清谈，王介甫（安石）之新说。其在于今，则王伯安（王阳明）之良知矣。"（《日知录》卷十八）明人王世贞说："今天下之好守仁者十之七八。"自嘉靖、隆庆年间以后，几乎没有笃信程朱的了。上至达官贵人，下至工商市井，竞相讲阳明心学。他要"取代朱子"的心愿变成了现实，他要成圣的志向也变成了现实。他真可不朽了。

明代发生过四次全国性的禁毁书院事件，前三次都是针对心学的：嘉靖十六年（1537年）为打击王阳明的"邪学"；嘉靖十七年（1538年），严嵩反对自由讲学，借口书院耗财扰民而毁天下书院；万历七年（1579年），张居正主要为打击泰州学派等阳明心学的支派而禁毁天下书院。第四次是天启五年（1625年），魏忠贤为打击东林党而禁毁天下书院。

然而，每次禁毁差不多都是一次对阳明心学的推动。明党代已不同于以往，已有了"社会"，已非只有官方之国家，在野的力量已成为相当可观的自主集团。阳明心学的流传主要在社会。以阳明心学异端的姿态发展了阳明心学精义的东林，则起于山林，讲于书院，坚持于牢狱，并能赢得全社会的同情，也是前所未有的现象。

东林领袖肯定阳明之学是圣人之学，但认为阳明之教不是圣人之教；肯定王阳明，否定王门后学。也有东林人士认为王阳明起脚于道士的养生，格竹子路子就不对，尔后也没往对里走，在龙场悟得的也是他的老主意，以后就以"格物在致知"来对抗朱子的"致知在格物"；就算是格物在致知，也应该在致善，而不该滑到无善无恶上去，一旦以无善无恶为教，就势必导致天理灭绝，只变成了养神。只是他们哪里曾想到，东林末流惹人厌的程度并不亚于阳明心学末流。明代人的气质是很有共性的，有人称之为戾气，庶几近之矣。

王阳明获得官方的最后、最高的认可，是到了万历十二年（1584年），由毫无心学气质的古板首辅申时行提议将两路心学大师陈献章、王阳明入祀孔庙。起因在于万历皇帝觉得阳明心学与朱子学"将毋同"——"王守仁学术原与宋儒朱熹互相发明，何尝因此废彼"。老申的论证简明有力，先排除说他是伪学、霸术的观点——"原未知守仁，不足申辩"；再说立门户，他说宋儒主敬主仁也都是立门户，王阳明的致知出于《大学》，良知出于《孟子》，不能单责备王阳明立门户；然后说所谓心学是禅宗的问题，必外伦理、遗世务才是禅，而气节如守仁，文章如守仁，功业如守仁，而谓之禅，可乎？再说怕崇王则废朱也是不对，朱子学当年不因陆九渊而废，今天会因王阳明而废了吗？他以上的论证都是平实之论。最后，他说出了崇王阳明的必要性："大抵近世儒臣，褒衣博带以为容，而究其实用，往往病于拘曲而无所建树；博览洽闻而以为学，而究其实得，往往狃于见闻而无所体验。习俗之沉痼，久矣！"让王阳明入祀孔庙，就可以让世人明白儒学之有用，实学之自得，大大有功于圣化。这也从一个侧面看出阳明心学的确是能满足时代需要的，因为老申没有为王门竖旗杆的义务。他倒有点大明入祀孔庙的只有一个薛瑄，不足以显示文运之盛这样的虚荣心——至少是在利用皇帝的虚荣心。

万历皇帝曰"可"。于是，王阳明从形式上也成了他一生为之奋斗的圣人。列位于孔庙就是官版的圣人了。虽然入祀之后还是可以再被踢出来的。这种形式上的纪念碑不如心头的纪念碑长久。

《春明梦余录》卷二十一回顾了当年朝野对王阳明的审查、批判：赏个伯爵只是一时之典，入孔庙是万世之典，断断使不得。理由是嘉靖对王阳明的严厉申饬……然后，又点明为什么当时严厉申饬，今日（即申提议时）入祀，却无一人反对，因为良知之说盛行了。

王阳明入祀孔庙年代偏后、地位也低，如果说"十哲"像十八罗汉的话，他只像五百罗汉堂里的一个罗汉。

良知化成息壤

王阳明无从知晓身后的那些时毁时荣的麻烦事。

他给皇帝上了"乞骸骨"的奏疏之后，就慢慢地往老家走，他还想在韶关一带等待皇帝的命令，但他在南宁就添了水泻，日夜不停；致命的是肺病，他年轻时脸色就是绿的，思田之行，虽不费心却费力，关键是水土气候成了催命鬼。后人推测他可能是肺癌。

他坐船沿水路往回绕，还是不断地回信，解答学生修炼心学的疑难，帮他们找那失之毫厘谬以千里的微妙之处。例如，聂豹问："怎样才算勿忘勿助？"因为一着意便是助，一不着意便是忘。王阳明先破后立，问："忘是忘个什么，助是助个什么？"然后说他这里只说个必有事焉，而不说勿忘勿助。若不去事上用功，只悬空守着一个勿忘勿助，只做得个沉守空寂，学成一个痴呆汉。事情来，便不知所措。这是最可怕的学术误人。用佛教的话说，助是倒在有边，忘是倒在无边，都是着相，着相就会着魔。王阳明的"必有事"

是要求透过事相见到本性，犹如禅宗说的"隔山见烟便知是火，隔墙见角便知是牛"。

他在去思田的路上"舟过临江"后，给正宪写的家书中说：

> 吾平生讲学，只是"致良知"三字。仁，人心也；良知之诚爱恻怛处，便是仁，无诚爱恻怛之心，亦无良知可致矣。汝于此处，宜加猛省。

他在离开山阴之前，与周冲很深入地阐述了"致良知便是择乎中庸的功夫，倏忽之间有过不及，即是不致良知"。关键看立心有差否，必须"正感正应"。有些意思只要晓得便了，不能张皇地说出来。生铜开镜，乃是用私智凿出。心法之要，就是执中。而且讲得圆活周遍，到那耳顺处，才能触处洞然，周流无滞。不然则恐固执太早，未免有滞心。"以有滞之心而欲应无穷之变，能事皆当理乎？"功夫若不精明，就难免夹杂、支离，自己把自己搅糊涂。再好的意思一旦耽着，就僵化，就有病。如邵康节、陈献章耽着于静观，卒成隐逸。向里之学，亦须资于外（吴昌硕保留的王阳明与周冲的讲学答问书）。

这是王阳明晚年化境的提要。他说的执中，是要切切实实地正确思维，不能偏左偏右，不能偏前偏后，而且不能"执著""执拗"，就是"执"本身也得"中"。最关键的是要保住觉悟的空明性、灵明性："以有滞之心而欲应无穷之变，能事皆当理乎？"但必须做"及物动词"，不能做自了汉，这也回答了他为何终于没有隐逸——因为那样，耽于静观，落下一等。

几乎可以说，王门后学可能出现的各种问题他都预料到了，也想对治之。但他像任何圣人一样不是万能的。现在他的大限已到，他坐船在漓江上航行，路过孤峰独秀的伏波山时，他强撑着走进伏波庙去朝拜了一番，因为他十五岁时曾梦见过这位西汉的马援将军，他觉得这预示着他必定得来这蛮荒之地平定变乱，以了结这段宿命故事。他和他的学生都是很信命的。此时，他觉得眼前所见与四十年前梦中所见一模一样："四十年前梦里诗，此行天定岂人为！"（《谒伏波庙二首》）他认为如果朝廷政策好，就不用兴兵杀伐了："耻说兵戈定四夷。"不用杀伐建立起来的权威才是真正的权威，上古的感化原则才令人向往呢！他为自己不能解决社会危机而非常惭愧，而且认为"从来胜算归廊庙"，不应该谈自己的贡献。

路过广东增城时，他坚持到湛若水的老家去瞻仰了一番。"十年劳梦思，今来快心目。"（《题甘泉居》）想念了十来年了，终于了结一桩心事，还夸张性地表示想移家于此，在山南盖上房，"渴饮甘泉泉，饥餐菊坡菊"。湛若水的孩子们对父亲的朋友很恭敬，仆人对他也热情。湛若水挽留他住下来，他因为有病，急着奔回老家，连住一夜都不能够："落落千百载，人生几知音！道通著行迹，期无负初心。"（《书泉翁壁》）此刻他心里很欣慰，因为他俩都没有辜负当初共同修道的初心，这样的知音是人生最宝贵的。王阳明一般情况下是个温情主义者。他这一生质量对等的知音差不多就湛若水一人。

最后的活动就是到在增城的六世祖王纲的庙里去祭祀了一场。王纲来平乱后死于此地，而朝廷待之甚薄，他儿子把他的尸体背回，发誓不再为皇家卖命。现在，王阳明没死在战场，却同样死于战事，朝廷待之亦薄，成功不赏，反而将要一撸到底。诚如大明文豪徐渭所说，就算他的心学是伪学，也不能因此而不赏他的战功呀！随时利用各种借口达到自己的目的，是狼吃羊的通用逻辑。不计大功，单盯着小过，是明代皇帝的习惯。湛若水说这是阳明子命该如此。其实命不命的就看有人盯着你没有！明代的皇帝个个翻脸不认人，一路顺风的张居正还被抄了家呢！

他一来弱体难支，二来确实是在等待圣命下来，所以不管坐船也好，坐车也好，他都日行五十里。多亏走到哪里，都有学生前来侍应。走到梅岭，他呼吸愈发困难，他对学生、广东布政使王大用说："你知道孔明托付姜维的故事吧？"

王大用含泪点头，不敢深说细问，立即找木匠来做棺材——早已准备好了棺材板，只觉得不吉祥，不敢做。他领着亲兵日夜护卫。棺材做好了，皇命还没下来。

王阳明硬撑着，坐上轿，踏上驿道。王大用他们前后护拥着、扶持着，边走边歇地到了梅关城楼。走入这座小石头城，王大用长长舒了口气，心想先生能翻过这座山，到了江西那边就好办了。王阳明打量着"梅关"这两个显示着帝国气象的巨字，心想：人生是一关过后一关拦，我要赶紧回到"阳明洞天"去！

他们终于慢慢地沿着驿道下来了，改乘舟船，沿章水而下。到了南安地面，南安推官周积、赣州兵备道张思聪等闻讯赶来迎候老师。

他们进船来给老师请安。王阳明勉强坐起，已咳弯了腰。这一趟过梅岭，他身体大亏。岭南瘴气重，岭北寒气侵，雪花不过梅岭关，可这边现在偏偏降下中雪，气压降低，师生心头的阴霾更重。

王阳明见所有的学生都突出一个主题："近来进学如何？"现在依然还是这样问，两位门生简略回答，赶紧问老师身体如何，王阳明苦笑着说："病势危亟，所未死者，元气而已。"

王阳明想起他在过梅岭前给钱德洪、王畿写的信中还乐观地展望："吾道之昌，真有火燃泉达之机矣，喜幸当何如哉！"当时他还想：用不了多久就可以与他们见面了。如今，如今，他闭上眼睛，悲从中来，缓缓地说："平生学问方才见得数分，未能与吾党共成之，为可恨耳！"

学生们缓缓退出。王大用对张思聪说："上好的材，就差裱糊了。"张思聪说："你放心，我一定用锡里外都裱糊了。"周积则赶紧找大夫找药。荒江野渡的地方哪会有能使王阳明起死回生的大夫？

船还得慢慢地往前行。这只夜行船快走到不能再走的地步了。夜幕降临，王阳明问船停在了哪里，旁人答："青龙埔。"这个码头离梅关只有五十多里，属大庾县。

嘉靖七年十一月二十九日辰时（1529 年 1 月 9 日 8 时左右），王阳明让家童叫周积进了船舱，周积躬身侍立。

王阳明闭目喘气，这个大禹陵前立志的少年，兰亭下写诗的文学青年，带兵的文人，书院遍布天下、呼唤心性自由的启蒙大师，徐徐睁开眼睛，说："吾去矣。"

周积泣不成声："老师，有何遗言？"

王阳明微微一笑："此心光明，亦复何言？"

张思聪等人在南野驿站的中堂装殓了王阳明。

嘉靖七年十二月三日，张思聪与官属师生设祭祀礼仪，将王阳明入棺。

四日，棺材上船，奔南昌。士民远近遮道哭送，哭声震地，如丧考妣。路过南赣，官府迎祭，百姓挡着棺船、拦着路哭——是王阳明给了他们安居乐业的日子。到了南昌，官府人提议等明年再走，于是来祭奠的人天天从早到晚络绎不绝。

嘉靖八年正月初一，丧发南昌。三日到广信。钱德洪与王畿本要进京参加殿试，听说先生回来了，迎至与先生送别的严滩。讣告同门。正宪也到了。六日会于弋阳……二月回到山阴。每日哭奠如仪，门生来吊者百余人。书院及寺院的学生照常聚会，就像老师在世一样。门生李珙等日夜不停地在洪溪为先生修墓。洪溪离越城三十里，入兰亭五里，是王阳明生前选择的墓地。

十一月十一日，门生千余人，披麻戴孝，扶柩而哭。知道日子而不能来的门生，则各在居住地为先生举哀。

这位古越阳明子，出于古越，又回归古越；来源于土，又回归于土。

他那"圣圣相传一点滴骨血"，变成了大禹父亲（鲧）堵水的"息壤"（良知是底线，所以叫息壤），生长不已，筑成东方"尊严精神"的心力长堤。

这个人用良心建功立业，因此战胜了时间，诗意地栖居在这大地上。

心学关键词

良知意术

阳明心学以良知为宗。他一生说良知随机发用，时而偏天理，时而偏感应，时而偏无，时而偏有，总体上不妨这样理解：良知是明镜，这个明镜是有自性的，其自性可以示现为无，却能显现万有。这镜子的光源不在外头，在心本体。所谓心学，就是以心为体、以心为用的意术。

王阳明说："良知良能本一体也。""知良能，是良知；能良知，是良能。此知行合一之本旨也。"（《王阳明佚文辑考编年》）

良知、良能互根互动，好像阴阳鱼合成太极，而且不是静态的平面图，而是涡轮状的，动静一体、彼此难辨的。良能是本能、良知是本知，人们都忘了"本"，被各种习性牵缠遮蔽。致良知的意术的基本功是静坐收放心（王阳明一生坚持静坐，在官衙里一旦得空就静坐），克各种私心杂念。这叫作"慎独"，良知就是独知时。静下来能够见"体"，动起来能够见"用"，静如站桩，动如打拳。纯真的良知是觉悟性，不关乎思想、利益的直觉，没有附着物的知觉性。"佛氏本来面目，即吾圣人所谓良知。功夫本体大略相似，只佛氏有个自私自利之心，所以不同。佛氏外人伦、遗物理，固不得谓之明心。"如果能在人伦物理上证得"本来面目"，就是致良知功夫了。王阳明比佛氏还更坚持不二法门。

良知是体、用、相三位一体的，一即三、三即一。"盖心即道，道即天，知心，则知道、知天矣。欲见此道，须从此心上体验始得。""心不可以动静分，体用，动静时也。即体而言，用在体；即用而言，体在用。谓静可见体，动可见用，则得。精神言动，大率以收敛为主，发散是不得已。"谁能真正地心领神会，谁就功夫上身了。

面对大行其道的流氓行径，王阳明不得已在"用"上发散良知的语义。道德化的解释：良知是知良的意思，知道"是是非非""善善恶恶"。这是浅而言之。深而言之是超道德的，是与天通的、与天理通（道德只是天理的一小部分）。这一通天的意思就是后来他四句教的第一句"无善无恶心之体"。天人合一是天心合一。

> 此学如立在空中，四面皆无倚靠，万事不容染着，色色信地本来，不容一毫增减，若涉些安排，着些意思，便不是合一功夫。
>
> ——《王阳明佚文辑考编年》

> 知是理之灵处，就其主宰处说，便谓之心；就其禀赋处说，便谓之性。孩提之童无不爱其亲，无不敬其兄，只是这个灵能不为私欲遮隔，充拓得尽，便完完是他本体。
>
> 知是心之本体，心自然会知。见父自然知孝，见兄自然知悌，见孺子入井自然知恻隐。此便是良知，不假外求。
>
> ——《传习录》

良知是意义通道，它本身必须虚灵才"通"，不通不是道。通了就"心意知事，总是一事"。只有诚才能虚灵不昧。

王阳明以一种"你们不信反正我信"的姿态兴高采烈地总结良知的价值、意义。他给邹守益写信说："近来信得'致良知'三字，真圣门正法眼藏。往年尚疑未尽，今自多事以来，只此良知无不具足。譬之操舟得舵，平澜浅濑，无不如意，虽遇颠风逆浪，舵柄在手，可免没溺之患矣。"（《年谱》）

有一天，王阳明喟然长叹，陈九川问："先生何叹也？"

王阳明说："此理简易明白若此，乃一经沉埋数百年。"

陈九川说："亦为宋儒从知解上入，认识神为性体，故闻见日益，障道日深耳。今先生拈出'良知'二字，此古今人人真面目，更复奚疑？"这话完全用了佛教的原理和术语（如"识神""性体"），可见佛学在阳明心学内部的影响力。佛教认为识神不退修不出大智慧，修不出性德、性本。

王阳明的论证很动人："然。譬之人有冒别姓坟墓为祖墓者，何以为辨？只得开圹将子孙滴血，真伪无可逃矣。我此'良知'二字，实千古圣圣相传一点滴骨血也。"这是对说他的心学是禅、伪学的一个悲壮的回应。在习惯了以圣学为真理标准的事理论证网络中，能够认祖归宗，他的论证也算到位了。但是，这种话语类似文学评论——赞同还是反对全凭接受者的感觉，信自信，疑自疑，"自家吃饭自家饱"，各人识得自家那片月。

王阳明最爱举的例子就是好德如好色，孔子说"吾未见好德如好色者也"，王阳明则是希望人像好色一样好德。为了帮助读者找到感觉，下面的释义就不追求所谓的概念严谨了：

良心是种澄明的情欲，是精神的能量，其神韵在不如此则寝食难安，是种无私的操心强迫症。

良知是生命本源性的知觉。所谓"不虑而知"就是强调其本源性，这个本源性是说人人先天共有，从这个意义上说是"现成"的，但是如同命能够丢，良知也能丢。命丢了找不回来，良知丢了可以找回来，但只能从自身找，不能从外头找。所谓丢，往往是被别的东西压住了。用减法，把压着良知的东西去掉，良知就显现出来了。静坐养心的功夫的意义就在于此。或者用扩充法：让善根仁心义端（端是萌芽的意思）充满你的生命感觉。

良知本身"无知无觉"，同时又"无不知""无不觉"；良知既"虚寂"（本无知），又"明觉"（无不知）。这个合起来的"虚明"才是"本然之良知"。为什么？或曰何以可能？王阳明说："心无体，以天地万物感应之是非为体。"（《传习录》第二百七十七条）心之本体实是"无体"，必须通过天地万物感应来呈现其"体"。这是儒者"万物一体"观的极致，因为"无（知）"才能"一"（万物的共性在太虚中一致），只有"无不（知）"才能"体"（良知与万物同感共应）。真正的心学功夫在"感应之几"上。

王阳明反复勾勒过这个功夫次第：心之本体是至善的，恶是失本体，在心体上无法做"去恶"功夫；心体一旦发动，就不能无善，于此处才能用功，用了实功便能诚意；意既诚，"则其本体如何有不正的？故欲正其心在诚意，功夫到诚意，始有着落处"（《传习录》第三百一十八条）。但是怎样才能"诚意"呢？这就需要"致知"（致良知），知一念善便"去好（hào，动词）善"，知一念恶便"去恶（wù，动词）恶"，致知功夫的核心在"为善去恶"；为善去恶即心学之格物（当然只是端正伦理态度，不是科学地认识世界）。在心学这里，正心、诚意、致知、格物，"本是一贯"、首尾相衔、圆如太极。诚意以下是具体功夫，格物致知"即诚意之事"，正心是通过诚意功夫所达到的境界，所以说"正心是未发边，心正则中"(《传习录》第八十九条)，"常要鉴空衡平，这便是未发之中"(同上，第一百二十条)。功夫不在本体上做，只能在感应上去做。做到"鉴空衡平"就无不知了。这叫作"即用求体"。哲学就是明白学，以此。如同生生之谓易之大易本身，是我们不能增减一毫的，但可以从简易、交易、变易、不易等体现出"易"道来。心学是心易、心艺，感觉化的思想、哲学化的艺术。

王阳明接着说："这些子看得透彻，随他千言万语，是非诚伪，到前便明。合得的便是，合不得便非。如佛家说的心印相似，真是个试金石、指南针。"他还说："人若知这良知诀窍，随他多少邪思枉念，这里一觉，都自消融。真个是灵丹一粒，点铁成金。"这里一觉，揭示了良知是觉悟性这一本质。

单凭聪明悟到此与做功夫做到此，实际上有天壤之别。用王阳明的话说是"颖悟所及，恐未实际"，因为这种感觉化的思想是必须"体证""体悟""体验"的"行己"的情操，不是逻辑技巧、概念知识。不能行的知不是真知。

把做人与做学问统一起来就是身心之学，就不支离了。无论什么人都有一个活着的支点问题。心学是找支点，良知是普世价值，个人良知是具体的，还得自己找，不然良知也成了套路。

人的一生，事态纷呈、林林总总，不出"人情事变"，而事变亦在人情中。王阳明说："心意知事，总是一事。"我们要做的无非是致良知：致者，找也；致者，实现也、落实也。从修行功夫上说是找，从行起坐卧、五行八作、应变料敌等行为上说是实现、落实。

致良知应该是我们人生的总纲，只有纲举才能目张。

揉心学

墨子说：盲人也知道黑白的界说，但让他挑选具体的黑白之物，他便不知道哪个是黑，哪个是白了。所以，可说盲人不知黑白，不是因为盲人不知黑白之名，而是因为他不能辨黑白之实。同样的道理，高谈仁义的人，说得那个漂亮可以胜过大禹，但让他们在仁与不仁之间选择时，便不像说得那么漂亮了。可以说，这样的人不知道仁义，像盲人不知黑白一样。

自从人结成类以后，"名"就日益掩盖，甚至取代了"取"。学术的积累和传承都在膨化着"名"，名是"知"可以层累，而"取"是"行"，是每个人的直接经验，不能直接代际层累。怎样才能知行合一、"名取"一体？就是得做功夫、培养新感性。但是，古代教育的宗旨，是如何"取"到"名"，权力资源叫"名器"，谁学好了那个名，就成了器。这就不免以学解道，消行入知。于是，言行不一遂成为普通的人性炎症。

王阳明摸索出来致良知之路，是要让心回到"无善无恶"的纯真地带，从外在的观念之网中解放出来。对于不研究天文、地理，只关注人性的中古人文观念来说，关于人性的定义是这观念之网的"纲"。然而，关于人性的定义也只是短暂的士民协议。谁垄断了这个制定话语的权力，谁就是这个时期的真理发射者。真理是人说的，而人是能够说出任何"真理"的。没有人愿意承认自己只是在铸造偏见，于是人类意识的万花筒便成为各种打扮成真理模样的偏见方阵的集合体。所以，心学要求复归心本体以摆脱假象，回到纯真，还我清白。

这很难很难，比孙悟空想跳出如来的掌心还难，因为这必须广泛改组人的意识结构。王阳明将"心"论证为先验的直觉，既独立于实用，也独立于道德，因此能够让人走出"意必固我"的洞穴，走出闻见道理加给你的井蛙之见，这才能日新日日新地"自力更生"。你的"自性"能够成为"心王"，你就成功了。心学是把理性快乐化的感性学、身心学、成功学。心学近事远看、远事近看，高度随机，又绝对万变不离心宗，从而真诚地沿着大道中行而进。

要想活出本真的人之味，就必须从沉沦的泥淖中超拔出来，去蔽解缚，明心见性，恢复自性的自然生机，从而超凡入圣。用扩张良知的方法，即用自我的力量来完成自我，让生命去照亮生活，而不是用生活剥夺生命，"今日良知见在如此，只随今日所知扩充到底；明日良知又有开悟，便从明日所知扩充到底"。全提向上，不为任何外在的功利目的丢失"自我"，又不陷入那种束身寡过、一事不为的怯懦小儒的可怜境地；要从心髓入微处痛下自治功夫，既抗拒循规蹈矩之虚伪，又拒绝龙拿虎掷之欺骗。告别颠顸糊涂、竞奔险狡、自私自喜、自暴自弃等活法，不做世俗的奴隶、境遇的奴隶、情欲的奴隶；自力更生，增强自己的善良和能力。当你的善良能够给你超强能力的时候，你就活出自己来了。

"学自性出"，思想是思想家的感觉。庞蒂在《哲学赞词》中说："如果人们首先看到的是结论，就不会有哲学；哲学家不寻找捷径，他走完全部道路。"他接着总结道，"柏格森是与种种事物的联系，柏格森主义是已经获得的意见的汇集；柏格森不得安宁，柏格森主义很安心；柏格森主义使柏格森变了形。"王阳明和王阳明主义也是这么回事，也是这么个命运。

心与物的关系，一般人是"逐物"；仙佛人士是"绝物"，理学是"格物"，心学是"胜物"。所有的心法都是想如何胜物，都想造成"我顺人背"的时势、时机。都想不等于都能。能够如此的也未必是能力够如此，也许正好"机运"使得如此了。单靠心法未必能奏全功，还要看大形小势，心学主要是想解决一个开端正（"中"是未发之体）、感觉对（"和"是已发之用）的问题，具体操作该怎么样就得怎么样，比如打仗就得按打仗的套数来。心学是修炼心的行动力的功夫学。

我们痛苦是因为我们无能，人的能力从哪里来？王阳明说是从人人具有的心力来。心无力谓之庸人，而歹徒强盗心力高强却天良丧尽，这个问题怎么解决？怎样才能心力强而天良盛呢？王阳明说知行合一，静虑息欲致良知。致良知的人是善良有能的人，是能够善良出才能的人，是拥有善良之才能的人。静虑息欲这个办法的要领是摆脱思维定式（成见、定见），从而明白活泼地做到最好。时至现代社会，心力只是能力的基础了，能力里面须有更多的技术要素，心态能左右技术的发挥使用。鉴空衡平的良知态能够让你超越强横与脆弱之上，能让你最谦抑、最无畏地圆融起来。

如果说文学是心软学，那么心学是柔心学。这个柔是中气充实内力弥漫之柔，可以以柔克刚的柔，不是软弱无力之柔。天下之至柔能攻天下之至刚。太极就是太虚，良知就是太虚。如果活得太实坨坨了、不透气了，全然不知道"意义在虚"的道理，就不能灵，就不能柔。不能柔活虚灵，就不能担当人性最大的可能性。老子教孔子以柔克刚，王阳明的致良知教给世人的是柔心成真人：仁人以明心、爱仁而见性。

大学之道

《大学》的第一句是"大学之道，在明明德，在亲民（朱注版本则为"在新民"），在止于至善。"这里，"在"相当于英语动词 to be，训为"是"就走了名词思维、逻辑、名理的路，训为"在"则坚持了存在的立场，走动词思维，亲在体验的路。汉儒和清代的朴学走的是前一条路，宋明儒学走的是后一条路。这里说的是大方向，不单是解这一个字。在同一条路上，王阳明心学与朱熹理学的分野在于：王阳明直承孟子重仁重心，向内转、诚意正心，然后"十字打开"（陆象山语），用浩然之气顶天立地；朱熹其实是荀子风格的，重礼重理，承认存在着不以人的意志为转移的天理，必须格物致知找到这个理，才是穷理尽性。我们也可以说，心学走德性之路，理学走知性之路。"亲民"突出的是德性，"新民"突出的是知性。

"在新民"是说大学之道的目的是使人成为全新的人。梁启超取这个意思而自号"中国之新民""新民子"，创办《新民丛报》，旨在用"大学之道在新民"来政治启蒙："苟有新民，何患无新制度，无新政府，无新国家！"他直接影响了胡适，胡适认为新民之根在文化。

王阳明认为，新民是"使民根本转变一新"，这个意思与治国平天下衔接不上（"皆与'新'字无发明"）。亲民是"以民为亲"，亲民侧重仁政的意涵，新民侧重教化的意涵。王阳明的主要理由是亲民领起了后面治国平天下、安百姓的文脉。王阳明列举了一系列后文讲亲民一线的话，并举《尚书》的旁证，确定此处就该是"在亲民"，而且由此发挥，说"亲之即仁之也"，意味着这样才是孔子以仁为本的根本精神。"亲民"之仁政自然含有教养民众的意思，而"新民"不能出仁政教化的全意，所以"便觉偏了"。

儒者言仁以亲亲为大，只有"在亲民"才能行仁义施仁政。"亲民"是仁这一人性之根本元素的直接体现，又可以把仁直接落实到行上，所以大学之道断断然在亲民。说新民，犯了焦点错误。

其实，"亲"是诚意一系的，"新"是格物一系的。经典文本如果是"在亲民"，则自然首重诚意，就能从"根"上修了；如果是"在新民"，则镇日格物逐物，走上追求新知识的路，则易入道德不修、心体破碎之歧途。

这当然是心学用伦理统物理的理路。作为个人修为，首重德行不算错，只重德行便大错。由个人修为推演成哲学理念、社会体制便弊大于利了，一旦极端化就反科学了。但是，在人们开始反思现代科技副作用的时候，心学也许能够提供一些借鉴。

大学之道是培养大人、修理小人的人格教育学，是君主庶人一律要遵奉的伦理学，也是学为大人君子的人生哲学。圣人之道，以大为归，孔子称尧、舜、禹"巍巍"，还有"大哉！尧之为君！惟天为大，惟尧则之"。达巷党人赞孔子："大哉！孔子！"孟子的名言："充实而有光辉之谓大，大而化之之谓圣。"非大不成圣人也。圣人也叫大人，大到与天地相似。

另外，《王阳明全集》中的《大学问》和《亲民堂记》阐述了明德是体、亲民是用，体用如一。

诚意格物致知

徐爱提出格物之物就是"事"，王阳明很少直接赞许学生的理解，这次例外说了个"然"——然而，牟宗三说用事定义物，"狭"了。因为还有江河湖海，以及江河湖海一般的、不是从心上来的物呢。这是一个心与自然的关系问题、身心与科学的关系问题。这些不在王阳明的视域内，他还在伦理美学范围，没有到科学世界。在美学范围，他的思想是积极的："身之主宰便是心，心之所发便是意，意之本体便是知，意之所在便是物。"这四句是他的贡献，人们称之为"四句理"，仔细参详虽然都用了"是"字，但不是抽象到符号状态的定义句或判断句式，因为相关项都是活的，尤其是"意之所在便是物"更是意向性的。王阳明的意图是把身心知意物的关系引导到"意—诚就是理"这条轨道上来。在意和物的关系上，王阳明认为意是矛盾的主要方面，意决定事物的性质和变化的方向。物不是别的，只是意之所在。意与物的关系是反射性关系，譬如心中无花便眼中无花，因此才"不诚无物"，包括事亲、事君。真诚是做好任何事情的前提之一。

诚意是初学的抓手、起脚的功夫，同时，格物的目的不是博学多闻，而是为了意诚心正。诚意是格物的出发点和归宿，格物是诚意的手段、训练过程，格物是诚意的功课；同理，穷理是尽性的功课，道问学是"尊德性"的功课。总之，心学是内圣之学，学习、修炼的目的是"学为圣人"。

有几个核心命题须于此简要说明：

一、关于格物。司马光说"格"是"格杀勿论"的"格"，物来即格之。朱子和宋代的大多数儒家一样，主张穷知事物之理为格物，训格为"至"。朱熹注解《大学》时说："原先解释格物、致知的传注亡佚了，我根据程子的意思做个补注吧——'所谓致知在格物者，言欲致吾之知，在即物而穷其理也。盖人心之灵莫不有知，而天下之物莫不有理，惟于理有未穷，故其知有不尽也。是以《大学》始教，必使学者即凡天下之物，莫不因其已知之理而益穷之，以求至乎其极。至于用力之久，而一旦豁然贯通焉，则众物之表里精粗无不到，而吾心之全体大用无不明矣。此谓物格，此谓知之至也。'"王阳明年轻的时候也曾努力这样格物，面对竹子想明白万物的道理。不管王阳明能否由此明白万物之理，都与诚意无关；更何况，任何人都不可能明白万物之理，尤其不可能通过格竹子明白万物之理。生也有涯、知也无涯，怎么办？《大学》讲"物有本末，事有终始，知所先后，则近道矣"。下面便是从哪里开始修齐治平的修炼的讨论了。朱子说格物致知是起点，王阳明说诚意正心是起点。王阳明的学生王艮比王阳明本人有个更好的概括，王艮说："格物致知四字本旨，二千年来未有定论。"其实"格，如格式之格，即后絜矩之谓"。"絜矩"，意为度量。致知者，知事有终始也；格物也，知物有本末也。诚意是始，平天下是终；诚意是本，平天下是末。"吾身是个矩，天下国家是个方"。"絜矩，则知方之不正，由矩之不正也"，"身是本，天下国家是末"，"格物"必先"正己"，"本治而末治，正己而物正"。知此即致知矣。用王阳明后来的话说就是格是正，格物就是致良知以正物；物即心中之念，致良知就是一转念间、知其孰善孰恶，去其恶，存其善，斯意无不诚。所谓格物是止至善之功——这是阳明心学的一个提纲。

二、关于心性命天。支配心的是性，决定性的是天（"性是心之体，天是性之原"）。《孟子·尽心》："尽其心者，知其性也。知其性，则知天矣。存其心，养其性，所以事天也。夭寿不二，修身以俟之，所以立命也。"这个内在的逻辑由孟子草创（孔子罕言性与天道），秦汉中断，魏晋人谈玄补上了这方面的探讨，宋儒将其吸纳到儒学里。王阳明将万语千言浓缩到心上，主张什么事都从心上说。他从首重诚意处超越朱熹，用王阳明后学的一段范畴释义来勾勒一下心学术语的关系：

> 道无形体，万象皆是形体。道无显晦，人所见有显晦。以形体而言，天地一物也。以显晦而言，人心其机也。所谓心即理者，以其充塞氤氲谓之气，以其脉络分明谓之理，以其流行赋畀谓之命，以其禀受一定谓之性，以其物无不由谓之道，以其妙用不测谓之神，以其凝聚谓之精，以其主宰谓之心，以其无妄谓之诚，以其无所倚着谓之中，以其无物可加谓之极，以其屈伸消息往来谓之易，其实则一而已。……所谓心者，非今一团血肉之具也，乃指其至灵至明、能作能知，此所谓良知也。
>
> ——《明儒学案·稽山承语》

三、诚意是"意"的灵明。意是心之动,"意之所在便是物",是意将心物贯通,从而心物互动构成意义。"意"是所有问题的"头脑",心学是意术——靠"意"建立意义的艺术。念头功夫、心地法门都聚焦于"意",是"意"构成意义的在场(直接性、当下性)。意是能指,事是所指。是"意"使事物不在心外,意在事亲、事君、仁民爱物、视听言动,等等。这些事便像那枝花一样,因为意的投射而"颜色明白起来",没有意的投射,花和心各归于"寂"(意义没有建构起来)。在心外了就对心不存在了,心不诚,这些事的意义就对自己不呈现了(不诚无物)。这也是知行合一的内在理据。诚意是止于至善的入手功夫,是取消任何中介的意思。

关于格物诚意何者优先,表面上看像是认识论争辩,其实是生命风格的路径选择。就像理学家跟汉学家相比,理学家是诗人,汉学家是学者一样,心学家的诗性追求又把理学家比成了学究、失去人情的道学家。王阳明是生命的体悟,朱子是概念的解析。王阳明培养的是能见,朱子阐释是所见。所以,徐爱听王阳明的教导,觉得"功夫有了用力处"。

所谓诚意功夫,就是意念发动"即要去其不正,以全其正"。在意念上做功夫是心学基本功。"格"就是"正",格物的过程是正意的过程,所以格物是正心诚意之"事上练"的功夫。孟子说"唯大人为能格君心之非"(《离娄》),程明道说"正己以格物"(《近思录》),这是正意之主体哲学的理路。王阳明沿着这条进路极而言之——"天理就是明德",把朱熹的穷理扭到了存天理上。

王阳明的格物就是处理人情事变,一以天理为准,"能"时时处处运用天理就是"明"明德。康德说在一切事物上运用理性就是启蒙，也是这个道理。穷理在朱熹那里是领会理性的意思，王阳明把它说成运用理性。王阳明要表达的是康德式的"道德意志自律"。道德是以感情为基础的，感情是人欲的主要部分，既要道德又要去人欲，的确有个正不正的问题。胡塞尔的"明见性"其实想解决这个自己正自己的问题。海德格尔说的"此在"之在世结构先于自我的意向性结构，差不多是以理提心、"以全其正"。

钱穆一生推崇朱子，但还是觉得心学有内劲，便来了个折中，提出了个"格心"。

李仲轩口述《逝去的武林》"大道如青天"节很好地比方了诚意格物的原理：

> 形意拳古有"入象"之说。入象，便是化脑子。到时候，各种感觉都会有的。碰到什么，就出什么功夫，见识了这个东西，你就有了这个东西。……那时候出拳就不是出拳了，觉得两臂下的空气能托着胳膊前进，没有了肌肉感；两个胯骨头，能够牵动天地；一溜达，万事万物乖乖地跟着……

不妨这样理解：王阳明说的诚意有似形意拳的化脑子，格物就是入象。

王阳明平实，阳明心学后徒便努力跑偏求深，不安于在意识上下"正意"功夫，而去诚其"意根"；意根是佛教术语，意根上加诚意是头上安头、多了中介，意不再灵明。

天理人欲的节点在怎样"中"

天理人欲的关系酷似佛性与人性的关系，佛性不在人性外，天理不在人欲外，关键是一念之转；是一个心，不是两个心，是一个圆内的阴阳鱼，单看哪一边先动了。天理人欲如同阴阳互相依存又彼此消长，合成人这个太极，就像烦恼与菩提彼此消长合成人这个有情。胡五峰《知言》："天理人欲同体而异用，同行而异情。"牟宗三解释："同体是同一事体，不是同一本体；异用是异其表现之用，非体用之用。"

道心犹如佛教的真心、真如、自性、佛性。人心犹如佛教的心法（眼、耳、鼻、舌、身、意、末那、阿赖耶），就日常表现而言，人们只知道眼、耳、鼻、舌、身、意的受想行识，不知道受想行识是自性的作用。同样的道理，人们只知道人心的百般求索、千般挑剔，不知道人心的运作是道心的"表法"（佛学术语，示现的意思）。道心其实是心本体，孔孟曰"仁"，王阳明后来说叫"良知"吧。当它失其正、被欲望遮蔽，就出现了私心（人心）。

王阳明的精一之训的大旨，首先是指心即性，即天理、道心；其次是说即使杂了人伪有了所谓人心，也依然是一个心，不坚持这一点就复归不了真心、道心，就陷入"二心""三心"的支离陷阱，就再也难出离苦海了；再次，人心、道心是一不是二，犹如烦恼即菩提，天理也即人欲，人欲一转就是天理，没有一个命令人欲的天理在。它们之间的辩证关系是"一"内部的纯杂、正偏的关系，不是两个东西之间的关系。《楞严经》："真心不在内，不在外，不在中间。它无所不在。"巴门尼德说"存在是一"。

王阳明说："义理无定在，无穷尽。吾与子言，不可以少有所得而遂谓止此也，再言之十年，二十年，五十年，未有止也。"

他日又说："圣如尧舜，然尧舜之上善无尽；恶如桀纣，然桀纣之下恶无尽。使桀纣未死，恶宁止此乎？使善有尽时，文王何以'望道而未之见'？"

如果把"义理"二字换成"易理"——"生生之谓易"（《周易》）之"易道"，意思就显豁了。生生是说生一回再生一回，没有终止、没有穷尽。易理通贯天地人，所有的义理都须是合乎易理的。所以，义理如易理，无定在、无穷尽。无定在，是说不能着相，不能僵化固执地死死地把捉义理，这样就把真理变成了教条。无穷尽，是说真理没有终结之时。

王阳明很动感情地"吾与子言"：不能有点明白就止步不前，再过五十年也不要停止对纯粹理性的体悟，因为义理并不是像理学家说的那样定在那里，它没有固定的方所（学道如搔痒才说"下点"又要"上点"），没有穷尽，没有到头的时候，也不会有什么顶峰、终结可言。善也无尽，恶也无尽。至于至善，是永远不要停止修行的意思。心学是要求永远重新开始的学习学。

善恶无尽的说法很可能直接启发了章太炎之善恶进化的"俱分进化论"。王阳明的善恶是就主体去实施而言，太炎则侧重社会总体状况而言。

义理无定在、无穷尽的思想被他的徒孙李贽发挥到"是非无定质、无定论",反对封闭的体系、蔑视僵死的概念、摒弃脱离现实的空洞教条,推进了晚明的思想解放。

王阳明说:"定者心之本体,天理也,动静所遇之时也。"

定,相当于佛教说的"如如不动"。佛说佛性如如不动,王阳明说心体是定,异曲同工。"定"是特征描述,王阳明用天理来描述形容定,其实是头巾气的。因为一引入天理就虚化了定的特征,王阳明的意思是:"定"是像天理一样不动的定在。动静是随境遇变化的状态,是人与环境"应酬"时的状态,做功夫须得明白心体是定的,从理论上坚信动亦定、静亦定,从修为上应该动时找到定、静时找到定。动是接物的时候,静是没有接物的时候。能够定了,就达到孟子说的"不动心"了。

王阳明在别处还说"乐者心之本体""知(觉性)是心之本体",乐、定与知不是一个层级。知比乐、定更根本,乐、定是知之用,知是纲,乐、定是目。所以属"知是心之本体"最有前途,最后导出良知,一锤定音。

王阳明这样看待天理,与程颐、朱熹把天理视为"只存有不活动"的"只是理"迥然不同。清代的戴震讲理从条理讲,用理则克服人们把自己的意见说成天理的习惯。王阳明则从功夫讲,要用定将诚意、存养、省察一以贯之。王阳明是入的,是信仰;戴震是出的,是逻辑。

《坛经》这样讲获得定的方法:"汝但心如空虚,不住空见,应用无碍,动静无心,凡圣情忘,能所俱泯,性相如如,无不定时也。"它就是要求你自存心如空虚似的,可是也不着空见,不要有一个空虚的见在心里。你能如此应用无碍——事来顺应，事去则净，也不要想自己是凡夫或圣人，也没有能见也没有所见，也没有能空也没有所空；你要知道，见明之时，见不是明，见暗之时，见不是暗，见有之时，见不是有，见无之时，见不是无；性也如如，相也如如——能这样，则时时都在定中（保持"意"的空明、虚灵、灵明）。

可参考艾扬格《瑜伽之树·禅定和瑜伽》："它（禅定）从观察身体的过程开始，继而密切注意心的状态，接着融合头脑和心的智慧以深入探索深邃的冥想，借着深邃的冥想，意识与禅定的对象融合，这个主体与客体的结合，使得复杂的意识变为单纯，并映照着神圣的光辉。……这是禅定的效果：自傲、自大和自我转化成谦卑和纯真，从而导向三摩地。"

学生问："伊川谓'不当于喜怒哀乐未发之前求中'，延平却教学者'看未发之前气象'，何如？"

王阳明说："皆是也。伊川恐人于未发前讨个中，把中作一物看，如吾向所谓认气定时做中，故令只于涵养省察上用功。延平恐人未便有下手处，故令人时时刻刻求未发前气象，使人正目而视惟此，倾耳而听惟此，即是'戒慎不睹，恐惧不闻'的功夫。皆古人不得已诱人之言也。"

李延平是朱熹的老师，牟宗三在《心体与性体》中对他有深入的评述他名气没有伊川大，功夫却比伊川深入。王阳明内心里是赞许延平的看法的，此刻为了帮助学生既有下手处又不会跑偏，所以慨然说"皆是也"。心学有两大内容：一是心性学，二是心性功夫。王阳明特别重视功夫，揭"知行合一"之旨就是为了功夫上身，以免闲说话。让人克服闲思杂虑为了正意，现在为求得未发之中，他综合伊川和延平的说法：不要把未发之中当作一物看（康德不懂中国心性功夫，他的"物自体"是理性的逻辑的），把体悟未发之中之前的气象作为下手功夫。

"中"是种状态，什么状态呢？王阳明反对过一种倾向：就是把"气定"当作"中"。气定，是功夫。小而言之，射击、射箭时气不定射不中；大而言之，从练气定入手，常常保持气定神闲，就可以避免窝囊和莽撞。但是，气定不是"中"。"中"是不偏不倚、无过无不及，有时候为了让学生明白，王阳明直接说"中是天理"。他常讲，"于涵养省察上用功"才能克己"符"理。

延平主张体悟未发以前的气象是筑基功，具体的至少包括"戒慎不睹，恐惧不闻"，也就是"非礼勿视、非礼勿听、非礼勿动"，时时刻刻保持住"正"，就是在践履"中"了。

王阳明最后说这只是引导人的办法，真正的未发之中的功夫不是空口说的。真正的中正气象、境界是自己的心性与天道通而为一了，不是靠理性而是靠感性接通天道，因为感性是生命性的。这个"支点"的转换极有战略意义，直通后现代信息文明之"体验出意义"。

东林党魁对"天泉证道"的批评

王阳明生怕因药发病，想预支永恒正确，却很快成了箭垛子。来自官方的政治打击基本没有思想含量。明末对阳明心学流派的批判，基本上与王阳明关系不大。明清之际名儒、大儒对王阳明的声讨可写一部专史。例如，陆世仪说王阳明才气太盛，虽到处讲学，实不过是聪明用事，就会说"良知"二字；对于佛老之学，因少年用功过来，所以时时提及，原是熟处难忘。顾炎武说，明亡于阳明心学空谈心性。王夫之说阳明心学浅薄，不屑一辩。这里单举一个来自阳明心学内部的典型人物——顾宪成。

王阳明的大弟子欧阳德是顾宪成的师爷。顾宪成对阳明心学颇多独悟。譬如，他说：《大学》言致知，（王）文成恐人认识为'知'，便走入支离去，故中间点出一'良'字。孟子言良知，文成恐人将这个'知'作光景玩弄，便走入玄虚去，故就上面点出一'致'字，其意最为精密。"（《明儒学案·东林学案一》）他认为无善无恶之说会导致以善为恶、以恶为善，会败坏天下教法。他的《小心斋札记》力破"无善无恶"：

> 管东溟曰："凡说之不正，而久流于世者，必其投小人之私心，而又可以附于君子之大道也。"愚窃谓无善无恶四字当之。何者？见以为心之本体，原是无善无恶也，合下便成一个空。见以为无善无恶，只是心之不著于有也，究竟且成一个混。空则一切解脱，无复挂碍，高明者入而悦之，于是将有如所云：以仁义为桎梏，以礼法为土苴，以日用为缘尘，以操持为把捉，以随事省察为逐境，以讼悔迁改为轮回，以下学上达为落阶级，以砥节砺行，独立不惧，为意气用事者矣。混则一切含糊，无复拣择，圆融者便而趋之，于是将有如所云：以任情为率性，以随俗袭非为中庸，以阉然媚世为万物一体，以枉寻直尺为舍其身济天下，以委曲迁就为无可无不可，以猖狂无忌为不好名，以临难苟安为圣人无死地，以顽钝无耻为不动心者

矣。由前之说，何善非恶？由后之说，何恶非善？是故欲就而诘之，彼其所占之地步甚高，上之可以附君子之大道，欲置而不问，彼其所握之机械甚活，下之可以投小人之私心。即孔、孟复作，亦奈之何哉！

顾宪成认为王阳明太偏佛了。他说佛学三藏十二部一言蔽之，就是"无善无恶"。高攀龙则认为姚江之弊，明心而不言明善，以扫善恶为空念，终至废诗书而无悟，轻名节而无修，"足以乱教"。刘宗周说："天泉证道，龙溪之累王阳明多矣。"

顾宪成还有一段总结性的言论，说得也很俏皮：

夫自古圣人教人，为善去恶而已：为善为其固有也，去恶去其本无也。本体如是，功夫如是，其致一而已矣。阳明岂不教人为善去恶？然既曰"无善无恶"，而又曰"为善去恶"，学者执其上一语，不得不忽其下一语也。……忽下一语，其上一语虽欲不弊，而不可得也。罗念庵曰："终日谈本体，不说功夫，才拈功夫，便以为外道。"使阳明复生，之亦当攒眉。王塘南曰："心意之知物皆无善恶，使学者以虚见为实悟，必依凭此语，如服鸩毒，未有不杀人者。"海内有号为超悟，而竟以破戒负不题之名，正以中此毒而然也。且夫四无之说，主本体言也，阳明方曰是接上根人法，而识者至等之鸩毒；四有之说，主功夫言也，阳明第曰是接中根以下人法，而昧者遂等之外道。然则阳明再生，目击兹弊，将有摧心扼腕，不能一日安者，何但攒眉已乎？

——《与李孟白》,《明儒学案·东林学案一》

顾宪成主张："语本体，只是性善二字；语功夫，只是小心二字。""小心"二字精密至极，几乎没有"自肯承当"此二字的，唯王阳明足以当之。王阳明的"精密"来自这个小心。王阳明是小心翼翼的志士仁人，他的自肯承当、奋不顾身都有个小心翼翼着"先招"，他小心翼翼了个"不动心"。

简述阳明心学在东亚的影响

所有的人文学及其术，都在回应着一个根本问题：面对难题、苦难，实在没有办法的时候，还能怎么办？王阳明一生颠蹶，在逆境、绝境中悟出，在行动中锤炼出一套"即用求体""有体有用"的，上可以成圣、下可以应物成仁的功法。日本人称之为"良知之道"。

有人这样区分：中国的阳明心学从明中叶以后深入民间社会，与平民教育相结合，走的是世俗化的普世主义的发展路径；日本的阳明心学起先是掌握在儒学教师个人手中，后来为了实际的需要而逐渐成为武士阶层手中的思想武器，走的是学问化加功利化的文化民族主义的发展路径；朝鲜的阳明心学作为与佛教禅宗相混的异端思想被引进，是在垄断性的主流意识形态的辩斥声中艰难传播的，走的是类似秘传原教旨主义的发展路径。真可谓良知是种子，一花开五叶，叶叶不相同。而且，王阳明只是指头，良知才是指头所指的月亮。《传习录》是"指月"录，五百年来阳明心学在中外的传播影响史有似一曲《春江花月夜》："江畔何人初见月，江月何年初照人？"哪个想被江月照，哪个照了没照成？

早在 1511 年，日本禅僧了庵桂悟（1424—1514）以 87 岁高龄（也有 83 岁之说），奉幕府将军之命出使中国，王阳明在京城随同杨一清拜访之。1513 年，王阳明经宁波时，会见了庵桂悟，作《送日本正使了庵和尚归国序》相赠。此序之真迹今藏于日本三田博物馆。日本学者称了庵桂悟亲与王阳明接触，为日本阳明心学倡导之嚆矢，并称这一佳话不可轻易看过。日本的阳明心学始祖，公认是中江藤树（1608—1648），他与比他小40岁的朝鲜哲人郑齐斗一样，完全是从心灵的需要由朱子学转向阳明心学的。

中江藤树之后的日本的阳明心学，大致可分为两派：一派是具有强烈内省性格的德教派（也叫存养派），忠实地继承了藤树的传统；另一派是以改造世界为己任的事功派，其中有领导都市平民起义的大盐中斋，有幕末志士吉田松阴。大盐中斋，通称平八郎，在思想上笃信王阳明的"良知"说，在政治上则极力把良知理论付诸实践，可以说是日本近代阳明心学者中以"实践"二字为其信仰的第一人。1837年，大盐中斋为了赈济灾民，领着学生门徒、近郊农民、城市贫民共300人，举行了有名的"大盐平八郎起义"。起义失败，大盐本人也引火自焚。吉田松阴是维新运动时期先驱性的思想家和教育家。吉田松阴以其叔父的名义在家乡创建了松下村塾，阳明心学被他转化为争取思想自由、自主自力的、自尊无畏的、倒幕维新的思想武器。80多名学生，竟有近半数为明治维新做出了杰出贡献。吉田松阴提倡"自得"："自得者，得于心也"，"成吾自由之心也"。

吉田松阴的老师是佐久间象山，佐久间象山的老师佐藤一斋（1772—1859），当幕府儒官19年，曾在幕府官学大本营任教，凡士庶人入其门者不下三千人，他"阳朱阴王"地发展了阳明心学。他说："此心灵昭不昧，凛凛自惕，吾心即天地。有志者要当以古今第一等人物自期焉，士当恃在己者，动天惊地之极大事业，亦都自己缔造。"有《言志录》四卷。在其门下和再传弟子中最有名的要说倒幕领袖西乡隆盛、明治时期最有影响力的当权人物伊藤博文。西乡隆盛也是主张学习应"自得于心"，以利用"较量格斗"；不然的话，"空读圣贤之书，如同观人剑术，无丝毫自得于心。若不自得于心，一旦较量格斗，则唯败逃而已"。这种实用心学，启发日本人起来开港倒幕，废藩置县，教育改革，富国强兵，促进了明治维新。井上哲次郎说："德川时代，朱子学派固陋迂腐者颇多。反之，阳明心学派中人物，则多有建树者，而固陋迂腐之人几乎没有。阳明心学果有陶冶人物之功。"

　　日本阳明心学突出的，一是立志，二是力行，三是自尊无畏。对于心与物、心与理谁是第一性，谁是第二性等问题毫不在意，他们只要求立大志，做大丈夫，干大事业，于是勇于打破门户之见、博采众家之长，积极吸收并推进西学本土化，形成了他们"东洋道德西洋技术"的文化模式（"和魂洋才"）。他们汲取了阳明心学"诚意""笃行"的知行合一功夫，推崇"不怨天尤人而求诸己""造命却由我"的人生哲学，将良知说转化为"自尊无畏"的心力，找到了自强自力的基本途径。在倒幕维新的运动中，为了自己的心念而抛头颅、洒热血，建功立业。阳明心学还激活了他们的武士道。日本博士新渡户道造的《武士道》云，"武士道的核心是良心，即义务与爱合二为一"，而且最重"中国哲人王阳明"的知行合一。大名士杨度也说过："武士道独宗王阳明，更以知行合一之说，策其以身殉道之情。"携带方便的《节本明儒学案》为阳明心学在下层武士、民间流传起了作用。《日本天皇的阴谋》讲日人交流情志的"腹艺"，能见心学功夫特色。

　　古代朝鲜的官学是朱子学，脱离朱子学一律被视为斯文乱贼而加以迫害，信奉异端邪说的阳明心学会招致祸害，而郑齐斗（1649—1736）顶着身亡家破的风险，也终于家门破落，由于自己的良知发现，奉阳明心学为性命之学，不顾亲友劝阻，就是为了从阳明心学中发现真正的生活而隐居于江华道霞谷，以家学秘传的方式传授阳明心学，为了致良知并用致良知的方式体证良知。霞谷阳明心学可减缩为"生理论""体用论""实心论"。其生理论的要点是并重心的本体性（理）和生动性，为朝鲜性理学界有关理气、未发已发的论争开拓了一条解决之路。《良知体用图》恐怕是全世界阳明心学后裔中精准明白地阐释了心学宗旨的大作。此图由三个同心圆构成，中心是"性圈"（心之性＝心之本然＝良知之体），中间"情圈"（心之情＝心之发＝良知之用），最外"万物圈"（上为天圈，下为地圈）。他将"体"和"用"分置于各自的同心圆中。据韩国学者说，他消解了阳明心学良知体用循环的危险，有效地克服了良知现成论，抵制了阳明心学"任情纵欲"的弊端。他的实心论就是"实忠实孝，实致实格，言无夸严，行无伪饰"。他一生真修实炼做功夫，痛斥知识人的虚伪，提倡"敬慎"的修养论。他是实心实意地要通过体证阳明心学而解决自己的，也是那一代人的精神危机，所开创的霞谷派阳明心学如同孤岛上的灯火，薪尽火传、绵绵不绝。

韩国现代阳明心学的代表是朴殷植（柏庵，1859—1925）和郑寅普（为堂，1893—1950）。所谓现代就是西学东渐，西方列强入侵之后，人们感到卫正斥邪的守旧论（"老论"）不足以应对时事，朱子学格物致知的方法很难适应弱肉强食、优胜劣败的生存竞争，转而从阳明心学中寻找开化自强的应变理论（"少论"）。1910年，朴殷植用汉文撰写了阳明心学的入门书——《王阳明先生实纪》，该书对近代朝鲜学界的影响相当大。朴氏提出"儒教求新论"，倡导用阳明心学来革新朝鲜传统儒学。他说已到了"实际行动的时代"，王阳明知行合一学说是解决时代问题的"不二法门"，将良知本体确立为可以与世事相适应而前进发展的主体自觉，有了这个自觉，就可以既与时俱进，又不臣服于西方的物质文明。他说："人作为渺然一身，处在复杂变化的事物中，不能不受引用和使役，要想命令制御万事万物的话，就必须把良知的本能当作基本要领。"(《朴殷植全书》)他用这基本要领建立民族主体性，他既把良知作为测量方圆长短的规矩，又标举阳明心学随时应变的特点，大力倡导实践以提高国力，又立足阳明心学的"拔本塞源论"，提倡建立一个大同世界，来抵抗西洋帝国主义(《大同学说之问答》)。朴殷植及后来的郑寅普等人为唤醒朝鲜民族的独立意识和自主精神而奔走呼号，并最终使王阳明精神与近代新思潮合而为一，启发了韩国的近代化改革，在 19 世纪末恢复国权运动、独立运动及民权思想上极具意义。王阳明思想是朝鲜实学的源头。

与明清之际骂阳明心学亡国相反，清末民初每当应变乏术的时候，都有人会"想起"王阳明。譬如，严复曾浩叹，如果让王阳明处理近世乱局，就不会这么不可收拾。之前，本是标榜笃信程朱的曾国藩，也让学界中人觉得他"人而讲学，出而戡乱，酷似阳明"(《湘学略》)。曾国藩一生三变，并没有宗信王阳明的时期，但他的幕僚记载他私下自称"吾学以禹墨为体，庄老为用"(欧阳兆熊、金安清《水窗春呓》)。这其实也是王阳明的特色：禹墨是实践的儒侠、庄老是超越的虚灵。曾国藩学了王阳明的"团练"、自筹民兵去剿洪秀全，他俩最相似处是都以教为纲，能够捐弃俗学的纷华，提炼出孔教的纲要，坚持"何才不育""以善孳善"。他从宗信阳明心学之人多能建立功业的角度，看到心学教育的成效，不再纠正王阳明直指本心之说，转而肯定阳明心学。

真正从掌握"入德之柄"认信良知说的，于日本是中江藤树，于韩国是郑齐斗，于中国是谭嗣同。谭嗣同的悲剧更显现出心力说的伟大。看看《仁学》的目录便知他与阳明心学一气贯通："智慧生于仁""仁为天地万物之源，故唯心，故唯识""仁者寂然不动，感而遂通天下之故""不生不灭，仁之体"，等等。王阳明、谭嗣同都直承孟子，都在用千年的眼光看百年的是非；都在用讲良心的方法，去做需要用手段的事情；都特立独行，辗转于滔滔浊世，希望用浩然正气打通天地间的壅塞。谭嗣同比王阳明更"大丈夫"，王阳明比谭嗣同更有意术。

曾国藩、谭嗣同是湖湘文化的代表，湖湘文化一个突出特点就是"致知力行"，并把"致知力行"统一于自我价值的实现上。这种"致知力行""经世致用"的思想模范成为一代又一代湖湘学子的"共由之轨"。

譬如，谭嗣同对杨昌济的影响是直接的。1898年，戊戌变法进入高潮，杨昌济就读于岳麓书院，参加了谭嗣同等人组织成立的"南学会"。该学会每月讲演四次，杨昌济每次都参加。在一次讲演会上，杨问谭嗣同："如何理解天地之大德曰生？"谭嗣同非常赞赏这一问，兴奋地说："独能发如此奇伟精深之问。此岂秦汉以下之学者胸中所能有哉？"他接着回答："总之以民为主，如何可以救民，即以如何为是，则头头是道，众说皆通矣。"杨昌济对谭嗣同的"心力说"和冲决"罗网"的精神非常敬佩。

阳明心学五百年不老，尤其是支撑了"儒学第三期发展"（海外新儒家皆熊十力弟子、再传弟子；熊十力可谓最后一个心学家，比梁漱溟、贺麟还"后"）。阳明心学在欧美也且传且播，有了越来越多的研究心学的机构和专著、专刊和专家了。但是，王阳明不想被当成知识对象，《传习录》也不是文本理性。他想活在生生不息的创生洪流里。也许，生活在物联网中的人会有一天需要"良知＋互联网"，从而回望王阳明。

　　心学是揉心学，在"安心"功能上类似佛禅，但不遗弃人伦物理。心学是儒、释、道的精华，王阳明用释、道的功法完成了儒家的使命。教王阳明养生术的铁柱宫道士所信奉的是"净明忠孝教"："'净明'只是正心诚意，'忠孝'只是扶植纲常。世人习闻此语，多是忽略过去，此间却务真践实履。"（《玉真先生语录内集》）王阳明是个立体的涡轮机，静态解剖必有遗珠之憾。

　　王阳明感到陆九渊讲心学"说粗了"（他也说过孟子"比妄人为禽兽，此处欠细"）。后人谈王阳明的影响事实上都"说粗了"，也只能"粗"着说，因为受影响者的直觉是不可转述的。失去了直觉的"话头"，要么变成语义的逻辑的分析、要么只是外缘的事实性的归纳，都可与契机性的应答失之毫厘谬以千里，包括我这篇小文、这本小书。

　　无论如何，我还是要借王阳明来呼喊良知，哪怕只在几个人心里泛起涟漪，也会灯火相传。王阳明会像当年指认传人一样说："担当世道，力行所知，将在此子。"

周月亮

丙申初一于定福庄

画外音　那边会了，却来这边行履

问：那边是哪里？那边会了什么？

答：那边是虚空，是形而上的精神加速训练之道场。会了打坐、呼吸吐纳、不动心、禅的微妙锐敏，从而能够正知正见正思维、"会"正知正见正思维了，就能够无与不行、无施不可了，因为见了自己的"本来面目（良知）"了。

问：这边干了什么？

答：直接用打坐法教学生静坐，用呼吸吐纳法创建了九声四气歌诗法，用禅的机锋开示学生，用不动心打仗。有人问他："用兵有术否？"他说："哪有什么现成的术，就是个不动心！"那人说："我也能不动心，我也会用兵了。"王阳明笑了，犹豫了一下，还是接着说："不是有个控制心、让心不动的心，那就是两个心了。如果把心思都用到控制心不动了，怎么布置打仗的事？有两个大名士，平时意气风发，听到宁王起事，茫然自失，听不见别人说话了，这叫临事而失。"——而王阳明先生还能作出祭文天祥的诗来，一点儿要面临生死考验的气氛都没有。

问：王阳明到底是个什么样的人？

答：长得很瘦，面部表情谦和，晚年步履形态像鹤，气韵更像鹤。反应极快，说话却不急，常常在不同意的时候，先笑一笑，沉一沉，再说出自己要说的话。譬如，遇见多年不见的老朋友，过去常常辩论，朋友就赶紧翻本子找当年的话头。王阳明就是笑一笑、沉了沉，不急不缓地说："吾辈此时只说自家话罢，还翻那旧本子作甚！"（《王阳明佚文辑考编年》）

他是个有讲学强迫症的人，逢人便讲，有人劝他何苦这样，他说："我如今譬如一个食馆相似，有客过此，吃与不吃，都让他一让，当有吃者。"（《王阳明佚文辑考编年》）

学生把他当成神，但是家里人不觉得他了不起。他的亲弟弟们、从兄弟们似乎不把他的话当回事，他过继的儿子逆反他那一套，他夫人与他脾气不和；他的妻妾之间向来不和，他好像对此一筹莫展，活着时没有协调好，死后立即乱成一锅粥了。他的良知万能论在皇帝、太监、阁臣、妻妾、孩子那里都没有多少能为——千万不能因此否定良知学说，千万。而且，他也不是一个不顾家、没有管家能力的人。他小时候过的是苦日子，一个塾师的孩子跟着父亲蹭饭吃、蹭课听，受后娘的虐待，形成了对家庭的重视感。事实上，他非常顾家，善经营治理家产，平完宁王后，在家建了50多间房子，他那新建伯府邸是相当壮观的（这是用俸禄盖不起来的）。只是对家人不能用谋略，或者说什么谋略也不管用，他就别无长策了。从出征思田写的家书看，他对不服从的仆人也只有打与罚。

他肯定不是个"老好人"，是"望之厉，即之温"型的。他的气场很大很重，也在待人接物上做功夫。《王阳明佚文辑考编年》载：

> 一日寓寺中，有郡守见过，张燕行酒，在侍诸友弗肃。酒罢，先生曰："诸友不用功，麻木可惧也。"诸友不

达（理解），先生曰："可问王汝止。"友就汝止问，汝止曰："适太守行酒时，诸君良知安在？"众乃惕然。

一个俗而又俗的日常应酬，他的学生没有当回事（"弗肃"）。王阳明火眼金睛，提到用功不用功的高度，学生觉得委屈，悟性极高的王畿点出了要害：良知安在？海德格尔说的"在""不在"，就是这种"安在"之"在"——接通意义之"在场"。由此可知，良知是知良，其反义词是"麻木不仁"（包括逻辑理性）。

但王阳明绝不是让人仔仔细细地当好小市民，出处同上：

> 阳明先生曰："窳鸡终日縈縈，无超然之意。须是一刀两断，何故縈縈如此，縈縈地讨个什么？"
> 阳明先生曰："大世界不享，却要占个小蹊小径子；大人不做，却要为小儿态，惜哉！"

这是"过来人"语！縈縈然占个小蹊小径子更"麻木可惧"。他的强迫症是为了治疗这麻木症，是禅宗人之"老婆心切"。

他跟爷爷、奶奶最亲，其次是父亲，最后的亲人是他不满一岁的儿子。他在掌权的时候说："我要是冤杀一人，天绝我后。"有个学生说："没有后主，我们报恩无地。"他说："天地生人，自有分限。吾亦人耳，此学二千年来不意忽得真窍，已为过望。今侥幸成此功，若又得子，不太完全乎？汝不见草木，哪有千叶石榴结果者？"（《王阳明佚文辑考编年》）他死而不朽，战胜了时间，不是靠儿子，而是靠他的精神作品（莎士比亚说战胜时间一靠传延后代、二靠作品）。

他是个既坚守"情操"又能用好"情绪"的人。用好情绪需要炼，一靠在静观中涵濡，二靠遇事克念。他当南京鸿胪寺卿的时候给自己书斋起名静观斋，居所叫静观楼，拟楹联以自勉：

　　放一毫过去非静
　　收万物回来是观

　　谁能这样静，谁能这样观？一收一放见志气、见功力，能这样就是心学大师，不能这样就只好不是了。克念则是时时处处的功课，尤其是"事上练"，有人向皇上诬告他，他看见了底稿，勃然大怒，迅疾"克念"，平静了再看还是怒，再克念，直至看了毫无情绪为止。他出征思田前，有人介绍卖给他一处院落，地理位置等方面都颇称心，心动欲买下来养老！转而"克念"：我喜欢，人家也会喜欢，算了。不过，他还是放不下，遂又克念，最后平静了，自在了。

　　坚守情操靠"勇"于做志士仁人（参见他作的八股文《志士仁人》）、靠"不偏不倚"（也参见他作的八股文《君子中立不倚》）之超拔的智量、靠淡定地担当。道德问题是智力问题——良知就是觉知。高尚情操是仁、智、勇三达德的合体。

　　他是个善良出能力来的人，因为他的善良是从那边会的！他天性突出的特征是胆大、机智，不是善良。如果他不修佛禅，他可能会成为一个海瑞式刚断的人。如果形势需要，他也会当个酷吏。修佛禅使他找到了"万物一体之仁"，官方儒学的教育已经失去了这种感染力。十七岁时跟铁柱宫道士打通了"性命之学"的经脉之后，他才立志学做圣人。他是从性命相通的途径通过去的，从佛禅那里亲证了"无缘大慈、同体大悲",然后借官方儒学这个"空壳",把自己那边会了的践履出来,才做成了单纯的儒、释、道家都做不出来的思想学说、气节功业。他是儒、释、道的合金,他的过人之处全在"结合"(武术术语)得好,在释、道那边会了,在儒家这边行履。

在这边行履也一直未断"异人"帮助。他的塾师许璋曾教他"奇遁(奇门九遁)及武侯阵法",并在宁王将叛前让儿子给王阳明送去枣梨、江豆、西瓜,王阳明"惊悟(早离江西)",使其免于被宁王劫持。最后出征思田,王阳明"走璋问计,璋曰'抚之便'。卒用其言"(《光绪上虞县志校续·许璋传》)。还有九华山上的蔡蓬头、南京的尹蓬头,王阳明都想跟他们学长生不老之术,却都因王阳明"贵介"、会"以勋业显"而不果。王阳明虽然没有长生不老,却从他们那里学了隐逸出离心,从而拒绝诱惑、保全了气节,不管时人多么"竞奔",他都淡定神闲、如如不动。

他胆大心细,敢临难犯险,淡定担当而奋不顾身,又能深沉曲算、沉机不露,譬如:在江西与张忠、许泰斗,他每次会议先居正座;在杭州献俘虏宁王与张永,他不愿意一见面跟张永握手,就先在张永屋子旁边的房间里分左右摆好座几,再请张永过来相叙。

朱熹的理学依托着知识论,阳明心学把"支点"挪到功夫论上来,挪到修证心体上来。王阳明来这边行履是为了完成这个挪移,把人活着的"支点"挪移到良知地带。支点挪了,人人皆可成尧舜,人人皆可成佛。这就是良知修身齐家、良知治国平天下之阳明心学的基本理路。

王阳明是说不尽的,是教育家、军事家、书法家、文学家,这些合成了一位思想家……明末大儒刘宗周说他发展了禅宗正统。

当代人写的禅宗史有的还单列一章"阳明禅"。熟读《悟真篇》并按着其要求做功夫的王阳明在道教史上也是个话题。

他是心灵大师、语言大师、艺术大师，能跟边地的村夫村妇讲儒学，跟道士讲仙家术，跟和尚论佛法，跟画家说绘画，跟书法家论书法，跟土匪交朋友，跟山水交朋友，是个把学生当老师的大师（他自言："你们以为我在教你们，其实我从你们那学得了更多。"这不是谦虚，是他有过人的学习能力）。

说起他的学习能力，有一则轶事很能说明问题，黄佐《庸言》卷九载：黄佐听说王阳明推重他，他便到绍兴来拜访正在丁父忧的王阳明。与王阳明"食息与俱"七日夜，王阳明听到黄佐的议论好时，"即书夹注中"，"复论御狄治河，缕缕乃别，始知公（指王阳明）未尝不道问学也"。王阳明还把黄佐的观点写成敷文书院的对联，并向黄佐表示感谢。王阳明有些喜悦地说："天下今皆悦吾言矣。"黄佐说："恐人各自有夫子。"王阳明自我解嘲地笑了。黄佐见他"面色鬵悴，时咽姜蜜以下痰"。一个名满天下的新建伯如此谦虚好学，一个病入膏肓的老人如此倾心学术，无论如何是令人尊敬的。

他像鹤而不是仙鹤，是一个一心经纶时务而朝圣的人，在朝圣的过程中发现"圣"不止一个。人人皆可成圣人，但谁自封圣人谁是小人。嘉靖下诏榜谕天下禁毁心学的目的就是打击这个"圣人不止一个"，这太启蒙了；太启蒙，用不了几轮，就该冒出"圣上"也可以不止一个了，还有什么比这更洪水猛兽呢？

因此，王阳明的一生是不见容于世又在俗世获得成功的一生，是官到封伯封侯却又负屈抱冤的一生，名满天下毁亦随之。他的性格也是飞扬与谦抑兼具，无日不忧亦无日不乐，一股豪气一派静气。他说良知是太虚却又主张在喜怒哀乐的情绪波动、家常小事和本职事务里着实用功。他想以王道的心掌控霸道的力，与家庭妇女对丈夫的要求是一样一样的：既要有本事又要脾气秉性都很好。他想用"良知本虚，致知即是致虚"来克服私心物欲：通过对人仁从而"鉴空衡平"（明心），通过爱"仁"而显现出天良和与圣人共有的良知（见性、见本来面目）。希腊的哲学是爱智，阳明心学是爱仁，或者说从孔孟到王阳明再到谭嗣同的"仁学"是爱仁，这个仁能"觉悟"万物一体。

起脚于古越的阳明子，有着禹墨一脉的践履气质，这是他与章句之儒、伪道学之儒的根本差别。这个侠儒为了消解言行歧出，提出"心物不二"。"心为根本"的观点，重新设定了人的出发点和归宿，把天理内心化，把心天理化，从而知行合一地做人做事。王阳明说他的心学是"实千古圣圣相传一点滴骨血"，是句朴实的良心话，也是为自己正名的辩解语。

王阳明从始至终都坚持自度度人、成己成人，他认为在有良知这一点上，人人平等，人皆可以成尧舜。这个立场保证他的"无善无恶心之体"的定盘星的有效性。他的逻辑是禅宗的，与黄檗禅师在《传心法要》中说的若合符节：

> 此心明净犹如虚空，无一点相貌……佛与众生一心无异，犹如虚空无杂无坏，如大日轮照四天下：日升之时明遍天下，虚空不曾明；日没之时暗遍天下，虚空不曾暗；明暗之境自相陵夺，虚空之性廓然不变。佛及众生心亦如此。

善恶如明暗，是有变化的，"虚空之性廓然不变"（无善无恶心之体）。必须"逆觉"回归于明净的心体，才能获得菩提根本慧。人人都能返回心本体，都能激活内在的本源性的直觉，都能将本体与功夫打并为一，就看你肯不肯了——这就是心学被称为简易直截的起死回生之学的逻辑。"致良知"则要求把你的"良知"使唤到眼神、语调、心中想、意之动上，使你的直觉成为"哲学王"的直觉，从而提高你的生命质量、生活质量。

这是美育法：让你的判断力、想象力静静地发展，发展跟每个进步一样，是深深地从内心出来的，既不能强迫，也不能催促。一切都是时至才能产生。"让每个印象与情感的萌芽在自身里，在暗中，在不能言说中，不知不觉，个人理解所不能达到的地方，以深深的谦虚与忍耐去期待一个新的豁然贯通的时刻。"（里尔克《给一个青年诗人的十封信》）

他如此这般地成功了，立德、立功、立言，"三不朽"了。这本书给了传主几个拙劣比方：鞋，夜航船，变压器，儒、释、道的合金，及物动词；再加一个不算拙劣的"良知通道"，这个通道还召唤人人都打开自己的良知通道。

他是一个从"那边"过来的人，一个战胜了时间的人，一个把本能变成良能的人，一个把工作变成普度众生的人，一个让凡信他者皆能精神加速的人。

乙未年除夕于定福庄

王阳明大事记

1472 年　成化八年九月三十日亥时，出生于浙江余姚龙泉山之瑞云楼。

1482 年　成化十八年，11 岁，随父亲王华（新状元）寓京师。

1488 年　弘治元年，17 岁，回余姚，与诸氏完婚于江西南昌。与铁柱宫道士谈养生。

1489 年　弘治二年，18 岁，偕夫人回余姚，拜识娄谅，信可学做圣人。

1492 年　弘治五年，21 岁，浙江乡试中举。归余姚，结龙泉诗社，对弈联诗。

1493 年　弘治六年，22 岁，会试下第，在北京国子监学习举业、辞章。弘治九年卒业。

1497 年　弘治十年，26 岁，寓京师，学诸家兵法，悟由雄成圣。

1499 年　弘治十二年，28 岁，中二甲第七进士，观政工部。与"前七子"唱和，获文学声誉。

1500 年　弘治十三年，29 岁，在京师，授刑部云南清吏司主事。到直隶、淮安审决积案重囚。冬上九华山。

1502 年　弘治十五年，31 岁，春游九华，出入佛寺道观。秋告病归越，筑室"阳明洞天"，静坐行导引术，后因其簸弄精神，不能成圣，摒去。

1504 年 弘治十七年，33 岁，主考山东乡试。九月改兵部武选清吏司主事。

1505 年 弘治十八年，34 岁，倡身心之学，开门授徒。

1506 年 正德元年，35 岁，与湛若水定交。上书救言官，被下诏狱，谪贵州龙场驿驿丞。

1507 年 正德二年，36 岁，赴谪至钱塘，过五夷山，回越城。

1508 年 正德三年，37 岁，春至龙场。大悟"圣人之道，吾性自足"。

1509 年 正德四年，38 岁，在贵阳，受提学副使席书聘请，主讲文明书院，始揭"知行合一"之旨。

1510 年 正德五年，39 岁，三月任庐陵知县。十二月升南京刑部四川清吏司主事，路过辰州、常州时教人静坐，补小学功夫。

1511 年 正德六年，40 岁，在京师，正月调吏部验封清吏司主事，二月为会试同考官，十月升文选清吏司员外郎。

1512 年 正德七年，41 岁，在京师，三月升考功清吏司郎中。十二月升南京太仆寺少卿。据《大学》古本，立"诚意优先"之教。

1513 年 正德八年，42 岁，赴任便道归省。十月至滁州，督马政。地僻官闲，日与门人游琅琊、瀼泉间。新旧学生大集滁州。教人静坐入道。

1514 年 正德九年，43 岁，在南京教人体认天理。

1515 年 正德十年，44 岁，在京师，上疏请归，上不允。

1516 年 正德十一年，45 岁，在南京，九月，兵部尚书王琼特荐，升都察院金都御史，巡抚南赣、汀、漳等处。

1517 年　正德十二年，46 岁，正月至赣，二月平漳南，十月平南赣横水、桶冈等地，行十家牌法。

1518 年　正德十三年，47 岁。正月，进剿三浰。三月疏乞致仕，上不允。讨大帽山贼。六月，升都察院右都御史，荫子锦衣卫，世袭百户。辞免，上不允。七月，刻古本《大学》《朱子晚年定论》。八月，门人薛侃刻《传习录》。九月，修濂溪书院，四方学者云集于此。

1519 年　正德十四年，48 岁，六月，奉命戡处福建叛军，至丰城，闻宁王反，遂返吉安，起义兵，旬日平宁王。始揭"致良知"之教，靠良知指引，应付宦官刁难。"抚江西"。

1520 年　正德十五年，49 岁，在江西。王艮投门下，艮后创泰州学派。

1521 年　正德十六年，50 岁，在江西。五月，集门人于白鹿洞。六月升南京兵部尚书。九月归余姚。十二月封新建伯。

1522 年　嘉靖元年，51 岁，在绍兴（山阴）。正月疏辞爵。二月，父王华死，丁忧。杨廷和、费宏禁遏阳明心学。

1523 年　嘉靖二年，52 岁，在绍兴，来从游者日众。八月，撰写《答聂文蔚》。

1524 年　嘉靖三年，53 岁，在绍兴。四月，服阕，屡有荐入朝入阁者；有人以大礼见问，不答。十月，门人南大吉续刻《传习录》。

1525 年　嘉靖四年，54 岁，在绍兴。夫人诸氏卒。被礼部尚书席书力荐入阁，不果。决定每月朔望在余姚龙泉寺之中天阁聚会生徒。十月，立阳明书院于越城西（山阴东）光相桥之东。

1526 年　嘉靖五年，55 岁，在绍兴。十一月庚申，子正聪生，后被黄绾收为婿，改名正亿。

1527 年　嘉靖六年，56 岁，在绍兴。四月，邹守益刻《文录》于广德州。九月出征思、田。天泉证道，确定四句教法。

1528 年　嘉靖七年，57 岁。二月平思田之乱。七月袭八寨、断藤峡。十月"乞骸骨"。十一月二十九日辰时（1529 年 1 月 9 日 8 时左右），病逝于江西南安府大庾县青龙埔码头。